Cäcilie Kowald

Menschenkette

8 grad

Cäcilie Kowald

MENSCHENKETTE

Roman

8 grad verlag   Freiburg

Für meine Eltern
und alle anderen, die nicht aufgeben,
für eine bessere Welt zu kämpfen.

22. Oktober 1983

Das Neckartal und die Fils entlang, über die Schwäbische Alb bis hinunter zur Donau zieht sich ein langes Band von Menschen. Niemand weiß genau, wie viele es sind, dreihunderttausend, vielleicht auch vierhunderttausend, auf jeden Fall sind es viele, viel mehr, als jeder und jede Einzelne von ihnen zu hoffen gewagt hat. Hand in Hand stehen sie, Schulter an Schulter, von Stuttgart bis Ulm, ein 108 Kilometer langes, dichtes Band von Menschen, mancherorts in engen Schlangenlinien, an anderen Stellen in doppelten, dreifachen, vierfachen Reihen.

Aus ganz Süddeutschland sind sie gekommen, einer groß angelegten Choreografie folgend: aus dem Remstal nach Stuttgart; von den Fildern und aus dem fernen Saarland nach Esslingen; aus Freiburg, Lörrach und vom Hochrhein in die Neckarhafenstadt Plochingen; aus Karlsruhe, dem Kraichgau und der Südpfalz in das beschauliche Reichenbach; aus Nordbayern in die Industriestädtchen Ebersbach und Uhingen; aus Pforzheim nach Faurndau; aus Mannheim und Ludwigshafen nach Göppingen; aus dem entlegenen Nordosten Baden-Württembergs und den Tälern von Jagst, Kocher und Brenz in die Orte mit den verlockenden Namen Süßen und Kuchen; von den Hängen und Höhen des Schwarzwalds in das tausend Jahre alte Gingen; vom Odenwald und von der Bergstraße nach Geislingen an der Steige, wo es aus dem Filstal steil die Schwäbische Alb hinaufgeht; aus Südhessen in die abgeschiedenen Bauerndörfer Urspring und Lonsee; vom Bodensee und aus Oberschwaben nach Westerstetten; und die Ulmer und Neu-Ulmer schließlich bilden zusammen mit den vom langen Lauf der Donau Angereisten das südöstliche Ende der Kette, über die Donaubrücke hinüber nach

Bayern. Österreicher sind gekommen, eine Gruppe Frauen aus Dänemark, aus der DDR ausgewiesene Bürgerrechtler, Befreiungstheologen aus Lateinamerika, schwarze Geistliche aus Südafrika, Mütter aus Hiroshima, buddhistische Mönche. So unterschiedlich sie sind, woher sie auch kommen, in einem sind sie sich einig: Atomraketen wollen sie nicht. Nirgends auf der Welt, und auch nicht hier, auf diesen friedlichen grünen Hügeln, sie sollen nicht zur Zielscheibe werden und nicht zum Waffenlager.

Da steht Ines, zweiundzwanzig Jahre alt, Studentin. Süddeutschland ist ihre Heimat, sie soll nicht dem Erdboden gleichgemacht werden, sagt sie. Und: Wir lassen uns nicht zu Geiseln der Weltpolitik machen. Zornig klingt sie, auf dem Ärmel ihrer Jacke prangt ein Aufnäher mit dem Konterfei Che Guevaras. Die USA sind Imperialisten, sagt sie, wir ergeben uns nicht.

Ein Stück weiter steht Marlene, siebenundzwanzig ist sie und sieht doch kaum älter aus als Ines. Ein schüchternes Lächeln liegt auf ihrem Gesicht, aber ihr Blick ist entschlossen. Ich will leben, sagt sie, wir alle wollen das, oder nicht? Es geht nicht nur um uns, nicht nur um Deutschland, es geht um die Welt. Und dann singt sie: *Nach dieser Erde wäre da keine, die eines Menschen Wohnung wär … Darum, Menschen, achtet, dass sie es bleibt!*

Marlenes Hand liegt auf der Schulter eines älteren Mannes. Die Hand, die sie fassen müsste, fehlt, der leere Ärmel ist sorgsam in die Manteltasche gesteckt. Ich habe einen Krieg erlebt, sagt Werner, das genügt.

Seine verbliebene Hand hält die einer jungen Frau mit wilder Strubbelfrisur und dicken dunklen Kajalstrichen unter den Augen. Erst auf den zweiten Blick sieht man, wie jung sie ist, noch nicht einmal volljährig. In was für einer Welt sollen meine Kinder einmal leben?, fragt Franziska; es klingt trotzig.

Neben ihr steht Oliver, ein dünner Achtzehnjähriger mit verschlossenem Gesichtsausdruck, in seinem Blick liegt tiefer Ernst. Krieg geht gar nicht, sagt er, und jeder, der einen Beitrag dazu leistet, macht sich schuldig, ob er will oder nicht.

Bei diesen Worten huscht ein Schatten über Werners Gesicht. Ja, sagt er, ob man will oder nicht, aber manchmal will man nicht und hat doch keine Wahl.

Oliver schaut beschämt. Ich habe nicht Sie gemeint.

Doch, natürlich hast du auch mich gemeint, aber du hast ganz recht. Glücklich, wer ohne Schuld durchs Leben kommt.

Geht das überhaupt?, sinniert Marlene.

Wahrscheinlich nicht. Aber wer so jung ist wie ihr, kann noch hoffen.

Um sie herum wird gesungen, der von Marlene begonnene Kanon ist aufgegriffen worden, hat sich in beide Richtungen ausgebreitet, so weit, dass das, was von links und von rechts zu hören ist, nicht mehr so recht zusammenpassen will. Irgendwo in der Kette löst sich ein Luftballon und steigt in den blauen Himmel auf.

Es ist zwanzig vor eins.

* * *

> Nach intensiven Beratungen […] kamen die Minister überein, daß dem Gesamtinteresse der Allianz am besten dadurch entsprochen wird, daß die zwei parallelen und sich ergänzenden Ansätze: LRTNF-Modernisierung und -Rüstungskontrolle verfolgt werden.
>
> Die Minister haben daher beschlossen, das LRTNF-Potential der NATO durch die Dislozierung von amerikanischen bodengestützten Systemen in Europa zu modernisieren. Diese Systeme umfassen 108 Abschußvorrichtungen für Pershing II, welche die derzeitigen amerikanischen »Pershing Ia« ersetzen werden, und 464 bodengestützte Marschflugkörper (GLCM).
>
> Kommuniqué der Sondersitzung der Außen- und Verteidigungsminister der NATO in Brüssel (»NATO-Doppelbeschluss«), 12. Dezember 1979

* * *

Halb sieben

OLIVER *ES IST FÜNF VOR ZWÖLF!!!*

Oliver verzieht das Gesicht, als er Knolles Plakat sieht. Er kann es nicht leiden, wenn ihn ein Satz anschreit. Großbuchstaben und Ausrufezeichen und so. Erst recht nicht so früh am Morgen, wenn sein Hirn am liebsten noch im Tiefschlaf wäre. Vor sieben in Dunkelheit und Kälte auf einem Parkplatz herumzustehen und auf einen Bus zu warten ist schlimm genug, auch ohne Schreisätze, egal, wie richtig sie sein mögen.

Aber was tut man nicht alles für eine gute Sache.

Das hat sich Knolle wahrscheinlich auch gedacht. Und es ganz besonders gut gemeint. Als ob Großbuchstaben und Ausrufezeichen nicht genügen würden, hat er auch noch extra fett geschrieben, und in Grellrot. Darunter die Zeichnung einer Uhr, sicherheitshalber, falls einer nicht lesen kann. Und das alles über dem Bild eines gigantischen Atompilzes. Nur ist leider das Plakat damit so vollgestopft, dass man schon aus wenigen Metern Entfernung überhaupt nichts mehr erkennen kann. Außer vielleicht dem Atompilz.

Gestaltung ist nun mal nicht Knolles Stärke. Knolle ist ein Wortmensch, so wie er, Oliver, auch. Kann ja nicht jeder so viel Talent wie Franzi haben.

Knolle hängt sich die Hartfaserplatte mit dem Plakat wie einen Rucksack auf den Rücken und nestelt an den Schnüren, die als Träger dienen.

Was soll denn das, sagt Oliver genervt, willst du etwa so in den Bus?

Knolle grunzt etwas, was entfernt wie *nur mal schauen* klingt, und lässt sich nicht stören.

Immerhin hat Knolle überhaupt ein Plakat, denkt Oliver. Im Gegensatz zu ihm selbst. Nicht, dass er nicht gewollt hätte. Aber ihm fiel nichts Ordentliches ein. Er dachte kurz an diesen Spruch von John F. Kennedy: *Die Menschheit muss dem Krieg ein Ende setzen, oder der Krieg wird der Menschheit ein Ende setzen* – doch das war nichts. Zu lang, zu lange Wörter. Ein Plakatspruch musste kurz und knackig sein. Gleichzeitig nicht zu abgedroschen. Was fast noch schwieriger war. Auf jeder Demo sah man unter Garantie irgendwo ein Plakat mit dem Foto des fallenden Soldaten aus dem Spanischen Bürgerkrieg und einem anklagenden *WHY?* daneben – fast immer in Großbuchstaben, übrigens. Hundertmal da gewesen und würde auch heute da sein. So wie die Atompilze. Dazu brauchte es ihn nicht auch noch.

Oliver schaut sich um, soweit das geht, so dunkel wie es noch ist. Nicht weit von ihnen hat sich eine Truppe Gewerkschafter mit Trillerpfeifen und Transparenten versammelt, daneben irgendwelche Roten, DKP oder MLPD oder so, die sich an ihren Fahnen festhalten und noch schnell eine rauchen. Ein Stück weiter stehen zwei echte Klischee-Grüne, langbärtig und mit Sonnenblumen in der Hand. Außerdem erkennt Oliver eine Familie aus ihrer Straße, die mit sämtlichen vier Kindern und zwei Bollerwagen angerückt ist, zwei Frauen aus der Kirchengemeinde, den türkischen Kioskbesitzer, bei dem die halbe Schule Gummibärchen kauft, und, nur wenige Meter neben ihm, Hartmut Link, den Inhaber der links buchhandlung. Auch er hat ein Plakat dabei, ein Sandwich aus zwei Platten, das er neben sich abgestellt hat, eine Hand locker daraufgelegt, damit es nicht umfällt. Es ist das ziemliche Gegenteil zu Knolles Plakat, obwohl es auch Großbuchstaben, Ausrufezeichen und fette Schrift verwendet. Doch die Schrift ist schwarz, und es sind genau zwei Wörter, die das Plakat vollständig ausfüllen: *Sag NEIN!* Zwei Wörter, bei denen jeder weiß, was gemeint ist. Zwei Wörter, mit denen alles gesagt ist.

Genial, denkt Oliver. Darauf wäre er nicht gekommen.

Aber wenn er ganz ehrlich ist: Mit ein bisschen mehr Zeit und Mühe wäre ihm sicher zumindest etwas Brauchbares eingefallen. Das eigentliche Problem war nicht, ein Plakat zu entwerfen, sondern das Danach. Ein Plakat lässt sich nämlich schlecht verstecken. Und sobald Mr. Big es sähe, würde er Fragen stellen. Und wenn Oliver etwas nicht brauchen kann, dann das. Besser also, gar kein Plakat zu haben. Besser auch, nicht zu verraten, wohin er heute fährt. Und bei Knolle zu übernachten, sodass niemand sich wundert, warum er – er, der sonst am Wochenende nicht freiwillig vor zehn aus der Falle kommt! – so früh aufsteht.

Mr. Big hat schon recht, er ist ein Feigling. Wie gerne hätte er Franzis Mut! Schon wie sie bei den Konzerten mit ihrer Band, den Maniac Mushrooms, ganz vorne auf der Bühne stand, sich die Seele aus dem Leib schrie, stampfte, die Faust in die Luft stieß, den Oberkörper im Rhythmus nach vorne und hinten warf, voller Power, wie sie sich überhaupt nicht darum scherte, dass der U-Boot-Ausschnitt ihres Shirts zur Seite rutschte, die Schulter freigab, den Ansatz ihres Busens, der im Rhythmus mittanzte, sodass Oliver gar nicht anders konnte, als ihn anzustarren, bis es ihm bewusst wurde und er sich mit einem schnellen verlegenen Blick durch den Raum vergewisserte, dass niemand es bemerkt hatte. Er würde so etwas nie bringen. Er mit seiner scheiß Unsicherheit, seinen ständigen Zweifeln. Sich auf eine Bühne stellen und seine Meinung und seine ganze Wut auf diese Welt hinausschreien? Undenkbar. Wo ihm schon bei dem Gedanken, Mr. Big zu sagen: ich fahre zur Menschenkette, oder, noch schlimmer: hör zu, ich werde verweigern, der kalte Schweiß ausbricht.

Kein Wunder, dass Franzi lieber mit Bassman rumhängt. Der ist zwar eine echte Flachzange – glaubt, er sei progressiv, nur weil er Joints bauen kann –, aber Selbstvertrauen hat er für zwei. Haut den größten Quatsch mit größter Überzeugtheit raus, wenn er denn überhaupt mal etwas sagt und nicht nur gelangweilt in die Gegend glotzt, als sei das, was um ihn herum passiert, nicht der Mühe wert, dass er sein Maul auch nur aufmacht. Und es funktioniert: Alle finden ihn cool. Sogar Franzi, die doch sonst nicht so leicht zu beeindrucken ist.

Da!, sagt Knolle plötzlich, lässt die Schnüre los, sodass die Ecke seines Plakatträgers hart an Olivers Parka entlangschrappt.

Pass doch auf, sagt Oliver ärgerlich, aber Knolle drängt sich schon durch eine Gruppe Frauen mit lila Halstüchern hindurch, die ihm kopfschüttelnd hinterherschauen, ob missmutig oder amüsiert, kann Oliver nicht erkennen, aber eigentlich will er es auch gar nicht wissen. Als sie die roten Fahnen hinter sich haben, sieht Oliver, wohin Knolle unterwegs ist. Am hinteren Ende des Parkplatzes stehen Katta und Sven – und Bassman. Mist, aber was will er machen. Der Bus zur Menschenkette ist für alle da, und man kann niemandem verbieten mitzufahren. Auch wenn Oliver sich kaum vorstellen kann, dass Bassman wirklich weiß, worum es geht. Wahrscheinlich kommt er nur wegen Franzi mit.

Nur ist von Franzi noch nichts zu sehen. Wo steckt sie?

MARLENE Herrje, ist das kalt. Marlene haucht ihre Finger an, die trotz der Handschuhe beim Radfahren klamm und steif geworden sind. Einen Augenblick lang steht ihr der eigene Atem als milchige Wolke vor dem Gesicht. Unter null, definitiv. Gut, dass sie den dicken Norwegerpulli angezogen hat und darüber die Winterjacke. Und die langen Skiunterhosen unter die Jeans. Wenn sie erst einmal auf der Schwäbischen Alb angekommen und aus dem Bus ausgestiegen sind, wird es wenig Gelegenheit geben, sich aufzuwärmen. Und so ein Tag kann lang sein, wenn es kalt ist.

Immerhin regnet es nicht. Und die Luft riecht eisig und klar; man kann auf einen trockenen Tag hoffen, vielleicht sogar auf Sonne.

Marlene schlingt die Kette ihres Fahrradschlosses um einen Baum und lässt das Schloss einschnappen. Auf dem Parkplatz ist schon einiges los, sicher vierzig, fünfzig Leute, schätzt sie, soweit sie das im spärlichen Dämmerlicht sehen kann. Klar, man muss pünktlich sein, der Bus wird nicht warten. Marlene lässt den Blick schweifen auf der Suche nach bekannten Gesichtern, aber es ist zu dunkel, um viel zu erkennen. Nur eine Gruppe Schüler entdeckt sie, Oliver Vogel aus der Zwölf mit ein paar anderen, wahrscheinlich aus der *Kaktus*-Redaktion.

Vom Schweigen für den Frieden entdeckt sie niemanden. Ihr fällt auf, dass ihr nicht einmal klar ist, wer überhaupt mit dem Bus mitfährt. Renate nicht, so viel weiß sie – Renate ist gestern mit den Kindern nach Nürtingen gefahren zu ihrer Mutter, damit sie es heute nicht so weit hat. Über die Pläne der anderen aus der Gruppe ist sie nicht informiert.

Sie kennt sie ja auch noch nicht lange, sagt sich Marlene, gerade einmal ein halbes Jahr. Aber sie fühlt sich mit einem Mal schrecklich einsam. Wie anders hatte sie sich diesen Tag ausgemalt, als sie das erste Mal von der Menschenkette hörte! Sie stellte sich vor, dass sie mit Boris und der alten Clique fahren würde, sie würden Picknick mitnehmen und vielleicht eine Gitarre, und sie hätten unterwegs viel Spaß miteinander. So ähnlich wie bei den Wochenendfreizeiten früher oder bei der Fahrt zum Kirchentag. Als ob die Zeit bereit sein könnte, einen Sprung zurück zu machen. Als ob die Clique nicht inzwischen verstreut wäre, einer nach dem anderen weggegangen aus Heidelberg, dorthin, wo es Arbeit gab. Genau wie sie selbst, die das Referendariat an den hintersten Rand des Schwarzwalds verschlagen hat. Fast vier Stunden Zugfahrt entfernt von Heidelberg, vier Stunden von Boris, dem Einzigen, der noch in Heidelberg war – der Glückliche! – und der keine Anstalten machte, mit seinem Studium fertig zu werden. Wozu soll ich mir Stress machen, sagte er immer, nur um dann länger zu arbeiten bis zur Rente – oder, im schlimmsten Fall, länger arbeitslos zu sein?

Weil dann das Leben wieder Konturen bekäme, denkt Marlene, und einen Anker. Weil sie dann wüssten, wie sie sich wieder aufeinander zubewegen könnten. Doch das sagte sie ihm nicht, denn sie weiß, er würde es nicht gelten lassen. Und so blieben sie getrennt an zwei verschiedenen Orten, von denen keiner eine Zukunft für sie barg – ihrer nicht, weil sie nicht bleiben wollte, seiner nicht, weil er auf Dauer nicht würde bleiben können.

Umso mehr hatte sie gehofft, den heutigen Tag zumindest teilweise mit ihm zu verbringen. Wenn sie schon nicht gemeinsam anreisen konnten, hätten sie sich wenigstens auf der Schwäbischen Alb treffen können, quasi auf halber Strecke. Boris hatte ein Auto, er musste sich nicht an die Zuweisung zu den verschiedenen Orten an der Strecke halten, er konnte einfach dorthin kommen, wo sie war.

Aber Boris meinte, das ginge nicht. Es sei wichtig für das Gelingen der Kette, dass jeder dorthin fahre, wo er eingeteilt sei. Und die Heidelberger stünden eben woanders als die aus dem Ostschwarzwald.

Grundsätzlich hatte er recht, aber es traf sie. Hätte sie nicht, bei allen Grundsätzen, eine Ausnahme verdient? Hätte er nicht einfach Sehnsucht haben können, sie zu sehen? Hätte er nicht Lust haben können, mit ihr zusammen in der Kette zu stehen, Hand in Hand für eine bessere Welt, die sie gemeinsam erkämpfen, gemeinsam aufbauen wollten?

Doch diesen Gedanken schiebt Marlene schnell beiseite, bevor die nächste Welle aus Sehnsucht und Einsamkeit über ihr zusammenschlägt. Immerhin kämpfen sie gemeinsam. Es ist nicht wichtig, ob sie im gleichen Ort oder sogar nebeneinanderstehen. Das Wichtigste ist, dass die Kette zustande kommt. Da hat Boris schon recht.

Ohnehin ein Wahnsinn, wenn man sich das überlegt. Eine Menschenkette von über hundert Kilometern. Kaum zu glauben, dass das gelingen kann. Kaum zu hoffen. Andererseits: Wer die Hoffnung aufgibt, hat schon verloren. Das gilt für Menschenketten genauso wie für den Weltfrieden – und für die Liebe auch.

Energisch nimmt Marlene den Rucksack aus dem Fahrradkorb und mustert noch einmal die Menschenmenge. Irgendwo ist bestimmt jemand, den sie kennt. Und wenn nicht, muss sie eben jemanden kennenlernen. Ganz gleich, ob ihr danach zumute ist oder nicht.

Marlene atmet tief durch, schultert ihren Rucksack und geht auf den Parkplatz.

OLIVER Sieh an, die Boenisch, denkt Oliver. Hätte er sich denken können, dass sie auch kommt. Wenn er denn darüber nachgedacht hätte.

Sie war schon cool, die Boenisch, auf ihre Art. Dabei wirkte sie gar nicht so. Wenn man sie im Unterricht erlebte … wenn sie Schülerin wäre, würde man sie eine Streberin nennen. Immer extrasupergut vorbereitet, machte nie einen Fehler, und wenn, dann war es ihr ultrapeinlich. Sie gab sich mehr Mühe als alle anderen Pauker zusammen, und anscheinend nicht nur weil sie die guten Noten brauchte, als Referendarin, sondern auch weil sie wirklich wollte, dass alle in der Klasse etwas mitbekamen. Nur durchsetzen konnte sie sich nicht. Natürlich nicht, die Netten, Bemühten, die konnten das nie. Wenn Chaos ausbrach, dann schaute sie hilflos und sagte nur, viel zu nett und viel zu leise: Hört auf, seid doch mal ruhig; was natürlich gar nichts brachte.

Also, lieb und nett war sie, aber keine, die Kante zeigte.

Dachte er so.

Bis zu dem Abend, als er sie zufällig in der Stadt traf. Oder vielleicht sollte er eher sagen: in der Stadt sah. Sie sah ihn nicht, sie schien überhaupt niemanden zu sehen außerhalb des Kreises, in dem sie stand, mit etwa zwanzig anderen, Hand in Hand, neben einem großen Transparent mit der Aufschrift *Schweigen für den Frieden*.

Es war nicht das erste Mal, dass er die Gruppe sah. Um ehrlich zu sein, kam er sogar öfter mal extra freitags zur Schweigezeit in die Stadt. Nie hätte er sich getraut, sich dazuzustellen, alter Feigling, der er war – diese sogenannte Stadt war klein genug und die Wahrscheinlichkeit zu groß, dass ihn jemand sehen und erkennen würde, so wie er ja auch die Boenisch gesehen und erkannt hatte. Und es gab kaum jemanden, der Mr. Big nicht kannte und nicht wusste, dass er, Oliver, sein Sohn war. Wenn er hier gesehen würde, wäre es also nur eine Frage der Zeit, bis Mr. Big es erfuhr – und was dann passieren würde, war klar, und darauf hatte er echt keinen Bock.

Aber es zog ihn hin zu diesen Leuten und ihrem Schweigen. Eigentlich ist Oliver überzeugt, dass die stärkste Waffe das Wort ist. Dass, wer die richtigen Worte findet, am meisten bewegen kann. Ein Grund, weshalb er in der Redaktion des *Kaktus* ist – zumal er offenbar Talent hat zum Schreiben, erstaunlicherweise, findet er. Gut, schreiben ist leichter als reden, denn man hat Zeit nachzudenken, man kann hundert Formulierungen ausprobieren, bis man sich für eine entscheidet; das ist beim Reden anders, da muss man nehmen, was kommt. Irgendwann, hofft er, wenn er lange genug geübt, lange genug geschrieben hat, wird es ihm leichter fallen, auch mündlich die richtigen Worte zu finden. Worte, mit denen er sogar Mr. Big wenn schon nicht überzeugen, dann zumindest ruhigstellen kann.

Doch da waren diese Leute, die auf alle Worte verzichteten, einfach nur dastanden, mitten in der Stadt. Als reiche es aus, da zu sein, nichts aufzubieten als die eigene Person, das eigene Gesicht, als sei jedes Wort überflüssig. Und in der Tat kam es ihm vor, als würden sie die Kraft um sich herum bündeln wie ein Magnetfeld. Die beste Diskussion, der durchdachteste Artikel, selbst der perfekt formulierte Satz erschienen im Vergleich dazu zerfranst, zerfleddert, als würden die Worte einen Teil der Kraft mitnehmen und nach außen tragen, wo sie vielleicht wirken kann, vielleicht aber auch einfach verpufft.

Das war ein Gedanke, der Oliver gleichermaßen befremdete wie faszinierte, und so lieb ihm Worte auch waren, so sehr wünschte er sich, mit diesen schweigenden Leuten dort stehen zu können. Doch das Einzige, was er schaffte, war, in ihrer Nähe herumzulungern, wie ein zufälliger Passant, ein unbeteiligter

Gaffer. Er kam stets, wenn sie schon angefangen hatten, und stellte sich etwas abseits unter das Vordach von Elektro Wagner, wo er sich im Zweifelsfall schnell umdrehen und so tun könnte, als stünde er nur dort, weil irgendetwas im Schaufenster ihn interessierte. Ein paar Minuten stand er so, fünf vielleicht, höchstens zehn, dann ging er weiter, bevor der Schweigekreis sich auflöste, aber er redete sich ein, zumindest ein bisschen wäre er dabei gewesen.

Natürlich weiß er, dass das Unsinn ist. Es geht schließlich darum, sich zu zeigen, zu zeigen: Wir sind viele – und solange er nur verstohlen am Rand steht, trägt er genau dazu kein bisschen bei. Der Einzige, der sein heimliches Mitmachen bemerken könnte, wäre der liebe Gott, und an den glaubt Oliver noch weniger als an den Weihnachtsmann.

An einem dieser Abende sah er plötzlich die Boenisch. Mitten im Kreis derer, die sich da schweigend an den Händen hielten, rechts von ihr eine Frau mit langen dunklen Haaren, die Oliver schon ein paarmal gesehen hatte, links von ihr der dicke Tobi aus Jörgs Abiklasse, der jetzt Zivi machte bei der Bahnhofsmission.

Gut möglich, dass sie nicht zum ersten Mal dabei war; gut möglich, dass er sie die Male davor einfach übersehen hatte. Sie war schließlich keine auffällige Person, im Gegensatz zu der Dunkelhaarigen neben ihr, die ein bisschen aussah wie eine Indianersquaw, oder dem dicken Tobi, der schon aufgrund seiner Körperfülle und Größe kaum zu übersehen war. Sie fiel ihm auch nur auf, weil sie kurz die Hand der Dunkelhaarigen losließ, sich die Haare aus dem Gesicht strich und dabei nach oben schaute, und dann, mit einem schnellen, verlegenen Lächeln zur Seite, die Hand der Dunkelhaarigen wieder fasste. Dank dieser Geste bemerkte und erkannte er sie, das machte sie auch im Unterricht, wenn sie nicht mehr weiterwusste, und wenn sie nach oben schaute, als hinge an der Decke oder am Himmel ein Spickzettel, auf dem stand, was sie tun solle, schaute er manchmal unwillkürlich hinterher.

Wenn man sie nur aus dem Unterricht kannte, würde man nie vermuten, dass diese Boenisch auch nur ein bisschen echten Mumm hat. Denkste. Sie brachte es sogar fertig, ihm einen Infozettel von der KDV-Beratung zuzustecken, verstohlen zwar, wahrscheinlich durfte sie das gar nicht, von wegen Indoktrination und Neutralitätsgebot der Schule und so, aber sie tat es. Während er sich schon bei dem Gedanken, sein Recht auf Verweigerung in Anspruch zu nehmen, schier in die Hose macht.

Nee, nee, die Boenisch hat mindestens zehnmal so viel Mumm wie er. Fast so viel wie Franzi.

Schon wieder denkt er an Franzi. Sie ist immer noch nicht da. Wo in aller Welt bleibt sie?

* * *

Sehr geehrter Herr Bundeskanzler,

wir geben Ihnen davon Kenntnis, daß der Krefelder Appell, der die Bundesregierung seit November 1980 auffordert, »die Zustimmung zur Stationierung von Pershing-II-Raketen und Marschflugkörpern in Mitteleuropa zurückzuziehen«, bis zum 1. September 1983 von rund 4 700 000 Bürgern der Bundesrepublik unterzeichnet worden ist.

Gestützt auf dieses Mandat und auf die jüngsten Ergebnisse von Umfragen, wonach 75 Prozent der Bevölkerung der Bundesrepublik die Raketenstationierung ablehnen, fordern wir Sie auf, sich der lebensbedrohenden Aufstellung von neuartigen amerikanischen Nuklearwaffen auf deutschem Boden, völlig unabhängig vom Ausgang der Genfer Verhandlungen, zu verweigern.

Brief der Krefelder Initiative
an Bundeskanzler Helmut Kohl, 8. September 1983

* * *

WERNER Die Zahnbürste verdrießt Werner. Wie sie da an Franziskas Rucksack hängt und mit ihrem Baumeln seinen Blick anzieht, wider seinen Willen.

Was soll denn die Zahnbürste?, hatte er gefragt.

Ein Symbol der amerikanischen Bürgerrechtsbewegung, war Franziskas Antwort. Es bedeutet, dass ich bereit bin, für meine Überzeugung ins Gefängnis zu gehen. Ihre Stimme hatte diesen schnippischen Unterton, den sie in letzter Zeit kaum noch ablegte, zumindest ihm gegenüber nicht, und er erwiderte nichts. Wenn sie mit diesem Unterton sprach, führte jede Erwiderung zu Streit, und das war die Sache nicht wert. Auch wenn er es lächerlich fand. Nein, mehr noch: ungehörig, anmaßend. Als ob Franziska irgendetwas mit den Leuten gemein hätte, von denen sie dieses Symbol übernommen hatte. Als ob sie wüsste, was es bedeutete, für eine Überzeugung ins Gefängnis zu gehen. Nur aus der Perspektive eines unerfahrenen, schwärmerischen Teenagers, der noch nie erlebt hat, wie Menschen Menschen demütigen können, klang das romantisch, herrlich idealistisch. Bleibt bei dem, was ihr kennt, würde er seiner Tochter gern sagen, ihr und ihren hochtrabend trotzigen Freunden. Aber vielleicht war genau das der Punkt: Diese Jugendlichen kannten nicht viel. Sie waren behütet, in Frieden und Wohlstand aufgewachsen, in einer Welt, deren größte Probleme falsch parkende Autos und die Wahl der Eissorte zum Nachtisch waren. Und nun, an der Schwelle zum Erwachsenwerden, stellten diese Jugendlichen fest, dass die Welt nicht so heil war, wie sie die ersten seligen sechzehn, siebzehn, achtzehn Jahre ihres Lebens geglaubt hatten. Und wappneten sich gegen das Beängstigende und Bedrohliche mit Zahnbürsten, als könnte ein Symbol sie retten.

Er sollte nicht ungerecht sein. Die Jugend hat schon immer Symbole gebraucht. Und lieber Zahnbürsten als die Symbole seiner Jugend.

Franziska läuft schweigend einen halben Schritt vor ihm her. Die Schultern hat sie hochgezogen, die Hände in den Manteltaschen vergraben, aber er hat ohnehin nicht vor, sie in ein Gespräch zu verwickeln. Er ist sich vollkommen darüber im Klaren, dass es ihr nicht recht ist, dass er darauf bestanden hat, sie zu begleiten. Dass es sie ankotzt, wie sie sagen würde, in ihrer ungezügelten Sprache, und dass er sie nicht behandeln soll, als wäre sie ein kleines Kind.

Merkwürdig, dass sie es nicht tatsächlich gesagt hat. Nun, sie ist nicht mehr ganz so unbeherrscht in diesen Tagen wie früher. Stattdessen hat sie sich diesen schnippischen Unterton zugelegt.

Werner ist sich selbst nicht sicher, ob es eine gute Idee ist, dass er mitkommt. Im Grunde genommen findet er es unangemessen, fast schon obszön, auf die Straße zu gehen, seine Meinung hinauszuschreien oder auf einem Plakat vor sich herzutragen. Es ist so leicht, in der Politik alles besser zu wissen. Ähnlich wie beim Fußball. Da schwadronieren Millionen selbst ernannte Experten frei von der Leber weg, ledig aller Sachzwänge und politischen Realitäten, wie man alles ganz einfach viel besser machen könnte. Will er sich wirklich einreihen in die Schar der Schreihälse und Schwadronierer und Besserwisser?

Nein, will er nicht. Aber er kann auch nicht mehr danebenstehen. Zu viel Unruhe hat sich in letzter Zeit in ihm breitgemacht, eine Art schlechtes Gewissen, ein Drang, etwas zu tun, dem er nicht länger ausweichen kann.

Heute fragen sich alle, wie 1933 passieren konnte, warum man, als sich die Katastrophe anbahnte, nicht mehr Widerstand aufgebracht hat, bevor es zu spät war. Werner fürchtet: Weil man es nicht gemerkt hat. Weil man zu lange dachte, es sei nur eine Episode, es werde sich legen. Und als dann nicht mehr zu leugnen war, dass es sich nicht legen würde, dass vielmehr schon viel zu viel in die falsche Richtung gegangen war, wusste man nicht mehr, was man tun sollte. Aus Hilflosigkeit, aus Überforderung, sicherlich auch schon aus Furcht.

Im Rückblick lässt sich leicht sagen, wann man was hätte tun müssen. Doch in der Gegenwart gelingt das nicht. In der Gegenwart gibt es nur die Zeit, wie sie ist; das Davor und Danach entsteht erst im Rückblick. Deshalb kann heute genauso gut wie damals passieren, dass man den richtigen Zeitpunkt verpasst. Oder vielleicht sogar schon verpasst hat.

Werner spürt, wie seine Finger kalt werden; die Kälte dringt durch den Stoff seines Mantels bis in die Tasche. Vielleicht hätte er doch einen Handschuh anziehen sollen. Nun, es gibt Schlimmeres als kalte Finger. Er bewegt die Finger in der Manteltasche, um die Durchblutung anzuregen.

Als habe Franziska seine Bewegung gespürt, schiebt auch sie die Hände tiefer in ihre Taschen, den Blick starr nach vorn gerichtet.

Was geht in ihr vor? Eine Frage, die ihn seit zwei Wochen kaum noch verlässt, die er sich früher nie gestellt hat. Vielleicht war das der Fehler. Auch so ein verpasster Zeitpunkt. Oder viele verpasste Zeitpunkte. Er weiß so wenig von seiner Tochter. Ein Rätsel ist sie ihm, ein wundervolles, verwirrendes, verstörendes Rätsel.

Mit seinem Erstgeborenen geht es ihm anders. Vielleicht bildet er es sich nur ein, aber er glaubt, immer ziemlich genau zu wissen, was in Jörg vorgeht, manchmal, scheint ihm, besser als Jörg selbst – vielleicht, weil er selbst ähnlich war als junger Mann. Angefüllt mit geistigem Tatendrang und Idealismus, in einem solchen Ausmaß, dass die Verblendung nur ein Haarbreit entfernt war. Für ihn gab es in seiner Jugend nur Kameraden und Verräter; für Jörg gibt es nur Linke und Nazis. Und er, Werner, ist einer der Letzteren, natürlich, denn wer im Krieg an der Front war, kann in Jörgs Weltbild nur ein Nazi gewesen sein.

Werner hat nie versucht, ihm zu widersprechen. Vielleicht, weil er sich selbst nicht sicher ist, ob er Nazi war oder nicht. Kann man mit achtzehn Nazi sein? Natürlich, würde Jörg sagen, mit jugendlicher Selbstgewissheit, Jörg hat sich schließlich schon mit sechzehn ganz als waschechter Linker gefühlt, und wer wollte ihm das abstreiten? Werner hingegen würde sagen: Ich war jung, ich kannte nichts anderes, ich hatte keine Wahl. Und darüber hinaus irrsinniges Glück, dass der Krieg ihn so schnell wieder ausspuckte. Wer weiß, was sonst noch aus ihm geworden wäre, welche Schuld er noch auf sich geladen hätte.

Vielleicht ist das der Grund, weshalb er heute hinter Franziska her zu diesem Parkplatz geht, um das erste Mal in seinem Leben auf eine Demonstration zu fahren. Man kann sich nicht immer auf sein Glück verlassen. Und er ist alt genug, eine Wahl zu treffen, die Wahl, den Zeitpunkt unerkannt verstreichen zu lassen oder vorher aufzustehen, die Wahl zwischen stillschweigendem Zulassen und vorbeugendem Protest. Denn wenn sein Enkelkind ihn eines Tages fragt, was er getan hat, um den nächsten Krieg zu verhindern – er will eine Antwort haben.

MARLENE Er ist tatsächlich gekommen!

Marlene schaut zweimal hin, um sicher zu sein, doch sie hat richtig gesehen: Da tritt Werner Semrau von der Straße her auf den Parkplatz.

Sie hat nicht damit gerechnet, dass er kommen würde. Obwohl er, als sie ihm das Flugblatt mit den Abfahrtzeiten des Busses mitbrachte, freundlich nickte und es ohne weiteren Kommentar einsteckte. Ein freundliches Nicken war schon viel für Werner Semrau, der sich mit Kommentaren stets zurückhielt, mit Lob oder Zustimmung erst recht, ganz nach dem Motto: nicht kritisiert ist genug gelobt. Dabei kritisierte er selten, zumindest nicht direkt, er fragte nur ruhig und unerbittlich nach, bis er einen an die Stelle geführt hatte, wo man selbst die Schwachstelle, die Lücke in der eigenen Argumentation sah. Er forderte einen heraus, deshalb galt er als schwieriger Mentor – und vielleicht auch, weil er so wenig von sich selbst preisgab. Eigentlich gar nichts. Er könnte ein Abkömmling der Familie Buddenbrook sein, wenn sein unüberhörbares Schwäbeln nicht wäre, denkt Marlene manchmal, er hat diese hanseatische Kühle, diese fast aristokratische Zurückhaltung. Und doch mag sie ihn.

Natürlich sagte er zunächst nichts, als sie ihm von der geplanten Menschenkette erzählte, von dem Bus, der sie auf die

Schwäbische Alb bringen würde, sein Gesicht war von undurchdringlicher Freundlichkeit gewesen, wie immer.

Zu guter Letzt sagte sie – nicht ohne Zögern, aber sie hatte es sich lange genug vorgenommen, oft genug diesen Moment in ihren Gedanken durchgespielt, und so kostete es sie nur einen kleinen Ruck: Möchten Sie nicht mitfahren?

Warum, meinen Sie, sollte ich?, war seine Rückfrage, die sie einen Moment lang verstummen ließ, bis sie merkte, dass er ernsthaft auf eine Antwort wartete.

Weil … es das ist, was wir tun können, sagte sie schließlich. Was sonst können wir denn tun, als zu zeigen, dass wir nicht einverstanden sind mit dem, was passiert? Einfach nur abzuwarten und zu hoffen, dass es schon gut gehen wird, ist keine Alternative, oder?

Sie scheinen mehr Fragen als Antworten zu haben, stellte er fest.

Marlene spürte, wie sie rot wurde. Das ist keine Schande, erwiderte sie.

Nein, das ist es nicht.

Damit war das Gespräch zu Ende gewesen, und sie waren nicht wieder darauf zurückgekommen.

Doch nun ist er da. Er ist nicht allein, sondern in Begleitung seiner Tochter. Ein ungleiches Paar sind sie, wie sie da über den Parkplatz gehen, der ältere Mann in Hut und dunklem Lodenmantel, der vom Scheitel bis zur Sohle Korrektheit ausstrahlt, und die kleine strubbelige Punkerin, deren ganzes Outfit demonstriert, wie sehr sie auf Korrektheit pfeift. Sie geht vorneweg, er folgt ihr, etwas steif, als sei ihm bewusst, dass er, der sonst alles tut, um nicht aufzufallen, hier gerade dadurch auffällt, mehr zumindest als seine exzentrische Tochter. Der linke Ärmel seines Mantels ist sorgfältig in die Manteltasche gesteckt; die rechte Hand ruht auf der Tasche, die er auch in der Schule stets dabei hat, der lange Riemen diagonal über die linke Schulter zur rechten Seite gelegt, sodass sie nicht verrutschen kann. Worauf man alles achten muss als Einarmiger, denkt Marlene, auf die richtige Tasche und ihre Position, dass man sie mit einer Hand erreichen und öffnen kann. Ein Rucksack wäre wahrscheinlich nichts für Werner Semrau.

Marlene hätte gerne gewusst, was er im Krieg erlebt hatte, aber das zu fragen war undenkbar. Er sei in Russland gewesen, raunte ihr einmal ein Kollege hinter vorgehaltener Hand zu, als wäre damit alles gesagt. Nun, das war ihr Vater auch, doch der war mit beiden Armen zurückgekommen. Und selbst der erzählte so gut wie nichts. Wenn, dann von den Jahren vor und nach dem Krieg, von dem schönen Haus in Masuren, das in seinen Erzählungen erschien wie das verlorene Paradies, von der Flucht aus der Kriegsgefangenschaft und davon, wie er sich im Nachkriegstübingen durchbiss, wie ihm ein mageres Stipendium das Studium ermöglichte, von der ersten Pfarrstelle, die er antrat, als andere seines Alters gerade erst aus den Lagern zurückkehrten. Das Leid kam in seinen Erzählungen nur abstrakt vor, als unentrinnbare Kategorie menschlicher Existenz, als immerwährender Unterton in der Musik des Lebens. Kaum einmal klang seine eigene Erfahrung auf, sein eigenes Erleben, obwohl es das, denkt Marlene, doch gegeben haben muss. Aber nachzufragen war ebenso undenkbar wie bei Werner Semrau.

Ulrike brach das Tabu einmal, ohne zu wissen, was sie tat. Es muss kurz nach ihrer Krankheit gewesen sein, denn ihre Hörgeräte hatte sie schon, aber in der Schule war sie noch nicht, fünf war sie wohl. Es war bei einem Geburtstag der Oma, Marlene erinnert sich, dass die Oma sich schön gemacht hatte, mit der langen Perlenkette, die sie nur an besonderen Tagen trug. Wie so oft beim Kaffee kam die Sprache auf damals, als der Josef aus der Gefangenschaft zurückkehrte, ganz abgemagert sei er gewesen, sagte die Oma, und lud ihm noch ein Stück Torte auf den Teller.

Da fragte Ulrike: Warum war der Papa im Gefängnis?

Nicht im Gefängnis, sagte die Oma. Aber nach dem Krieg, da wurden die deutschen Soldaten alle gefangen genommen, weil sie den Krieg verloren hatten. Und dein Papa war Soldat.

Papa Salat?, wiederholte Ulrike verständnislos.

Solll-dat, sagte die Oma. So nennt man die Männer, die im Krieg kämpfen.

Krieg ist böse, sagte Ulrike mit Nachdruck. Da schießen sie sich gegenseitig tot.

Nur wenn es nicht anders geht, sagte die Oma. Keiner will einen anderen totschießen, auch im Krieg nicht.

Hat denn der Papa jemanden totgeschossen?, fragte Ulrike arglos.

Marlene erinnert sich noch gut, wie in diesem Moment Omas Hand mit dem Tortenheber in der Luft stehen blieb und nicht nur die Oma, sondern alle im Raum erstarrten, wie das Klappern der Tassen und Kuchengabeln verstummte und die Luft im Raum so schwer und stickig schien, dass man kaum atmen mochte. Nur Ulrike war unbeeindruckt und schon wieder ganz mit dem Kakao in ihrer Tasse beschäftigt, auf dem sich Haut gebildet hatte, die sie mit dem Finger anpiekste, um sie herauszuziehen.

Ulrike, hör auf mit dem Gepantsche, sagte die Mama scharf, sonst bekommst du keinen Kakao mehr.

Der Zauber war gebrochen, die Oma beeilte sich, weitere Tortenstücke zu verteilen, während alle ihre Kuchengabeln wieder aufnahmen und schnell von etwas anderem sprachen. Und weil Ulrike sich für Kakao mehr interessierte als für Soldaten, hatte sie ihre Frage sofort wieder vergessen.

Aber Marlene vergaß sie nicht. Auch wenn sie weiß, dass sie nie eine Antwort bekommen wird. Oder vielleicht gerade deshalb.

Und wenn selbst ihr beredter, temperamentvoller Vater, der sonst für alles schöne und überzeugende Worte fand, über den Krieg nicht redete, wieso sollte es dann Werner Semrau tun.

Die beiden sind bei der Schülergruppe angekommen, Franziska wird mit großem Hallo in Empfang genommen. Ihren Vater würdigt sie keines Blickes mehr, als würde sie ihn nicht kennen, als hätte sie nie etwas mit ihm zu tun gehabt. Für einen Moment steht er wie verloren.

Auch er gehört nicht ganz hierher, denkt Marlene, wenn auch auf andere Weise als ich. Sie geht auf ihn zu.

Guten Morgen. Schön, Sie zu sehen.

Sie hatten mich doch eingeladen, antwortet er mit diesem Lächeln, von dem sie immer noch nicht weiß, ob es Ironie enthält oder nicht, obwohl sie es schon so oft gesehen hat.

Marlene weiß keine Entgegnung.

In diesem Moment biegen zwei Reisebusse auf den Parkplatz ein und werden von den Wartenden mit Johlen und Winken begrüßt, die Gewerkschafter schwenken ihre Fahnen und blasen in ihre Trillerpfeifen.

Nun, sagt Werner Semrau, dann wollen wir mal.

Sieben Uhr

INES Als die Sirene losheult, ist Ines mit einem Schlag hellwach. Jetzt ist es so weit, denkt sie, gleich ist alles vorbei. Sie kennt die Aufnahmen aus Hiroshima, mit geschlossenen Augen wartet sie auf den Lichtblitz, während in ihren Ohren ihr Herzschlag dröhnt. Es muss eine technische Panne gewesen sein, denkt sie, ein Fehlalarm, der einen Alarm ausgelöst hat und damit den Atomschlag, der nur vermeintlich ein Gegenschlag, in Wirklichkeit aber ein Erstschlag wäre, auf den die andere Seite wiederum mit einem Gegenschlag reagiert. Das Inferno aus Versehen. Alles andere als eine Panne wäre nicht so überraschend gekommen, hätte sich angebahnt, angedeutet in den Nachrichten der letzten Tage, in sich verschärfenden Tonfällen, immer offener ausgesprochenen Drohungen.

Oder nicht? Konnten die Bewohner von Hiroshima ahnen, was kommt?

Ines hat automatisch ihre Herzschläge gezählt, als würde das etwas nützen: zu wissen, wie viele letzte Herzschläge sie noch hatte. Bei sechsundneunzig verstummt die Sirene. Bei zweihundert blinzelt Ines zum Radiowecker: Die roten Leuchtziffern zeigen sieben Uhr vier. Sie tastet nach dem Schalter. Der Verkehrsservice berichtet ein paar Glatteisunfälle und kleinere Staus. Dann kommt Musik.

Allmählich ist Ines wieder ruhiger, ruhig genug zumindest, um zu begreifen: Das war kein Raketenalarm. Er muss aus dem Industriegebiet gekommen sein, irgendeine dumme Werkssirene, warum auch immer. Was für eine Gemeinheit, so früh am Morgen, und ausgerechnet heute, wo die Atomkriegsgefahr noch mehr als sonst in allen Köpfen ist.

Sieben Uhr zwölf. Ines' Herzschlag geht inzwischen wieder normal, doch ihre Hände und ihr Oberkörper sind feucht vom Schweiß, und ihre Gedanken kreisen weiter. Was wäre passiert, wenn es ein echter Alarm gewesen wäre? Wie lange ist die Vorwarnzeit? Ein paar Minuten, so viel weiß sie. Wie viele genau? Drei, fünf, zehn?

Sieben Uhr achtzehn. Ines schaltet noch einmal das Radio ein. Ein aufgekratzter Moderator erzählt von Catherine Deneuve, die heute Geburtstag hat, und von ihrem neuesten Film, von dem Ines noch nie gehört hat und der sie auch nicht interessiert, schon gar nicht jetzt. Wenn eine Rakete aus Moskau unterwegs wäre nach Deutschland, müsste sie inzwischen angekommen sein. Wenn nicht hier, dann woanders. In jedem Fall gäbe es Wichtigeres zu berichten als den Geburtstag einer Schauspielerin. Also ist alles gut. Außer, dass sie jetzt bestimmt nicht mehr einschläft, obwohl sie noch anderthalb Stunden Zeit hat, bis sie aufstehen muss.

Ines dreht sich zur Wand und zieht die Decke über den Kopf. Kurz darauf schläft sie doch.

* * *

> Ein Atomkrieg ist möglich. [...]
>
> Die Erkenntnis, daß Krieg auf jeder Ebene der Auseinandersetzung gewonnen oder verloren werden kann und daß der Unterschied zwischen Gewinnern und Verlierern nicht bedeutungslos wäre, ist für eine intelligente Verteidigungsplanung essentiell [...].
>
> Die Vereinigten Staaten sollten planen, die Sowjetunion zu besiegen, und dies zu einem Preis, der eine Erholung der USA erlauben würde. Washington sollte Kriegsziele festlegen, die letztendlich die Zerstörung der politischen Macht der Sowjets und das Entstehen einer Nachkriegs-Weltordnung, die westlichen Wertvorstellungen entspricht, in Betracht ziehen.
>
> US-Abrüstungsberater Colin S. Gray
> in der Zeitschrift *Foreign Policy*, Sommer 1980

* * *

Es scheint eine Tragik menschlicher Auffassungsgabe zu sein, daß wir als Kollektive allenfalls imstande sind, die Katastrophen der Vergangenheit zu bewältigen. Heute wären wir als Deutsche vielleicht so weit, die Naziherrschaft abzuwenden und einen Zweiten Weltkrieg zu verhindern. Aber es ist sehr fraglich, ob wir kollektiv in der Lage sind, den Dritten Weltkrieg abzuwenden. Man ist immer eine Katastrophe im Rückstand.

Roland Vogt, Vorsitzender des Bundesverbands Bürgerinitiativen Umweltschutz, auf einer Tagung der Evangelischen Akademie Loccum, Januar 1982

* * *

WILFRIED Auf die Minute pünktlich fährt der Zug ein. Er ist fast zu lang für den kleinen Bahnhof; die Lokomotive fährt einige Meter über das weiße Schild mit dem schwarzen *H* hinaus, damit auch der letzte Wagen noch vom Bahnsteig aus zu erreichen ist. Trotz der frühen Stunde und der Kälte stehen etliche Fenster offen, Leute lehnen sich heraus, winken denen zu, die auf dem Bahnsteig warten. An den Türen hängen Plakate mit dem Aufruf zur Menschenkette, in einem Fenster hängt eine große Friedenstaubenfahne, in einem anderen ein Transparent: *Frieden schaffen ohne Waffen*, und aus einem der Wagen schallt *Hopp, hopp, hopp, Atomraketen stopp!* über den Bahnsteig.

Kaum kommt der Zug zum Stehen, drängen alle zu den Türen. Wilfried hat Mühe, seine Gruppe im Auge zu behalten. Hat jemand noch keinen Infozettel?, ruft er und schwenkt die Flugblätter in seiner Hand über dem Kopf. Doch niemand achtet auf ihn, zumal der Ordner an der Tür zur Eile mahnt: Einsteigen, einsteigen! ruft er ungeduldig. Was gar nicht so einfach ist, wenn rund sechzig Leute gleichzeitig in einen schon ziemlich vollen Zug drängen.

Wilfried steckt die Zettel in seine Tasche. Es wird schon alles klappen. Es sind genügend Zettel im Umlauf, dass alle mitbekommen haben müssten, wann und wo sie aussteigen.

Und spätestens bei der Kundgebung werden sie sich alle wieder treffen. Außerdem haben die Damen alles gut im Griff.

Die Damen, so nennt er sie heimlich: Frau Heger, Frau Lehmann und Frau Kühnle aus dem Frauenkreis. Sie sind es, die vor einem guten Jahr das Friedensgebet initiierten, aus dem sich die Friedensgruppe entwickelte, inzwischen ein gutes Dutzend Leute, die regelmäßig dabei sind. Ohne die drei Damen hätte es die Gruppe nie gegeben oder sie wäre nach kurzer Zeit wieder eingeschlafen. Jede Gruppe braucht einen Motor, ein, zwei, drei Personen, die Ideen und Ziele entwickeln, auf die man hinarbeiten kann, die das Zusammenkommen organisieren, den Laden zusammenhalten. Und die drei Damen verstanden intuitiv, was eine Gruppe braucht: eine regelmäßige Aufgabe – die wöchentliche Friedensandacht am Mittwochabend –, dazu ab und zu ein größeres Ziel, ein besonderes Ereignis – so wie heute die Fahrt zur Menschenkette. Oder letztes Jahr im Juni die zur Großdemo in Bonn, mit gerade einmal dreizehn Leuten, aber immerhin.

Als es darum ging, ihre Gruppe zur Menschenkette anzumelden, sagte Frau Heger entschlossen: Wir melden vierzig Leute an.

Wilfried war skeptisch. Der Friedenskreis seiner Gemeinde war zwar sehr aktiv, aber selbst wenn man diejenigen mitzählte, die nur ab und zu mitarbeiteten, waren es höchstens dreißig. Und dass alle mitkommen würden, war eher unwahrscheinlich.

Doch auch die beiden anderen Damen waren der Meinung: vierzig. Für jeden, der mit in Bonn war, zwei weitere. Das sollte doch zu schaffen sein!

Dass nach jeder Friedensandacht der Stapel Infozettel bis auf zwei, drei Blättchen verschwunden war, hatte Wilfried hoffen lassen. Mit den dreiundvierzig Interessierten, die zum Vorbereitungstreffen Anfang des Monats kamen, hatte er dennoch nicht gerechnet. Und jetzt fahren fast sechzig Leute mit! Wenn die Kette scheitert – an ihnen wird es nicht liegen.

Sicherlich hat es geholfen, dass es eine kirchliche Gruppe war, die eingeladen hatte. Dass der Herr Pfarrer dahinterstand.

Auf dem Land zählte das noch etwas. Wobei auch das nicht geholfen hätte, wenn sie nicht im Laufe der Jahre tatsächlich Vertrauen zu ihm gefasst hätten. Obwohl er so vieles so anders machte als sein Vorgänger. Für den waren Religion und Kirche ausschließlich für den inneren Frieden, für die persönliche Beziehung zu Gott zuständig; Politik hatte in der Kirche nichts zu suchen. Dem hält Wilfried entgegen: Der Friede Gottes und der Frieden auf Erden sind zwar zweierlei, aber auch nicht voneinander zu trennen. Wer es ernst meint mit dem Frieden Gottes, ist verpflichtet, schon hier und jetzt auf Erden aktiv den Frieden zu suchen. Dazu gehört auch, politisch zu handeln und gesellschaftlich Stellung zu beziehen.

Er weiß, dass das für viele eine Zumutung ist. Aber für ihn ist es der Kern dessen, was Christsein ausmacht: seine utopische Qualität und Kraft. Sonst wird Religion wirklich zu dem Opium des Volkes, als das Karl Marx sie beschimpft hat.

Natürlich gibt es Unruhe, wenn man sich einmischt in die Welt. Friedensandachten in der Kirche? Glockengeläut im Gedenken an das Kriegsende? Transparente mit Friedensbotschaften und Friedenstauben an der Kirchenmauer? Das führte zu hitzigen Diskussionen im Ältestenkreis, und sicherlich nicht nur dort. Doch als die Friedensandachten mehr und mehr Besucher anzogen, als dadurch neue Mitglieder den Weg in die Gemeinde fanden, als sich der Frauenfriedenskreis zusammenfand und eine Teestunde nach dem Gottesdienst einführte und Dritte-Welt-Waren verkaufte, da verstummte die Kritik allmählich.

Inzwischen haben die meisten akzeptiert, dass er Meinungen vertritt und einfordert, auch in der Kirche, gerade dort. Sie haben akzeptiert, dass er bei der Eröffnung des Schützenfests die Waffen nicht segnet, wie es sein Vorgänger und wahrscheinlich auch all dessen Vorgänger jahrzehnte-, jahrhundertelang taten – Hauptsache, er, der Herr Pfarrer, kommt zur Eröffnung. Was er tut und auch weiterhin tun wird, auch wenn ihm dieser Militarismus im Schrebergartenformat verhasst ist, doch er weiß, dass man um ein paar Dinge nicht herumkommt, wenn man Mitglied einer Dorfgemeinschaft sein oder auch nur ihr Vertrauen erringen will.

Und so wie er sich auf sie eingelassen hat, haben sie sich auf ihn eingelassen – in manchem nur vordergründig, in anderem immer ernsthafter. Wie auf die Friedensdiskussion. Auch wenn sich viele in ihre kleine Dorfidylle zurückziehen und denken: Was geht uns hier oben die Welt der Politiker an?, werden es immer mehr, die sagen: Sie geht uns alle an. Wenn es zum Atomkrieg kommt, ist es überall vorbei mit der Idylle. Schon das ist ein Erfolg, findet Wilfried.

Und sie haben sogar akzeptiert, dass er allein im Pfarrhaus lebt, ohne Frau und große Kinderschar. Dass so gut wie nie eine Nachfrage oder Anspielung kommt, nicht einmal in Form eines plötzlichen Verstummens im Gespräch, das so viel beredter sein kann, als weiterzureden, zeigt ihm, dass sie den Grund dafür kennen oder zumindest ahnen, und dass sie ihn akzeptieren, zumindest solange er nicht ausgesprochen, nicht öffentlich, nicht sichtbar in der Welt ist. Denn diese eine Zumutung erspart er ihnen.

Was soll das, warum versteckst du dich?, fragt Roland ihn oft. Du traust dich so viel, warum das nicht?

Weil es für ihn anders ist als für Roland, denkt Willfried. Es geht nicht nur um ihn. Er hat auch eine Verantwortung für die Gemeinde, für ihre Menschen. Und ein Mensch hält nur ein gewisses Maß an Zumutungen aus. Außerdem hat Roland im Prinzip – zumindest jenseits der ganz normalen alltäglichen Diskriminierung, jenseits des Misstrauens und der Anfeindungen – nichts zu befürchten. Er hingegen, Wilfried, lebt unter einem drohenden Berufsverbot. Skandalös ist das, ja, darin stimmt er mit Roland überein, aber es ist, wie es ist. Da hilft es nicht, dass die Kirchenleitung ihre Schrift »Orientierungshilfe« genannt hat; allein dass sie von einem hohen, bundesweiten Gremium kommt, macht sie zum Verdikt: *Wird homosexuelle Partnerschaft öffentlich vertreten, so liegt ein Verstoß gegen den Inhalt der kirchlichen Lehrverpflichtung vor.*

Das nimmst du so hin?, fragte Roland, krächzte fast, fassungslos. Das lässt du zu?

Was soll er denn tun? Als Pfarrer kann man nicht einfach seinen Arbeitgeber wechseln. Und am Ende ist sein Chef nur einer: Jesus Christus. Dass der auf seiner Seite ist, dessen ist sich Wilfried sicher.

Deswegen ist er schließlich Pfarrer geworden. Es ist Teil seines Auftrags, in der Welt zu wirken, auch mit dieser Kirche zurechtzukommen. Auch wenn er mit ihr nicht immer übereinstimmt. So ist das menschliche Leben eben. Es gibt viele Meinungen, und mal setzen sich die einen durch, mal die anderen, allen gleichzeitig kann man es nie recht machen. Was man allerdings kann, ist, eine mahnende Stimme zu behalten, die an Maßstäbe erinnert, die jenseits der Tagespolitik und des kleinen menschlichen Willens liegen, moralische Maßstäbe, christliche Maßstäbe. Sich für die Verfolgten einsetzen, die Unterdrückten, diejenigen, die keine Stimme haben oder zu schwach sind, sie zu erheben. Und denjenigen Mut zusprechen, die sich auf den Weg machen wollen zu den Unterdrückten oder zu den Mahnern gehören wollen und noch nicht so recht wissen, wie. Das ist seine Aufgabe, so sieht er das.

Deshalb würde er sich auf jeden Fall, ohne Wenn und Aber, für jemanden einsetzen, der wegen seiner Sexualität oder der gewählten Partnerschaft diskriminiert würde. Wenn zum Beispiel in einer Nachbargemeinde ein Pfarrer entlassen werden sollte, weil er einen Freund hat. Aber für sich selbst? Nein, es ist in Ordnung so. Er muss es nicht allen auf die Nase binden, dass es Roland gibt; und es ist für alle leichter, dass Roland in Freiburg wohnt, eine Autostunde entfernt.

Einsteigen, einsteigen!, ruft der Ordner und winkt ungeduldig. Wilfried vergewissert sich, dass niemand auf dem Bahnsteig zurückgeblieben ist, bevor er selbst auch in den Zug steigt. In dem Moment schlagen auch schon die Türen zu, und mit einem Ruck setzt sich der Zug in Bewegung.

ULRIKE Der Himmel ist bereits deutlich aufgehellt, die Sterne sind verblasst, und am östlichen Horizont, wo sich der Hügel sanft in Richtung Tal senkt, zeigt ein gelblicher Schimmer das Nahen der Sonne an. Der Schafstall ist im Dämmerlicht deutlich zu sehen, ein dunkler, scharf umrissener Schatten vor dem Himmel.

Ulrike setzt den Fuß auf den unteren Rahmen des Gatters und schwingt sich hinüber. Das Holz ist kalt und rutschig unter ihren Händen, und sie spürt, wie das Gras knirscht, als ihr Fuß aufkommt. Es riecht nach Eis und feuchtem Sand und ein klein wenig nach Stroh, frostiges Überbleibsel der Wiese, die sich hier noch vor wenigen Wochen sattgrün über den Hang zog. Mit festen Schritten überquert Ulrike die Koppel und öffnet sacht die Tür zum Schafstall. Augenblicklich schlägt ihr ein warmer, nach Stroh, Wollfett und Kötteln duftender Stalldunst entgegen. Sie schnalzt zweimal mit der Zunge, bevor sie die Taschenlampe anknipst und in den Stall tritt. Die Schafe sind schon wach, liegen aber noch auf dem Boden und dösen vor sich hin, nur eines steht und hält Wache: Tilly, das älteste Mutterschaf der Herde. Sie hat aufmerksam den Kopf zur Tür gedreht, sie hat Ulrike an ihrem Schnalzen erkannt und weiß, es gibt keinen Grund, aufzuschrecken.

Na, meine Hübsche, sagt Ulrike zärtlich, und Tilly senkt den Kopf und verfällt in Dösehaltung. Ulrike fragt sich, wie schon oft, was wohl in einem Schafshirn vor sich geht. Nicht viel, würden die meisten Menschen sagen, aber sie ist sich da nicht so sicher. Nur weil der Mensch Schafsgedanken nicht lesen kann, heißt das noch lange nicht, dass es sie nicht gibt.

Ulrike setzt sich mit dem Rücken an die Wand zwischen die schlafenden Schafe, sodass sie durch die offene Stalltür den Himmel sehen kann, und knipst die Taschenlampe aus. Sie liebt es, kurz vor Sonnenaufgang im Stall zu sein, umgeben von den Schafen, ihrer Wärme und ihren Ausdünstungen. Wer auch immer in der Kommune damit anfing, Schafe zu halten, Ulrike findet, es war eine hervorragende Idee. Auch wenn sie Arbeit machen, die nicht sonderlich beliebt ist und immer wieder an Frieder und ihr hängen bleibt. Aber Ulrike liebt die Viecher, ihre weichen, vorwitzigen Schnauzen, ihr filziges Fell und ihren treuherzigen Blick. Treudoof, sagt Paul, aber Paul nimmt ohnehin niemanden richtig ernst außer sich selbst.

Jedenfalls lässt sich nirgends so gut den eigenen Gedanken nachhängen wie hier, im Morgengrauen, zwischen den Schafen. Vor allem, wenn es Gedanken sind, die sie erst noch finden muss, aufspüren in vagen Befindlichkeiten. Was zum Beispiel steckt hinter dieser merkwürdigen Unruhe, die sie seit ein paar Tagen mit sich herumträgt und die sie sich nicht erklären kann? Eigentlich ist doch alles in bester Ordnung. Bei der Arbeit ist genug zu tun, aber nicht zu viel; sie versteht sich gut mit dem Meister, und der hat neulich angedeutet, dass er sie nach der Ausbildung übernehmen will. Auch in der Kommune geht es zurzeit relativ friedlich zu – da gab es durchaus schon andere Zeiten. Gut, Rampe hat etwas Unruhe in die Gemeinschaft gebracht, und ganz gelegt hat sich die noch nicht, Rampe ist immer noch nicht richtig angekommen, immer noch eher ein Außenseiter, und Ulrike ist nicht ganz klar, woran es liegt. Daran, dass er anders ist als die anderen, mehr Anarcho als Öko? Oder daran, dass er nicht lange herumdruckst, sondern unverblümt sagt, wenn ihm etwas nicht passt, auch mal mit deftigen Worten? Während alle anderen um des lieben Friedens willen gerne mal um den heißen Brei herumreden oder einen vermeintlichen Konsens beschwören, der längst in weite Ferne gerückt ist.

So wie neulich in der Vollversammlung. Nicht, dass Ulrike wirklich wüsste, worum es ging. Sie war müde an dem Abend, und in den Vollversammlungen hatte sie oft Mühe, den Diskussionen zu folgen. Wenn es hitzig zuging – und das tat es meistens –, wurde so viel so schnell und durcheinander geredet, dass sie keine Chance hatte, etwas zu verstehen, nicht nur, wenn sie müde war. Da mochte Leo noch so viel eingreifen und sagen, immer schön einer nach dem anderen, es war im Eifer der Debatte nach wenigen Sekunden vergessen, und dann kam bei ihr nichts mehr an als ein großer verworrener Lärmbrei. Was ihr normalerweise nichts ausmachte; sie genoss es, einfach dazusitzen und nichts weiter zu tun, als zu beobachten. Sie fragte sich ohnehin oft, warum die anderen so viel reden mussten. Man sah doch, was los war: wann sich Leos Stricknadeln wie schnell bewegten, wie viele Löcher Veronikas Zeigefinger in die Luft stach, wenn sie redete, wer wem wie aufmerksam zuhörte, wer wen wie oft und wie lange anschaute, wer aufrecht saß und wer in sich zusammengesunken.

Bei der Vollversammlung letzte Woche war sie so müde gewesen von der Arbeit, von den langen Überstunden der letzten Tage, die sie alle in der Schreinerei geleistet hatten, um das Großprojekt – den Innenausbau eines neuen Bioladens unten in der Stadt – rechtzeitig fertig zu bekommen, dass sie sich gar nicht die Mühe machte, etwas zu verstehen, sondern die Augen schloss und das Gerede der anderen wie ein fernes Rauschen um sich herumwogen ließ. Sie hörte wohl, wer gerade sprach, und wenn sie niemanden hörte, redete vermutlich Paul, der um nichts in der Welt dazu zu bringen war, in einer Lautstärke zu sprechen, die zu ihr durchdrang.

Sie schrak auf, als Rampe neben ihr aufsprang.

Ach ja?, sagte Rampe, in einer Lautstärke, die für ihn gefährlich leise war, aber immer noch laut genug, dass Ulrike ihn problemlos verstand. Wisst ihr, wie mich das ankotzt, diese Heuchelei? Hier geht doch die gleiche Macht- und Privilegienscheiße ab wie woanders auch! Echt, ihr könnt mich mal.

Und er stürmte hinaus und knallte die Tür hinter sich zu.

Minutenlang sagte niemand etwas, und alle vermieden, Paul anzusehen. Aha, Paul also, hatte wahrscheinlich mal wieder eine seiner berüchtigten Bemerkungen gemacht, die er für scharfsinnig hielt, die aber letztlich vor allem verächtlich waren. Ulrike würde nie verstehen, warum Paul es nötig hatte, sich auf diese Weise großzutun; im Grunde genommen war er ein kluger Kerl, und wenn er sich auf das beschränken würde, was er zu sagen hatte, wäre es schon mehr als genug. Aber das reichte ihm nicht. Kein Wunder, wenn Rampe platzte.

Schließlich sagte Leo: Lasst uns aufhören für heute. Leo war für Ulrike gut zu verstehen, dabei sprach sie nicht besonders laut, aber deutlich und nicht zu schnell. Und sie hatte Lippen, von denen sich gut ablesen ließ, volle, schön konturierte Lippen, die präzise den Wechsel der Konsonanten und Vokale markierten.

Wir sollten eine Runde darüber schlafen, sagte Leo, und in der nächsten Vollversammlung noch einmal darüber sprechen. Jetzt sind wir alle so aufgewühlt, dass es nur noch schlimmer werden kann. Es ist nicht gut, wenn wir Sündenböcke suchen.

Das mit den Sündenböcken war ein Fehler, Ulrike sah es sofort. Veronika öffnete den Mund und stieß den Zeigefinger bedrohlich in die Luft. Gleich würde sie über die arme Leo herfallen.

Doch in diesem Moment stand Paul auf. Leo hat recht, sagte er, wünschte allen eine gute Nacht und ging ebenfalls hinaus.

Das war das Ende der Versammlung. Mit hastigen Gutenachtgrüßen verzogen sich alle, so schnell sie konnten, auf ihre Zimmer. Und taten am nächsten Tag, als wäre nie etwas gewesen.

Aber es hatte sich etwas verändert. Nicht nur, dass Paul tatsächlich an seinen Putzdienst dachte. Es lag auch wieder mehr Umsicht im Umgang miteinander, mehr Bemühen um echte Fairness. Letztlich tut Rampe uns gut, denkt Ulrike, gerade weil er Unruhe bringt. Es kann eine fruchtbare Unruhe sein, wenn wir noch besser lernen, Vertrauen zueinander zu haben, uns wirklich aufeinander einzulassen.

Eines der Schafe neben Ulrike bewegt sich, und sein Bürzel streift Ulrikes Knie. Sie widersteht dem Impuls, es zu streicheln – sie würde es nur erschrecken, und dann wäre es vorbei mit der Ruhe im Stall.

Schade, dass niemand außer Rampe nachher mitkommen will zur Menschenkette. Natürlich haben sie alle irgendwelche guten Gründe, aber sind nicht Gründe, etwas nicht zu tun, vor allem Vorwände? Wer wirklich will, macht auch. Aber gut, das muss jeder für sich entscheiden. Nur warum Leo meint, sie könne ihren Benjamin nicht allein lassen und ihn mitzunehmen wäre zu schwierig – das versteht Ulrike nicht. Was soll daran schwierig sein, einen Anderthalbjährigen mit auf eine Demo zu nehmen? Hat Leo sich zu sehr beeindrucken lassen von dem Gerede vom heißen Herbst, mit dem die Presse seit Wochen die Gewalt herbeiunkt? Klar, wer es schon als Gewalt ansieht, wenn er mal aus dem gewohnten Trott gerissen wird, wenn er vielleicht ein paar Minuten mit dem Auto stehen bleiben muss, um einen Demonstrationszug vorbeizulassen – ja, der muss heute mit »Gewalt« rechnen. Aber ansonsten ist das alles eine große Panikmache. Oder sogar, wie Paul meint, gezielte Diffamierung. Wenn es gelingt, die Bewegung als gewalttätig darzustellen, hat man sie erfolgreich in einen Topf mit Terroristen gesteckt, und mit den Positionen von Terroristen muss man sich nicht weiter auseinandersetzen, Ende der Diskussion. Und selbst wenn alles friedlich abläuft – etwas bleibt hängen. Ein bisschen Misstrauen, ein bisschen Angst. So wie bei Leo.

Doch wenn Rampe nicht wäre, würde auch Ulrike nicht zur Menschenkette fahren, schlicht und einfach, weil sie nicht wüsste, wie sie hinkommen sollte. Hier oben auf den Dörfern fahren am Wochenende so gut wie keine Busse, einen Führerschein hat sie nicht, und mit dem Fahrrad ist es zu weit, rund fünfundzwanzig Kilometer über Berg und Tal – das ist nichts für sie. Zumal sie sich auf dem Fahrrad immer noch nicht ganz sicher fühlt, schließlich hat sie das Radfahren erst vor zwei Jahren gelernt und nicht als Kind schon, weil ihre Mutter meinte, es sei zu gefährlich, so schlecht, wie sie hört. War der Mutter klar, wie sehr sie damit Ulrikes Möglichkeiten einschränkte? Wie sehr sie ihre Welt begrenzte, wie klein sie sie machte, im Vergleich mit der Welt Gleichaltriger? Vielleicht nicht einmal ganz unbeabsichtigt, ein Versuch, sie, ihre Jüngste, noch stärker an zu Hause zu binden, um so lange wie möglich Mutter bleiben zu können. Ulrike hat sie nie gefragt, was sie sich dabei gedacht hat, denn natürlich hat sie alles furchtbar gut gemeint, und wann immer Ulrike auch nur andeutet, dass irgendetwas vielleicht nicht ganz zu ihrem Besten gewesen sei, treten ihr Tränen in die Augen – aus Mitleid, würde sie behaupten, aber Ulrike findet: ein Vorwurf, wie undankbar sie sei. Das braucht sie nicht, das bringt sie nicht weiter, im Gegenteil, es webt das Netz aus klebriger Fürsorge, das sie als Kind und Jugendliche umgeben hat, nur noch dichter. Sie will frei sein, frei von Menschen, die sie unter dem Vorwand, ihr helfen zu wollen, bevormunden. Nur weil sie schlecht hört, ist sie noch lange nicht unfähig, ein eigenes Leben zu führen.

Und sie ist weit gekommen, vor allem in den letzten zwei Jahren. Seitdem sie sich gegen das behütete Leben, das ihre Eltern sich für sie vorstellten, und für die Ausbildung entschieden hat, seitdem sie von zu Hause ausgezogen ist hierher, in die Kommune. Die Schreinerei liegt im Nachbarort, das schafft sie mit dem Rad, und der Meister ist einer, der nicht viele Worte macht, sondern einfach zeigt, was zu tun ist. Und die Gemeinschaft in der Kommune – klar, es ist anstrengend, acht charakterstarke Persönlichkeiten auf einem Haufen, oder neun, wenn man den kleinen Benni mitzählt, da kracht es schon mal. Doch am Ende eint sie immer wieder ihre gemeinsame Vision: die Vision von einem anderen Leben und Arbeiten in dieser Welt.

Draußen ist es inzwischen deutlich heller geworden, die Sterne sind verblasst, nur ein heller Stern ist noch zu sehen, genau mittig unter dem Torsturz, wahrscheinlich Venus. Die Umrisse des gegenüberliegenden Hügels sind klar zu erkennen, es wird nicht mehr lange dauern, bis die ersten Sonnenstrahlen über die Kante spitzeln. Zeit, unter die Dusche zu gehen und zu frühstücken.

Als Ulrike aufsteht, regen sich auch die Schafe, und kaum hat sie das Gatter geöffnet, drängen sie an ihr vorbei auf die Koppel. Nur Tilly bleibt stehen und schaut aufmerksam zu, während sich Ulrike vergewissert, dass die Heuraufen gut gefüllt sind. Ulrike gibt ihr einen kleinen Nasenstüber. Tschüss, meine Schöne, sagt sie, und Tilly leckt als Antwort ihre Finger. Dann geht Ulrike hinaus, über die Koppel zurück und den schmalen Feldweg hinauf zum Haus.

Halb acht

MARLENE Marlene hat sich im Bus neben Werner gesetzt. Kurz hat sie gezögert, ob sie sich zu den Leuten von der Friedensgruppe setzen soll – denn natürlich sind welche gekommen, wie konnte sie nur daran zweifeln –, aber sie wusste nicht recht, zu wem. Dietmut und Belu sind seit dem Eintreffen in ein lebhaftes Zweiergespräch vertieft, und sowohl Hartmut als auch der dicke Tobi haben noch andere Leute mitgebracht, Freunde offensichtlich, oder zumindest alte Bekannte, mit denen sie in einer vertrauten Art reden, an die Marlene keinen Anschluss findet. Und Renate ist nicht da, die Einzige in der Gruppe, von der sie schon wagen würde, zu sagen, dass sie sie ein bisschen besser kennt. Außerdem fühlt sie sich verantwortlich für Werner Semrau, sie hat ihn schließlich eingeladen, wie er selbst ganz richtig angemerkt hat.

Sie kennt sie ja auch erst seit einem halben Jahr, sagt Marlene sich. Selbst der dicke Tobi, der deutlich jünger ist als sie, ist im Vergleich zu ihr schon ein alter Hase, von Anfang an sei er dabei gewesen, sagt er, seit dem ersten September im vergangenen Jahr, als sie die erste Mahnwache durchführten, zur Erinnerung an den Zweiten Weltkrieg; und dann befanden sie, dass sie nicht einfach nach einem Tag, nach einer Stunde zur Tagesordnung übergehen könnten, und machten weiter, Woche für Woche eine Stunde Schweigen gegen Kriegsgefahr und den Wahnsinn in der Welt.

Das erste Mal, dass Marlene sie sah, war kurz vor Weihnachten. Es war der letzte Schultag vor den Ferien, sie hatte es eilig, wollte in der Stadt ein paar Kleinigkeiten besorgen, bevor sie in den Zug nach Hause stieg. Nach Hause, dachte sie, und meinte Heidelberg, obwohl sie dort schon seit Monaten keine Bleibe mehr hatte, nur noch eine Zahnbürste und ein paar Bücher bei Boris in seinem kleinen WG-Zimmer unterm Dach, in dieser engen, vollgestopften Wohnung, in der die Dusche in der Küche war und das Klo eine halbe Treppe tiefer, in der sie sich nie wirklich wohlgefühlt hatte und die dennoch jetzt die einzige Anlaufstelle war für das, was sie zu Hause nannte. Zwei Tage würde sie bei Boris sein, dann würde er zu seiner Familie fahren und sie zu ihrer, um mit ihr die Feiertage zu verbringen.

Es war ein ungemütlicher Tag, feucht und kalt, sie ging schnell, so tief wie möglich in ihren Parka vergraben, und schaute nicht groß nach rechts oder links, und so nahm sie das Bild der Gruppe vor dem großen steinernen Brunnen nur flüchtig auf. Es war eine fast unwirkliche Szene, wie da in dem nasskalten grauen Schmuddelwetter ein knappes Dutzend Menschen mitten in der Fußgängerzone im Kreis standen, Hand in Hand, schweigend, während es auf sie herunternieselte. Die Fußgängerzone war so gut wie ausgestorben, und die wenigen Menschen, die vorbeigingen, würdigten die Gruppe kaum eines Blickes. Auch Marlene schaute nur flüchtig hin, sie schleppte schwer an ihrem Koffer und der Tasche mit den Weihnachtsgeschenken und wollte nichts als nach Hause. Und schon, als sie in den Zug stieg, hatte sie die Gruppe vergessen.

Anfang Mai sah sie sie wieder. Der Frühling war endlich gekommen, Wochen nachdem die Mutter von blühenden Apfelbäumen im Neckartal berichtet hatte. Eigentlich hatte Marlene nachmittags den Unterricht für die kommende Woche vorbereiten wollen, doch sie hielt nur eine gute Stunde durch, dann trieb sie das herrliche Wetter aus der Wohnung. Sie ging ein wenig im Park spazieren, und auf dem Heimweg durch die Stadt fand sie den Ort das erste Mal hier und da schön. Das viele Grün entlang des Flüsschens. Die prachtvolle barocke Stadtkirche. Die Fassaden der alten Häuser, die zwar an vielen Stellen, aber nicht überall von schmucklosen Nachkriegsbauten zurückgedrängt wurden.

Und dann sah sie die Gruppe. Sie war größer als beim letzten Mal, über zwanzig Menschen waren es. Neben ihnen lehnte ein Transparent am Brunnen: *Wir schweigen für Frieden und Abrüstung in Ost und West. Nie wieder Hiroshima! Nie wieder Krieg!* Daneben lehnte ein Pappschild: *Jeden Freitag, 17:00–18:00. Machen Sie mit!*

Während sie noch stand und las, schaute eine der Frauen im Kreis zu ihr herüber. Warum stehst du da und guckst, mach lieber mit, schien ihr Blick zu sagen.

Spontan ging Marlene ein paar Schritte auf sie zu, die Frau ließ die Hand ihres Nachbarn los, der Kreis öffnete sich ein Stück, und schon hatte er Marlene aufgenommen, Hand in Hand stand sie mit diesen Unbekannten, denen sie plötzlich zugehörig war. Eine Vielzahl von Gefühlen überfiel sie. Unbehagen, so sichtbar zu sein, Angst, sie könne von Kollegen gesehen werden, aber auch ein fast trotziger Stolz: Es war schließlich richtig, was diese Leute hier forderten, und es war notwendig in Zeiten wie diesen, in denen machtbesessene, hirnverbrannte Politiker das Leben der ganzen Welt aufs Spiel setzten. Gleichzeitig durchströmte sie ein Glücksgefühl, von diesen Leuten aufgenommen worden zu sein, dazugehören zu können, einfach so, nur weil sie das Gleiche wollten: Frieden. Sie hätte noch ewig so stehen können, doch da schlug schon die Glocke der Stadtkirche, alle ließen die Hände los, und es war vorbei. Befangenheit befiel Marlene, sie drehte sich um und wollte gehen, da sprach die Frau neben ihr sie an.

Kommst du nächstes Mal wieder?

Sie hatte etwas von einer Indianersquaw, mit ihrem langen dunklen Zopf und den leicht mandelförmigen Augen. Ein wenig älter als Marlene war sie wohl, fünf Jahre vielleicht, aber sicher nicht viel mehr.

Ich denke schon.

Dann bis nächsten Freitag.

So hatte sie Renate kennengelernt. Und als sie zehn Minuten später den Schlüssel in ihrer Wohnungstür ins Schloss steckte, freute sie sich das erste Mal, seitdem sie in dieser Stadt lebte, auf die kommende Woche.

Marlene?, ertönt von hinten Dietmuts Stimme.

Marlene dreht sich um und schaut durch den Spalt zwischen den Sitzen zu ihr.

Ja?

Hast du schon einen?

Dietmut streckt ihr einen gelben Button entgegen, eine Menschenmenge ist darauf gezeichnet, die mit Schwung eine dicke Atombombe wegschiebt, zum Rand des Buttons und über ihn hinaus. Darüber steht in dicken Lettern *Pershing II – Cruise Missiles – Sag Nein!*, und darunter das Datum der Aktionswoche: *15.–22.10.83*.

Nein, sagt Marlene, habe ich nicht.

Möchtest du ihn?, fragt Dietmut. Ich habe ihn übrig.

Sehr gerne, sagt Marlene und spürt, wie sie rot wird vor Freude, weniger über den Button als über diese kleine Aufmerksamkeit und Zuwendung. Sie nimmt den Button und befestigt ihn sorgfältig an ihrem Rucksack, neben der Friedenstaube, dem Frauenzeichen, dem *Schwerter-zu-Pflugscharen*-Emblem und *Frieden schaffen ohne Waffen*. Am Montagfrüh wird sie alle wieder abmachen müssen, denn in der Schule darf sie keine Buttons tragen. Aber hier und heute kann sie allen zeigen, was sie denkt.

Sie verstaut den Rucksack zwischen ihren Füßen und lehnt sich zurück. Werner Semrau hat die Augen geschlossen, vielleicht schläft er. Vor dem Fenster ist nicht viel zu sehen außer dem Gebüschstreifen, der die Autobahn säumt und sich nur gelegentlich öffnet und den Blick auf Felder und ein paar verstreute Orte freigibt.

Drei Stunden etwa, hieß es, würden sie brauchen. Wenn das stimmt, denkt Marlene, sind sie genau pünktlich zur Kundgebung da.

* * *

Die mit Atomsprengkopf versehene Pershing 2 kann Ziele bis zu einer Entfernung von 1800 Kilometer punktgenau treffen. Das bedeutet, daß (von Startrampen in der Bundesrepublik aus) noch Sowjetstädte wie Charkow oder Kaluga – knapp 200 Kilometer westlich von Moskau – im Aktionsradius dieser Raketen liegen.

Eine »verbesserte« Version der Pershing (mit 2500 Kilometer Reichweite) ist in den USA in Entwicklung. Diese Rakete braucht sechs Minuten für den Flug von der Pfalz nach Moskau. Als erste Rakete überhaupt besitzt sie ein ausgepichtes neues Zielanflug-System, das sie befähigt, ein vorgegebenes Objekt von nur 25 Meter Durchmesser zu treffen: Wenn man ihr ein Computer-Luftbild des Kreml einspeist, dann findet sie den Kreml mit ihrem Radar-Scanner im Moskauer Häusermeer und schlägt präzise in jedem gewünschten Punkt des sowjetischen Herrschaftszentrums ein.

DER SPIEGEL, 8. Februar 1981

* * *

IRMELA Irmi ist früh aufgestanden, wie jeden Morgen. Wenn man ein Leben lang jeden Tag mit den Hühnern aufgestanden ist, legt man das auch im Alter nicht ab. Und es schadet ja nicht, so hat sie genügend Zeit, sauber zu machen. Den Hof gekehrt und die Fenster geputzt hat sie schon gestern, aber im Haus ist noch genug zu tun. Schließlich soll es ordentlich aussehen, wenn die Demonstranten kommen.

Du bist verrückt, würde der Karl sagen. Fragt sich, wer verrückter ist. Der Karl hat gestern Abend alle Geräte, die noch auf der Wiese oder in der Einfahrt standen, in den Hof geschafft und heute Morgen das Tor verriegelt, sogar die Fensterläden zur Straßenseite hin waren vor zehn Minuten nur kurz zum Lüften aufgerissen und sind jetzt schon wieder fest verschlossen. Man weiß nie, wird der Karl gesagt haben, und die Evi wird genickt haben, genau, wer weiß, was für Chaoten da kommen. Was für Chaoten denn, denkt Irmi, das sind einfach engagierte junge Leute, aber wenn sie so etwas sagt, lässt Evi sie gar nicht weiterreden: Mag sein, aber wenn sich nur ein paar von diesen Chaoten daruntermischen, unsere Fensterscheiben bekommen sie nicht.

Gut, dass sie nicht bei ihnen drüben im Haupthaus wohnen muss, wie noch ihre Eltern, als die ins Altenteil gingen. Das hat sich der Karl wahrscheinlich auch gedacht und beizeiten die kleine Scheune umgebaut. So hat sie ihr eigenes Häuschen und ihr eigenes Stück Garten, mit einem Zaun drumherum und einem Gartentörchen, das heute, wie an anderen Tagen auch, weit offen steht.

Um zehn soll es losgehen, hieß es, vorn auf dem Rathausplatz. Doch als Irmi vorhin kurz auf der Straße war, war davon noch nichts zu merken. Wer sich nicht auskennt, könnte denken, im Dorf gehe alles seinen ganz normalen Samstagmorgengang. Aber vor dem Gasthof fehlt die Tafel, auf der sonst das Tagesgericht angeschrieben steht, der Bäcker hat schon seit drei Tagen ein Schild an der Tür: *Samstag 7–9 Uhr geöffnet*, dabei hat er sonst bis halb zwölf offen, und viele Fensterläden sind noch zu, obwohl es auf acht zugeht, und welcher anständige Mensch liegt um diese Zeit noch im Bett.

Irmi schüttelt den Kopf, während sie mit dem Lappen durch das Waschbecken wischt. Dass die Leute sich immer so fürchten müssen, vor nichts und wieder nichts. Und ihr Karl ganz vorn dabei. Wenn sie ihre Fensterläden verschließen vor den Friedensleuten, sind zwar ihre Fensterscheiben geschützt, aber der Frieden wird auch nicht einziehen. Öffne dich und vertraue auf Gott, sagte ihre Mutter immer. Du musst aufmachen, wie sonst will Gott Einlass finden?

Außerdem, davon ist Irmi fest überzeugt, muss man den jungen Leuten etwas zutrauen. Sie hat neulich eine Dokumentation im Fernsehen gesehen über diese Demonstranten. Junge, fröhliche Leute waren das. Freilich, nicht besonders gut gekleidet, und dem einen oder anderen hätte ein Haarschnitt oder eine Rasur gutgetan. Aber nur weil einer lange Haare hat, wirft er doch keine Fensterscheiben ein!

Sie hat lang gebraucht, bis sie das verstanden hat, und vielleicht hat sie genau das falsch gemacht bei ihrem Karl. Das mit dem Zutrauen. Als kleiner Bub war er so ängstlich und schwach, und das in der Nazizeit, wo ängstlich und schwach sein doch so verpönt war. Wie oft hat sie sich um ihn gesorgt, wie oft hat sie versucht, es ihm leichter zu machen. Wenn er sich fürchtete, ließ sie die Arbeit stehen, um ihn zu trösten; wenn er weinte, gab sie ihm nur zu oft, was er wollte, und wenn es das letzte Stück Brot war, das sie hatten an dem Tag. Sie tat es, um ihm zu helfen, um ihn zu schützen. Und vielleicht ein Stück weit aus schlechtem Gewissen, weil doch eigentlich der Wilfried ihr Lieblingssohn war. Sie weiß, man sollte als Mutter so nicht denken, beide Kinder gleich behandeln, aber man kann es kaum verhindern, Kinder sind so verschieden, haben so unterschiedliche Persönlichkeiten, da liegt einem das eine mehr als das andere. Und der Wilfried kam einfach mehr nach seinem Vater. Schon äußerlich. Wenn er redet, meint sie heute noch manchmal, ihr geliebter Hermann sei es, obwohl sie dessen Stimme seit bald vierzig Jahren nicht mehr gehört hat. Während der Karl schon als Kind am liebsten allein spielte, stundenlang vor sich hin brütete, war der Wilfried sonnig und offen, und noch mit acht Jahren sprang er gern auf ihren Schoß, schlang die Arme um ihren Hals und flüsterte ihr ins Ohr, wie lieb er sie habe.

Um den Wilfried sorgt sie sich nicht. Der kam schon immer zurecht. Bei Karl ist sie sich nicht so sicher. Ihm traute sie lange nicht viel zu. Vielleicht war das der Fehler. Sie sieht es ja an Julian. Evi ist ein dummes Weibchen, aber ihrem Julian traut sie alles zu. Und tatsächlich, er kann es. Der Karl dagegen weiß nicht, wie man auf sich achtgibt, und deshalb muss er herumschreien und die Fensterläden verrammeln.

Schon verrückt, dass sie ausgerechnet beim Karl lebt. Gut, er ist der Hoferbe, und niemand käme auf die Idee, sie könne oder müsse woanders wohnen als auf diesem Hof, auf dem sie ihr Leben verbracht hat. Wenn der Wilfried eine Frau gefunden und Kinder bekommen hätte, dann wäre sie wahrscheinlich zu ihm gezogen. Aber ausgerechnet der Wilfried ist allein geblieben. Er scheint glücklich zu sein, er ist angesehen in seinem Beruf und seiner Gemeinde, und Freunde hat er auch, aber ein Jammer ist es schon. Als ob Gott einen Ausgleich schaffen wollte, dass sie ihn dem Karl vorgezogen hat. Vielleicht hat er ihr deshalb über den Karl die Enkel gegeben und nicht über den Wilfried. Und der Julian ist so ein Prachtkerl, von dem würde sie nie im Leben wegziehen wollen.

Irmi holt den Putzeimer aus der Abstellkammer, stellt ihn ins Waschbecken und lässt heißes Wasser ein. Sicher wird der Karl kommen und mit ihr schimpfen. Soll er es ruhig versuchen. Es ist nicht das erste Mal, und es wird nicht das letzte Mal sein, dass er den Kopf schüttelt über ihren Starrsinn, wie er es nennt, und wahrscheinlich zu seiner Evi sagt: Die Alte wird immer störrischer, wenn das mal gut geht.

Nun, wenn es störrisch ist, wenn man seinem eigenen Kopf folgt, wenn man lieber selbst denkt und handelt und etwas wagt, wenn man neugierig ist, was das Leben aus dem macht, was man anbietet – dann ist sie gern störrisch. Lieber störrisch und lebendig als vor lauter Ängstlichkeit halb tot.

Der Eimer ist inzwischen gut halb voll, das reicht. Irmi hebt ihn aus dem Waschbecken, fügt Kernseife hinzu und taucht den Wischmopp ein. Soll niemand sagen können, ihre Toilette sei nicht sauber gewesen.

WILFRIED Der Zug ist voll. Und lang. Wilfried ist ihn fast komplett abgelaufen und hat dafür länger gebraucht als vermutet. Zumal ihm an vielen Stellen die Leute erst Platz machen mussten, Gepäck aus dem Weg räumen, Kinder aus dem Gang ziehen. Doch er hat alle seine Schäfchen gefunden und sich vergewissert, dass sie mit allen Informationen, wie es weitergeht, versorgt sind. Jetzt braucht er nur noch einen Sitzplatz.

Eine wie lange Strecke ergeben wohl die Menschen aus diesem Zug, wenn man sie nebeneinander aufreiht?, fragt sich Wilfried. Zehn oder zwölf Wagen, in jedem knapp hundert Menschen –

macht alles in allem etwa einen Kilometer, nicht einmal ein Prozent der gesamten Menschenkette. Wie viele Züge sind unterwegs? Und wie viele Busse, wie viele Pkw?

Züge vermutlich eine ganze Menge, denn die Bundesbahn hat offenbar alles aus den Depots geholt, was noch fahren kann. Viele Wagen sehen aus, als ob sie dringend eine Renovierung nötig hätten, und der Abteilwagen, in dem er auf die Jugendgruppe stieß, wirkte wie aus der Kaiserzeit, mit Sitzbezügen aus rotem Samt und messingbeschlagenen Abteiltüren – Wilfried musste an die prächtigen Züge in alten Filmen denken, an *Mord im Orient-Express* und *Anna Karenina*. Die Jugendlichen fanden anscheinend vor allem die dicken Polster prima, sie hatten die Sitze zu einer großen Fläche ausgezogen, auf der sie gemütlich herumfläzten. Paula hatte ihre Gitarre dabei und stimmte gerade *Down by the riverside* an, als Wilfried hineinschaute. Julchen verteilte Gummibärchen an alle und gab auch Wilfried eine Handvoll, im Tausch gegen die drei Infozettel, die er ihnen daließ, auch wenn sie protestierten, sie bräuchten keine, aber sicher ist sicher, gerade bei Jugendlichen in diesem sorglosen Alter.

Wilfried fragt sich, wie die Jugendlichen es geschafft haben, ein ganzes Abteil für sich zu ergattern, und ausgerechnet in diesem Wagen. Andererseits ist in den offenen Wagen mehr los, man kommt miteinander ins Gespräch, an vielen Stellen wird gelacht oder gesungen, und wer außer einer Clique Jugendlicher, die sich selbst genug sind, will schon diese Fahrt abgeschieden von den anderen Reisenden verbringen!

Nun, er, Wilfried. Er weiß, der Tag wird noch lang und anstrengend, da ist jeder Moment der Ruhe wertvoll. Zumal das Gefühl, Verantwortung zu tragen, zusätzlich Kraft kostet. Vor zehn Jahren hätte ihm das nichts ausgemacht, aber ihm scheint, als habe pünktlich zu seinem vierzigsten Geburtstag vor sechs Wochen seine Energie nachgelassen.

Das bildest du dir ein, meint Roland, man ist so alt, wie man sich fühlt.

Aber das ist es nicht. Er fühlt sich nicht alt. Er merkt nur, dass nicht mehr alles so selbstverständlich geht wie früher, dass seine Kraft nicht unerschöpflich ist, dass er mit ihr haushalten muss.

Deshalb hat er auch das Angebot von Frau Heger abgelehnt, sich zu ihr zu setzen. Er fand sie zusammen mit Julchens Mutter und Paulas Eltern; sie hatten auf zwei gegenüberliegenden Bänken Platz gefunden, neben einem jungen Paar, das demonstrativ nur einander anschaute und so wirkte, als wolle es nichts mit der Welt um sie herum zu tun haben. Sie fielen auf in der munteren Schar, die sie umgab.

Kommen Sie, sagte Frau Heger zu Wilfried, wenn wir ein bisschen zusammenrücken, passen Sie auch noch dazu.

Wilfried sah, wie die junge Frau zusammenzuckte und ihr Freund einen pikierten Blick auf Frau Heger warf.

Danke, sagte er, ich muss erst noch schauen, wo die anderen sind, und sichergehen, dass alle Bescheid wissen, wie es weitergeht. Sicher finde ich dabei irgendwo noch einen Platz.

Wie Sie meinen, sagte Frau Heger gut gelaunt. Aber wenn Sie nichts finden, kommen Sie zurück, versprochen?

Das kann ich machen, sagte Wilfried, und wusste, sie würde es als Zusage verstehen, während er nur eine Möglichkeit ausdrückte.

Tatsächlich, im letzten Wagen, als hätte er auf ihn gewartet, ist ein einzelner Platz in einer Gruppe von fünf jungen Erwachsenen frei, nur besetzt von zwei großen Rucksäcken, doch die jungen Leute deponieren sie bereitwillig im Gepäcknetz, damit er sich setzen kann.

Wilfried dankt, setzt sich und schaut auf die Uhr. Kurz vor acht. In weniger als drei Stunden werden sie ankommen. In seinem Heimatdorf.

Ein merkwürdiger Zufall. Da werden die Anreisenden von den Planern der Menschenkette nach ihrem Abfahrtsort auf die einzelnen Orte entlang der B10 verteilt, und ihn verschlägt es ausgerechnet in das Dorf, in dem er aufgewachsen ist.

Er hat seiner Mutter nicht verraten, dass er dort sein wird. Er ist heute primär für seine Gemeinde zuständig, nicht für sie. Mal sehen, wenn es sich ergibt, schaut er vielleicht noch bei ihr vorbei – und wenn es sich nicht ergibt, ist es besser, sie ahnt nichts.

Acht Uhr

OLIVER Sie haben sich auf der Rückbank breitgemacht, Sven, Katta, Knolle und er, Oliver. Komischerweise hat niemand gemeckert, dass sie zu viert fünf Plätze belegen, offensichtlich ist der Bus doch nicht ganz voll. Franzi und Bassman sitzen vor ihnen, Franzi mit dem Rücken ans Fenster geschmiegt und die Füße auf den Sitz gezogen, sie hat sich ihr Palästinensertuch übers Gesicht gelegt und schläft oder tut zumindest so, als ob. Bassman sitzt stumm daneben und hört Musik auf seinem Walkman, als ginge ihn der Rest der Welt nichts an. Was ja irgendwie auch stimmt.

Es kotzt Oliver an, dass er mitgekommen ist, aber was soll er tun? Sagen, du gehörst nicht zu uns, bleib weg? Wenn Franzi ihn anschleppt, dann ist er nun mal dabei. Auch wenn es ihn, Oliver, verdrießt. So wie ihn Franzis Zehen verdrießen, die, wie er findet, Bassmans Hintern gerade bedenklich nahe kommen.

Und Katta und Knolle nerven. Quasseln in einem fort, überbieten sich mit Schilderungen der Aktion vom Donnerstag, als ob sie nicht ohnehin alle dabei gewesen wären.

Zugegeben, die Aktion war stark. Natürlich war alles Franzis Idee gewesen, und Franzi war es auch, die das Ganze vorantrieb, die die Ideen hatte, die machte. Sie war nicht nur mutig, sondern auch eine echte Künstlerin, konnte man nicht anders sagen. Diese Atomrakete aus Pappmaschee, Bassman hatte sie über dem zentralen Treppenhaus aufgehängt, weiß der Geier, wie er das hinbekommen hatte, man musste schon sagen, der Typ hatte durchaus Qualitäten. Eine Seilkonstruktion vom obersten Treppengeländer herunter, die Rakete so daran befestigt, dass man sie nicht nach oben wegziehen konnte, ohne dass sie am

Treppenpodest hängen geblieben wäre, und einfach abschneiden konnte man sie auch nicht, denn dann wäre sie abgestürzt und hätte womöglich Schaden angerichtet. Großartig. Bis zum Nachmittag hing das Ding, und bis dahin hatte es jeder gesehen. Und jeder hatte das Transparent gesehen, das an ihr hing, fast zehn Meter hoch: *Es geht ums Überleben.*

Die meisten hatten auch die Plakate an den Klotüren gesehen. Das war überhaupt das Genialste. Plakate auf dem Klo, da würde der Direx als Letztes schauen. Und noch weniger hätte er wahrscheinlich erwartet, dass die Dinger erst vormittags auftauchten, als alle schon mit dieser Rakete beschäftigt waren und wie sie sie wieder wegbekommen sollten.

Sie hatten alles genau geplant. Die Plakate am Vorabend in den Putzkabuffs der Toiletten versteckt. Aufgeteilt, wer aus der Redaktion welche Toilette übernehmen würde. Und dann waren sie in der zweiten Stunde zur gleichen Uhrzeit aufs Klo gegangen und hatten schnell die Plakate auf die Innenseiten der Kabinentüren geklebt.

Wenn eine Atombombe auf unser Stadtzentrum fiele, stand groß auf allen als Überschrift, und darunter ging es unterschiedlich weiter: *wäre von dieser Schule nichts mehr übrig*. Oder: *wären wir alle sofort tot, die Schüler im Berufsschulzentrum nach einer Woche*. Oder: *wären in der ganzen Stadt drei Ärzte übrig, um die Opfer zu behandeln*. Und so weiter, in der Art. Mit passenden Bildern natürlich. Und ganz unten stand: *Wehrt euch, bevor es zu spät ist! Der Frieden geht uns alle an!* Schon stark. Nicht nur die Sprüche. Die hatten sie gemeinsam geschrieben, die ganze Redaktion, und auch die Recherchen vorher aufgeteilt. Aber dass die Dinger so gut wurden, lag vor allem an Franzi, was sie daraus gemacht hatte. Das Bild vom leeren Schulhof zum Beispiel, ohne die Schule, das ließ keinen kalt.

Oliver hätte nicht damit gerechnet, dass die Dinger lange hängen würden. Spätestens in der großen Pause wären sie weg, dachte er. Was nicht schlimm gewesen wäre, auch bis dahin hätten genügend Leute sie gesehen. Doch es kam viel besser.

Die Hausmeister und der Direx und so waren alle dermaßen beschäftigt mit der Papprakete, dass sie die Plakate nicht mitbekamen, obwohl in der großen Pause die halbe Schule darüber sprach. Erst in der Pause nach der vierten Stunde waren sie weg.

Übrigens, der Kollmeier war's, sagt Katta.

Woher weißt du das?

Wir haben so eine oberkonservative Tussi in der Parallelklasse, Strauß-Fan und so. Die hat ein Plakat abgerissen und es demonstrativ vor der Toilette in den Mülleimer gestopft. Da gehört der Krempel hin, diese linke Propaganda, schon bezeichnend, dass sie auf dem Klo hängt, all so etwas hat sie gesagt. Da war was los, kannst du mir glauben. Der Kollmeier hatte Aufsicht, der hat was mitgekriegt und wollte wissen, was los ist, und dann war's natürlich beim Direx.

Der Direx, sagt Knolle versonnen, der war echt der Knüller. Diese Durchsage, dass Plakatieren in der Schule verboten ist, auch auf den Toiletten.

Auf den ist Verlass, sagt Oliver trocken. Unser bester PR-Mann, sag ich doch immer. Wenn wir es nicht schaffen, dass jeder mitbekommt, was läuft – er kriegt es hin.

Hä? Knolle starrt Oliver verdattert an, dann fängt er an zu lachen. Echt, Olli, das war mit eingeplant? Krass. Absolut genial.

Er war nicht genial. Und er hasste es, Olli genannt zu werden. Aber es gab Leute, denen man es einfach nicht abgewöhnen konnte, und Knolle war so jemand.

Sie gehen ihm auf den Wecker heute, er kann sich nicht helfen, auch wenn er weiß, es ist nicht ihre Schuld, sondern seine eigene. Es wird Zeit, dass sie ankommen. Er braucht eine Fuhre frische Luft. Und nicht noch mehr Gequatsche.

MARLENE Von der Rückbank hört man die Schüler durcheinanderrufen und lachen, einer versucht, den anderen zu übertönen, beseelt von dem, was er zu sagen hat. Wie Jugendliche eben so sind, denkt Marlene, oder zumindest viele. Auch wenn sie selbst nicht so war, und ihre Geschwister, soweit sie das beurteilen kann, auch nicht. Allerdings saß Ulrike gerne mittendrin, wenn um sie herum getobt und geschrien wurde, ganz egal, ob sie etwas verstand oder nicht, wohingegen Marlene sich schon als Kind lieber zurückzog, wenn es laut und unübersichtlich wurde. Was für eine Lehrerin nicht gerade hilfreich ist. Sie arbeitet daran, und es ist schon viel besser geworden in den letzten Monaten, aber es kostet sie immer noch viel Mühe, sich in einer Klasse, die außer Rand und Band geraten ist, durchzusetzen, und sie ist dankbar, dass sich in solchen Situationen meist ein oder zwei vernünftige, besonnene Schüler finden, die helfen, wieder etwas Ruhe hineinzubringen.

Oliver Vogel ist so einer. Allerdings, ganz schlau wird sie nicht aus ihm und seiner Stellung in der Klasse. Er scheint etwas zu sagen zu haben, gleichzeitig hat er diese Ausstrahlung des Einzelgängers, die sie manchmal an Ulrike erinnert. Aber wo Ulrike liebenswert verträumt wirkt, ist Oliver Vogel verschlossen.

Seine Texte jedoch sind herausragend. Kein Wunder, dass er Chefredakteur der Schülerzeitung ist. Neulich erst wieder erschien im *Kaktus* eine Kolumne, die einer großen Zeitung würdig gewesen wäre. Eine gleichermaßen amüsante wie nachdenklich stimmende Betrachtung darüber, wie heutzutage jeder für den Frieden ist, aber jeder darunter etwas anderes versteht, so unterschiedlich, dass man darüber trefflich in Streit geraten kann und der Frieden im Nu dahin ist. Ein echtes Meisterstück für einen Achtzehnjährigen.

Haben Sie die Kolumne im letzten *Kaktus* gelesen?, fragt sie Werner.

Selbstverständlich, sagt Werner, ein kluger Kopf, dieser … Schmierfink. Sein kurzes Zögern vor dem letzten Wort und sein feines Schmunzeln verraten ihr, dass er ebenso wie sie weiß, wer sich hinter dem Pseudonym verbirgt.

Ich frage mich, warum er unter Pseudonym schreibt, sagt Marlene.

Nun, es ist ein Schutz, nicht wahr?

Aber warum? Für seine Texte muss er sich nun wirklich nicht schämen. Und letztlich weiß doch jeder, wer es ist.

Mag sein. Sie haben Ihre Vermutung, ich habe meine Vermutung, und wahrscheinlich ist es die gleiche. Aber solange keiner von uns sie ausspricht, so lange bleibt das Pseudonym gewahrt. Im Übrigen müssten wir erst einmal nachweisen, dass unsere Vermutung stimmt, und das dürfte schwierig werden. Die *Kaktus*-Redaktion ist eine eingeschworene Gemeinschaft, sie würden ihren Schmierfink nie verraten. Und solange jeder mitwirkt an der Illusion, der Schmierfink sei anonym, so lange kann er sich geschützt fühlen.

Das soll funktionieren? Eine Illusion als Schutz?

Unterschätzen Sie die Kraft der menschlichen Einbildung nicht, sagt Werner. Vieles, was uns als Schutz dient, ist letztlich eine Illusion. Entscheidend ist womöglich nicht, wie groß der Schutz tatsächlich ist, sondern wie stark er uns macht. Was er uns ermöglicht. Dann ist zweitrangig, ob er nur eingebildet ist oder echt.

Das leuchtet Marlene ein. Und es passt zum Schmierfink. Der Schmierfink kann Neues ausprobieren oder Dinge sagen, an die sich Oliver Vogel noch nicht herantraut. Wahrscheinlich ist der Schmierfink auch schon längst entschlossen, um nichts in der Welt zum Bund zu gehen, während Oliver Vogel immer noch den Infoflyer für Kriegsdienstverweigerer, den sie ihm mitgebracht hat, tief unten in seiner Schultasche mit sich herumträgt und den nächsten Schritt nicht wagt.

Ein Stück weit eine gespaltene Persönlichkeit also, die sich da im Pseudonym offenbart.

Aber ist es bei ihr selbst nicht ähnlich? Hat nicht auch sie tief in sich drin eine Marlene, die so voll ist mit Gedanken und Vorstellungen, die sie nicht mit der äußeren Marlene, der wirklichen, in der Welt handelnden Marlene, in Einklang zu bringen vermag? Und die sie nur selten zeigt, weil sie nicht recht weiß, wie und wann?

Manchmal erschrickt sie richtiggehend über sich selbst. Manchmal kommen ihr ihre Gedanken so radikal vor, viel radikaler, als sie gedacht hätte, dass sie je werden könnten, und gleichzeitig so unausweichlich, so wahr.

Zum Beispiel war sie früher immer ein wenig peinlich berührt, wenn Leute in Bezug auf die aktuelle Berichterstattung von Propaganda sprachen. Sie fand das unangenehm, auf eine komische Art großspurig, wichtigtuerisch. Und sie fragte sich: War es nicht eine Verharmlosung dessen, was die Nazis getan hatten, wenn man jeden Zeitungsartikel, jeden Fernsehbeitrag, der nicht hundertprozentig irgendwelchen hohen journalistischen Standards entsprach, als Propaganda bezeichnete? Musste man nicht differenzieren oder sich zumindest den sprachlichen Raum für die Differenzierung erhalten?

Und nun liest sie Artikel in der Zeitung, die so tun, als sei der Osten eine Bedrohung, sowohl ganz konkret für das Überleben der Menschen im Westen als auch – fast noch schlimmer, so scheint es – für die westlichen Werte und die Demokratie. Und die geflissentlich vergessen zu erwähnen, dass es eine deutsche Regierung war, die Krieg über Russland brachte, dass die Deutschen zwanzig Millionen Russen auf dem Gewissen haben, die Hälfte davon Zivilisten – wenn jemand guten Grund hat, sich bedroht zu fühlen, findet Marlene, dann die Sowjetunion. *Meinst du, die Russen wollen Krieg*, hat neulich einer auf einer Kundgebung gesungen. Die Russen wissen besser als jedes andere Volk auf der Erde, was Krieg bedeutet, so wie die Japaner besser wissen als jedes andere Volk auf der Erde, wie schrecklich Atombomben sind. Das zu verschweigen, nicht zu berücksichtigen in der Beschreibung der Lage, ist verlogen. Also tatsächlich Propaganda? Aber setzt Propaganda nicht eine gezielte böse Absicht voraus? Andererseits: Ist es nicht gerade ein Zeichen dafür, wie wirksam Propaganda schon ist, wenn auch Leute ohne böse Absicht sie für wahr halten und weiterverbreiten?

Sie musste oft an Hugo von Hofmannsthal denken in den letzten Wochen und Monaten, und an seine berühmte Klage, dass ihm die Wörter im Mund zerfielen wie modrige Pilze. Allerdings geht es ihr eher so: Sie sieht die Pilze wachsen und wagt nicht, sie zu nehmen, weil sie sich nicht gut genug auskennt, weil sie befürchtet, es könnte unversehens ein giftiger darunter sein.

Da ist der Schmierfink letztlich weiter als sie. Er hat einen Weg gefunden, wie er ausprobieren kann, wie die Worte in der Welt wirken, welche Bestand haben und welche nicht, und wenn er eines Tages feststellt, dass er sich geirrt hat, kann er unter anderem Namen neu anfangen.

* * *

> In einigen Nato-Hauptstädten wird behauptet, die Sowjetunion sei daran schuld, daß sich dunkle Wolken über der Welt zusammengeballt haben. Wenn man aber über die propagandistischen Hirngespinste hinwegsieht und sich den Fakten zuwendet, wird klar, daß es sich dabei schlicht um eine Erfindung handelt. Die Sowjetunion bedroht niemanden und hat nicht die Absicht, irgendjemanden zu überfallen. Auch unsere Militärdoktrin trägt Verteidigungs-Charakter. Sie schließt Präventivkriege und die »Erstschlag«-Konzeption aus.

Leonid Breschnew, Generalsekretär der KPdSU,
im Interview mit dem *SPIEGEL*, 2. November 1981

* * *

> Das Bündnis des Westens ist ein Bündnis zur Bewahrung des Friedens, ein Bündnis nicht zum Führen oder gar zum vermeintlichen Gewinnen eines Krieges. Es ist ein Bündnis zur Verhinderung eines Krieges in Europa und in allen anderen Teilen des Bündnisgebietes. Unsere Strategie ist eine Strategie der Kriegsverhinderung.

Erklärung der Bundesregierung
zur NATO-Konferenz am 9./10. Juni 1983, vorgetragen
von Bundesaußenminister Hans-Dietrich Genscher,
FDP, im Deutschen Bundestag, 15. Juni 1983

* * *

WERNER Es wird allmählich heller, schon blitzt ab und zu die Sonne an der Kante der umliegenden Berge zwischen den Bäumen hindurch. Es ist, stellt Werner fest, vollkommen klar; kein Wunder, dass es heute Morgen so kalt war. Wenn es so bleibt, wird es ein schöner Tag.

Marlene Boenisch hat Strickzeug aus ihrem Rucksack geholt und schaut konzentriert auf ihre Finger, während die Nadeln behände eine Masche nach der anderen formen. Werner mag den Anblick, es erinnert ihn an seine Kindheit, tatsächlich ist es eine seiner frühesten Erinnerungen: wie seine Mutter neben seinem Bett sitzt und strickt. Er muss krank gewesen sein, warum sonst sollte sie da gesessen haben, doch was es war, weiß er nicht, er erinnert sich nur an das schwere, dämmerige Gefühl von Geborgenheit, an die graue Wolle in ihrem Schoß und ihre Hände, die sich so schnell bewegten, dass er nicht hinschauen konnte, ohne Kopfschmerzen zu bekommen, und an das schabende Geräusch, das die Holznadeln machten, wenn sie aneinanderstießen. Die heutigen Stricknadeln klingen anders, sie sind aus Aluminium und geben ein helles Klicken von sich. Aber der Anblick der sich bewegenden Finger hat sich nicht verändert, auch wenn er sich von Frau zu Frau ein bisschen unterscheidet.

Schade, dass Edith nicht strickt; er würde es mögen, ihr zuzusehen. Dabei kann sie es, natürlich hat sie es als Mädchen gelernt, doch sie hasst es, das hat sie oft genug gesagt. Er hatte gehofft, dass vielleicht Franziska das Stricken für sich entdecken würde, jetzt, wo es wieder in Mode ist; es ist ja oft so, dass die jungen Mädchen sich besonders für das interessieren, was ihre Mütter ablehnen. Aber Franziska findet Stricken spießig, und sie hat bessere Wege gefunden, ihre Mutter aufzubringen, als zu stricken. Ihm kommt es vor, als seien die letzten drei Jahre ein einziger langer Streit um ungekämmte Haare, zerrissene Hosen und ausgeleierte Krägen gewesen. War das wirklich nötig, fragte er sich oft. Obwohl er grundsätzlich mit Edith übereinstimmte, dass es unmöglich sei, sich so auf der Straße zu zeigen: So zottelig, mit verschlissener, schmutziger Kleidung, mit schwarz umrandeten Augen sah Franziska eher aus wie ein Gespenst als wie das hübsche junge Mädchen, das sie eigentlich war. Aber was wollte man machen, wenn es ihr gefiel? Und je mehr Edith zeterte, desto mehr würde es ihr gefallen, das stand fest. Hauptsache, sie nimmt keine Drogen, dachte er dann, das wäre wirklich schlimm. Mit allem anderen konnte man umgehen, und vieles würde sich auswachsen.

Das sieht er auch jetzt noch so. Obwohl es ihn erschreckt hat, wie wenig er von seiner Tochter weiß. Wie viel Eigenleben eine Siebzehnjährige hat. Wie weder er noch Edith die Folgen voraussehen oder Franziska davor bewahren konnten.

Wirklich nicht?

Wie denn? Mit Zwang? Von Zwang hält er nicht viel, davon hat er in seiner Jugend genug erlebt, und man hat gesehen, was das mit dem Menschen macht. Ganz abgesehen davon, dass Franziska kein Mensch ist, der sich zwingen oder bezähmen lässt. So oft er über ihre Wildheit erschrickt, ihn ihre jugendliche Wut abstößt, so stolz ist er auch auf ihr Selbstbewusstsein, ihren Eigensinn, ihre unerschöpfliche Energie. Werner wundert sich immer wieder, woher das kommt. Von ihm sicher nicht. Schade nur, dass sie so ungezügelt ist, so wenig bereit, sich ernsthaft auseinanderzusetzen mit Vorbildern und Traditionen, sondern sich so viel auf die unmittelbare Pose verlässt. Liegt das an ihrer Jugend? Und diese Musik, die sie macht, nun denn, wenn man es denn Musik nennen will, er kann nichts anderes als Lärm und Geschrei darin erkennen, aber die Jugendlichen scheinen es zu mögen. Einmal ging er zu einem Konzert ihrer Band, er hatte den Eindruck, es könne ihr wichtig sein, und letztlich interessierte ihn auch, was sie da machte. Doch er blieb nicht einmal bis zur ersten Pause, es war ohrenbetäubend, im wahrsten Sinne des Wortes, er litt nachgerade körperlich. Auch sonst fühlte er sich fehl am Platz, er, der ältere Herr – so empfand er sich – zwischen all den schwarz gekleideten Jugendlichen, die entweder ungewaschene, zottelige Haare hatten oder Frisuren wie aus der Besenkammer, grellbunt, hochgestellt, und Ringe und Nieten überall, als könnten sie sich nicht entscheiden, ob sie wie Wilde aussehen wollten oder lieber wie ein Eisenwarenladen. Und er, in seinem Sakko – vielleicht hätte er das Sakko weglassen sollen, aber er ging nie ohne Sakko aus dem Haus, er fühlte sich ungepflegt, nicht ordentlich angezogen ohne Hemd und Sakko. Andere gingen im Jogginganzug zum Einkaufen, das käme für ihn nie infrage, nie. Dann fiel er lieber auf, wirkte fehl am Platz, in diesem heißen, stickigen Gewölbekeller, einen Moment lang hatte er Panik abwehren müssen, als er die enge, dunkle Treppe hinunterstieg. Die Band spielte schon. Der Schall verschloss seine Ohren und umklammerte seine Brust, er fühlte sich wie ein Taucher in der Tiefsee, und was er sah, kam ihm unwirklich und verzerrt vor. War das seine Franziska? Die da vorn stand, in einem ausgeleierten schwarzen T-Shirt mit viel zu weitem Ausschnitt, der ihr ständig über die Schultern rutschte, Blicke auf ihre Unterwäsche freigab, wenn sie die Faust nach oben stieß, sich mit einem heiseren Schrei vorbeugte zum Publikum, das mit einem ebenso heiseren Schrei antwortete. Ja, sie schrie mehr, als sie sang, während die Gitarren kreischten und der Schlagzeuger auf seine Trommeln eindrosch, als wollte er sie zu Kleinholz machen. Keine zehn Minuten hielt Werner es aus, er ließ sein Bier einfach stehen und ging wieder. Er weiß nicht einmal, ob Franziska merkte, dass er da war, sie haben nie darüber gesprochen. Doch ihr Bild steht ihm noch vor Augen, und der Moment des Erstaunens: Das also ist meine Tochter, sie ist ein anderer Mensch, als ich dachte.

Und nun ist sie schwanger und sagt nicht, von wem.

Typisch für sie und ihren Starrsinn. Man fragt sich nur, was sie sich davon verspricht. Meint sie, den Vater des Kindes schützen zu müssen? Bei jemandem wie Oliver Vogel kann man sich das sogar vorstellen. Der hat es zu Hause sicher nicht leicht, ein so kluger, empfindsamer Kerl mit einem so herrischen, autoritären Vater. Wenn der der Vater wäre – bei dem wäre zu Hause der Teufel los, das ist klar. Aber Franziska scheut normalerweise kaum einen Konflikt, vor allem nicht, wenn sonst sie den Preis zu zahlen hat.

Werner wagt es sich kaum einzugestehen, aber er fürchtet insgeheim, sie weiß selbst nicht, wer der Vater ist. Als ob nicht der Gedanke schon schlimm genug wäre, dass sie mit ihren siebzehn Jahren bereits etwas mit einem Mann hatte – dass es sogar mehrere sein könnten, so viele, dass sie den Überblick verloren hat, das erschüttert ihn mehr als ihre Schwangerschaft. Seine Tochter, eine Schlampe. Es passt nicht zu dem Bild, das er von ihr hat, haben möchte, bewahren möchte. Doch es passt zu dem Bild, das sich an jenem Abend in sein Hirn und seine Netzhaut eingebrannt hat, zu der zornigen jungen Frau auf der dreckigen Bühne in einem heißen, stickigen Keller, die auf die Konventionen und die Gesellschaft einen Dreck geben will.

Das Komische ist nur: er glaubt es ihr nicht. Jörg glaubt er, dass er auf alles Mögliche einen Dreck gibt; Franziska nimmt er es nicht ab. Es ist nur eine äußere Schicht von ihr, da ist er sicher, ohne dass er sagen könnte, warum. Er kann schließlich nicht behaupten, er habe ein besonders gutes Verhältnis zu ihr, zu keinem seiner Kinder hat er ein besonders gutes Verhältnis, hat er überhaupt ein Verhältnis zu ihnen? Doch er ist überzeugt, in Franziskas Kern steckt noch etwas anderes. Nur hält sie das leider vor der Welt verborgen. So wie den Namen des Vaters. Wenn sie ihn denn weiß.

ULRIKE Ulrike hat mit mehr Verkehr gerechnet. Aber die Landstraße ist leer wie immer, nur ein Traktor zuckelt ein paar Hundert Meter vor ihnen die Straße entlang. Er stößt dicke bräunliche Abgaswolken aus, die sich mit dem dunstigen Frühnebel über den Feldern vermischen, und der Geruch von Diesel durchzieht die frische feuchte Herbstluft.

Ulrike klappt das Visier des Motorradhelms wieder herunter und duckt sich hinter Rampes Rücken, wo ihr der Fahrtwind weniger um den Kopf bläst. Was hat sie erwartet? Die meisten

Demonstranten kommen aus den Städten, von Stuttgart und aus dem Rheintal, und nehmen nicht den Weg über die Schwäbische Alb. Und die Dörfler hier oben tun so etwas nicht: auf Demonstrationen gehen. Für sie sind Demonstranten merkwürdige Erscheinungen, bestenfalls so etwas wie Aliens, eher noch Unruhestifter, wenn nicht sogar Verbrecher, Terroristen. In jedem Fall bizarr und unheimlich und eher ein Grund, heute zu Hause zu bleiben als auf die Straße zu gehen.

Dennoch: Die leere Landstraße ist frustrierend. Bleibt zu hoffen, dass es unten im Tal anders ist. Oder zumindest im Lauf des Tages anders wird. Es wäre ein Jammer, wenn es mit der Menschenkette nichts werden sollte.

Schon als sie das erste Mal von den Plänen hörte, damals noch kaum mehr als eine Idee, war Ulrike fasziniert – eine Menschenkette von 108 Kilometer Länge, für jede der geplanten Pershing-Raketen ein Kilometer, was für ein Irrwitz! Über hunderttausend Menschen hier hoch zu bringen auf die Schwäbische Alb, außerdem gleichmäßig zu verteilen zwischen den Dörfern – das war so verrückt, dass es schon wieder gut war. Deshalb unterstützte sie von Anfang an die Aktion, so gut sie konnte. Sie abonnierte den *Kettenbrief* und hängte jede Ausgabe in der Kommune ans Schwarze Brett. Sie verschickte Postkarten an alle, die sie kannte – auch an Marlene, fällt ihr ein, ob womöglich das der Auslöser war, dass sie zur Menschenkette kommt? Nein, das wünscht sie sich wahrscheinlich nur, Marlene ist in dieser Friedensgruppe, sie wäre so oder so gekommen. Wie auch immer – das jedenfalls ist ihre Art, etwas beizutragen, gerade auch in der Kommune, wo sie in den Diskussionen meist stille Beobachterin bleibt: sich zu informieren und Informationen weiterzugeben, so gut sie kann. Mitteilungen und Aufrufe, Ankündigungen von Seminaren und Demos, und was nicht noch alles. Und eben die *Kettenbriefe*.

Deshalb weiß sie auch genau Bescheid, wie der heutige Tag ablaufen soll. Die Kundgebungen in den Orten entlang der Strecke beginnen um zehn, spätestens Viertel nach zehn, ab elf soll sich die Kette aufbauen und um zwanzig vor eins stehen. Dann wird für zwanzig Minuten die Kette geschlossen, indem sich alle an den Händen fassen. Das hat die Polizei zwar nicht erlaubt, offiziell ist die Zeit auf fünf Minuten begrenzt, von fünf vor eins bis eins, aber was wollen sie machen, wenn hunderttausend Menschen beschließen, sich die Hände zu reichen!

Wenn es denn so viele werden. Und wenn tatsächlich überall genügend Leute sind. Das nämlich ist die eigentlich spannende Frage heute. Es reicht ja nicht, wenn es insgesamt genügend Menschen werden, sie müssen auch richtig verteilt sein. Deshalb diese penible Planung, die jedem Ort aus dem Anreisegebiet einen Ort entlang der Kette zuweist. Denn wenn es nur an einer einzigen Stelle nicht klappt – eine einzige Lücke, und die Kette ist keine Kette. Das wäre ein gefundenes Fressen für all diejenigen, die nur darauf warten, die Aktion als gescheitert zu erklären, ganz gleich, wie viele sich auf den Weg gemacht haben. Dann würde munter in der Presse der Tod der Friedensbewegung verkündet, selbst wenn bundesweit die Teilnehmerzahlen noch einmal höher wären als bei allen vorherigen Demos. Doch was interessiert das die Presse, wenn sie unken kann. Dumm nur, dass sie damit den Mächtigen perfekt in die Hände spielt. Eine Bewegung braucht nämlich die vielen Unentschlossenen, die nur dreiviertels überzeugten Mitläufer, um groß zu werden und etwas zu erreichen. Und wenn all diese Unentschlossenen in der Zeitung lesen, eine Bewegung ist tot, machen sie sich gar nicht erst auf den Weg, und dann ist kurz darauf die Bewegung wirklich tot.

Wobei Ulrike ziemlich optimistisch ist, dass heute genügend Menschen zusammenkommen. Auf den Ostermärschen waren dieses Jahr Hunderttausende, eine halbe Million letztes Jahr auf der Großdemo in Bonn, und den Krefelder Appell haben inzwischen, heißt es, fast fünf Millionen unterschrieben – da sollte es kein Problem sein, hier in Süddeutschland hunderttausend Leute auf die Beine zu bringen. Die spannende Frage ist eher, ob die Koordination klappt, die Verteilung entlang der Strecke.

Rampe drosselt das Tempo. Ulrike reckt erneut den Kopf, um an ihm vorbeizuschauen. Der Traktor vor ihnen biegt gerade auf einen Feldweg ein. Direkt hinter der Abzweigung ist ein Ortsschild zu sehen und das dazugehörige Dorf. Sontbergen, hier sind sie also. Offenbar will Rampe ins Eybtal hinunterfahren und von dort aus durch Geislingen hindurch. Nicht dumm, denkt Ulrike, nicht gleich ins Tal zu fahren, sondern so lange wie möglich über die Dörfer auf der Höhe. Geislingen ganz zu umfahren ist schwierig; aus dieser Richtung dürfte es noch am einfachsten sein durchzukommen, selbst wenn es voll wird. Denn wenn unten viel Verkehr ist, stecken sie genauso drin wie alle anderen. Wenn Rampe allein unterwegs wäre, würde ihn wahrscheinlich kein Stau bekümmern, er würde sich mit seinem Motorrad einfach an den Autos vorbeischlängeln, aber Ulrike weiß, dass er vorsichtiger fährt, wenn jemand hinten drauf sitzt. Was einerseits blödsinnig ist, denn auf sich allein müsste er eigentlich genauso gut aufpassen wie auf andere, andererseits auch irgendwie lieb. Und natürlich kennt Rampe hier oben jede Straße, dank der ausgedehnten Touren, die er an den Wochenenden gerne unternimmt.

Sontbergen wirkt jedenfalls kein bisschen anders als an anderen Tagen. Auf einer Einfahrt wäscht ein Mann sein Auto, ein paar Meter weiter kehrt eine Frau den Gehweg, an der Straßenecke stehen zwei Alte und schwätzen. Ulrike fühlt sich plötzlich wie ein Alien, als blicke sie durch ein Wurmloch auf diese Straße, dieses Dorf. Für die Menschen hier ist es ein Samstag, wie es Tausende davor gegeben hat und noch Tausende danach geben wird. Ein Samstag, an dem man sein Auto wäscht, einkauft, den Hof kehrt, ein bisschen mit den Nachbarn schwätzt und nachmittags Tanta Martha anruft. Für sie, Ulrike, ist dieser Samstag ein Tag, der die Welt verändern kann. Vielleicht nicht sofort, vielleicht nicht unmittelbar sichtbar; aber eine Welt, in der sich über hunderttausend Menschen an den Händen fassen für den Frieden, ist eine andere als eine Welt, in der sie es nicht tun. Es wird ein Ereignis sein, bei dem sie sich in den Arsch beißen würde, wenn sie nicht dabei gewesen wäre.

Deshalb versteht sie auch nicht, warum die anderen aus der Kommune so zurückhaltend sind.

Vielleicht sind sie weniger optimistisch als sie selbst. Vielleicht gehen sie davon aus, dass es ohnehin nicht klappt. Dass da am Ende nur ein paar einsame Friedenshansel auf der Schwäbischen Alb herumstehen, ein Kettchen hier, ein Kettchen da, und dass dann die politischen Gegner der Friedensbewegung Oberwasser bekommen, seht ihr, so viele seid ihr gar nicht.

Das wäre natürlich doof. Aber: Selbst wenn sie nur ein Hunderttausendstel zum Gelingen dieser Menschenkette beitragen kann, will sie es tun. Selbst wenn nur dieses einzige Hunderttausendstel zustande kommt. Lieber scheitern als es gar nicht versuchen.

Sie haben das Ortsausgangsschild erreicht. Rampe gibt dem Gaspedal einen Kick, dass der Motor aufheult, und Ulrike spürt den Fahrtwind an den Ärmeln ihrer Jacke zerren. Sie reckt den linken Arm, um auf die Uhr zu schauen, aber die verschwindet unter dem Jackenärmel, und sie will die andere Hand nicht zur Hilfe nehmen, sie muss sich schließlich festhalten. Letztlich ist es auch egal, wie viel Uhr es ist. Es ist mit Sicherheit früh genug. Wahrscheinlich sogar zu früh. Doch das schadet nichts, dann ist sie auf jeden Fall vor Marlene da.

Halb neun

IRMELA Irmi hat gerade Scheuersand ins Spülbecken gestreut, da sieht sie im Augenwinkel, wie ein Schatten auf die kleine Wiese zwischen Küchenfenster und Gartenzaun fällt und wieder wegwandert, dann geht das Glockenspiel, als jemand die Haustür, die sie nur angelehnt stehen gelassen hat, öffnet. Sie bräuchte die schweren, stampfenden Schritte im Flur gar nicht zu hören, um zu erraten, wer da kommt – richtig: ihr Karl.

Bist du verrückt?, fragt er, noch bevor er die Küche richtig betreten hat.

Guten Morgen, Karl.

Ein bisschen Höflichkeit schadet nie, das hat sie all die Jahre versucht, ihm beizubringen, erstaunlich, wie fruchtlos manche Bemühungen sind. Vielleicht ist es ihre eigene Schuld: Dem kleinen Karl sah sie oft nach, wenn er nicht grüßen wollte; sie legte sie es als Schüchternheit aus und wollte ihn nicht quälen. Schüchtern ist er schon lange nicht mehr, aber das Grüßen hat er nicht gelernt. Schon gar nicht, wenn ihm etwas nicht passt, dann ist so ein Druck in ihm, dass er sich mit Belanglosigkeiten, wie er es nennt, nicht aufhält. Als ob Höflichkeit belanglos wäre im Umgang der Menschen untereinander.

Nicht mit ihr. Sie wird sich ebenso wenig vom Grüßen abhalten lassen wie von ihrem eigenen Willen.

Du warst schon früh auf, habe ich gesehen, sagt sie.

Aus gutem Grund! Im Übrigen tätest auch du besser daran, auf dich achtzugeben.

Ich gebe auf mich acht, Karl.

Indem du deine Haustür offen stehen lässt und jegliches Gesindel einlädst, hereinzukommen?

Er lacht, aber es ist der Zorn, der lacht, nicht die Freude. Sie hat es noch nie leiden können, wenn einer lacht aus Zorn. Zu feige, den Zorn zu zeigen, dabei unfähig, ihn wirklich mit Humor zu nehmen.

Gesindel, Gesindel, sagt sie. Was soll das für Gesindel sein. Junge Leute, die sich engagieren.

Die Steine werfen, wenn ihnen etwas nicht passt.

Die wenigsten werfen Steine.

Es genügt, wenn es wenige tun, und du hast mehr Scherereien, als gut für dich ist.

Was gut für mich ist, entscheide immer noch ich selbst, denkt Irmi, sagt aber nur: Schlecht und Recht, das behüte mich, denn ich harre des Herrn. Ein Spruch ihrer Mutter, und sie hat versucht, ihn Karl weiterzugeben, doch es war genauso fruchtlos wie das mit dem Grüßen.

Du wirst noch schneller bei deinem Herrn sein, als dir lieb ist, wenn du so weitermachst, sagt Karl.

Lieber aufrecht sterben als auf Knien leben. Wer hatte das noch mal gesagt? Vergessen. Irmi weiß noch, wo es stand: In einem Abreißkalender, der früher bei ihr in der Küche hing, jeden Tag ein anderer Spruch.

Du und deine Sprüche!

Sie sieht, wie der Zorn in Karl höher lodert, wie er ihm das Blut in den Kopf treibt, der Kopf anschwillt und die Stimme auch. Zorn ist nicht gut. Zumindest dieser wütende, grimmige, grollende Zorn, den Karl so gut beherrscht, oder soll man eher sagen: Der Zorn beherrscht ihn? Zorn behindert das Denken und verwirrt das Handeln.

Wenn du nur einen Funken Verstand hast, sagt Karl, machst du deine Tür zu und dieses gottverdammte Schild weg.

Fluch nicht in meinem Haus.

Ich rede, wie es mir passt.

Sein roter Kopf schwillt weiter an, gleich wird er platzen. Soll er. Es ist lange her, dass ein wütender Mann sie beeindrucken konnte.

Karl, hör zu. Ich meine, es ist am besten, du gehst jetzt wieder. Verschließ dein Hoftor und deine Fensterläden, wenn du meinst, es ist besser so, ich rede dir da nicht rein. Aber rede du mir auch nicht rein. Niemand kann mir verbieten, gastfrei zu sein. Da werden Familien kommen mit kleinen Kindern, was sollen die denn machen, wenn sie mal müssen?

Am Rathaus gibt es eine öffentliche Toilette.

Wie willst du da ein Kind wickeln?

Natürlich hat Karl nie ein Kind gewickelt, wahrscheinlich weiß er nicht einmal, wie eine Windel aussieht.

Die sind doch sonst so auf Natur aus. Sollen sie ihr Kind auf der Wiese wickeln!

Auf welcher Wiese? Auf deiner? Auf der vor der Kirche? Das findest du besser?

Das Rot seines Gesichts bekommt allmählich einen violetten Stich.

Du drehst mir das Wort im Mund um!

Karl, ich wiederhole mich: Lass mich, und ich lasse dich. Einig werden wir uns nicht. Wenn du meinst, ich laufe in mein Verderben, gut, dann tue ich es eben.

Wenn es denn nur dein Verderben wäre!, brüllt Karl. Aber denkst du auch an uns? Dein Garten grenzt direkt an unseren Hof! Wenn sie eindringen und Geräte zerstören, wessen Verderben ist es dann? Unseres! Und wer ist schuld? Meine starrsinnige Mutter! Und wir dürfen für den Schaden zahlen!

Jetzt ist es raus, worum es ihm geht. Worum auch sonst. Die Angst um den Besitz.

Warum sollten sie deine Maschinen kaputt machen.

Es hat so Fälle gegeben. Die dringen auf Raketenbasen ein und zerstören die Raketen! Oder die Büros!

Du hast keine Raketen auf deinem Hof, nur Landmaschinen.

Schon, aber wer weiß.

Genau, wer weiß. Du weißt es nicht, und ich weiß es auch nicht. Unser Herrgott im Himmel weiß es, und der wird tun, wie es ihm gefällt. Wenn er dir Schaden zufügen will, wird er einen Weg finden, auch wenn ich meine Haustür heute schließe.

Er schlägt mit der Faust auf den Tisch.

Schon wieder verdrehst du alles.

Karl, es reicht. So benimmt man sich nicht in meinem Haus. Du grüßt nicht, du fluchst, du haust auf den Tisch – es reicht. Geh.

Er schwillt weiter an, man sieht, wie er nach den Worten sucht, die seinem Zorn Ausdruck verleihen, und sie nicht findet, doch Irmi hat keine Lust mehr. Geh, sagt sie, und baut sich vor ihm auf, weist ihm die Tür. Sie ist nur halb so groß wie er, scheint ihr, aber sie ist immer noch seine Mutter. Geh, sagt sie noch einmal, und endlich dreht er sich um und geht, nicht ohne die Haustür hinter sich zuzuschlagen und das Gartentörchen auch, sie hört den metallischen Klang, als die Falle auf das Schloss schlägt und zurückspringt.

Sie wischt in Ruhe die Spüle fertig aus, dann öffnet sie die Haustür wieder einen Spalt. Sie hat das Glockenspiel, sie wird bis in den Garten hören, wenn jemand kommt. Ihre Tür steht immer offen, warum sollte es ausgerechnet heute anders sein.

* * *

> Das Bundespresseamt bereitet sich auf den heißen Raketen-Herbst vor. Eine interministerielle Arbeitsgruppe mit Vertretern des Auswärtigen Amtes und des Verteidigungsministeriums will sich, unter Leitung des stellvertretenden Regierungssprechers Jürgen Sudhoff, mit Argumenten gegen die Friedensbewegung rüsten und versuchen, Journalisten in ihrem Sinne zu beeinflussen. Ziel der Sommer-Kampagne: Die Friedensbewegung soll als gewalttätig und von Kommunisten gesteuert hingestellt werden. Große Wirkung erhoffen sich die Propagandastrategen im Presseamt von Journalisten-Reisen in das Nato-Hauptquartier nach Brüssel. Der Bonner Nato-Botschafter Hans-Georg Wieck gilt als besonders geschickt im Umgang mit kritischen Zeitungsleuten.
>
> *DER SPIEGEL*, 4. Juli 1983

* * *

OLIVER Oliver schreckt hoch, als der Bus verlangsamt und auf die Ausfädelspur schwenkt.

Kurze Pause!, verkündet der Busfahrer über das Mikrofon. Um zehn vor neun geht es weiter!

Knolle blinzelt und räkelt sich. Sind wir schon da?, fragt er.

Quatsch. Pinkelpause.

Ach so. Knolle grunzt und zieht den Anorak über den Kopf. Weckt mich, wenn wir da sind.

Zwei Sekunden später schiebt er den Anorak wieder zur Seite und steht auf. Wenn wir schon halten, sagt er, aber lässt offen, was dann, wenn.

Sobald der Bus hält, ist Bassman draußen, so schnell kann man gar nicht schauen. Franzi ist sitzen geblieben und macht keine Anstalten hinauszugehen.

Was ist, fragt Oliver, kommst du nicht?

Sie schüttelt den Kopf.

Alles in Ordnung?

Ja, alles in Ordnung. Hab nur keine Lust. Zu kalt da draußen.

Oliver ist einen Moment unschlüssig, ob er bleiben soll. Sich zu ihr setzen. Sie fragen, wie es ihr geht. Aber darf er das? Sie ist in den letzten Wochen nicht einladend gewesen. Schon nett, wie zu allen, aber auch nicht mehr. Als wäre nie etwas gewesen. Als hätte es diesen Abend im Sommer nicht gegeben.

He, schlaf nicht ein, sagt Sven hinter ihm. Wir wollen auch aussteigen.

Ist ja gut, sagt Oliver, und zu Franzi: Dann bis später.

Draußen ist es tatsächlich kalt. Obwohl die Sonne schon über die Baumwipfel lugt, wärmt sie kaum. Bassman steht vor dem Bus in der Sonne und hat sich eine Fluppe angezündet. Er raucht Selbstgedrehte, filterlos, und hält die Zigarette zwischen Daumen und Zeigefinger wie ein Bauarbeiter. So ein Prolo, denkt Oliver und dreht sich weg. Dass Franzi Bassman küssen könnte, so wie sie ihn, Oliver, geküsst hat, scheint ihm einmal mehr völlig unvorstellbar. Aber sie hat es getan, er hat es selbst gesehen, auf der SMV-Party vor einem Monat, der Schatten ihrer eng umschlungenen Körper in der Raucherecke an der Hintertür, ihr Aufschrecken, als er vorbeiging, später, drinnen, ihr komischer Blick, und überhaupt, ihre Kühle und Distanz seit Beginn des Schuljahrs. Wie gerne wüsste er, was passiert ist in den Sommerferien. Was da war mit ihr und Bassman, wann es anfing und warum, und warum es mit ihm, Oliver, nicht weiterging, nachdem es doch so gut angefangen hatte.

Ein Hupen reißt Oliver aus seinen Gedanken. Unter dem Gejohle der Gewerkschafter, die ebenfalls die Pause nutzen, um schnell eine zu rauchen, biegt ein Bus auf die Parkspur neben ihnen ein, hinter ihm noch einer, und noch einer. Im vordersten Seitenfenster kleben Plakate für die Menschenkette, und hinter der Windschutzscheibe sind Schilder angebracht: *Freudenstadt 1. Freudenstadt 2. Baiersbronn.*

Schaut mal, sagt Oliver zu den anderen. Als ob sie es nicht auch schon gesehen hätten, gleichzeitig mit ihm.

Wow, sagt Knolle.

Und alle wollen hier aufs Klo, sagt Sven trocken.

Er hat recht, innerhalb weniger Sekunden bildet sich eine regelrechte Karawane von den Bussen in Richtung Toiletten, wo die Schlange bereits bis auf den Gehweg reicht. Kurz vor dem Eingang ins Gebäude sieht Oliver Kattas Pferdeschwanz wippen.

Na, das kann dauern, sagt Sven. Ich schau mal, ob ich irgendwo einen Kaffee bekomme.

Mit hochgezogenen Schultern, die Hände in den Taschen seiner Jeans vergraben, läuft er quer über den Parkplatz zum Rasthof. Auf dem Parkstreifen davor hat eine Familie einen Picknicktisch aufgebaut, neben einem bunt bemalten VW-Bus. Überhaupt sind auffällig viele kleine, alte und bunte Autos zu sehen: ein R4, auf dessen ausgeblichen roter Kühlerhaube ein großer Regenbogen aufgemalt ist, ein blauer Ford Taunus mit brauner Seitentür, etliche Enten. Eine von ihnen parkt gerade aus; als sie an ihnen vorbei zur Autobahnauffahrt fährt, sieht Oliver die Aufkleber auf der Heckklappe: Friedenstaube, *Atom-*

raketen stopp, Frauen gegen Militär, Frieden schaffen ohne Waffen und dazwischen die Corsica Ferries.

Knolle hat es auch gesehen, er wird ganz hibbelig. Das ist so abgefahren, sagt er. Das werden Millionen heute, das sag ich euch, das kann die Politik nicht ignorieren!

Abwarten, sagt Oliver, doch er merkt, wie es auch in ihm anfängt zu hibbeln. Selbst wenn es sicher keine Millionen werden heute – ein paar Hunderttausend, das wäre schon toll. Für die Menschenkette sind gut hunderttausend Menschen nötig, hat er ausgerechnet, Minimum. Hunderttausend Menschen auf den 108 Kilometern vom NATO-Hauptquartier in Stuttgart zum Raketenstützpunkt in Neu-Ulm, das macht ein Meter acht pro Mensch; wenn man entspannt stehen will, ohne die Arme auszustrecken, benötigt man rund hundertdreißigtausend Menschen. Hundertdreißigtausend! Ins Neckarstadion passen siebzigtausend, das sind gerade mal zwei Drittel so viele und auch schon unfassbar viele Menschen.

Aber wenn man sich anschaut, was hier los ist, ist es vielleicht gar nicht so abwegig. Gut, vier Busse sind gerade mal zweihundert Leute, aber zweihundert Leute jetzt, in diesem Moment, auf diesem Rasthof; und auf allen Rasthöfen rundum sieht es womöglich nicht anders aus.

Sven taucht wieder in der Tür des Rasthofs auf, grinsend, aber ohne Kaffee.

Keine Chance, sagt er, als er bei ihnen angekommen ist. Das dauert – zu viele Friedensfreunde mit Kaffeedurst.

Stattdessen steckt auch er sich eine Fluppe an.

So viele Leute, sagt Oliver, und das nur hier. Ich bin echt gespannt.

Völlig egal, wie viele es werden, sagt Sven, es wird alles nicht nützen.

Er legt den Kopf in den Nacken und bläst den Zigarettenrauch genüsslich senkrecht nach oben. So einem Politiker ist es egal, sagt er, ob er hunderttausend oder zweihunderttausend rebellische Bürger ignoriert. Wie hat dieser eine Typpi aus dem

Innenministerium gerade erst gesagt: Die demonstrieren – wir regieren. So ist sie, die Arroganz der Macht.

Aber wenn fast fünf Millionen Leute den Krefelder Appell unterschrieben haben, sagt Oliver, und wenn heute ein paar Hunderttausend auf die Straße gehen und in den nächsten Monaten immer wieder, dann können sie das auf Dauer nicht ignorieren.

Sven zuckt mit den Schultern. Solange noch genügend CDU-Wähler übrig sind, was schert sie der Rest. Zumindest nicht vor dem nächsten Wahlkampf. Wir sprechen uns 1986.

Ist das nicht irre? Katta kommt vom Toilettenhaus herüber.

Wie hast du das denn so schnell geschafft?, fragt Knolle.

Ich? Was?

Na, das Klo.

Ich bin aufs Männerklo. Da war keiner. Ich verstehe nicht, warum es immer gleich viele Klos für Männer und Frauen gibt. Eigentlich müsste es für Frauen mindestens doppelt so viele geben.

Wenn ihr auch dauernd aufs Klo rennen müsst, sagt Knolle. Das zeigt doch mal wieder, dass Männer weiter entwickelt sind als Frauen. Nehmt euch einfach ein Beispiel an uns.

Depp, sagt Katta und deutet einen Tritt an sein Schienbein an.

Au, jault Knolle theatralisch auf, sie hat mich getreten!

Einer der Gewerkschafter bläst in eine Trillerpfeife und winkt. Alle einsteigen, wir fahren weiter!

Kommt, sagt Oliver. Die Schwäbische Alb wartet auf uns.

ULRIKE Sie haben Geislingen hinter sich gelassen und fahren nun die B10 entlang, im Filstal ist das unvermeidlich, da nützen Rampes beste Schleichwege nichts. Auch hier ist alles ruhig, stellt Ulrike fest, wie an einem ganz normalen Samstag, wären da nicht die Polizeiautos, die an so ziemlich jeder größeren Kreuzung am Straßenrand bereit stehen für den späteren Einsatz. Polizisten hingegen sind nur wenige zu sehen, wahrscheinlich sitzen sie in den Autos, wo es wärmer ist. Ulrike hätte nichts dagegen, sich auch ein bisschen aufzuwärmen, die lederne Motorradkleidung hält zwar den Fahrtwind einigermaßen ab, nicht aber die feuchte herbstliche Kühle, die durch jede noch so winzige Ritze dringt. Vor allem ihre Füße sind wie erstarrt. Aber gut, das wird sich ändern, sobald sie absteigt.

Weit kann es eigentlich nicht mehr sein, oder? Ulrike hat nicht mehr auf die Ortsschilder geachtet, und irgendwie sehen die Dörfer hier unten im Tal alle gleich aus. Gesichtslose Wohngebiete, umsäumt von noch gesichtsloseren Gewerbegebieten mit einer Handvoll Produktionshallen und einem Supermarkt, irgendwo ein Kirchturm, der markiert, wo sich das alte Zentrum des Dorfes befindet und folglich ein paar Fachwerkhäuser und vielleicht der eine oder andere Überrest eines alten Bauernhofs. So auch hier: Rechts ein Aldi, links ein Autohändler, dazwischen Wohnhäuser und auf der gegenüberliegenden Straßenseite eine Häuserzeile, die aussieht, als ob sie vor zwanzig Jahren noch ein einsamer Bauernhof war. Dahinter der unvermeidliche Kirchturm.

Rampe drosselt das Tempo, klappt das Visier hoch und ruft etwas nach hinten, das Ulrike natürlich nicht versteht. Dann sieht sie den Wegweiser, auf den Rampe zeigt: *Rathaus*. Sieht aus, als seien sie da. Ulrike streckt den Arm aus, reckt den Daumen nach oben, und Rampe setzt den Blinker und biegt ab. Sie passieren zwei Bekleidungsgeschäfte, einen Schreibwarenladen mit Lottoannahmestelle, eine Volksbank, eine Kneipe. Auf einer kleinen Brücke, an deren Geländer noch die Blumenkästen vom Sommer hängen, kommen sie über die Fils, direkt dahinter öffnet sich links ein Platz vor einem großen nüchternen Betonbau mit Flachdach: *Rathaus* steht in großen Lettern über der Tür.

Rampe bringt das Motorrad am Rand des gepflasterten, von Bäumen umstandenen Vorplatzes zum Stehen. Ulrike rutscht vom Sitz und schaut sich um. Auf der entfernten Seite des Platzes steht ein Lkw mit heruntergelassener Seitenwand, auf dem drei Männer gerade Mikrofone und Lautsprecher installieren.

Ein anderer bringt ein Plakat an einem Laternenpfahl an; neben ihm steht ein Bollerwagen, auf dem weitere Plakate liegen, die offenbar noch auf ihre Bestimmung warten.

Viel los ist hier ja nicht, sagt Rampe, während er das Motorrad aufbockt und das Lenkerschloss einrasten lässt.

Die Kundgebung geht schließlich erst in einer guten Stunde los, sagt Ulrike.

Ja, eben, sagt Rampe. Viel Zeit ist das nicht. Die müssen sich beeilen, die Jungs. Schau, die Bullen sind schon da.

Ulrike schaut in die Richtung, in die Rampe zeigt. Von der B10 her kommt ein Polizeiauto die Straße herauf, gefolgt von einem roten Transporter: Freiwillige Feuerwehr. Polizei, das war zu erwarten, aber Feuerwehr? Sind die Leute inzwischen so paranoid, dass sie bei jeder harmlosen Demonstration mit Brand rechnen? Die Autos halten am Rand des Parkplatzes, aus dem roten Transporter steigen ein halbes Dutzend Männer, allerdings nicht in voller Feuerwehrmontur, sondern nur in dunkelblauer Dienstkleidung. Auch einer der beiden Polizisten steigt aus, geht zu den Männern am Lkw, wechselt ein paar Worte mit ihnen; der Mann mit dem Bollerwagen hat ihn auch gesehen, geht auf ihn zu und schüttelt ihm die Hand. Alles klar, das sind der Einsatzleiter der Polizei und der Veranstaltungsleiter, der die Kundgebung angemeldet hat. Aber warum die Feuerwehrmänner? Der Veranstaltungsleiter sagt etwas und zeigt die Straße hinunter, der Polizist fragt nach, dann nickt er, und beide gehen zu den Feuerwehrleuten. Wieder redet und gestikuliert der Mann, die Feuerwehrleute nicken.

Ordner, sagt Rampe, der schneller kapiert hat als Ulrike. Tatsächlich, jetzt gehen zwei der Feuerwehrleute mit dem Mann zum Bollerwagen und holen große Pappschilder heraus, auf denen ein dickes *P* zu sehen ist.

Oder einfach Parkplatzanweiser, sagt Ulrike grinsend. Hoffen wir mal, dass sie nicht vergeblich da sind.

Rampe erwidert nichts darauf, zuckt nur mit den Achseln.

Ein Kaffee wäre jetzt gut, sagt er dann.

Hier, in diesem Kaff?, sagt Ulrike. Das könnte schwierig werden.

Das Kaff ist mindestens dreimal so groß wie unseres.

Aber auch mindestens genauso tot.

Wehe, wenn ich keinen Kaffee kriege! Rampe kickt mit Schwung einen Stein in Richtung Straßenrand, wo er im Ufergebüsch der Fils verschwindet. Eine Ente flattert auf und quakt empört.

He, Randalierer!, sagt Ulrike. Pass auf, gleich kommt die Polizei zu uns rüber!

Die Bullen können mich mal, grunzt Rampe.

Sie gehen zurück über die Fils und rechts die Straße hinunter in Richtung Kirchturm – wenn es irgendwo ein Ortszentrum gibt, das den Namen verdient, dann am ehesten dort. Auch in dieser Straße ist alles ruhig, fast gespenstisch ruhig, findet Ulrike. Warum nur? Es ist doch schon fast neun, für einen echten Dorfbewohner ist das später Vormittag. Sonntags, ja, da kann es auf dem Dorf so ruhig sein wie jetzt, außer vielleicht in den zehn Minuten, bevor die Kirche anfängt oder nachdem sie aus ist. Aber diese Ruhe hier ist keine schläfrige Sonntagsruhe, sondern eher ein Stillhalten, ein Sich-tot-Stellen, scheint ihr. Oder bildet sie sich alles nur ein?

Schau mal, da vorn, sagt Rampe und deutet zwischen zwei Häusern hindurch, wo ein grünes Eichbaum-Schild zu sehen ist.

Ein Gasthaus?

Du meinst, da bekommst du um diese Zeit einen Kaffee?, sagt Ulrike. Ich bin gespannt.

Versuchen können wir es.

Doch das Tor des Gasthofs ist verschlossen, die Fensterläden zugeklappt. An der Tür hängt ein Zettel: *Samstag 22.10.83 ganztägig geschlossen.*

Verrückt. Dabei könnte dieser Gasthof heute wahrscheinlich das Geschäft seines Lebens machen.

Ulrike fällt die Verkäuferin im Tante-Emma-Laden ein, wo sie gestern nach der Arbeit ein paar Dinge besorgte, die das

Einkaufsteam vergessen hatte, Salz und Essig und eine Ersatzglühbirne. Sie hatte sich schon öfter mit der Frau unterhalten, eine gesprächige Person, die bereitwillig ihre Sorgen mitteilte – die Supermärkte würden ihnen immer mehr die Kundschaft wegnehmen, die Kleinen blieben auf der Strecke, es lohne sich immer weniger, aber wenn sie aufhörte, gäbe es keinen Laden mehr hier, und was sollten dann die alten Leute machen … Sie sprach in einem lang gezogenen schwäbischen Singsang, dem Ulrike gut folgen konnte, und wenn sie ein Wort nicht verstand, fragte sie nach. Die Frau schien sie zu mögen, auf eine mütterliche Weise, tatsächlich erinnerte sie Ulrike an ihre Mutter mit ihrer Art, im Reden Kontakt herzustellen zu den Leuten, mit ihrer fröhlichen Molligkeit, die schwerfällig und wendig zugleich wirkte.

Die tun mir leid, die Leut da unten an der B 10, sagte sie gestern, denen steht ja etwas bevor dieses Wochenend. Was für ein Glück, dass die Menschenkette net bei uns durchgeht.

Wieso?, fragte Ulrike. Sie würden bestimmt ein gutes Geschäft machen. Die Leute brauchen schließlich etwas zu essen und zu trinken.

Ich, ein guts Gschäft? Zumachen würd ich morgen!

Wieso denn das?

Na, die Leut, die da kommen … Ha ja, net alle sind Randalierer, aber drüben in Lonsee zum Beispiel, da wohnt meine Schwester, da kommen die Hessen, und was haben die damals in Frankfurt angericht, richtige Schlachten waren das im Wald, ich seh die Bilder aus dem Fernsehen noch vor mir.

In Frankfurt?

Na, gegen den Flughafen, die neue Startbahn. Ich mein, da waren richtige Profis dabei, mit Motorradhelmen sind sie gekommen, damit sie geschützt sind, wenn sie ihre Steine werfen. Solche Leut in meinem Laden – bewahr mich Gott! Zumachen würd ich, und den Schwiegersohn bitten, dass er Bretter vors Schaufenster macht.

Ich glaube nicht, dass es Randale gibt, sagte Ulrike. Da kommen vor allem Leute wie Sie und ich.

Wissen wirs?, sagte die Verkäuferin. Mag sein, dass anständige Leut dabei sind, aber die können dann gegen die anderen auch nichts ausrichten. Besser, man ist auf der Hut.

In diesem Dorf, denkt Ulrike, sind offensichtlich auch viele auf der Hut, deshalb die eigentümliche Ruhe. Und die vielen verschlossenen Hoftore und Fensterläden. Die Häuser und ihre Bewohner schotten sich ab. Wollen nichts mit dem zu tun haben, was heute hier passiert.

Das war wohl nichts, sagt Rampe missmutig und kickt wieder nach einem Stein. Ulrike meint zu sehen, wie sich im Nachbarhaus eine Gardine bewegt.

Da steht jemand und guckt, sagt sie.

Wo?

Schon weg. Du weißt doch: Man sieht nur die im Lichte, die im Dunkeln sieht man nicht.

Scheiß Spießer, sagt Rampe.

Na ja, sagt Ulrike. Wahrscheinlich sind hier auch nicht mehr Spießer als an der Startbahn West Steinewerfer.

Was hat das jetzt damit zu tun?, fragt Rampe misstrauisch.

Ach, nichts.

Jedenfalls hattest du recht, sagt Rampe, hier kriegen wir keinen Kaffee. Scheiß Kaff.

Sie umrunden die Kirche und laufen durch eine Straße mit Wohnhäusern zurück in Richtung Rathaus. An einer Straßenecke zieht ein Haus Ulrikes Blick auf sich. Eigentlich ist nichts auffällig an ihm: ein schlichtes kleines Haus, umgeben von einem niedrigen Mäuerchen; der Vordergarten ist makellos, runde Beete, auf denen das trockene Laub der Sommerpflanzen schon entfernt wurde und die ordentlich gemulcht sind, dazwischen ein – zum letzten Mal in diesem Jahr vermutlich – frisch gemähter Rasen. Die breiten Fensterbänke sind, genauso wie der Sockel des Mäuerchens, hellblau gestrichen, an den Fenstern hängen Häkelgardinen, und hinter einem Fenster sieht man eine prächtig blühende Orchidee. So weit, so alltäglich; ein ganz normales Spießerhaus, wie Rampe sagen würde.

Aber das Gartentörchen steht offen. Und die Haustür ebenfalls, einen Spalt zumindest. Und im Obergeschoss weht eine weiße Gardine aus dem zum Lüften geöffneten Fenster. Die Bewohner dieses Hauses haben offensichtlich keine Angst vor dem, was da kommt. Oder sie sind einfach später dran als die anderen. Aber das glaubt Ulrike nicht, das Haus strahlt eine so freundliche Unbekümmertheit aus, dass sie lächeln muss.

Der Platz vor dem Rathaus hat sich in der Zwischenzeit nur unwesentlich belebt. Die drei Männer auf dem Lkw haben Gesellschaft von einem vierten bekommen und sind damit beschäftigt, Kabel zu verlegen. Beim Veranstaltungsleiter steht eine Frau mit leuchtend rot gefärbten Haaren, die auf ihn einredet und immer wieder mit dem zusammengerollten Blatt Papier, das sie in der Hand hält, in die andere Hand schlägt, wie mit einem Schlagstock. Der Veranstaltungsleiter nickt, lacht, zeigt die Straße hinunter, dann gehen sie auf die Seite des Lkw, wo der inzwischen leere Bollerwagen steht und zwei weitere Frauen, die die beiden offenbar kennen. Die Feuerwehrleute und Polizisten sind verschwunden, nur das Polizeiauto steht mit eingeschaltetem Warnblinker am Straßenrand.

Wann kommt denn deine Schwester?, fragt Rampe.

Ulrike zuckt mit den Schultern.

Keine Ahnung. Sie kommt mit einer Gruppe mit dem Bus. Zur Auftaktkundgebung wird sie da sein, denke ich. Und wenn nicht, finde ich sie spätestens in der Kette.

Rampe schüttelt bedächtig den Kopf. Unsere Ulrike, die unverbesserliche Optimistin, sagt er. Viel Erfolg. Ich fahr mal noch eine Runde. Irgendwo in dieser verdammten Gegend muss es doch einen Kaffee geben.

Ebenfalls viel Erfolg, sagt Ulrike grinsend. Wir sehen uns später.

Rampe schwingt sich auf sein Motorrad, hebt die Hand zum Abschied und braust davon.

Neun Uhr

WERNER Im hinteren Teil des Busses ist Ruhe eingekehrt – offensichtlich haben sich die Jugendlichen müde geredet. Franziskas Stimme hat Werner ohnehin länger nicht mehr gehört. Er war schon versucht, sich umzudrehen, um zu schauen, ob sie überhaupt noch da ist, aber natürlich ist sie noch da, sie war da, als der Bus abfuhr, und wohin sollte sie seitdem verschwunden sein.

Umso besser hört er nun die Unterhaltung der beiden, die direkt hinter ihm sitzen, Frau Boenisch hat sie ihm beim Einsteigen kurz vorgestellt, doch er hat die Namen nicht richtig erfasst. Ein Bernd-Ludwig Irgendwie und eine Frau Ahrens oder Arend oder so ähnlich. Von der Friedensgruppe, so viel hat er sich gemerkt.

Man muss sich klarmachen, sagt dieser Bernd-Ludwig mit erstaunlich hoher Stimme, dass die Pershing II nicht nur eine Modernisierung bedeuten, sondern eine neue Art der Kriegführung. Die Zielgenauigkeit macht sie zu einer taktischen Waffe, mit der wichtige Einrichtungen des Gegners gezielt zerstört werden können, das ist es, was dieser Colin Gray meint, wenn er davon spricht, dem sowjetischen Huhn den Kopf abschneiden zu wollen.

Schon Adenauer hat von taktischen Atomwaffen gesprochen, erwidert seine Gesprächspartnerin, ihre Stimme ist voll und ein wenig rau. Für ihn waren sie eine konsequente Weiterführung der Artillerie.

Das waren ja noch Atomwaffen wie in Hiroshima, sagt die hohe Männerstimme. Die hätten unermessliche Flächenschäden angerichtet, aber zielgenau war da nichts. Die alten

Atomwaffen konnten nur strategische Waffen sein. Heute ist das anders. Mit den neuen Computertechnologien ist vieles möglich geworden, was uns noch vor wenigen Jahren wie Science-Fiction vorgekommen wäre.

Der Krieg der Sterne …

Zum Beispiel.

Erschreckend, nicht wahr?

Allerdings, denkt Werner. Wobei er schon die Art, wie über Waffen gesprochen wird, erschreckend findet. Taktische und strategische Waffen – allein schon die Wörter suggerieren, dass es sich um legitime Mittel einer legitimen Politik handle. Oder Verteidigungswaffen: Was für eine Beschönigung, Verharmlosung, um nicht zu sagen, eine blanke Lüge. Jede Waffe ist für einen Angriff gemacht, nicht ohne Grund gibt es das Wort Gegenangriff. Für Verteidigung würde ein Schutzschild genügen, da braucht es keine Waffe.

Und zu glauben, die Pershing-II-Raketen seien nur das, ein Schutzschild? Es ist ihm ein Rätsel, wie das gehen soll. Wer würde denn umgekehrt glauben, dass die SS-20 nur dem passiven Schutz dient? Der Mensch und seine Doppelmoral, oder vielleicht besser: Der Mensch und der Selbstbetrug, das wäre ein Thema, über das zu forschen sich lohnen würde, ein wahrscheinlich endloses Unterfangen. Der Selbstbetrug ist der Boden, auf dem die Beschönigungen wachsen. Die Beschönigungen wiederum bereiten den Boden für weiteren Selbstbetrug. So macht der Mensch es sich einfach, die Welt so zu sehen, wie er sie sehen will, und nicht, wie sie ist, und bemerkt den Unterschied gar nicht mehr.

Die Waffen sprechen lassen ist ein weiteres Beispiel für verharmlosende Redewendungen. Als ob, denkt Werner, man mit Waffen Gespräche führen könnte. Nein, Waffen verhindern, dass man miteinander redet. Dabei ist doch das Einzige, was zuverlässig vor Krieg schützt, miteinander zu reden. Tatsächlich zu reden. Aufeinander zuzugehen, sich kennenzulernen, inmitten all der Fremdheit Vertrautes zu entdecken, Verbindendes, allgemein Menschliches.

Deshalb würde er gern eine Städtepartnerschaft mit einer russischen Stadt anbahnen. Das wäre der richtige Weg, findet er, mit Frankreich hat es auch funktioniert, mithilfe der vielen Städtepartnerschaften konnten die beiden Nachbarländer nach all den Jahrhunderten der »Erbfeindschaft«, nach zwei Weltkriegen, von denen schon einer das Verhältnis auf Jahrhunderte hinaus hätte belasten können, erst zu guten Nachbarn und schließlich zu Freunden werden. Mit der Sowjetunion müsste man auch so weit kommen, denkt Werner, und wenn er in zwei Jahren pensioniert wird, früher als andere, wegen seiner Behinderung, hat er ja Zeit.

Am liebsten würde er diesen kleinen Ort südlich von Smolensk wiederfinden, wo er die beiden jungen Frauen beim Baden im Fluss beobachtete, am Morgen, bevor ihn die Granate erwischte. Wie das Dorf hieß, weiß er nicht, aber er würde den Fluss wiedererkennen, da ist er sich sicher. Er versucht, sich an Ortsnamen zu erinnern, Orscha fällt ihm ein, Katyn und natürlich Smolensk, an viel mehr erinnert er sich nicht, er hatte das Gefühl für Zeit und Raum längst verloren auf dem Weg nach Osten, und kurz darauf war er ja auch schon auf dem Weg zurück, kaum bei Sinnen, halb verrückt vor Schrecken und vor Schmerzen. Im Zweifelsfall eine Städtepartnerschaft mit Smolensk, warum nicht. Eine alte Stadt, schon zur Entstehungszeit der Nowgoroder Rus im 9. Jahrhundert siedelten dort Wikingerstämme, hat er gelesen. Im 13. Jahrhundert Mitglied der Hanse, überhaupt ein Ort, durch den seit Jahrhunderten Händler und Menschen reisen, auf dem Weg von West nach Ost und von Nord nach Süd und umgekehrt. Und die Kriege ebenso. Unzählige Male wurde die Stadt eingenommen, geplündert, wieder befreit; die Mongolen waren da, Polen, Litauer, Schweden, Napoleon und schließlich die deutsche Wehrmacht. 1941 in einer zermürbenden Kesselschlacht fast vollständig zerstört, im Herbst 1943 von der Roten Armee zurückerobert, als er schon wieder in Deutschland war, im Lazarett, noch vollkommen benommen von dem, was ihm passiert war, aber auch schon ahnend, dass ihm das Schlimmste womöglich erspart geblieben war. Er hat jemanden ausfindig gemacht, der jemanden kennt, der jemanden kennt in Smolensk, vielleicht ließe sich da ein Kontakt herstellen, vielleicht kann er dann einmal dorthin reisen, und auch wenn ihn Intourist nicht aus den Augen lassen wird, gibt es vielleicht doch Möglichkeiten, hinauszukommen aufs Land, und wenn er schon den Fluss von damals nicht wiederfindet, so vielleicht einen anderen, ähnlichen.

Möglicherweise gibt es das Dorf gar nicht mehr, er hat ja nicht mehr mitbekommen, was passierte, möglicherweise wurde es geplündert, zerstört, wahrscheinlich sind seine Bewohner geflohen – hoffentlich sind sie geflohen, denkt Werner, hoffentlich wurden sie nicht alle erschossen zur Strafe für irgendetwas oder einfach dafür, dass es sie gab –, und wer weiß, ob sie danach zurückkehren wollten, ob sie nicht lieber ein neues Dorf bauten, als der Frieden kam, ein paar Kilometer entfernt, an einem unbelasteten Ort.

Er weiß gar nicht, ob das gegangen wäre. Wie werden im Sozialismus Dörfer gebaut? Haben die Leute eine Wahl, bauen sie selbst oder legt irgendein Gebietskomitee fest, was wo wie gebaut wird, und die Leute werden dorthin umgesiedelt? Wie sah es überhaupt auf dem russischen Land aus, als die Deutschen wieder weg waren, eine Spur der Zerstörung hinterlassend? Wie haben die Menschen ihr Land wiederaufgebaut, wie haben sie weitergelebt?

Vielleicht wünscht er sich deswegen die Städtepartnerschaft. Er möchte Leute kennenlernen, die er fragen kann.

Er fragt sich auch oft, was aus den beiden jungen Frauen geworden ist. Er stellt sich vor, sie seien Schwestern gewesen, er fand, sie sahen sich ähnlich, rund und blond wie sie beide waren, ein wenig grobknochig, wie die beiden Arbeitspferde auf dem kleinen Hof seines Großvaters früher, er mochte das. Er mochte auch, wie die größere der beiden ihre Haare auswrang nach dem Baden und sie mit flinken Bewegungen zu einem Zopf flocht und am Hinterkopf aufrollte. Und spätestens, als die beiden ihre Eimer nahmen und aufbrachen und dabei Lieder sangen, zweistimmig, die weit über die Landschaft flogen wie zwei Vögelchen, spätestens da hatte er sich nicht nur in diese beiden unbekannten

Mädchen, sondern auch in das Land, durch das er so gewaltsam und gewaltbringend marschierte, hoffnungslos verliebt.

Das sind die Dinge, an die er sich bis heute erinnert. An das Licht auf dem Wasser. An die flinken Finger des Mädchens, als es den Zopf windet. Und an die Töne, die über der Ebene schweben, als könnte nichts auf der Welt die Unschuld des Morgens zerstören.

Er stellt sich gern vor, die Größere, die mit dem Zopf, sei nach dem Angriff zu den Partisanen gegangen. Er stellt sich vor, wie ihr Mund fest wird, ihr Blick hart und entschlossen, wie sie ihre Familie, ihre weichere, sanftere Schwester verlässt und in den Wald geht, ihn durchstreift auf der Suche nach denen, denen sie sich anschließen will, wie sie das erste Mal eine Waffe in der Hand hält, einen Schauer verspürt, einen Schauer, den er sofort aus seinen Gedanken verbannt, weil er ihn nicht erträgt, diese Mischung aus Ehrfurcht und Angst, was man mit diesem Ding anrichten kann, aber auch die Erregung, die mitschwingt: man kann einen Menschen töten mit einer Waffe.

Sie hätte Grund genug gehabt, die Deutschen töten zu wollen. Hätten die Deutschen das Dorf nicht angegriffen, hätte sie den Rest ihres Lebens weiter die Kühe gemolken und im Fluss gebadet und mit ihrer Schwester ihre klaren, wehmütigen Lieder gesungen. Es ging ihr nicht ums Töten, es ging ihr ums Leben. Natürlich, auch die Partisanin ist schuldig am Tod von Menschen, doch ihre Schuld ist klein im Vergleich zu seiner, und er würde nichts lieber tun, als ihre Schuld mit seiner aufwiegen.

Wenn sie denn überhaupt Partisanin wurde. Wahrscheinlicher ist, dass sie sich irgendwie durchschlug, dass sie irgendwie überlebte, und dass sie heute ein schlichtes, womöglich ärmliches Leben führt, irgendwo da draußen in den unendlichen Weiten der russischen Provinz, wo selbst der lange Arm der sowjetischen Bürokratie nur ab und zu hinreicht, wo man sich mehr schlecht als recht durchschlägt wie seit Jahrhunderten schon. Sie dürfte in seinem Alter sein, vielleicht zwei Jahre jünger, vielleicht ein wenig älter, er war ja damals selbst keine zwanzig.

Kaum älter als seine Tochter jetzt, durchfährt es ihn. Wie jung sie doch waren, so unglaublich jung.

Werner weiß, dass der sehnlichste Wunsch seines Lebens ist, die junge Russin noch einmal wiederzusehen, aber er weiß auch, dass dieser Wunsch nie in Erfüllung gehen wird, denn selbst, wenn er ihr begegnete, würde er sie nicht erkennen.

Nur eines mag er sich nicht vorstellen, stellt er sich nie vor, und auch jetzt lässt er den Gedanken nicht zu, nicht einmal im Ansatz: dass sie nicht überlebt hat. Dass sie umgekommen ist in den brutalen Tagen nach diesem klaren Herbstmorgen, dass dieses Lied womöglich ihr letztes war.

* * *

Der zweite Weltkrieg brachte der ganzen Menschheit unermeßliches Unglück und Leid. […] Die Geschichte hat eine strenge Lektion erteilt. Die Völker zahlten einen allzu hohen Preis dafür, daß es nicht gelungen war, den Krieg zu verhindern und rechtzeitig die heraufgezogene Gefahr zu bannen. Man darf nicht zulassen, daß sich die Tragödie wiederholt. Man muß und man kann alles tun, um einen neuen Weltkrieg zu verhindern.

Appell des Obersten Sowjets der Sowjetunion
an die Parlamente der Völker der Welt, 23. Juni 1981

* * *

Ich habe während des Krieges viele Male Angst gehabt um das eigene Leben, das Leben meiner Eltern und meiner Frau in der Heimat, im Luftschutzkeller und an der Front. Leonid Breschnew hat die gleiche Angst gekannt, im gleichen Krieg. Wenn wir uns heute um die Stabilisierung des Friedens bemühen, dann aus der klaren eigenen Erfahrung mit den Schrecklichkeiten des Krieges, den wir ja doch kennen.

Bundeskanzler Helmut Schmidt, SPD,
im Deutschen Bundestag, 3. Dezember 1981

* * *

WILFRIED Seit über einer Stunde schon fahren sie das Neckartal entlang, und es nimmt kein Ende. Die Sonne schaut inzwischen über den Saum der Hügel; der Neckar selbst liegt noch im Schatten. An vielen Stellen sieht man Raureif auf den Feldern und Dächern. Wilfried erinnert sich, wie verwundert er war, als er das erste Mal hier entlangfuhr, wie wenig malerisch sich der Neckar in seinem Oberlauf zeigt – das Tal ist relativ breit, die flachen Hügel des Gäu bieten nur wenig Kulisse, die Landschaft ist geprägt von Feldern und den Blechdächern der weit verteilten Industriehallen. Er kann mit dieser Gegend nichts anfangen, sie ist ihm zu unstrukturiert, zu belanglos im Vergleich zur spröden Schwäbischen Alb oder zum schroffen Südschwarzwald.

Überall im Wagen haben sich Unterhaltungen entsponnen, es geht lebhaft zu, man hört viel Gelächter und vereinzelt Gesang. Eine junge Mutter geht mit ihrem Kind den Gang hinauf, zum wiederholten Mal, das Kind lernt offenbar gerade laufen und hält sich an ihren Fingern fest, während es alle paar Schritte stolz auf das Geleistete in die Runde strahlt. An Schlaf ist nicht mehr zu denken. Immerhin, ein paar Minuten ist Wilfried weggenickt, und er fühlt sich frischer als vorhin, besser gerüstet für den Tag.

Wilfried steht auf, um sich ein wenig die Füße zu vertreten. Ich komme gleich wieder, sagt er, mehr zu sich selbst als zu den jungen Leuten, denn die haben sich, ungeachtet der Gespräche um sie herum, teils aneinander gelehnt, teils auf ihren Sitzen zusammengerollt, so gut es geht, um noch eine Runde zu schlafen. Sie sind noch jung, denkt Wilfried, vielleicht gelingt es ihnen besser als ihm.

Auf der Plattform stehen drei Männer in weißen Kitteln. Ärzte. Wilfried will schon seine Unterstützung anbieten, fragen, ob sie unterwegs sind zu jemandem, der Hilfe benötigt, da sieht er die Aufschrift auf den Kitteln: *IPPNW – Ärzte für die Verhütung des Atomkrieges.*

Wilfried nickt ihnen grüßend zu, als er sich neben sie stellt, macht aber keine Anstalten, sich in ihr Gespräch einzuklinken, sondern schaut stattdessen zum Fenster hinaus, wo gerade der Neckar hinter einer Reihe Häusern aus seinem Blick verschwindet.

Sosehr Wilfried den Sinn begreift, als Arzt im Kittel demonstrieren zu gehen, so wenig mag er es. Nimmt man damit nicht letztlich in Anspruch, dass der Protest eines Arztes mehr bedeutet, mehr wert ist als der anderer Menschen? Und setzt man nicht dabei ganz auf den hohen gesellschaftlichen Status der Halbgötter in Weiß?

Das ist es nicht, würden diese Ärzte sicherlich sagen. Unsere berufliche Erfahrung, unser Fachwissen ist es, was unserem Protest besonderes Gewicht verleiht. Wir wissen genauer als andere, welche Folgen ein Atombombenabwurf für den Menschen hat. Damit stehen wir in einer höheren gesellschaftlichen Verantwortung. Zumal von uns im Ernstfall erwartet wird, dass wir eben diese Folgen lindern. Was eine Illusion ist. Oder Augenwischerei. Denn bei einem Atombombenabwurf ist medizinische Hilfe kaum noch möglich: Die medizinische Infrastruktur wird massiv geschädigt, zahlreiche Ärzte werden zu den Opfern gehören, und die Überlebenden können unter den dann herrschenden Bedingungen die unzähligen Schwerverletzten nicht einmal notdürftig versorgen. Wer suggeriert, eine medizinische Versorgung im Ernstfall sei möglich, trägt dazu bei, den Ernstfall zu verharmlosen und politisch denkbarer zu machen.

So weit, so gut und richtig, denkt Wilfried. Aber er bezweifelt, dass diese Ärzte ebenso selbstbewusst in ihrer Berufskleidung demonstrieren würden, wenn sie den gesellschaftlichen Status von Buchhaltern hätten. Oder von Müllmännern.

Roland würde seine Bedenken nicht teilen. Er hatte sogar vorgeschlagen: Geh doch im Talar. Stell dir vor, was das für einen Eindruck macht: ein Vertreter der Kirche in der Menschenkette, sichtbar für alle.

Aber das wollte Wilfried nicht. Nicht nur, weil es ihm wie Prahlerei, wie eine Form von Standesdünkel vorkäme; wo er selbst sich vor allem als Christ unter Christen und als Diener Gottes versteht. Natürlich hat Roland recht: Es ist ein Unterschied, ob er als Pfarrer demonstriert oder als Christenmensch. Aber gerade weil er für sich in Anspruch nimmt, die Pfarrersrolle nach seinem Gewissen zu gestalten und auszufüllen, darf er sie nicht missbrauchen, findet Wilfried. Der Talar ist vor allem Ausdruck der Institution, der er angehört, weniger seiner Funktion und schon gar nicht seines Gewissens. Um Prediger oder Seelsorger zu sein, braucht er keinen Talar; er braucht ihn, um sich als offizieller, anerkannter Vertreter seiner Kirche zu erkennen zu geben. Deshalb trägt er den Talar, wenn es der Rahmen erfordert, im Gottesdienst oder bei anderen liturgischen Handlungen. Und nicht, um seiner Aussage mehr Gewicht zu verleihen, um mit seinem Beruf und seiner Stellung aufzutrumpfen.

Dass er den Einfluss und Vertrauensvorsprung, den ihm die Leute aufgrund seiner Stellung zugestehen, nutzt, um den Dingen, die er für wichtig hält, Gehör zu verschaffen, ist etwas anderes. Das ist, findet er, sogar Teil seines Auftrags. In seinen Predigten beispielsweise nimmt er kein Blatt vor den Mund. Niemand würde ihn daran hindern können, auf alle ihm erdenklichen Weisen für den Frieden einzutreten. Denn es ist erschreckend, wie viel Krieg noch in den Köpfen steckt, fast vierzig Jahre nach Kriegsende. Selbst in seinem eigenen Kopf. Dieses Bedürfnis nach Sicherheit, das allzu leicht dazu führt, sich abzuschotten, Veränderungen auszuweichen.

Doch sagte nicht schon Dietrich Bonhoeffer, in seiner berühmten Friedenspredigt von Fanö: Der Weg der Sicherheit führt niemals zum Frieden; Friede ist das Gegenteil von Sicherheit. Absicherung geht einher mit Misstrauen, und Misstrauen gebiert den Krieg. Wer den Frieden will, muss lernen, Unsicherheit auszuhalten.

Vielleicht ist es deswegen so schwierig. Welcher Mensch hat schon so viel Kraft und innere Stärke, die Unsicherheiten des Lebens auszuhalten? Vor allem in einer Zeit, in der die Unsicherheiten zahlreicher und bedrohlicher werden – die Zerstörung der

Umwelt, die Arbeitslosigkeit, der Zerfall der Traditionen, wie viel konkreter und wie viel näher ist das für die meisten Menschen als ein paar Raketen, die irgendwo auf der Welt herumstehen, die man nicht sieht, wenn man nicht genau weiß, wo man hinschauen muss.

Das Gespräch der drei Ärzte dringt in Wilfrieds Bewusstsein.

Was meint ihr, sagt gerade der eine Arzt, ein kleiner Dunkelhaariger mit jungenhaftem Gesicht, bleibt es friedlich heute?

Fängst du jetzt auch schon an?, entgegnet einer der beiden anderen, der mit seinen zerzausten graublonden Haaren und seinem griesgrämigen Gesichtsausdruck irgendwie unausgeschlafen aussieht. Steinewerfer und Chaoten und so?

Also hör mal, sagt der Kleine, wir reden hier von der Friedensbewegung und nicht von der Startbahn West oder Brokdorf. Nein, ich meine die andere Seite.

Es hat doch im Vorfeld Gespräche mit dem Polizeipräsidium gegeben, sagt der Dritte, offensichtlich Ältester der drei, ein großer, etwas dicklicher Mann, dessen gestutzter grauer Vollbart sein Doppelkinn merkwürdigerweise eher betont als kaschiert.

Meinst du diesen sogenannten Friedensvertrag, von dem in der Presse die Rede ist?, sagt der Griesgrämige. Völlig kontraproduktiv, wenn du mich fragst. Wer Friedensverträge schließt, signalisiert, dass er so friedlich gar nicht ist.

Das stimmt ja so gar nicht mit dem Friedensvertrag, sagt der Bärtige. Das ist das, was die Presse daraus gemacht hat. Die haben da ein paar Sachen vermischt, die nicht zusammengehören.

Klar, schaltet sich der Kleine wieder ein, das ist für Außenstehende kaum zu durchschauen, wer in diesen Bewegungen wohin gehört und was in welchem Kontext wie zu verstehen ist. Außerdem ist ein Journalist gewohnt, Statements von autorisierten Sprechern zu bekommen. Dass es in Bewegungen solche autorisierten Sprecher nicht gibt und man nur Einzelmeinungen zu hören bekommt, ist für die meisten so ungewohnt, dass sie nicht einmal merken, dass sie von den falschen Voraussetzungen ausgehen.

Ich finde, so viel Mühe müsste man sich geben als Journalist, sagt der Griesgrämige.

Finde ich auch, sagt der Kleine, aber ich verstehe, wenn es nicht gelingt. Zumal der Zeitdruck im Journalismus nicht gerade gering ist. Dass man es sich da manchmal einfach macht, ist nur menschlich.

Diese Sichtweise akzeptiere ich nicht, entgegnet der Griesgrämige. Wenn wir es uns einfach machen, nur weil irgendwo der Druck groß ist, können Menschen sterben. Und das ist im Journalismus nicht anders – auch daran hängen im schlimmsten Fall Menschenleben, nur ist es nicht so unmittelbar sichtbar.

Du immer mit deinen hohen moralischen Standards, sagt der Kleine, lacht aber. Dabei fällt sein Blick auf Wilfried.

Falls Sie auf die Toilette möchten, sagt er, die ist frei, wir warten nicht, wir stehen hier nur, weil es im Wagen so eng ist.

Danke, sagt Wilfried, ich habe mir nur ein bisschen die Füße vertreten.

Aber weil er kein Interesse hat, sich an ihrem Gespräch zu beteiligen, wünscht er den dreien noch einen schönen Tag und geht zurück zu seinem Platz.

Vor dem Fenster zieht ein Industriegebiet vorbei, eine Reihe gleichförmiger Lager- und Produktionshallen. Noch eine Stunde bis Stuttgart, dann noch eine bis zur Schwäbischen Alb, dann sind sie da.

JULIAN Von der B10 her ertönt lautes Motorengeräusch. Überrascht bleibt Julian stehen und dreht sich um. Da sieht er sie kommen: eine ganze Rotte Motorradfahrer, richtige Rocker, sicher zwanzig, wenn nicht mehr. Ihm wird ein wenig mulmig. Sind das jetzt die Hessen, von denen alle sagen, sie würden nur kommen, um Randale zu machen? Soll er Bescheid sagen? Aber Julian weiß nicht recht, wem er denn was sagen sollte, und außerdem sind die Motorräder so faszinierend, was für Maschinen! Mit großen blitzenden Auspuffrohren, die eine oder andere echte Harley, aber auch kompakte schwarze Rennmaschinen, denen man ihre Kraft auf den ersten Blick ansieht. Es muss großartig sein, auf so einem Ding zu sitzen, denkt Julian, und stellt sich vor, wie er darauf durch die Kurven sausen würde, nein, nicht sausen, fliegen! Um sich herum nichts als den Fahrtwind, vor sich nichts als die Straße, der Weg in die Ferne, die große Freiheit. Noch vier Jahre, dann darf er seinen Führerschein machen, vier lange Jahre noch! Vielleicht mit sechzehn den Führerschein für die 80er, wenn der Vater es erlaubt, aber bisher sieht es schlecht aus, der Vater findet es zu gefährlich, zu teuer, unnütz. Und irgendwie hat er ja recht, was will man mit einer 80er – allerdings ist sie besser als nichts, und zwei Jahre sind nur halb so lang wie vier Jahre. Vielleicht schafft er es in den zwei Jahren noch, den Vater zu überreden. Und wenn er im Frühjahr Konfirmation hat, bekommt er bestimmt eine Menge Geld geschenkt, mehrere Hundert Mark sicherlich, bei seinem Cousin Nico waren es sogar tausend! Wenn er gut spart, kann er den Führerschein selbst bezahlen, und dann kann der Vater nicht mehr viel dagegen sagen.

Die Rocker sind auf den Parkplatz vor dem Supermarkt abgebogen, die ersten haben ihre Maschinen abgestellt und die Helme abgenommen, und noch immer kommen weitere hinzu. Jetzt sieht Julian, dass die meisten einen großen roten fünfzackigen Stern auf dem Rücken tragen, *Motorradclub Kuhle Wampe* steht in einem schwarzen Kreis darum. Ein Motorradclub? Aber ist der fünfzackige rote Stern nicht das Zeichen der Autonomen, der Radikalen? Vielleicht sollte er doch lieber gehen.

He, du!

Julian zuckt zusammen. Er hat gar nicht bemerkt, dass einer der Rocker von der Seite auf ihn zugekommen ist.

Wer, ich?

Nee, eigentlich spreche ich mit deinem Leiterwagen.

Unwillkürlich fasst Julian den Griff fester. Aber der Typ sieht nicht aus wie ein Randalierer, findet er. Eher wie John

Lennon. Den würde zwar sein Vater auch nicht als seriös einordnen, aber ein Randalierer war er definitiv nicht.

Wenn dein Leiterwagen schon nicht mit mir spricht, sagt der Typ, kannst du mir vielleicht sagen, wo es hier eine Telefonzelle gibt?

Julian nickt und weist die Straße hinab.

Da vorne, an der übernächsten Ecke. Bahnhofstraße.

Er ist erstaunt, wie normal seine Stimme klingt. Erst jetzt fällt ihm auf, dass es ruhig geworden ist: Die Rocker haben die Motoren abgestellt. Als Letzter bockt gerade einer sein Motorrad auf, an dem eine Fahne befestigt ist – eine große blaue Fahne mit einer weißen Friedenstaube. Julian bleibt der Mund offen stehen.

Mund zu, es zieht, sagt John Lennon grinsend, und schnell klappt Julian den Mund zu.

Gibt es hier in diesem Kaff vielleicht auch irgendwo einen Kaffee?

Für einen Moment ist Julian unsicher. Soll er oder soll er nicht? Wenn es nun doch Randalierer sind? Aber John Lennon und die Friedenstaube geben den Ausschlag.

Ja, bei mir, sagt Julian, und nun grinst auch er. Darf ich vorstellen: Getränkeservice Menschenkette. Mit freundlichen Grüßen von den Konfirmanden der Johannesgemeinde.

Na, dann hoffe ich mal, du hast eine ordentliche Menge.

Klar, sagt Julian und deutet auf die große Kanne, die in seinem Leiterwagen steht. So ein wuchtiges Zehn-Liter-Ding, sie haben es zu zweit hineinheben müssen.

Der John-Lennon-Typ dreht sich um und winkt den anderen zu.

Jungs, hier gibt es Kaffee!

Innerhalb von Sekunden ist Julian umringt und kommt kaum hinterher, einzuschenken, Zucker zu reichen und Milch, und Spenden entgegenzunehmen. Immer wieder sagt er, nein, danke, es kostet wirklich nichts, aber er kann nicht verhindern, dass ihm Geldstücke zugesteckt werden, in den Leiterwagen geworfen. Nun gut, er wird es in die Gruppenkasse tun oder in die Kollekte.

Gerne würde er den John-Lennon-Typen fragen, ob er mal sein Motorrad genauer ansehen darf, doch als er den Letzten mit Kaffee versorgt hat, ist John Lennon nicht mehr zu sehen. Und Julian hat schließlich eine Aufgabe. Er lupft den Deckel der großen Kaffeekanne und schaut hinein. Fast leer. Jetzt muss er erst einmal ins Gemeindehaus, Nachschub holen.

Als er die Straße hinuntergeht, sieht er auf der anderen Straßenseite John Lennon aus der Telefonzelle herauskommen. Julian winkt, doch der Rocker sieht ihn nicht. Und als Julian vor dem Gemeindehaus ankommt, hört er von der B10 her vielstimmiges Motorengeräusch, das sich entfernt.

Halb zehn

INES Boris runzelt die Stirn, als er das Sandwich sieht, das Ines gemacht hat. *Solidarität mit Nicaragua!* steht auf der einen Seite, *Amis raus aus Mittelamerika!* auf der anderen.

Muss das auch mit?, fragt er, mit Unmut in der Stimme.

Natürlich, sagt Ines, und verbirgt ihren Ärger hinter einer Extraportion Unbekümmertheit. Sie hat sich fast schon gedacht, dass er ein Softie ist. Obwohl, nicht wirklich ein Softie, eher ein Opportunist. Denn einer von diesen Super-Friedfertigen ist er nicht. Eher so einer, der wittert, welche Meinungen zwar progressiv wirken, aber nicht wirklich anecken, ein Pseudo-Rebell ohne echten Mut zum Widerstand. Pseudo, genau, das ist das Wort, das ihn am besten charakterisiert. Einer, der in einer anderen Zeit nicht auf Friedensdemos gegangen wäre, sondern auf Fackelmärsche.

Jetzt ist sie ungerecht. Zumal er so nett war, ihr einen Platz in seinem Auto anzubieten. Möglicherweise nicht ohne Hintergedanken, aber das ist sein Problem, nicht ihres.

Doch bildet sie es sich ein, oder achtet er tatsächlich darauf, als er schließlich das Sandwich auf den Stapel aus Rucksäcken und Jacken im Kofferraum packt, dass *Solidarität mit Nicaragua!* nach oben zeigt? *Solidarität mit Nicaragua* ist ein Slogan, den man vor sich hertragen kann, ohne den Durchschnittsbürger gegen sich aufzubringen. Bei *Amis raus aus Mittelamerika* wird es schon schwieriger. Denn wer *Amis raus aus Mittelamerika* sagt, muss konsequenterweise auch *Amis raus aus Europa* sagen. Nicht allen ist das bewusst, im Gegenteil, manchmal hat sie den Eindruck, dass all diese eifrigen Dritte-Welt-Gruppen besonders eifrig über Mittelamerika reden, um sich nicht mit der Situation in Europa beschäftigen zu müssen.

Wenn die Amis nicht hier wären, würden die Russen kommen. Das ist doch, was alle denken, aber Ines glaubt es nicht. Manches Mal hat sie sich deshalb schon anhören müssen: Geh doch nach drüben. Sie behauptet dann zwar gern, sie sei bereit, es darauf ankommen zu lassen, aber sie kann sich nicht wirklich vorstellen, in einem vorgefertigten Sozialismus, der von Moskau diktiert wird, zu leben. Sie war noch nie in der DDR, aber was man so hört und im Fernsehen sieht, schreckt sie ab – selbst wenn sie berücksichtigt, dass das, was zu sehen ist, für ein Massenmedium, ein Massenpublikum im Westen gemacht ist und sicher nicht frei von Propaganda, Färbungen und Selektion oder zumindest von Fehleinschätzungen. Es bleibt immer noch genug übrig, was sie für realistisch und glaubwürdig hält und zu dem sie sagen würde: Nein, danke.

Doch wer sagt denn, dass bei einem Abzug der Amis die Russen kämen und aus ganz Deutschland eine einzige große DDR machen würden? Es ist ja nicht nur ein Wettstreit der Waffen im Gange, sondern auch ein Wettstreit der Systeme, und bei dem geht es um Image und Strahlkraft, um Attraktivität für die Bewohner des Systems. Eine gewaltsame Annexion Deutschlands wäre ein großes Risiko im Imagewettstreit, und sie kann sich nicht vorstellen, dass die Sowjetunion das riskieren würde. Wer weiß, vielleicht hätte, wenn die Amis abzögen, sogar Gesamtdeutschland die Chance, einen eigenen, dritten Weg zu gehen.

Vielleicht ist es naiv, so zu denken, vielleicht ist sie eine Träumerin. Aber nur wer träumt, kommt weiter als bis zur nächsten vertrauten Straßenecke. Sie hat neulich ein Zitat von George Bernhard Shaw gelesen, das ihr so gut gefiel, dass sie es mit oranger Farbe groß auf die Wand über ihrem Bett gemalt hat: *Was wir brauchen, sind ein paar Verrückte. Seht doch, wohin uns die Vernünftigen gebracht haben!*

Sie ist definitiv lieber verrückt als vernünftig. Viele halten es auch für verrückt, nach Nicaragua zu gehen, in dieser Zeit, so kurz nach der Revolution, wo alles ungewiss und ungeordnet ist und die Amerikaner schon unterwegs sind in den Grenzgebieten in Honduras, um das kleine, idealistische – verrückte! – Land zur Räson zu bringen. Doch dorthin zu gehen war die beste Entscheidung ihres Lebens.

Dieser Boris, der ihr nun den Beifahrersitz anbietet, wie selbstverständlich davon ausgeht, dass Heike hinten sitzt, obwohl Heike ihn schon länger kennt als sie, der ist auch so einer, der im Zweifelsfall die Vernunft als Argument anführt, wenn Sichtweisen zu unbequem werden. Die Vernunft ist das Lieblingsargument der Opportunisten. Dicht auf den Fersen der Vernunft folgt der Pragmatismus, folgen Sachzwänge, folgt ein Schulterzucken der Art: Da kann man eben nichts machen. Folgen Rückzug aus der Verantwortung, Gleichgültigkeit und Resignation. Es ist nur eine Frage der Zeit. Sie kann sich gut vorstellen, wie dieser Boris in fünfzehn Jahren sein wird. Er wird ein Häuschen und ein schickes Auto haben, eine Frau, die gern zu Hause bleibt, wenn die Kinder kommen, treusorgend, die Seele des Hauses, eine Idylle wie aus den Fünfzigerjahren. Er wird sich mit einem nachsichtigen Lächeln an seine wilde Zeit erinnern, als er mit zwei Verrückten – einer Studentin, die gerade aus Nicaragua zurückgekehrt war, und einer Hungerstreikenden – zu einer Friedensdemo fuhr. Wir waren eben jung und idealistisch damals, wird er sagen, in einem Tonfall, der nahelegt, dass jung und idealistisch unfertige, nahezu krankhafte Zustände sind, die sich zum Glück mit der Zeit von selbst auswachsen.

Sitzt ihr alle gut?, fragt Boris.

Ja, sagt Heike von hinten, Ines nickt nur.

Prima, sagt Boris und lässt den Motor an. Kurz nach halb zehn, spätestens um zwölf sollten wir da sein.

***

Auf die Dauer kann es nicht dabei bleiben, daß den Deutschen der Wille zur Selbstverteidigung mangelt und daß allein die Amerikaner nachdrücklich zur Front gebeten werden. Das ist im amerikanischen Kongreß und im amerikanischen Volk auf die Dauer undenkbar. Der amerikanischen Bevölkerung könnte beim Blick auf die Landkarte eines Tages doch einfallen, daß zwischen ihr und der Sowjetunion immer noch ein Ozean liegt, während zwischen uns und der Sowjetunion nichts als die dünne Linie liegt, die Krieg und Frieden, Freiheit und Unterwerfung trennt.

Helmut Kohl, Vorsitzender der CDU/CSU-Bundestagsfraktion, im Deutschen Bundestag, 26. Mai 1981

* * *

Das ist ja das offizielle Argument gegen die Friedensbewegung: Ihr arbeitet eigentlich nur dem Osten in die Hände [...]. Ich meine, dieses Argument entspricht im Osten und Westen unserer offiziellen Verfolgungsideologie, daß man sich selber immer sieht auf der Seite derer, die besorgt sind gegenüber einer übermächtigen Bedrohung von der anderen Seite, die sich noch verstärkt, wenn man sich selber schwächt.

Der Psychoanalytiker Horst-Eberhard Richter
im Interview mit dem *SPIEGEL*, 25. Oktober 1981

* * *

RAMPE Die Bäckerei ist schon von Weitem zu sehen, ihr hell erleuchtetes Schaufenster hebt sich deutlich von den umliegenden Häusern ab, und die Schlange reicht bis vor die Tür. Rampe stellt sein Motorrad am Straßenrand ab und stellt sich an. Eine irre Mischung von Leuten steht da: viel Demonstrantenvolk, eindeutig zu erkennen an langen Haaren, dicken Pullovern, Buttons an Jacken und Taschen. Eine junge Frau hat sich ein Stoffband um die Stirn gebunden, auf das eine Menschenkette gezeichnet ist, ihr Begleiter hat die Jacke voller Buttons, die er wie Orden trägt: *Entrüstet Euch! Bonn 10.10.80. 10.6.81.* Ein echter Bewegungsveteran, dabei ist er ein gutes Stück jünger als Rampe. Und dann die Polizei. Fast die Hälfte derer, die sich in der kleinen Bäckerei drängen, sind Bullen. Dazwischen ein Ömchen, das so aussieht, als ob sie hier jeden Samstag ihr Graubrot für die Woche kauft und gar nicht versteht, warum heute so viel los ist.

Die beiden Verkäuferinnen hinter der Theke hingegen sind vollkommen unbeeindruckt von dem Ansturm. Sie bedienen in aller Seelenruhe einen nach dem anderen, als warteten nicht noch Dutzende dahinter.

Die vielen Bullen machen Rampe nervös. Obwohl nichts passiert, außer dass alle brav in der Schlange stehen. Aber wenn er Uniformen sieht, kriegt er Pickel, und wenn es mehr als zwei gleichzeitig sind, den Aggress.

Er findet, einmal im Leben sollte jeder, der sich Staatsbürger nennt, auf eine richtige Demo gehen oder besser noch zu einer Blockade. Diesen Aufmarsch der Polizei erleben, die geballte Staatsgewalt; wie moderne Raubritter sehen sie aus, wenn sie die volle Montur tragen, auch wenn zur Ausrüstung heutzutage Gummiknüppel statt Lanzen und Schwerter gehören, aber immer noch Helme mit Visier, das sich herunterklappen lässt, wenn es brenzlig wird, oder um bedrohlicher zu wirken, dann verschwindet der letzte Rest Mensch in der Montur, wird noch gesichtsloser, ein entpersonalisierter Rächer von Recht und Ordnung. So ist er, der moderne Staat, da sollen sie sich keine Illusionen machen, die treuherzigen kleinen Spießbürger in ihren Reihenhäusern mit Vorgarten: gewalttätig ist er, und er bleibt anonym. Bloß kein Gesicht zeigen, das man zur Rechenschaft ziehen könnte.

Rampe sieht, wie ein Demonstrant mit einem Polizisten spricht, der Demonstrant lacht, auch der Polizist verzieht das Gesicht zu einem Lächeln, er hat keinen Helm auf, sondern trägt ihn lässig über den Arm gehängt wie ein Einkaufskörbchen.

Jaja, heute steht dieser Polizist da und scherzt und lacht, heute, wo sich alle dem »Wir sind alle ganz friedlich« verschrieben haben, sich so herrlich weltverbessernd und friedensstiftend und bewahrend fühlen, heute mal nicht nur die Moral auf ihrer Seite, sondern dank einer speichelleckerischen, braven, angepassten Organisation sogar die Polizei. Aber schon morgen kann dieser Polizist bei einem anderen Einsatz ganz anders drauf sein. Wenn er in Formation steht mit hundert anderen, wenn die Visiere geschlossen sind und die Schilde und Gummiknüppel erhoben, wenn sie im Trupp auf die wehrlosen Demonstranten zumarschieren, von der Seite die Wasserwerfer kommen, und ruckzuck haben sie einen Kessel gebildet, es gibt kein Entrinnen, von der einen Seite schlägt das Wasser auf einen ein, von wegen weiches Wasser, hart wie Metall ist es, wenn es mit Druck geschossen wird, und von der anderen Seite kommen die Gummiknüppel, man rennt wie ein aufgescheuchtes Huhn, getrieben von Panik und dem vergeblichen Wunsch, sich zu schützen, zu entkommen, und brennendem Hass, der einen doch wieder nach vorn treibt. Richtig gehetzt worden sind sie, an der Startbahn West, ebenso in Berlin, in Bonn und gerade kürzlich erst wieder in Bitburg, wo die Polizei gemeinsame Sache machte mit den amerikanischen Militärs, gemeinsam prügelten sie im Namen der vorgeblichen Demokratie auf diejenigen ein, die von ihrem Recht auf eine abweichende Meinung Gebrauch machen wollten. So viel zum Thema Demokratie in diesem Land. Demokratie ist, wenn die Mehrheit bestimmt, welche Meinung man haben darf und welche nicht.

Als Rampe endlich an die Reihe kommt, ist der Kaffee alle.

Rampe flucht.

Tut mir leid, sagt die Verkäuferin mit unbewegtem Gesicht. In einer Viertelstunde gibt es wieder welchen.

Rampe flucht noch einmal. Dann eben nicht.

Wie Sie meinen, sagt die Verkäuferin. Wer kommt als Nächstes?

Als Rampe aus der Bäckerei kommt, fährt gerade eine Rotte Motorradfahrer vor. Rampe hebt grüßend die Hand, als der Anführer neben ihm zum Stehen kommt.

Der Typ klappt sein Visier hoch. Ein Intellektueller, mit Nickelbrille. Aber einen heißen Ofen fährt er. Rampe nickt anerkennend.

Wenn ihr Kaffee wollt, sagt er, müsst ihr warten. Ist gerade aus.

Kaffee hatten wir schon, sagt der Nickelbrillentyp und setzt den Helm ab. Er sieht fast aus wie John Lennon.

Ihr hattet Kaffee, sagt Rampe, ernsthaft? Wo denn das? Ist doch alles zu hier.

Vor einer Viertelstunde, sagt der Nickelbrillentyp, ein paar Dörfer weiter, er zeigt mit dem Daumen hinter sich. Da war ein Junge, der hat Kaffee ausgeschenkt. Für die Demonstranten sogar für umme.

Mensch, sagt Rampe, von da komme ich. Ich habe keinen Kaffeejungen gesehen. Das heißt, ihr wollt zur Menschenkette?

Es verdrießt ihn ein bisschen. Da fährt dieser Typ so eine krasse Maschine und ist so ein Softie, und ein Peacenik obendrein.

Ja, sagt der Nickelbrillentyp, die Frage ist nur, wohin genau. Mal sehen, wo sie uns brauchen. Wenn es nachher irgendwo an der Strecke zu wenig Leute hat, fahren wir nämlich hin, um die Lücke zu schließen. Wohin bist du unterwegs?

Rampe zuckt mit den Schultern. Mal sehen. Ich hab einen Kumpel bei der Kundgebung abgesetzt und wollte jetzt mal ein bisschen schauen. Woher wisst ihr denn nachher, wo ihr hinmüsst?

Kuriere, sagt der Nickelbrillentyp. Ein paar von uns fahren die Strecke rauf und runter und schauen, wie es läuft. Auch, um nachzuhelfen, wenn die Leute es nicht raffen, sich richtig zu verteilen, alle an der gleichen Stelle stehen bleiben oder so. Aber vor allem auch, um Bescheid zu sagen, wenn es irgendwo echt nicht reicht.

Von uns?, fragt sich Rampe. Wer sind diese Typen?

Doch der Nickelbrillentyp redet schon weiter. Außerdem, sagt er, gibt es die Telefonkette. Ist dir vielleicht schon aufgefallen, hier an der Strecke steht in jedem Ort ein Posten in einer Telefonzelle, und der meldet alle halbe Stunde an die Zentrale, wie es aussieht. Der da zum Beispiel.

Er zeigt auf die andere Straßenseite, und tatsächlich, da steht ein Typ an die Telefonzelle gelehnt und raucht.

Ich frag mal, wie der Stand ist, sagt der Nickelbrillentyp und geht über die Straße. Jetzt sieht Rampe auch den großen Aufnäher auf seinem Rücken: *Motorradclub Kuhle Wampe*. Das erklärt einiges. Er selbst ist halt nicht so ein Clubtyp, aber wenn er es wäre, wäre das sein Club. Im Grunde genommen, findet er, sind Rocker die einzigen echten Aussteiger; mit ihrer Lebensweise pfeifen sie mehr auf die herkömmlichen Strukturen und Verlogenheiten als die braven Kommunarden, denen es letzten Endes doch darum geht, Ordnung zu schaffen, auch wenn es eine neue Ordnung sein soll.

Der Typ an der Telefonzelle hat seine Fluppe aus dem Mund genommen. Wissen noch nichts, hört Rampe, noch viel zu früh, die Kundgebungen haben ja noch nicht einmal angefangen.

Der Nickelbrillentyp fragt etwas, das Rampe nicht versteht, denn er steht mit dem Rücken zu ihm.

Die Zahlen dürften nicht das Problem sein, sagt der Typ mit der Fluppe, so viele, wie sich angemeldet haben. Die Frage ist eher, ob die Verteilung klappt. Und die Zeitplanung. Wenn die Leute bei der Anreise im Stau stehen oder wenn die Kundgebungen überziehen und dann die Leute nicht rechtzeitig auf die B 10 kommen. Es ist ja schon eine gewaltige Strecke.

Er nimmt einen tiefen Zug und bläst den Rauch senkrecht in die Luft, während der Nickelbrillentyp wieder spricht.

Ja, genau, sagt er, hört weiter dem Nickelbrillentyp zu, zuckt mit den Schultern, sagt: Keine Ahnung, und dann noch einmal: Ja, genau.

Der Nickelbrillentyp dreht sich um. Jungs, wir treffen uns um halb elf wieder hier!, ruft er. Bis dahin: Pause!

Nur die Jungs oder auch wir?, ruft eine aus der Gruppe.

Oh Mann, Martina, sagt der Nickelbrillentyp, natürlich auch die Weiber. Du immer mit deinem Feminismus.

So viel Zeit muss sein, sagt sie. Also gut, gehen wir zur Kundgebung? Kommt jemand mit?

Wo ist denn hier die Kundgebung?, fragt der Nickelbrillentyp den Telefonheini.

Immer da lang, sagt der, und deutet die Straße hinauf.

Alles klar, sagt der Nickelbrillentyp. Du auch?, fragt er Rampe.

Nee, lass mal, sagt Rampe, das Gelaber spar ich mir. Ich fahr noch ein bisschen.

Dann viel Erfolg.

Gleichfalls, sagt Rampe. Er schaut noch einmal zur Bäckerei, aber dort ist die Schlange noch länger geworden. Achselzuckend steigt er auf sein Motorrad und drückt den Anlasser. Den Kaffee kann er heute wohl vergessen.

MARLENE Wo in aller Welt sind sie eigentlich? Die Autobahn haben sie schon vor einiger Zeit verlassen; seitdem kurvt der Bus auf Landstraßen über die Schwäbische Alb, zwischen Feldern und Hügeln durch immer kleiner und immer spärlicher werdende Ortschaften. Der letzte Wegweiser, den Marlene gesehen hat, zeigte rechts nach Geislingen, doch auch das ist schon ein paar Minuten her. Weit kann es nicht mehr sein, aber es sieht nicht so aus, als ob hier in näherer Zeit viel kommt.

Irgendwo in dieser Gegend müsste auch Ulrikes Kommune sein. Sind sie womöglich sogar daran vorbeigefahren, und sie hat es nicht gemerkt? Nein, sie fuhren die ganze Zeit im Tal; die Kommune liegt, soweit sie sich erinnert, oben auf der Alb. Den Namen des Ortes hat sie vergessen, wenn sie ihn denn je gewusst hat, sie kennt nur den Namen des Hofes: Sonnenhof. Zu Fuß eine knappe Stunde von Westerstetten, hat Ulrike ihr erzählt, dort ist der nächstgelegene Bahnhof, und sie läuft die Strecke schon mal, wenn am Wochenende kein Bus fährt.

Warum tust du dir das an?, fragte Marlene. So abgelegen, nur alle Stunde ein Bus, am Wochenende gar nicht, und das du, die auf öffentliche Verkehrsmittel angewiesen ist.

Am ersten Weihnachtstag war das, da hat sie Ulrike das letzte Mal gesehen. Viel zu lange her, wenn man es recht überlegt: zehn Monate. Aber sie hat auch die Heidelberger Clique ewig nicht mehr gesehen, und selbst Boris das letzte Mal vor – Marlene erschrickt, als sie nachrechnet. Sechs Wochen. Kann das sein? Doch, ja, sie hat richtig gerechnet: Am 11. September war sie das letzte Mal in Heidelberg. Seit sechs Wochen hat sie Boris nicht gesehen, und wann das nächste Mal sein wird, weiß sie nicht.

Immerhin, Ulrike wird sie in zwei Monaten wiedersehen, zu Weihnachten, wie jedes Jahr. Aber das ist ein schwacher Trost.

Auch letztes Jahr zu Weihnachten hatten sie sich alle bei den Eltern versammelt, nicht nur sie und Ulrike, die beiden »Kleinen«, wie sie in der Familie immer noch hießen, sondern auch die großen Brüder: Wolfgang ließ für ein paar Wochen seine Grabungen in Äthiopien ruhen, und Michael war mit Corinne und den Kindern aus Nancy gekommen. Das Haus war voll an diesen Nachweihnachtstagen und trubelig zum Wahnsinnigwerden, aber irgendwie fanden sich zwischendurch immer mal ein paar entspannte Minuten und eine ruhige Ecke für einen Plausch.

Und so saßen Marlene und Ulrike an diesem Feiertagsnachmittag vor zehn Monaten in Ulrikes altem Jugendzimmer auf dem Bett, direkt vor dem Fenster, wo es schön hell war oder zumindest so hell wie irgend möglich an einem trüben Dezembertag, und quatschten, wie in alten Zeiten.

Erwachsen ist sie geworden, dachte Marlene, als sie da saß und Ulrike von der Seite ansah, und auf burschikose Art schön, schade, dass sie diese hässlichen Hörgeräte tragen muss. Ihr Körper war muskulöser, kräftiger, als Marlene ihn in Erinnerung hatte, vielleicht kam das durch die Schreinerei, vielleicht auch durch die Arbeit in der Kommune. Auch ihr Gesicht hatte sich verändert: Die fast kindliche Weichheit und rührende Verletzlichkeit, die sie bis ins Teenageralter behalten hatte, war einem Ausdruck von Entschiedenheit und Klarheit gewichen. Ein wenig fremd war Marlene diese starke, erwachsene Ulrike – irgendwie war ihr Bild der kleinen Schwester bei dem Mädchen eingefroren, das sie war, als Marlene zum Studium nach Heidelberg zog, eine schlaksige, introvertierte Fünfzehnjährige, die kaum sprach, aber mit unermüdlicher Ausdauer beobachten konnte, schweigend und aufmerksam. Ulrike beobachtete Menschen im Bus, beim Einkaufen, auf der Straße, sie beobachtete die Vögel im Garten, stundenlang, tagelang. Ohnehin liebte sie Vögel über alles, ausgerechnet Ulrike, die das vielstimmige Morgenkonzert der Vögel im Frühjahr gar nicht hören konnte. Vögel und Bäume, ohne die konnte Ulrike nicht leben, schien es Marlene, und irgendwie gehörte ja beides zusammen. Und vielleicht liebte Ulrike die Vögel für die Dinge, die ihr unerreichbar waren: für ihren Gesang, ihren Flug, ihre zarte Zerbrechlichkeit.

Du könntest doch in Westerstetten wohnen und am Wochenende hinauf zur Kommune fahren, sagte Marlene. Das würde dir vieles vereinfachen.

Es wäre nicht das Gleiche, sagte Ulrike. Dann wäre ich nur Gast und Zuschauerin. Aber ich will richtig dabei sein, nicht nur ein bisschen. Um die Verhältnisse zu ändern, müssen wir erst einmal die Welt, die wir uns wünschen, im Kleinen bauen. Das geht nicht halbherzig. Und das ist mir die Fahrerei wert.

Sie sprach ein wenig undeutlich, wie oft, wenn ihr etwas sehr wichtig war. Außenstehende würden sich fragen, ob sie betrunken sei, aber Marlene wusste, dass es bedeutete, dass das, was Ulrike sagen wollte, ihre ganze Aufmerksamkeit beanspruchte. Deshalb liebte sie dieses Nuscheln, denn sie wusste, so redete Ulrike nur mit wenigen Menschen, bei denen sie davon ausging, dass sie verstanden wurde, nicht nur akustisch.

Doch diesmal verstand Marlene sie nicht. Sie verstand Ulrikes Motivation und Sehnsüchte, aber nicht, warum sie glaubte, sie in dieser Art von Leben erfüllt zu sehen.

Was sind das denn für Leute, mit denen du da lebst?, fragte Marlene.

Ganz unterschiedliche, sagte Ulrike. Eine Alleinerziehende mit einem zweijährigen Sohn und eine Freundin von ihr. Dann einer, der in Ulm in Politikwissenschaften promoviert. Ein pensionierter Ingenieur. Dazu noch ein Paar, eine Hebamme, die ist um die vierzig, und ein Tontechniker, um die fünfzig. Und ich. Dazu kommen immer mal Leute, die nur eine Zeitlang bleiben. Manche gehen wieder, weil sie sich etwas anderes vorgestellt haben; für andere ist es von vornherein nur eine Zwischenstation. Im Sommer zum Beispiel hatten wir für ein paar Wochen einen da, der letztes Jahr bei der Räumung des Hüttendorfs an der Startbahn West durch die Polizei Schädelverletzungen abbekommen hat. Der kann bis heute nicht wieder richtig arbeiten, weil er ständig Kopfschmerzen hat und Sehstörungen. So Leute kommen immer mal, arbeiten ein bisschen mit, so viel sie eben können, und haben ansonsten ihre Ruhe und Zeit, sich zu sortieren.

Und das funktioniert? Da hofft nicht jeder, dass die anderen die Arbeit machen?

So sind unsere Leute nicht. Die sind alle verantwortungsbewusst, und sie wollen etwas tun, sich einbringen. Bei uns wissen alle, dass man für eine gute Gemeinschaft das eigene Ego auch mal zurückstellen muss. Das ist es ja gerade, was wir wollen: weg vom Ego, hin zur Gemeinschaft, auch wenn wir das teilweise erst mühsam wieder lernen müssen. Aber wir wollen es, und jeder Einzelne von uns hat sich genau deshalb dafür entschieden, in die Gemeinschaft einzutreten.

Das klingt jetzt fast wie bei einem Kloster.

Vielleicht. Nur dass wir nicht Gott dienen, sondern einer besseren Welt.

Glaubst du wirklich, du veränderst so die Welt?

Wir alle verändern die Welt, sagte Ulrike mit Nachdruck, einfach dadurch, dass wir leben. Die Frage ist, in welche Richtung. Ob wir das Heer der Gleichgültigen und Zynischen vergrößern oder ob wir etwas anderes in das Leben auf dieser Erde einbringen.

Das Salz der Erde sozusagen, sagte Marlene nachdenklich.

Genau.

Das Gespräch ging Marlene lange nicht aus dem Kopf. In welche Richtung veränderte sie denn die Welt? Ganz ehrlich: Letztlich war sie vor allem ein gut funktionierendes Rädchen im System. Sie arbeitete, traf sich manchmal – viel zu selten – mit anderen, kaufte ein, schlief. Sie bemühte sich, den Anforderungen des Lehrerberufs gerecht zu werden; ihr Unterricht war an den traditionellen Vorgaben orientiert und erzog die Schüler eher zu guten Ressourcen für den Arbeitsmarkt als zu kritischen, selbst denkenden Staatsbürgern. Ihr Alltag bewegte sich in den gleichen Bahnen wie der von Millionen anderen, ohne Reibung, ohne Störung.

Wollte sie das? Öl sein statt Sand im Getriebe der Welt?

Aber wie machte man das: Sand sein statt Öl? Indem man sich schweigend in eine Fußgängerzone stellte? Höchstens ein Staubkörnchen war sie damit, eines, das man mit einer schnellen Handbewegung wegwischen könnte, und dann wäre der Alltag wieder blitzblank. Ihr blieb nur, darauf zu hoffen, dass es viele Staubkörnchen gab wie sie, dass irgendwann einmal all diese Staubkörnchen zu einem Sandsturm werden würden, der sich nicht ignorieren ließe.

Bis dahin musste sie die Ohnmacht aushalten, das Gefühl, klein und unbedeutend zu sein. Und versuchen, das zu tun, was Christen seit Jahrhunderten taten: ihr Leben in der Welt an den Maßstäben ihres Glaubens auszurichten, so gut es in der jeweiligen Umgebung eben ging. Man musste nicht zum Märtyrer werden, es genügte, die Vision vom Reich Gottes nicht aus den Augen zu verlieren, sie sich immer wieder zu vergegenwärtigen und dadurch ein klitzekleines bisschen davon herunter auf die Erde zu holen.

So dachte sie, doch es gelang ihr nicht, diese Überzeugung im Alltag zu spüren. Alles kam ihr hohl und falsch vor, und wenn sie nicht an Hugo von Hoffmannsthal und seine modrigen Wörter dachte, dachte sie an Adorno und dass es kein richtiges Leben im falschen geben könne.

Aber änderte Aussteigen etwas? War Ulrikes Leben wirklich richtiger als ihres, weniger im falschen verhaftet? Oder war es nur eine Flucht in eine gemeinsame Illusion, im besten Fall vielleicht noch in einen gemeinsamen Schutzraum?

Es wäre Marlenes Sache nicht, so viel stand fest, sie konnte es sich für sich selbst überhaupt nicht vorstellen. Möglicherweise war genau das der Punkt: dass sie es sich nicht vorstellen konnte. Keine Vorstellung hatte, zu wenig wusste, wie es tatsächlich war.

Du müsstest es sehen, um es zu verstehen, sagte Ulrike noch, aber sie sagte nicht: Komm doch mal vorbei, das sagte sie erst Monate später, am Telefon. Doch da hatte sich schon eine Scheu in Marlene entwickelt, eine Scheu vor diesem fremden Leben, eine Scheu, in die sich Schuldgefühl mischte, dass sie das nicht konnte, so überzeugt und konsequent sein, und eine leise Sehnsucht.

Vielleicht in den Ferien mal, sagte Marlene vage, aber sie machte es nie wahr. Und als Ulrike ihre Einladung wiederholte, neulich, als sie über die Menschenkette sprachen, war sie noch so von dem Gedanken beherrscht, mit Boris zu kommen, es irgendwie noch möglich zu machen, mit ihm hier zu sein oder ihn wenigstens zu treffen, dass sie Ulrikes Vorschlag erneut abwies.

Eine verpasste Chance, denkt sie jetzt. Ulrike zu besuchen, wenn sie ohnehin schon in der Gegend ist – einfacher wird es so bald nicht wieder. Aber jetzt ist es zu spät, es noch zu ändern.

RENATE Ein Scheiß ist das. Renate hatte es Berthold vorher gesagt: Allein mit den beiden Kindern, und dann noch der Auftritt, das schaffe ich nicht. Komm mit, du musst mir helfen.

Aber es hatte ihn nicht erreicht. Er war der Meinung, er müsse bei seinen grünen Freunden bleiben, das sei er ihnen schuldig. Und ist mit ihnen nach Stuttgart gefahren. Typisch für ihn. Kein Gedanke an seine Familie und ob er der vielleicht auch etwas schuldig wäre. Kein Verständnis dafür, dass sie Musik machen soll bei der Auftaktkundgebung. Natürlich nicht nur soll, sie will auch. Aber nun ist sie hier allein unterwegs mit einem Leiterwagen, muss das ganze Gepäck, inklusive der Gitarre, irgendwie bewältigen, und zu allem Überfluss ist sie spät dran. Diese Scheiß-Panne! Und Frido hat eine seiner Launen, ist schon den ganzen Tag quengelig, schon seit dem Wecken – wenn Frido nicht ausschlafen darf, das nimmt er krumm, wie soll das erst werden, wenn er in die Schule kommt! –, so ungnädig war er, dass er nicht einmal der Oma richtig Tschüss sagte. Auch jetzt quengelt er die ganze Zeit. Will dies nicht, will das nicht, nichts ist ihm recht. Als ob sie gerade nicht andere Sorgen hätte! Und Berthold hängt derweil gemütlich in Stuttgart herum, völlig unbeschwert von so lästigen Dingen wie Familie, und kann sich seinem Dasein als Nachwuchspolitiker widmen. Seitdem die Grünen im Bundestag sind, gibt es kein anderes Thema mehr als die Grünen hier, die Grünen da. Nicht, dass Renate es nicht gut fände, dass sie es geschafft haben; es war höchste Zeit, diesen Altherrenladen Bundestag mal ein bisschen aufzumischen, und Zeit für eine andere Politik sowieso, mehr als überfällig, wenn man sie fragt. Aber schon erschreckend, wie schnell alle dem Politikergeschwänzel verfallen. Bertholds Berichte waren voll davon, wer da wie versuchte, sich in Position zu bringen für die nächste Wahl, für die Nachrückerposten, wie sie in den Startlöchern saßen für eine Karriere in der Politik, die sie noch vor ein paar Monaten als völlig unmoralisch, ja, nachgerade abwegig von sich gewiesen hätten.

Karrieristen gibt es überall, sagte Renate, wenn Berthold sich aufregte, es als Verrat an der Sache ansah – was durchaus stimmte, aber nur, wenn man davon ausging, dass es diesen Leuten tatsächlich zuvor um die Sache gegangen war. In dieser Hinsicht war Berthold einfach zu lieb und zu naiv. Denen ging es schon vorher nicht um die Sache, sagte Renate dann. Die waren gegen das Establishment, weil sie keine Chance hatten, jemals dazuzugehören. Die sauren Trauben im Garten des Nachbars, du weißt. Und plötzlich eröffnet sich ihnen eine Chance, ein Weg ins Establishment, dann sieht die Sache mit einem Mal ganz anders aus.

Zynismus warf ihr Berthold vor. Ja, mag sein. Die Welt macht zynisch.

Und Fridos Gequengel bringt sie noch zur Weißglut. Jetzt ist es aber gut!, herrscht sie ihn an, aber natürlich ist es nicht gut, im Gegenteil, Frido verzieht das Gesicht und fängt an zu heulen.

Dickköpfiges Kind.

Was willst du, sagte Berthold, wenn sie sich bei ihm über Frido beklagte, man kann nicht früh genug damit anfangen, und zwinkerte sie auf eine Weise an, die sagte: Wenn man so werden will wie du.

Sie konnte das nicht ausstehen. Typisch Berthold, sich mit einem flotten Spruch aus der Affäre zu ziehen. Und was änderte sich? Nichts. Außer dass sie noch alleiner gegen Fridos Dickköpfigkeit dastand.

KINDERBETREUUNG.

Das steht auf dem Transparent, das über der Tür des Gebäudes hängt. Ein großes Gebäude, irgendwie öffentlich, jetzt sieht sie: *Gemeindesaal* steht über der Tür. Und ein Plakat hängt da: *Liebe Eltern, wir kümmern uns um eure Kinder! Frauenkreis der ev. Gemeinde.*

Hier, sagt Renate zu Frido und Yolanda. Wollt ihr nicht lieber hierbleiben?

Nein, sagt Frido sofort.

Was auch sonst.

Hier ist es nicht so langweilig wie auf der Kundgebung, sagt Renate. Ich hole euch nachher wieder ab.

Nein, sagt auch Yolanda. Du singst doch mein Lied!

Genau!, sagt Frido. Wir wollen das Lied hören!

Renate seufzt. Dagegen hat sie kein Argument. Und sie hat

auch keine Zeit, lange mit den Kindern herumzustreiten. Also gut.

Dann aber schnell, sagt sie, und Frido, du hörst jetzt auf zu heulen, sonst bleibst du hier.

Nein!, heult Frido auf, da packt Renate ihn am Handgelenk und zieht ihn durch die Pforte zum Gelände des Gemeindehauses.

Das wirkt. Frido ist augenblicklich still. Lass mich los, raunzt er nur noch.

Bist du jetzt brav?

Ja. Leise kommt es, Renate hat den Verdacht, dass es weniger einsichtig und verschämt ist als lauernd, die nächste Gelegenheit, wortbrüchig zu werden, schon ausspähend. Egal. Sie muss schauen, dass sie zur Bühne kommt.

Wenn wenigstens Berthold da wäre und sich um die Kinder kümmern würde. Sie weiß gar nicht, wie sie es machen soll während ihres Auftritts. So wie Frido heute drauf ist … Sie kann eigentlich nur die beiden mit dem Gepäck in der Nähe der Bühne platzieren und sie ermahnen, brav zu sein, unter allen Umständen dort zu bleiben, bis sie fertig ist. Sie ahnt, dass dieser Auftritt nicht ihr bester sein wird – mit der Hektik jetzt, und wenn sie die Kinder nicht beaufsichtigt weiß, ist sie nicht richtig konzentriert. Ein Scheiß, wirklich.

Vielleicht hätte sie doch mit der Friedensgruppe fahren sollen. Aber sie dachte ja, sie will frühzeitig hier sein, und wenn sie im Bus unterwegs ist, mit einer Gruppe, das kann schiefgehen. Da muss nur einer zu spät zur Abfahrt kommen, dann wollen alle irgendwann einmal aufs Klo, und schon wird es knapp. Sie dachte, wenn sie in Nürtingen bei ihren Eltern übernachtet und früh aufbricht, kann nichts passieren. Wer hätte denn gedacht, dass es Glatteis geben würde heute früh, und diese blöde Panne, eine Dreiviertelstunde länger hat sie gebraucht als gedacht, das hat ihr den ganzen Zeitplan kaputtgemacht.

Aber wer weiß, wann der Bus kommt mit der Gruppe. Und mit dem Gepäck und dem ganzen Kram wäre es auch nicht leichter geworden. Okay, sie hätte vielleicht Marlene fragen können, ob sie die Kinder nimmt, die mögen sie, aber am Ende hätte sie einen Stress gegen einen anderen getauscht.

Ohnehin ist es jetzt, wie es ist. Punkt. Sie wird schon klarkommen. Sie kommt immer irgendwie klar. Das ist ja, worauf Berthold baut. Wie praktisch für ihn, eine so starke Frau zu heiraten, da ist er fein raus. Nur, dass sie das damals nicht begriffen hat. Und jetzt könnte sie mal jemanden brauchen, der ihr hilft. Aber Berthold wird es nicht sein, auf keinen Fall.

* * *

> Wenn die Grünen eines Tages anfangen, Minister nach Bonn zu schicken, dann sind es nicht mehr die Grünen, die ich mit aufbauen wollte. Ich möchte, daß eine starke Basisbewegung wie unsere eine Stimme im Parlament hat – aber nicht, um eine Koalition einzugehen und Macht erwerben zu können. [...] Das Parlament ist kein Ziel, sondern Teil einer Strategie. Wir sind die Antipartei-Partei.
>
> Petra Kelly, Gründungsmitglied der GRÜNEN,
> in einem Interview mit dem *SPIEGEL*, 14. Juni 1982

* * *

Zehn Uhr

WERNER Himmel noch mal, seine Blase zwickt. Zwar nur ein bisschen, noch besteht kein Handlungsbedarf, aber in ein, zwei Stunden wird das anders sein. Dabei hat Werner extra wenig getrunken. Er weiß, sein Arzt würde mit ihm schimpfen, doch früher war es nicht üblich, viel zu trinken, anderthalb Liter, wie sie heute sagen, da hätten alle nur gelächelt. Wie soll man stundenlang marschieren oder auf dem Feld arbeiten, wenn man anderthalb Liter Flüssigkeit in sich hineinschüttet, oder zwei, die Menge, die die Ärzte empfehlen, wird immer größer. Zwei Liter, nie im Leben wird er so viel trinken. Ein Glas Wasser zu jeder Mahlzeit, das trinkt er wohl, aber er hat es sich eher Edith zuliebe angewöhnt als wegen der Ärzte. Mal einen Tag bis zum Abend fast nichts trinken, nur ab und zu einen winzigen Schluck aus der kleinen Wasserflasche, damit die Kehle nicht austrocknet – das macht ihm nach wie vor nichts aus, und schaden wird es schon nicht, wenn man es mal macht, diesen einen Tag.

Trotzdem muss er, warum auch immer. Noch nicht dringend, doch bis zum Abend kommt er nicht. Verflixt. Im Bus auf die Toilette gehen ist undenkbar, in diesen winzigen Kabinen kommt er nicht zurecht. Und bei der Pause an der Raststätte vorhin musste er noch nicht. Natürlich hätte er vorbeugend gehen können, aber während er noch überlegte, ob es nötig und sinnvoll sei, hatten die Damen das Herren-WC erobert. Nur wegen der drei Tropfen, die sich möglicherweise in seiner Blase angesammelt hatten, riskieren, dass eine von ihnen ihn am Pissoir stehen sehen könnte – nein, das lohnte sich nicht. Zumal er kein Problem haben würde, zumindest bis zum Nachmittag durchzuhalten, wenn nicht sogar bis zum Abend. Es war schließlich nicht das erste Mal. Dachte er.

Leider falsch gedacht. Wie ärgerlich. Wie peinlich. Ob es bei der Auftaktkundgebung wohl eine Gelegenheit gibt? Ist ein Veranstalter nicht verpflichtet, für sanitäre Anlagen zu sorgen? Aber das können solche blauen Plastikhäuschen sein, die mehr wie eine Telefonzelle als wie ein WC aussehen und sicherlich ebenso schmutzig sind, wie sie riechen. Bei dem Gedanken dreht sich Werner der Magen um. Schon deshalb geht er nicht gern auf öffentliche Toiletten. Es gibt keinen widerlicheren Geruch als den von Männerurin, findet er. Für ihn einer der Gerüche des Krieges. Zu viele Männer auf zu engem Raum, und kein Platz für eine hygienische, saubere Befriedigung kleiner Bedürfnisse. Oder keine Zeit. Und wie oft kam es vor, dass sich einer aus Angst in die Hose machte und tagelang in dieser Hose weitermarschieren musste. Der Geruch stach ihm immer zwischen all den anderen menschlichen Ausdünstungen hindurch in die Nase. An alle anderen Gerüche konnte er sich gewöhnen, selbst an den von Fäkalien, aber nicht an den scharfen, stechenden Geruch männlichen Urins.

Zur Not sich in eine Hecke zurückziehen, an einem abgelegenen Baum unauffällig das Wasser lassen? Undenkbar. Als ob es an einem Tag, an dem Hunderttausende in diese Dörfer anreisten, unbeobachtete, abgelegene Bäume gäbe. Und was würden die Anwohner sagen, wenn ihnen Hunderttausende in die Grünanlagen urinieren! Jeder Einzelne glaubte vielleicht, er sei die Ausnahme, dieses eine kleine Bedürfnis mache doch keinen Unterschied, aber wie schnell summierte sich das auf. Nein, undenkbar, absolut undenkbar.

Was soll er tun?

Ein ohrenbetäubendes Fauchen aus dem Lautsprecher über ihm reißt Werner aus seinen Überlegungen. Im Mittelgang des Busses steht ein Mann, das Mikrofon in der Hand, in das er noch ein zweites Mal hineinpustet, um sich zu vergewissern, dass es funktioniert.

Liebe Friedensfreundinnen und Friedensfreunde, ruft er ins Mikrofon, viel zu laut, es klirrt in den Ohren. Liebe Friedensfreundinnen und Friedensfreunde, wir sind in wenigen Minuten da.

Lautes Johlen im Bus, ganz besonders, aber nicht nur von den Jugendlichen.

Der Mann pustet wieder ins Mikrofon. Werner verzieht das Gesicht. Frau Boenisch hat sich die Finger an die Ohren gelegt, recht hat sie. Wenn es Momente gibt, in denen er seine linke Hand vermisst, dann solche.

Wir werden, sagt der Mann, am Ortsrand parken müssen, denn im Ort ist kein Platz für so viele Busse. Keine Sorge, es ist nicht weit zu laufen.

Erst jetzt wird Werner bewusst, wie langsam der Bus fährt, an einer langen Schlange von Bussen vorbei, die rechts am Straßenrand geparkt sind. Automatisch fängt er an zu zählen: eins, zwei, drei, vier … Zählen hilft, es lenkt ab von zu lauten Mikrofonen und zwickenden Blasen.

Um halb zwei treffen wir uns wieder am Parkplatz, um in den Bus zu steigen, sagt der Mann mit dem Mikrofon. Bitte seid pünktlich, damit wir nicht warten müssen und rechtzeitig zur Abschlusskundgebung nach Stuttgart kommen. Ihr erkennt unseren Bus an der Nummer im Fenster: die 58. Merkt euch die 58.

… zwölf, dreizehn … Die 58 kann er sich gut merken, das ist sein Alter. Einundzwanzig … an wie vielen Bussen sie wohl schon vorbeigefahren sind, bevor er anfing zu zählen?

Ansonsten wünsche ich euch einen schönen friedensbewegten Tag, sagt der Mann mit dem Mikrofon. Was gilt die Wette, wir schaffen die Kette!

Wieder großes Johlen, dann fängt jemand an zu singen, und in Sekunden singen alle: *We shall overcome* … Die junge Frau Boenisch hat die Finger von den Ohren genommen und singt mit, sie hat feuchte Augen, Werner fragt sich, warum, ist sie so ergriffen oder beschäftigt sie noch etwas anderes?

Vierundzwanzig, fünfundzwanzig. Die Schlange der Busse bricht ab, sie kommen zum Stehen. Vor Werner steht jemand auf, jemand anderes sagt, noch nicht, das ist nur eine Ampel. Der Bus fährt wieder an, biegt scharf um die Kurve, fährt langsam weiter, ruckelnd, mit brummendem Motor, ein paar Meter noch, dann bleibt er stehen, und der Busfahrer nuschelt ins Mikrofon: Da wären wir. Alles aussteigen.

Werner bleibt noch einen Moment sitzen, während um ihm herum alle aufspringen, Taschen aus den Gepäcknetzen zerren, Jacken anziehen, zwei Minuten Chaos und Gedränge, bis sich der Bus zu leeren beginnt. Als im Gang neben ihm eine Lücke entsteht, steht auch er auf. Nun spürt er seine Blase wieder. Früher oder später wird er sich kümmern müssen.

ULRIKE Ulrike hat am Rand des Rathausplatzes einen Verteilerkasten besetzt, von dem aus sie den Platz überblicken kann. Inzwischen sieht es hier schon deutlich mehr nach einer Kundgebung aus. Zwei- oder dreihundert Leute haben sich auf dem Platz eingefunden, immerhin, denkt Ulrike, ein Anfang, auch wenn es eher das Zehnfache an Menschen braucht, aber noch hat ja nicht einmal die Kundgebung angefangen. Die Bühne ist jedenfalls bereit, der Veranstaltungsleiter rückt gerade noch die Mikrofone zurecht, es kann nicht mehr lange dauern, bis es losgeht.

An der Seite des Platzes, vor dem Rathauseingang, sind mehrere kleine Stände aufgebaut, mit Klapptischen und Sonnenschirmen und Transparenten. Die Rothaarige hat an ihrem Stand große Stapel Broschüren und Flugblätter aufgetürmt, von der Tischkante hängen Menschenkettenplakate und ein großes blaues Transparent, darauf zwei Hände, die ein Gewehr zerbrechen, daneben in dicken weißen Lettern: *DFG-VK.* Links davon leuchtet ein Stand ganz in Rot, roter Sonnenschirm, rotes Tischtuch, doch von welcher Organisation er ist, bleibt unklar, denn offenbar hat der Mann, der für ihn zuständig ist, etwas Wichtiges vergessen; ratlos steht er mit einem Transparent in der Hand vor dem Stand, schaut sich suchend um und weiß anscheinend nicht, wo und wie er es anbringen soll. DKP oder SPD, bei dem Rot, tippt Ulrike, auch SDAJ oder Gewerkschaft wäre denkbar, aber am ehesten DKP, die Kommunisten sind eigentlich immer und überall dabei. Am letzten Stand in der Reihe haben unter bunten Sonnenschirmen, die aussehen, als ob sie sonst auf irgendwelchen Terrassen und Balkonen stehen, drei rotgesichtige Frauen Waffeleisen aufgebaut. Der Stand könnte genauso gut auf einem Dorffest stehen, wäre da nicht das Schild, das *Waffeln statt Waffen* anpreist. Ulrike muss grinsen, solche Kalauer mag sie. Schon hat sich eine kleine Menschentraube um den Stand gebildet, der Geruch frisch gebackener Waffeln zieht bis zu ihr herüber. Vielleicht hätte Rampe da auch seinen Kaffee bekommen!

Ulrike lässt den Blick erneut über den Platz schweifen, und ihr scheint, in diesen wenigen Minuten oder sogar Sekunden ist er fast doppelt so voll geworden, ein dichter Strom von Menschen drängt von der Straße auf den Platz. Möglicherweise ist der erste Sonderzug angekommen. Wenn das so weitergeht, dann ist es hier in spätestens einer Viertelstunde rappelvoll.

War sie zu optimistisch, dass sie Marlene hier treffen könnte? Sie hatte gedacht, auf einem kleinen Marktplatz mit ein paar Hundert Menschen sei es kein Problem, sich zu finden. Aber wenn sie es recht überlegt: Für die Kette braucht es in jedem Ort zehn- bis fünfzehntausend Demonstranten, und selbst wenn nur ein Drittel von denen zur Auftaktkundgebung kommen, sind es drei- bis fünftausend und nicht ein paar Hundert. Dreitausend Leute auf diesem kleinen Platz, das wird eng. Durchaus denkbar, dass sie Marlene im Getümmel übersieht.

Was schade wäre. Extrem schade. Sie würde Marlene gerne sehen. Wann sonst bekäme sie Gelegenheit dazu? Und sie muss sie sehen, gerade weil ihr bei der Vorstellung nicht ganz wohl ist. Vielleicht kommt daher ihre merkwürdige Unruhe der letzten Tage. Dass sie sich das Treffen wünscht und es gleichzeitig ein bisschen fürchtet. Umso wichtiger, dass es stattfindet.

Wie sehr wünscht sie sich, dass Marlene sie einmal besuchen kommt! Sich anschaut, wie sie jetzt lebt. Die Leute kennenlernt, mit denen sie Haus und Alltag teilt, den Garten sieht, die Schafe. Aber Marlene will nicht. Wie soll ich denn da hinkommen, ohne Auto, sagte sie, als Ulrike das Thema anschnitt, das ist doch am Ende der Welt. Als ob es dafür nicht Lösungen gäbe. Mit dem Zug bis Westerstetten zu kommen ist überhaupt kein Problem – natürlich dauert es eine Weile mit der Bummelbahn vom Schwarzwald auf die Alb, aber ist das ein Hinderungsgrund? Und in Westerstetten könnte sich Marlene von Rampe mit dem Motorrad abholen lassen oder von Frieder mit seiner alten Karre. Oder zur Not ein Taxi nehmen. Wie gesagt, Lösungen gibt es, wenn man denn will. Doch Marlenes Augen, ihre ganze Körpersprache zeigten, wie sehr sie vor dem Gedanken, Ulrike zu besuchen, zurückschreckte. Dabei hatte sie kurz zuvor noch behauptet, dass sie verstehe, warum sich Ulrike entschieden hat, dort zu leben. Dass sie genau wie Ulrike finde, man müsse im Kleinen anfangen, die Welt zu bauen, von der man träumt, eine Welt, in der man gemeinsam lebt und arbeitet, in der man alles teilt, weil man schließlich überhaupt nur gemeinsam leben kann. Aber wahrscheinlich verstand Marlene unter Gemeinschaft etwas anderes als Ulrike, meinte eine unverbindlichere Gemeinschaft, in der man zwar zeitweise zusammenkommt, aber dann auch wieder geht, jeder in sein eigenes, privates Zuhause, und nicht eine Gemeinschaft, in die man sich ganz hineinbegibt, mit seinem ganzen Alltag und seinem ganzen Besitz. Wenn Marlene teilen sagte, meinte sie ein Abgeben des Besitzenden von seinem Überschuss, und nicht ein Teilen von allem, was man besitzt. Wenn Marlene Leben sagte, meint sie mehr oder weniger das Leben, das ihre Eltern und zahllose Generationen vor ihnen gelebt haben, ein übersichtliches, gleichförmiges, geordnetes Leben und nicht ein Leben, das erst neu gelernt oder sogar komplett neu entworfen sein will, mit allen Härten und Schönheiten, die ein Leben ausmachen.

Da saßen sie am ersten Weihnachtsfeiertag und redeten und verwendeten die gleichen Wörter und meinten doch nicht das Gleiche, das las Ulrike aus Marlenes Zurückzucken, ihrem Ausweichen. Was noch nicht allzu schlimm gewesen wäre, wenn es anders weitergegangen wäre. Aber sie haben sich seither nicht mehr gesehen – seit Weihnachten, fast zehn Monate! –, und Marlenes Antworten auf ihre Briefe fielen kurz aus, ihre Worte waren zwar herzlich, doch was sie schrieb, war oberflächlich und belanglos.

Das kränkt Ulrike, kränkt sie tiefer, als sie sich eingestehen will. Dass der Rest der Familie sich auf ihr neues Leben nicht einlassen würde, damit hat sie gerechnet. Aber Marlene? Die ihr Leben begleitet hat, seitdem sie denken kann, oder noch länger? Wo ist die alte Nähe hin, die tiefe Vertrautheit, von der sie dachte, nichts auf der Welt könne sie zerstören?

Vielleicht hat Marlene zurzeit einfach zu viele eigene Sorgen, denkt Ulrike. Sie weiß, dass Marlene alles andere als glücklich ist mit ihrem jetzigen Leben und sich wie in einer Falle fühlt – und dass sie froh sein muss über die Aussicht, nach dem Referendariat dort übernommen zu werden, macht die Sache nicht besser. Denn damit wird sie auf Jahre in dieser abgelegenen Kleinstadt festsitzen, wo die nächste Stadt über eine Autostunde entfernt ist und mit dem Zug fast unerreichbar, wo sie sich abgeschnitten fühlt von der Welt, die ihr etwas bedeutet. Marlene vermisst Heidelberg, das weiß Ulrike, sie vermisst das freie Studentenleben, sie vermisst ihre Freunde, und ganz ehrlich, wer würde das nicht.

Doch abgesehen davon: Da stimmt noch etwas anderes nicht, mit Marlene, oder zwischen ihnen, wie auch immer. Sonst wäre es nicht so kompliziert. Und es kann nur dann wieder weniger kompliziert werden, wenn sie sich sehen und miteinander reden. Vielleicht klappt es ja heute. Sonst ist die nächste Gelegenheit erst an Weihnachten, bei den Eltern – und so lange will sie eigentlich nicht warten. Sie hat schon viel zu lange gewartet.

In diesem Moment scheppert es in Ulrikes Ohren, laut und unangenehm, fast schmerzhaft. Erschrocken hält sie sich die Ohren zu. Verdammt, was ist das? Sie schaut umher, um herauszufinden, woher dieses entsetzliche Geräusch kommt. Dann sieht sie den Techniker auf der Bühne. Er klopft auf die Mikros und spricht etwas hinein, und wieder klirrt es.

Scheiße. Sie hätte es ahnen sollen. Verstärkeranlagen bekommen ihr meistens nicht, und diese hier scheint ziemlich laut eingestellt zu sein. Ulrike nimmt die Hörgeräte aus den Ohren und steckt sie in die Hosentasche. Sie sieht, wie der Techniker wieder etwas ins Mikrofon spricht, aber sie hört nur noch gedämpfte, verschwommene Klangwolken. Besser so.

Ulrike schaut auf die Uhr. Kurz nach zehn. Bis Marlene kommt, kann es nicht mehr lange dauern. Wenn sie sie nicht verpasst. Aber wenn Marlene kommt, dann aller Wahrscheinlichkeit nach von der Hauptstraße her auf den Platz, also genau an diesem Verteilerkasten vorbei. Ulrike wird sie bestimmt nicht übersehen.

WILFRIED Meine sehr verehrten Damen und Herren, liebe Freunde!

Ein Mann steht plötzlich mitten im Wagen, Wilfried hat nicht mitbekommen, wann er hereingekommen ist und woher. Er hat ein graues Jackett an und eine schräg schwarz-braun-weiß gestreifte Krawatte; seine dicke Hornbrille ist so lächerlich groß, dass er sie mit Sicherheit nicht täglich trägt.

Meine sehr verehrten Damen und Herren, liebe Freunde, wiederholt der Mann, lassen Sie mich hier in aller Offenheit sagen … Der Mann näselt stark und verschluckt die Endsilben, es klingt wie Offnheit saggn, um ihn herum lachen die ersten, und in diesem Moment begreift Wilfried, woran ihn diese Art zu reden erinnert: an den dicken Pfälzer, den neuen Bundeskanzler.

Ich begrüße ganz außeroddntlich Ihre Sorge um dieses unser Lannd, ruft der Mann, und im Interesse dieses unnseres

Lanndes lassn Sie mich saggn: Hier sind wir alle aufgeruffn, diese uns alle, ja, uns alle gemeinsam tief bewegende Frage gemeinsam an uns zu richtnn – wo ist er denn, der Friedn? Ja, frage ich Sie und uns alle: Wo?

Inzwischen sind alle im Wagen auf den Mann aufmerksam geworden und recken die Hälse, um den Sprecher sehen zu können.

Wissn Sie, meine Damnn und Herrnn, liebe Freunde – der Mann stützt eine Hand auf die Rückenlehne neben ihm und streckt die Brust heraus –, das sage ich Ihnen in aller Ehrlichkeit, und ich habe mich dafür bei Präsident Reagnn verbürgt: Hier – ist er nicht!

Irgendwo im Wagen lacht jemand laut auf, und die jungen Leute neben Wilfried fangen an zu kichern.

Und allnn unsern Kritiggern, liebe Freunde, meine Damn und Herrn, möchte ich an dieser Stelle sagnn, und ich sage das in aller Entschlossnheit, damit das ein für alle Mal vom Tich ist, jawohl, vom Tich, ein für alle Mal: Warum fragn Sie denn nur uns, wo der Friedn ist? Fragn Sie doch mal die Soffjetunion! Die weiß, wo der Friedn ist! Da muss man nur gut genug hinhörn, dann hört man das! Lassen Sie mich das hier in aller Offnheit sagn, meine Damn und Herrn, und ich verrate Ihnen sicherlich kein Geheimnis, wenn ich das sage: Während wir hier stehn und redn, hat die Soffjetunion den Friedn doch schon längst beschlossn!

Gelächter und Applaus.

Deshalb, meine Damn und Herrn, liebe Freunde, fährt der Mann fort, lassen Sie mich in aller Deutlichkeit klarstelln: Das ist ein ganz und gar unsäglicher Vorgang. Ich denke, ich spreche für uns alle, wenn ich sage, und ich scheue mich nicht, das an dieser Stelle offen und ehrlich festzuhaldn: Da machn wir nicht mit. Im Innderesse der Bundesrepublik Deutschlannd, im Innderesse dieses unnseres Lanndes: einen Friedn wird es mit dieser Regierung nicht gebn. Ich danke Ihnen, meine Damn und Herrn.

Und schon ist der Mann zur Tür hinaus.

Die junge Frau neben Wilfried wischt sich über das Gesicht, sie hat vor Lachen Tränen in den Augen. Echt stark, seufzt sie.

Wenn es nicht gleichzeitig so traurig wäre, denkt Wilfried, dass dieser Mensch tatsächlich unser Kanzler ist. Gut, Schmidt war nicht mehr haltbar gewesen; nachdem die FDP ihr Fähnchen gedreht hatte, war das Misstrauensvotum die unausweichliche Konsequenz gewesen. Aber diese Trickserei mit der Vertrauensfrage, um einen taktisch genehmen Neuwahltermin zu erzwingen – das mochte formal mit der Verfassung konform sein, ihrem Geist entsprach es nicht. Kohl zeigte, dass er zuallererst Machtmensch war und Demokrat nur, wenn es ihm in den Kram passte.

Nein, er mag den neuen Kanzler nicht. Und anders als Roland ist er nicht der Meinung, dass sich das Problem Kohl in vier Jahren erledigt haben wird. Der Dicke wirkt tumb, aber in Machtdingen ist er clever. Sonst hätte er es kaum so weit gebracht. Wilfried fürchtet, mit dem wird noch eine Weile zu rechnen sein.

* * *

> Wir haben die Lektion der Geschichte gelernt. Sie hat uns und andere Völker gelehrt, daß wir Frieden und Freiheit nur dann bewahren können, wenn wir bereit und fähig sind, sie zu verteidigen. Den Frieden aber, meine Damen und Herren, den wir zwischen den Völkern schaffen wollen, müssen wir zuallererst im eigenen Lande bewahren. […] Gewalt und Rechtsbruch, ziviler Ungehorsam und Widerstand sind kein glaubhafter Ausdruck friedlicher Gesinnung. Niemand hat das Recht, und niemandem darf es gestattet werden, für sich in Anspruch zu nehmen, er sei entschiedener, bewußter und leidenschaftlicher für den Frieden als andere.
>
> Bundeskanzler Helmut Kohl, CDU,
> im Deutschen Bundestag, 8. September 1983

* * *

Frieden schaffen ohne Waffen: Das ist ein verständlicher Wunsch, ein schöner Traum, aber er ist vor allem eine lebensgefährliche Illusion. Frieden schaffen nur durch Waffen: Das wäre eine tödliche Verblendung. Frieden schaffen mit immer weniger Waffen: Das ist die Aufgabe unserer Zeit.

Erklärung der Bundesregierung,
vorgetragen von Bundeskanzler Helmut Kohl, CDU,
im Deutschen Bundestag, 13. Oktober 1982

* * *

IRMELA Als das Windspiel geht, denkt Irmi, Karl sei noch einmal gekommen. Oder Julian. Deshalb unterbricht sie nicht für eine Sekunde die Bewegung ihrer Hände, die gerade den Wischlappen über dem Spülstein auswringen und ihn dann sorgfältig auf dem Rand des Putzeimers zum Trocknen ausbreiten.

Entschuldigung?, klingt eine Frauenstimme von der Haustür her.

Ja?

Irmi eilt in den Flur. In der geöffneten Haustür steht eine junge Frau mit zwei Kindern, das Mädchen vielleicht sieben, acht Jahre, der kleine Junge sicher noch nicht in der Schule.

Hier gibt es eine Toilette?

Ja, direkt hier vorn.

Irmi weist auf die Tür schräg gegenüber der Haustür. Sie hat sie extra eine Handbreit offen stehen lassen, aber vielleicht sollte sie Julian bitten, auch an die Toilettentür noch ein Schild zu hängen.

In die Kinder kommt Bewegung.

Ich zuerst!, quengelt der Kleine.

Ja, Frido, ist gut. Dann komm.

Die Frau wirft Irmi ein gequältes Lächeln zu. Sie sind wirklich sehr freundlich, sagt sie.

Keine Ursache. Lassen Sie sich Zeit.

Die Frau verschwindet mit dem Jungen auf der Toilette und schließt die Tür. Das Mädchen schaut sich neugierig im Flur um. Irmi könnte in die Küche zurückgehen und fertig aufräumen, aber sie mag Kinder, Mädchen ganz besonders, und es ist lange her, dass sie ein kleines Mädchen zu Besuch hatte.

Wie heißt du denn?, fragt Irmi.

Yolanda, sagt das Mädchen, mit Ypsilon vorne.

Das ist ein hübscher Name, sagt Irmi.

Ja, sagt Yolanda gleichmütig. Weißt du, was es heißt?

Nein.

Es ist Griechisch und heißt Veilchenblüte. Ich bin nämlich Ende April geboren.

Yolanda betrachtet interessiert das Aquarell, das zwischen der Toilettentür und dem Treppenaufgang an der Wand hängt. Es zeigt das Dorf, zwischen den Hügeln im Tal liegend, der Maler hat auf einem höher gelegenen Hang gestanden und hinuntergeblickt. Im Vordergrund stehen blühende Obstbäume auf einer Streuobstwiese.

Hast du das gemalt?, fragt Yolanda.

Nein, sagt Irmi, das war mein Mann.

Der kann aber gut malen, dein Mann.

Konnte, sagt Irmi. Und denkt gleich darauf: Warum sage ich das, und dann auch noch einem kleinen Mädchen.

Wieso?, fragt Yolanda prompt.

Er ist tot, sagt Irmi.

Oh, sagt Yolanda, es klingt eher interessiert als betroffen. Warum?

Er war Soldat im Krieg, sagt Irmi, da ist er gefallen. Du weißt, was das heißt, gefallen?

Das Mädchen nickt, ihre Miene sagt: Natürlich weiß ich das, was fragst du. Ganz schön altklug, die Kleine.

Warum ist er denn Soldat gewesen?, fragt sie.

Irmi hebt die Hände und lässt sie wieder fallen.

Er musste. Das war damals so, bei den Nazis. Wenn er gesagt hätte, er geht nicht, hätten sie ihn geholt und erschossen. Da ist er lieber gegangen. Es hätte ja sein können, dass er am Leben bleibt.

Aber dann wurde er auch erschossen, sagt Yolanda, wie zur Bestätigung.

Das stimmt.

In diesem Moment öffnet sich die Toilettentür, und die Frau schiebt den kleinen Jungen vor sich her in den Flur.

Yolanda, du auch?

Ja, sagt Yolanda und verschwindet in der Toilette.

Wir gehen schon mal wieder raus, zum Wagen, ruft die Frau ihr noch hinterher, aber sie erhält keine Antwort. Danke nochmals, sagt sie zu Irmi. Können Sie sie rausschicken, wenn sie fertig ist, bitte?

Freilich. Irmi nickt, aber das sieht die Frau nicht mehr, denn sie hat den kleinen Jungen schon an der Hand gepackt und zur Haustür hinausgezogen.

Irmi bleibt versonnen im Flur stehen und schaut auf das Bild. Sie hat es seit Jahren nicht mehr bewusst betrachtet, es hängt hier seit ihrem Einzug und ist Teil des Hauses geworden. Ihr Hermann. Wie gern wäre er Maler geworden, aber das kam nicht infrage auf dem Dorf. So arbeitete er auf dem Hof und malte zwischendurch; wenn die anderen Pause machten, packte er seine Stifte und Farben aus und malte die Landschaft, in der sie arbeiteten. Sie ist sicher, es hätte etwas aus ihm werden können, mit ein wenig Anleitung und Vorbild. Aber so war es nur eine Sache mehr, über die die Leute tuschelten und die Köpfe schüttelten. Einer, der malt, der eine Frau nimmt, die zwei Jahre älter ist als er, einer, der seine Frau nicht schlägt – das war kein richtiger Mann.

Sie hat ihn geliebt dafür. Wie lange ist das her.

Die jungen Männer heute haben es gut. Wenn sie die heute sieht, wie sie mit langen Haaren herumlaufen, manche, hat sie gehört, schminken sich sogar, das findet sie zwar ein wenig merkwürdig, gleichzeitig aber großartig, dass es geht, dass die jungen Leute es sich aussuchen können. Wie anders ist das als früher. Und all diese jungen Männer, die alte Leute pflegen oder

Behinderte! Aus denen werden mit Sicherheit andere Ehemänner und Väter als aus den Männern ihrer Generation oder denen, die noch zehn Jahre jünger waren, die in den Krieg mussten, bevor sie richtig erwachsen werden durften.

Die Toilettentür geht, und Yolanda tritt in den Flur.

Danke, sagt sie höflich, und: Tschüss. In der Haustür dreht sie sich noch einmal um und sagt: Wir gehen nämlich zur Kundgebung. Und dann zur Menschenkette.

Das dachte ich mir, sagt Irmi.

Gehst du da nachher auch hin?

Nein, dafür bin ich zu alt.

Das hat meine Oma auch gesagt. Yolanda mustert Irmi, wie um zu prüfen, wie alt sie tatsächlich ist. Aber wenn du zur Kundgebung kommst, sagt sie, kannst du mein Lied hören.

Dein Lied?, fragt Irmi.

Da ruft Yolandas Mutter von draußen: Yolanda, wo bleibst du! Beeil dich, du weißt doch, wir müssen zur Bühne!

Ich komme!, ruft Yolanda zurück. Na, dann tschüss, sagt sie noch einmal zu Irmi, und hüpft die Treppenstufen hinunter, mit einem Mal gar nicht mehr ernst, sondern ganz Kind, und rennt zum Gartentor, wo ihre Mutter und ihr Bruder auf sie warten.

OLIVER Sie hätten schon längst losgehen können, wenn Knolle nicht so lange an seinem Plakat rumfummeln würde. Irgendwie stellt er sich doof an, denkt Oliver. Er an Knolles Stelle hätte es einfach an eine Stange montiert und ein Schild gemacht. Das muss man tragen, klar, das kann nerven, aber zur Not kann man es auch mal irgendwo abstellen. Und wenn er sieht, wie Knolle rummacht, weil die Schnur erst zu eng ist und am Hals scheuert, dann zu lose und das Plakat vor seinen Beinen herumschlackert – nee, da ist ein Schild einfacher.

Da bemerkt er, dass Franzi neben ihm steht.

Na, sagt er.

Na, sagt sie.

Und schon fällt ihm nichts mehr ein, was er noch sagen könnte. In seinen Fantasien schreibt er ihr die schönsten und wildesten Liebesbriefe, aber mal im wirklichen Leben drei zusammenhängende Sätze mit ihr zu reden – nicht möglich.

Ein völliges Rätsel, wieso es im Sommer anders war. Dieses eine Mal, so ganz anders als alles davor und danach.

Ob Mitleid im Spiel war? Denn sie ahnt, was los war, da ist sich Oliver sicher.

Es war nach dem Sommerkonzert der Maniac Mushrooms, nach dem sie noch stundenlang auf dem hinteren Schulhof zusammensaßen und weiterfeierten. Sie waren in Hochstimmung, in der Redaktionssitzung am Vortag hatten sie die Idee für die Aktion ausgeheckt, dazu das Konzert, und wenn nicht Bassman den ganzen Abend neben Franzi herumgehangen hätte, wäre es perfekt gewesen.

Doch plötzlich saß sie neben ihm, und Bassman war nirgends zu sehen.

Prost, sagte sie und hob ihr Glas.

Oliver stieß an. Was trinkst du da?

Cola Rum. Willst du auch? Bassman hat den Rum. Sie schaute sich suchend um.

Lass mal. Cola reicht.

Dann wusste er erst einmal nicht weiter. Konnte es kaum fassen, dass sie neben ihm saß, dass sie sogar extra zu ihm gekommen war.

Ich freu mich auf die Aktion, sagte er schließlich. Es war das Einzige, was ihm einfiel.

Ja, sagte sie, das wird stark. Darf nur keiner vorher mitbekommen. Sie machte eine kleine Bewegung mit dem Kopf zu den übrigen Bandmitgliedern hinüber, die ein paar Meter entfernt saßen.

Auch Bassman nicht?, hätte Oliver gern gefragt, aber das brachte er nicht über sich. Hmhm, machte er nur.

Schon gar nicht die Lehrer, natürlich.

Und keine Eltern, sagte Oliver spontan, er weiß nicht, wie es über ihn kam, vielleicht machte ihn Franzis Nähe wuschig, vielleicht auch, weil es gerade erst zwei Tage her war, dass Mr. Big gezeigt hatte, wozu er fähig war. Dass all sein Reden und Prahlen, Gewalt sei als letztes Mittel in der Erziehung überhaupt nicht nötig, und seine Söhne spurten auch so, dass all dieses Reden nur Gerede war, reine Makulatur.

Mittags war der Brief vom Direx gekommen. Der *Kaktus* war dem Direx schon lange ein Dorn im Auge, aber bisher hatte er nichts machen können, auch für Schülerzeitungen galt die Pressefreiheit. Doch in der letzten Ausgabe hatten sie zum Schulstreik in der Aktionswoche im Herbst aufgerufen, für den Donnerstag, den »Widerstandstag der Schulen und Hochschulen«. Umgehend ließ der Direx in allen Klassen verkünden, das sei kein Streik, sondern nichts anderes als Schuleschwänzen, und wer sich beteilige, müsse mit Konsequenzen rechnen. Und an die Eltern aller Redaktionsmitglieder schickte er einen Brief, sie sollten ihre Kinder darauf hinweisen, dass die herrschenden Gesetze bei der Redaktionsarbeit unbedingt einzuhalten seien.

Mr. Big hatte getobt. Mein Sohn ruft zu illegalen Handlungen auf, schrie er, mein eigener Sohn! Oliver stand da und sah zu Boden und wartete darauf, dass das Gewitter vorüberziehen würde, so wie sonst, aber diesmal zog es nicht vorüber, sondern Mr. Big wurde immer wütender, das merkte Oliver daran, dass er immer leiser wurde, und das war schlimmer, als wenn er schrie. Sieh mich an, wenn ich mit dir rede, zischte Mr. Big, aber Oliver schaffte es einfach nicht, die ganze Situation widerte ihn an, Mr. Big widerte ihn an, er selbst widerte sich an, dass es ihm nicht gelingen wollte, den Blick zu heben.

So sah er auch den Schlag nicht kommen, ein Schlag, mit dem er nicht gerechnet hatte, denn Mr. Big, darauf war er ja so stolz, schlug nie. Aber jetzt war da plötzlich seine Faust und traf Oliver am Jochbein, so heftig, dass er taumelte. Was danach geschah, weiß er nicht genau; er muss den nächsten Schlag abgewehrt haben, reflexhaft, ohne nachzudenken, eine im Karatetraining hundert-, tausendmal geübte Bewegung, er hat keine Erinnerung, welche. Er weiß nur noch, dass er plötzlich doch in Mr. Bigs Gesicht sah, in ein ungewohntes Gesicht, weiß und starr, und dass sie sich in die Augen starrten wie Kaninchen und Schlange, eine Ewigkeit, sekundenlang, bis Mr. Big durch die Zähne presste: Ich warne dich, Junge, sich umdrehte und hinausging.

Erst da merkte Oliver, wie sein Gesicht brannte, wie die Schwellung bereits begann, ihm das linke Auge zuzudrücken. Die Mutter kam angerannt, einen Kühlakku in der Hand, aber Oliver wollte keinen Kühlakku, war ihm doch egal, wie er aussah, sollten sie es ruhig alle sehen. Er schob die Mutter beiseite und ging in sein Zimmer. Komisch, in dem Moment fühlte er sich stark.

Nicht lange. Nachts wachte er auf, mit dröhnendem Schädel, von Heulkrämpfen geschüttelt, gut, dass ihn niemand sehen und hören konnte. Und als die Mutter am nächsten Morgen angesichts seines verquollenen Gesichts entschied: Ich rufe in der Schule an, du bleibst heute zu Hause, widersprach er nicht.

Aber am nächsten Tag ging er wieder hin. Weil Redaktionssitzung war, weil die Maniac Mushrooms spielten, weil Sommer war, weil er Franzi sehen wollte. Ganz egal, dass seine linke Gesichtshälfte tiefrot bis bläulich schimmerte und das Auge so zugeschwollen war, dass er damit nicht mehr gucken konnte. Ganz egal, dass die Mutter meinte, so könne er nicht rausgehen, dass er in ihren Augen den Gedanken las: Was sollen nur die Leute denken! Wenn jemand fragte, würde er sagen, er habe im Karatetraining etwas abbekommen, das würde jeder glauben, auch wenn er in den bald sechs Jahren, die er Karate machte, noch nie etwas abbekommen hatte.

Franzi hatte nicht gefragt. Doch jetzt streifte ihr Blick sein Gesicht, blieb nachdenklich an der Schwellung hängen. Oliver merkte, wie er zitterte – vor Wut auf Mr. Big, vor Unsicherheit, was sie sagen würde, oder beides? Er biss die Zähne fest aufeinander und bemühte sich, tief durchzuatmen, möglichst unauffällig, damit sie es nicht merkte. Aber sie hat es gemerkt, da ist er sicher.

Im Ernst, sagte er schließlich, in Mr. Bigs Augen wäre das illegal. Und ein Sohn, der illegale Sachen macht – das kann ein Bulle nicht durchgehen lassen. Das verdient Höchststrafe.

Sie sagte nichts, nickte nur langsam, wie abwesend.

Und etwas später küsste sie ihn.

Was er ihr dann noch alles erzählt hat in dieser liebestrunkenen Nacht, weiß er nicht mehr. Er erinnert sich ohnehin kaum an Details. Er hat auch keine Ahnung, ob sie weiß, wie unerfahren er war. Gesagt hat sie nichts, weder über seine Unbeholfenheit noch dazu, dass er kam, kaum dass er in ihr war, förmlich explodierte. Aber gemerkt hat sie es bestimmt. Sie war viel erfahrener als er, das begriff er erst da.

Insofern wunderte es ihn nicht, dass sie zwei Tage später, als sie sich das nächste Mal sahen, tat, als wäre nichts gewesen. Vielleicht hätte er wütend sein sollen auf sie oder wenigstens traurig, aber er war immer noch ganz erfüllt von dem, was gewesen war. Und dann fingen die Sommerferien an, sie fuhr mit ihren Eltern in die Ferien, und als sie wiederkam, war alles ganz weit weg. Als hätte er es nur geträumt.

Doch wenn sie ihn so anschaut, ist es auf einmal wieder ganz nah.

Komm, sagt sie, lass uns gehen. Sie wedelt mit dem blauen Zettel, den sie in der Hand hält.

Was hast du denn da?, fragt Oliver.

Hast du keinen bekommen?, fragt sie zurück. Die haben sie eben verteilt. Damit wir wissen, wohin wir nachher in die Kette gehen sollen. Die mit orangen Zetteln gehen in die eine Richtung, die mit hellblauen Zetteln in die andere.

Und wo müssen wir jetzt hin? Wo geht es zur Kundgebung?

Franzi zuckt mit den Schultern. Keine Ahnung. Immer den anderen nach, würde ich mal sagen. Und dorthin, woher der Lärm kommt. Das funktioniert eigentlich immer.

INES Im Auto läuft das Radio, Boris trommelt mit den Daumen einen passenden Rhythmus aufs Lenkrad und wirft herausfordernde Seitenblicke auf Ines. Aber Ines hat keine Lust, sich angraben zu lassen. Schon gar nicht von diesem Pseudo.

Sie hangelt nach dem Rucksack, der zwischen ihren Füßen liegt, holt einen Apfel heraus und beißt hinein. Ihm wird sie keinen anbieten, und Heike muss sie ohnehin nicht fragen, denn die hungert ja – nein, sie fastet, würde Heike sagen. Wenn sie meint.

Ihre Laune ist nicht die beste heute, wirklich nicht. Dieser Boris nervt, Heike nervt, alle nerven. Zu allem Überfluss läuft jetzt im Radio auch noch Santanta, *Oye como va*, und bei lateinamerikanischen Rhythmen muss sie an Nicaragua denken. Obwohl Santana mit Nicaragua ungefähr so viel zu tun hat wie Heino mit Dänemark. Aber *Oye como va* klingt nach Karibik, und Karibik ist Nicaragua. Wobei sie ohnehin bei fast allem an Nicaragua denken muss. Obwohl sie schon bald einen Monat zurück ist, ist sie immer noch nicht ganz wieder hier. Selbst heute, an so einem kalten klaren Herbsttag, reicht ein winziger Gedanke aus, dass die Sehnsucht sie überfällt und sie wieder die feuchte Wärme auf der Haut spürt, die Tag und Nacht anhielt, tags mehr Wärme, abends mehr Feuchtigkeit, eine schwere dunkelgrüne Luft, die schläfrig und unruhig zugleich machte – ebenso wie Pedros Blick, der oft lange auf ihr lag, sodass sie sich fragte, was er wohl dachte, was er wohl in ihr sah. Sie wünschte sich, er sähe in ihr eine Mitkämpferin im Aufbau einer gerechteren Welt in diesem kleinen heißen Land auf dem schmalen, auf der Karte fast zerbrechlich wirkenden Landsteg zwischen zwei Kontinenten, dem im Süden die brutalen Diktaturen Chiles, Argentiniens, Guatemalas drohten und im Norden die übermächtigen USA, die rundum schon den Einmarsch in ihren Hinterhof, wie sie Mittelamerika nannten, planten und übten und so taten, als wollten sie nur die Freiheit verteidigen, während sie in Wirklichkeit einen erbitterten Kampf führten gegen alle Vorstellungen von einem besseren, gerechteren Leben, die nicht auf der allein selig machenden Formel des Kapitalismus beruhten. Was für eine Freiheit soll das sein, denkt Ines, die man mit aggressiven Reden verteidigen muss, mit Waffen umhegen, eine Freiheit, die das Misstrauen in sich trägt und den Hass, Misstrauen und Hass gegen alles, was anders ist, gegen alle, die anders denken und anders leben, die die Vergötterung von Geld und Konsum nicht mitmachen oder auch nur Fragen stellen, anstatt das Gegebene hinzunehmen. Dabei sind doch die Fragen das Spannende, denkt Ines, nicht die Antworten.

Pedros Fragen sind es, die sie mit nach Hause genommen hat, die sie immer noch begleiten und noch lange begleiten werden. Warum bist du gekommen? Eine Frage, die er mehrfach stellte und auf die sie nie eine Antwort geben konnte, die ihn zufriedengestellt hätte. Zwar nickte er auf ihre gestammelten Erwiderungen, ernsthaft und mit unergründlichem Blick, als habe sie eine wohlformulierte, gut durchdachte Erklärung abgegeben, aber einige Tage später fragte er wieder: Por qué has venido?

Eine gute Frage, nicht nur in Nicaragua, auch hier und heute könnte man sie stellen, aber hier ist die Antwort einfacher. Weil sie die Angst vor dem Weltuntergang nicht in lähmende Angst umschlagen lassen will. Weil sie zeigen will, dass es auch noch andere Vorstellungen gibt, wie man leben kann, Menschen, die wissen, dass man Freiheit nicht mit Sicherheit gewinnt, sondern mit – nun, Freiheit eben, aber die muss man aushalten können. Freiheit ist immer auch Unsicherheit, denkt Ines. Nie zuvor jedenfalls hat sie sich so frei gefühlt wie in dem Moment, als sie in Managua aus dem Flugzeug stieg, ihr die Schwüle ins Gesicht schlug wie ein nasses Handtuch, ihr beinahe den Atem raubte, bevor sie den ersten richtigen Atemzug nehmen konnte, das erste Mal nicaraguanische Luft einsog, diese Luft, mit der so viele Ideen besprochen wurden, so viele Parolen gerufen, so viele Lieder gesungen. Sie hatte keine Ahnung, was sie erwartete, und gerade das war die große Freiheit.

War sie deshalb hingegangen? Manchmal glaubt sie, einen Vorwurf in der Frage zu hören, versteckt in ausgeklügelten

Argumentationen über imperialistische Zusammenhänge, über Befreiungsbewegungen nicht nur in der Dritten Welt, sondern auch bei uns – wer in der Dritten Welt arbeiten wolle, fliehe in Wirklichkeit nur vor den Problemen vor der eigenen Haustür, die ebenso dringend gelöst werden müssten, angegangen zumindest, sie seien schließlich Teil des Systems. Sie kann ihn nicht widerlegen, diesen Vorwurf, deshalb trifft er sie, und doch fühlt er sich grundfalsch an.

Weil ich euch helfen will, sagte sie beispielsweise, wenn Pedro fragte. Weil ich zeigen will, dass ihr nicht allein seid. Dass es in der ganzen Welt Menschen gibt, die euch unterstützen, die finden, dass ihr recht habt mit eurem Kampf, euren Ideen, euren Träumen. Menschen, die sich nicht abfinden wollen mit dieser gespaltenen Welt, in der zwei Systeme, die längst keine Visionen mehr haben, sondern nur noch recht behalten wollen, einander bekämpfen. In der man nicht mehr *Ja, aber …* sagen kann, ohne verdächtigt zu werden, auf der anderen Seite zu stehen, womit jegliche Kritik abgeblockt, unmöglich gemacht wird. Ihr zeigt uns, sagte sie zu Pedro, dass das polarisierte Denken zu kurz greift, ein Denken, das sich nur zwischen Ost und West bewegt, zwischen Kapitalismus und Sozialismus, zwischen Gut und Böse, welche Seite auch immer man für die gute oder die schlechte hält. Wir müssen lernen, auch dazwischen zu denken, die Lücken zu sehen und zu finden, die dritten Wege, kann sein, dass sie verschlungen sind, mühsam, erst gebahnt werden müssen, aber solange wir nicht hinschauen, finden wir sie nie. Ihr Nicaraguaner, ihr habt euch auf die Suche gemacht nach einem solchen dritten Weg, und das bewundern wir. Oder hätte sie sagen sollen, das bewundere ich? Durfte sie für andere sprechen, schon gar andere, die sie nicht kannte, nie gekannt hatte, nie kennen würde?

Doch auch Pedro sagte *ihr*, außer wenn er seine Frage stellte, por qué has venido, da sprach er nur von ihr.

Ihr seht nur, was ihr sehen wollt, sagte er einmal, als sie gerade Ziegelsteine vom Lastwagen abluden, der endlich, eine

Woche später als geplant oder gehofft, eingetroffen war. Er sagte es so unvermittelt, dass sie erschrak, es verletzte sie so sehr, dass sie sich den Rest des Tages fernhielt von ihm, was nicht schwierig war, denn nun, da die Ziegelsteine da waren, konnten sie endlich anfangen zu mauern, und Pedro war überall gefragt, sah nach dem Rechten, gab hier Tipps, packte dort mit an und hatte nicht viel Zeit für sie.

Was ist es denn, was wir sehen wollen?, hätte sie ihn gern gefragt. Was ist es, was wir nicht sehen? Aber sie fragte erst am nächsten Abend, als sie beim Abendessen saßen, Bohnen, wie jeden Abend, eine kleine Portion, von der sie kaum satt wurde nach der harten Arbeit, doch sie sah ja, dass die anderen auch nicht mehr hatten, im Gegenteil, sie hatte den Eindruck, ihr, der Ausländerin, wurde stets ein Löffel mehr gegeben als den anderen, auf dass sie nicht hungern möge. War es das, was Pedro meinte? Dass sie den Hunger nicht kennenlernen würde, auch dann nicht, wenn sie darauf bestünde, nicht mehr zu bekommen als die anderen, weil sie nach ein paar Wochen nach Hause zurückfliegen würde, in die reiche Bundesrepublik, wo es mehr Essen gab als die Menschen benötigten, wo täglich so viel Essen in der Mülltonne landete, dass es halb Nicaragua satt machen könnte.

Inés, sagte Pedro, natürlich sprach er es spanisch aus, mit Betonung der letzten Silbe, Inés, es klang so viel zärtlicher als das deutsche Iiines. Inés, du bist jung und stark, sagte Pedro, du träumst von einer besseren Welt. Du siehst die Arbeit, die gemacht werden kann, du siehst die jungen Pflänzchen der Veränderung, du siehst die haarfeinen Wurzeln, die sich in den Fels graben, um ihn irgendwann zu sprengen. Du siehst nicht das modernde Unterholz, in dem die Würmer leben, die die Blätter der Pflanze fressen und ihre Wurzeln.

Aber ihr alle träumt von einer besseren Welt, antwortete Ines, ganz Nicaragua träumt davon. Und wenn wir alle unsere Kraft den jungen Pflänzchen und den Wurzeln widmen, wird in ein paar Jahren das Unterholz egal sein.

Er sah sie an mit seinem dunklen unergründlichen Blick. Schön, wenn es so wäre, sagte er schließlich, in einem Tonfall, auf den sie keine Erwiderung wusste, doch als er dann wie jeden Abend in seine Hemdtasche griff, eine Zigarette hervorholte und sie durchbrach, um sie mit ihr zu teilen, wünschte Ines zum ersten Mal, er möge sie lieben.

Wo er wohl jetzt ist? Er ist zwei Tage vor ihr abgereist, nach Norden, in die umkämpften Gebiete. Ob er noch lebt?

Ines kurbelt das Fenster herunter und wirft den Apfelbutzen in hohem Bogen hinaus. Sie sieht ihn am Rand der Standspur aufdotzen und unter der Leitplanke hindurch ins Gras kullern.

Fenster zu, es zieht!, jammert Heike von hinten.

Soll sie halt mehr essen, denkt Ines mürrisch. Wer Hunger hat, friert leichter. Wenn Heike glaubt, dass sie mit ihrer Fasterei die Welt irgendwie besser macht, dann dürfte ihr ständiges Gejammer der beste Gegenbeweis sein. Ines jedenfalls hätte auch schlechte Laune, wenn sie nichts äße. Wobei essen, zugegebenermaßen, auch nicht immer hilft.

Wären sie doch nur schon da.

* * *

> Das Problem ist, daß eine aggressive Minderheit sich mit den Kommunisten zusammengetan hat, auf daß die Sowjets und ihre kubanischen Handlanger ihnen helfen, politischen Wandel durch Gewalt zu erreichen. Nicaragua ist ihre Basis geworden. [...] Es sind nicht Muskatnüsse, die in der Karibik und Mittelamerika auf dem Spiel stehen, sondern die nationale Sicherheit der Vereinigten Staaten.
>
> US-Präsident Ronald Reagan auf einer Versammlung der National Association of Manufacturers, 10. März 1983

* * *

Viertel nach zehn

MARLENE Der Feldweg, auf dem die Busse geparkt haben, mündet direkt auf die B 10, und an der laufen sie fast zehn Minuten entlang, bis sie das Ortsschild erreichen. Hoffentlich waren die Organisatoren so schlau, denkt Marlene, dass diejenigen, die mit dem Bus gekommen sind, nachher auf dieser Seite des Ortes in der Kette stehen und nicht von der anderen Seite quer durch den Ort laufen müssen zurück zu ihrem Bus. Nicht dass es für sie ein Problem wäre, sie ist gut zu Fuß, auch wenn sie am Ende dieses Tages sicher lang genug auf den Beinen gewesen sein wird; aber es sind schließlich auch Familien dabei und alte Leute.

Die Straße ist nicht gesperrt, der Verkehr fließt, allerdings langsam; alle halten sich an die heute hier vorgeschriebenen fünfzig Stundenkilometer. Möglicherweise hilft, dass überall Polizisten stehen, auch wenn die den Verkehr kaum beachten, sondern entspannt dastehen und plaudern oder die Vorbeiziehenden mustern, die brav, beinahe im Gänsemarsch, auf dem schmalen Grünstreifen neben der Straße laufen, der sie kaum zu fassen vermag.

Ein paar Meter hinter dem Ortsschild beginnt ein Bürgersteig, doch der bietet kaum mehr Platz, eher im Gegenteil, weil nun auch die Bebauung einsetzt und man nicht mehr auf den Feldrand ausweichen kann. Und auch nicht dem jungen Mann im dicken Norwegerpulli, der mitten auf dem Gehweg steht, ihnen zugewandt. Vor dem Autohaus links!, ruft er und weist in die entsprechende Richtung, und nun sieht Marlene die weiße Binde, die er am Oberarm trägt mit der Aufschrift: Ordner. Es wäre klüger, denkt Marlene, wenn er nicht mitten auf dem

Gehweg stehen würde, er hält alles auf, andererseits, wo soll er hin, auf die Straße kann er schließlich auch nicht.

Sie trottet weiter, hinter vier älteren Frauen, die ein sehr gemütliches Tempo vorlegen, findet sie, aber weil sie Werner Semrau hinter sich weiß, verzichtet sie darauf zu überholen und drosselt stattdessen ihren Schritt. Die anderen vom Schweigen für den Frieden haben sie längst abgehängt, doch das macht nichts, Marlene wird sie früher oder später wiederfinden. Und es ist genug Zeit, die Kundgebung fängt erst in ein paar Minuten an, sie werden noch genug davon mitbekommen.

An der Kreuzung ist an einem Laternenpfahl ein Menschenkettenplakat angebracht, darunter weist ein großer Pfeil nach links. Marlene will gerade die Straße überqueren, da sieht sie auf der anderen Seite Renate. Renate zieht einen vollgepackten Leiterwagen, Yolanda und Frido laufen neben ihr her, Frido steckt verträumt den Daumen in den Mund und wickelt gleichzeitig eine Haarsträhne um den Zeigefinger der anderen Hand. Marlene liebt diese kindliche Geste an ihm, die er sich trotz seiner bald sechs Jahre noch nicht abgewöhnt hat. Er muss damit aufhören, bevor er in die Schule kommt, sagt Renate immer, oder er wird eine schwere Zeit haben mit den anderen Kindern. Bisher hat sich Frido von dieser Aussicht nicht beeindrucken lassen. Schule, das ist nächstes Jahr, eine unvorstellbare Ewigkeit hin für einen Fünfjährigen; Daumenlutschen, das ist jetzt.

Renate herrscht ihn an, und Frido nimmt den Daumen aus dem Mund und den Finger aus den Haaren. Yolanda schaut befriedigt, sag ich doch, sagt ihr Gesichtsausdruck. Typisch große Schwester. Wie erwachsen man sich als Neunjährige fühlen kann, nur weil da jemand noch kleiner ist als man selbst.

Renate!, ruft Marlene.

Renate schaut um sich, doch in diesem Moment bleibt sie mit dem Leiterwagen an der Bordsteinkante hängen, das Gepäck kommt ins Rutschen und beansprucht ihre ganze Aufmerksamkeit. Vergeblich versucht sie, die Gitarre aufzufangen, doch die bleibt zum Glück mit dem Hals an den seitlichen Streben des Wagens hängen, rutscht ein Stück tiefer und sitzt wieder fest.

Renate!, ruft Marlene noch einmal, während sie über die Straße geht, und nun sieht Renate sie.

Marlene! Wie gut, dass du hier bist! Kannst du die Kinder übernehmen? Ich muss zur Bühne, ich muss gleich auftreten, und wir sind spät dran, wir hatten eine Panne … heute geht alles schief, sag ich dir … Yolanda, Frido, ihr bleibt bei Marlene, verstanden?

Die Kinder nicken folgsam, und Renate bahnt sich einen Weg durch die Menge, so schnell es geht mit dem sperrigen Leiterwagen.

Ihr hattet eine Panne?, fragt Marlene.

Ja, sagt Yolanda, auf der Autobahn ist ein Reifen geplatzt. Zum Glück waren wir nicht schnell, das hätte böse ausgehen können.

Marlene findet es immer drollig, aus dem Mund von Kindern Sätze zu hören, die sie wörtlich von ihren Eltern übernommen haben. Auch ihre Schüler sagen oft Dinge, die zu vernünftig oder zu erwachsen für sie selbst klingen, und dann fragt sie sich, ob sie da wohl das Echo der Mutter oder des Vaters hört, und nicht selten findet sie die Bestätigung, wenn die Eltern das erste Mal in die Sprechstunde kommen.

Musstet ihr abgeschleppt werden?, fragt Marlene.

Nein, wir hatten einen Ersatzreifen, berichtet Yolanda eifrig. Aber der war ganz unten im Kofferraum. Und Mama hat noch nie einen Reifen gewechselt. Zum Glück hat einer gehalten und uns geholfen. Aber es war ganz schön Stau wegen uns. Dabei waren wir auf dem Standstreifen. Aber alle haben sie gegafft. Frido und ich durften auch zuschauen, aber wir mussten hinter der Leitplanke stehen, davor ist es zu gefährlich.

Ja, das stimmt, sagt Marlene. Sie schaut sich um, wo Werner geblieben ist, sie entdeckt ihn ein paar Schritte weiter vorn, er ist stehen geblieben und wartet offenbar auf sie.

Wo haben Sie denn die jungen Herrschaften aufgegabelt, fragt er, als sie ihn erreicht haben.

Zugeflogen, sagt Marlene lächelnd. Darf ich vorstellen: Yolanda und Frido.

Und zu den Kindern sagt sie: Das ist Herr Semrau, mein Mentor.

Was ist ein Mentor?, fragt Yolanda, während Fridos Daumen und Zeigefinger wieder in ihre Lieblingsposition wandern. Marlene verzichtet darauf, ihn zurechtzuweisen. Soll er ruhig. Bis zur Einschulung ist noch Zeit.

Mein Lehrer-Lehrer sozusagen, antwortet Marlene. Ich werde ja Lehrerin, und Herr Semrau ist schon ganz lange Lehrer und zeigt mir, wie man es machen muss.

Kann, sagt Werner. Nicht muss. Jeder muss für sich selbst herausfinden, was für ihn funktioniert.

Frido hat währenddessen interessiert Werners leeren Jackettärmel gemustert. Nun nimmt er den Daumen aus dem Mund.

Was ist denn mit deinem Arm?, fragt er.

Marlene hält den Atem an. Kindermund. Sie hätte nie gewagt zu fragen. Was wird Werner antworten?

Tja, sagt der nur, der ist weg.

Echt, ganz weg?, fragt Frido, und dann stellt er die alte, universelle Kinderfrage: Warum?

Weißt du, sagt Werner langsam, lange bevor du auf die Welt kamst, war Krieg. Ein großer Krieg.

Wissen wir, sagt Yolanda mit altkluger Miene. Die Nazis.

Genau. Die Nazis haben alle Männer zu Soldaten gemacht, und dann mussten wir in den Krieg. Und Krieg ist gefährlich. Im Krieg geht es darum, einander totzuschießen.

Wissen wir, sagt Yolanda wieder. Der Mann von der Frau vorhin, der ist im Krieg erschossen worden.

Von welcher Frau?, fragt Marlene.

Die da vorne. Yolanda dreht sich um und weist die Straße hinunter. Eine alte Frau, bei der kann man aufs Klo gehen.

Aber du bist nicht tot, stellt Frido fest, immer noch die Augen auf Werner gerichtet. Nur dein Arm.

Ja, den hat es erwischt, sagt Werner. Dafür durfte ich ganz schnell aus dem Krieg nach Hause, so schnell, dass ich gar keine Zeit hatte, richtig Soldat zu sein. Das war ein riesiges Glück.

Ein riesiges Glück?, denkt Marlene, und sie hat einen Kloß im Hals. Was für ein Schicksal, und er selbst nennt es Glück. Und hat damit vermutlich sogar recht. Überhaupt nach Hause gekommen zu sein nach diesem Krieg ist schon Glück gewesen, und erst recht, wenn man heimkehrte, bevor man in die Verlegenheit kam, selbst jemanden töten zu müssen.

Ist das nicht kompliziert, nur mit einem Arm?, will Yolanda nun wissen, offensichtlich will sie das Gespräch nicht allein Frido überlassen.

Manchmal schon, sagt Werner. Aber man gewöhnt sich daran. Und einen Arm habe ich ja noch. Das ist besser als keiner.

Darauf weiß Yolanda nichts zu entgegnen.

Kommt, sagt Marlene, wir sollten schauen, dass wir in die Nähe der Bühne kommen. Ihr wollt doch bestimmt den Auftritt eurer Mama sehen, oder nicht?

Sie nimmt an jede Hand eines der Kinder und geht mit ihnen weiter die Straße entlang, in Richtung Kundgebungsplatz, und Werner folgt ihr.

WERNER Was für eine Erleichterung – es gibt einen Ausweg! Werner schaut zurück in die Richtung, in die Yolanda gezeigt hat. Wenn die Kinder dort auf die Toilette gehen konnten, kann er das wohl auch. Zumindest einmal hinzugehen und nachzuschauen schadet nicht. Während der Kundgebung wird er sicherlich Gelegenheit dazu haben.

Ein Stück vor ihm geht Franziska mit ihren Freunden. Sie sind schwer zu übersehen, sie mit ihrem pink-schwarzen Strubbelschopf und daneben der lange, dünne Bassist aus ihrer Band, der mit seinen knapp zwei Metern alle überragt; Oliver Vogel auf ihrer anderen Seite hingegen würde ohne seine beiden Begleiter in der Menge nicht weiter auffallen. Franziska ist unzweifelhaft das Zentrum der kleinen Gruppe: Beide Jungen laufen mit einer fast unmerklichen Neigung zu ihr hin.

Ob einer der beiden der Vater ihres Kindes ist?, fragt sich Werner. Denkbar wäre es. Der Bassist – dessen Name ihm immer wieder entfällt, Florian? Fabian? Bastian? – ist in seinen Augen ein Nichtsnutz; das Einzige, was er in seiner Schulkarriere Bemerkenswertes zustande gebracht hat, ist, bereits zweimal wegen Kiffens auf dem Schulgelände Schulausschluss bekommen zu haben. Was aber auch heißt: Ihm ist problemlos zuzutrauen, dass er eine Siebzehnjährige schwängert. Oliver Vogel wäre ihm lieber, der könnte einen guten Einfluss auf Franziska haben mit seiner ruhigen und zurückhaltenden Art; allerdings wäre der wohl kaum so unbesonnen, eine Vaterschaft zu riskieren. Werner spürt bei diesem Gedanken fast ein wenig Bedauern – Oliver Vogel als Quasi-Schwiegersohn, das wäre schon in Ordnung, auch wenn seine Eltern nicht ganz einfach sind; der Vater ist ihm etwas zu selbstherrlich, wie er sich als Verkörperung der Staatsgewalt selbst fühlt, und die Mutter hat offenkundig unter ihm zu leiden, sie wirkt verhuscht und vergrämt und älter als die Mitte vierzig, die sie ist. Besser für Oliver Vogel, wenn er unbeschwert von einer frühen Vaterschaft in sein Erwachsenenleben aufbrechen kann. Bei Florian-Fabian-Bastian ist das vermutlich egal, der wird, wenn er so weitermacht, in seinem Leben ohnehin auf keinen grünen Zweig kommen.

Wo die Straße einen kleinen Fluss überquert, hat die Polizei ein Gitter aufgestellt, dahinter gehört die Straße den Demonstranten. Vielen Demonstranten – es ist ein Gedränge wie bei einem Volksfest.

Frido, Yolanda, bleibt schön bei mir, ruft Marlene Boenisch, hier sind so viele Leute, wir dürfen uns nicht verlieren. Verstanden?

Yolanda fasst nach Fridos Hand und nickt heftig.

Frido windet ärgerlich seine Hand aus Yolandas und nimmt den Daumen aus dem Mund.

Ich will einen Luftballon, sagt er, die haben hier alle Luftballons.

Nicht alle, denkt Werner, aber es stimmt, viele Luftballons sind zu sehen, blaue und orangene.

Die sind, um die Richtung anzugeben, in die man laufen soll, sagt Marlene. Die mit den orangenen Luftballons und Zetteln sollen nachher in die eine Richtung aus dem Ort gehen, und die mit den blauen in die andere Richtung.

Warum?, fragt Frido.

Ein bisschen zu alt für so ein hartnäckiges Warum-Fragen ist er ja, findet Werner, so wie er auch zu alt für Daumenlutschen ist. Andererseits schadet es nicht, sich das Warum-Fragen nie abzugewöhnen.

Wenn alle Leute in eine Richtung gingen, dann stünden in der anderen Richtung keine Leute mehr, und die Menschenkette würde nicht klappen, sagt Marlene.

Frido scheint zufrieden zu sein mit der Antwort. Nicht jedoch zufrieden mit der Situation.

Ich brauche auch einen Luftballon, sagt er. Ich will nachher auch in der Menschenkette stehen.

Du darfst auch ohne Luftballon in der Menschenkette stehen, sagt Marlene. Ihr bleibt einfach bei mir, und ich habe einen blauen Zettel.

Einen Zettel, aber keinen Luftballon! Fridos Gesicht verzieht sich trotzig.

Frido, genug jetzt, sagt Marlene. Ich weiß nicht, wo die Leute ihre Luftballons bekommen haben, und wir gehen jetzt nicht suchen. Vielleicht finden wir nachher noch einen. Jetzt gehen wir erst einmal weiter nach vorne, dass wir die Bühne sehen können, wo eure Mama gleich spielt. Einverstanden?

Na gut. Frido bleibt betont beleidigt schlendernd ein wenig zurück, aber nur für kurze Zeit, dann schließt er wieder zu Yolanda auf und der Luftballon scheint vergessen.

ULRIKE Der Verteilerkasten ist ein guter Standort. Obwohl sich immer mehr Menschen auf dem viel zu kleinen Kundgebungsplatz drängen, hat Ulrike nach wie vor einen guten Überblick, nicht nur über den Platz selbst, sondern auch ein Stück die Straße hinunter, wo sich die Menschen stauen, weil sie nicht mehr auf den Platz kommen. Offensichtlich sind mehr Leute gekommen, als die Organisatoren erwartet haben. Umso besser.

Ulrike kommt eine Diskussion mit Rampe in den Sinn, vor ein paar Tagen, als sie abends nach dem Essen an dem großen runden Tisch in der Küche saßen, die anderen waren schon gegangen, nur Leo bastelte noch an ihrem Frischkornbrei für den nächsten Morgen, ihr allabendliches Ritual. Stunden, so schien es Ulrike, konnte sie damit zubringen, Körner durch die riesige Getreidemühle zu drehen, natürlich mit Handkurbel, dann alles Mögliche zu schnippeln, zu matschen, zusammenzurühren, ausdauernd, sorgsam, als könnte das den Weltuntergang aufhalten. Nun ja. Wenn es sie glücklich machte.

Jedenfalls, Ulrike und Rampe saßen noch am Tisch, während Leo in der Ecke vor sich hin wurschtelte, und tranken ein Bier, und Ulrike sagte wieder einmal: Komm doch mit. Wenn wir nicht auf die Straße gehen, wer sollte es sonst tun.

Ringelpietz mit Anfassen ist das, hatte Rampe erwidert. Völlig sinnlos. Wie naiv muss man sein, zu glauben, dass das etwas bringt.

Manchmal ist eine Portion Naivität nicht verkehrt, findet Ulrike, und das sagte sie auch. Die Kommune halten auch viele für naiv: dass sie gemeinsam wirtschaften und alles teilen, dass sie sich von ihrer eigenen Hände Arbeit ernähren wollen und nicht von der Ausbeutung der Natur oder anderer Menschen. Dass sie dafür bereit sind, auf einiges zu verzichten, was anderen selbstverständlich scheint. Darin sind sie den Pazifisten durchaus ähnlich, die auf Militär und Waffen verzichten wollen, auf den vermeintlichen Schutz von Rüstung und Heer. Marlene hat ihr von der Initiative Ohne Rüstung leben erzählt, von der Selbstverpflichtung, die sie unterschrieben hat: *Ich bin bereit, ohne den Schutz militärischer Rüstung zu leben.* Naiv, würden viele sagen und damit meinen: dumm, unreif, nicht durchdacht. Aber das ist es nicht. Es ist ein bewusster Verzicht, und in diesem Verzicht liegt Freiheit, die einzige echte Freiheit, die es gibt. Freiheit in der Verantwortung für das eigene Leben. Nicht Verantwortung abgeben, Schutz einfordern für die eigene Schwäche, die eigene Hilflosigkeit. Sondern die Hilflosigkeit eingestehen und aus ihr heraus neue Freiräume für Stärke zu entwickeln.

Nichts anderes tun sie in der Kommune. Sie verzichten, um freier zu werden. Sie übernehmen volle Verantwortung für das eigene Leben, vom Gemüseanbau bis zum Latrinenbau. Natürlich gibt es jede Menge Probleme, es gibt Streit und Eifersüchteleien. Aber vor allem dort, wo jemand noch nicht in der Lage ist, die volle Verantwortung für sich selbst zu tragen. Es fällt Ulrike manchmal schwer, es mit anzusehen. Für sie ist es so selbstverständlich, sich verantwortlich zu zeigen, nicht die Schuld für eigene Unzulänglichkeiten bei anderen zu suchen, nicht im eifersüchtigen Hickhack für sich noch einen kleinen Vorteil herauszuschlagen, und mag er noch so winzig sein.

Auf dem Ohr bist du eben taub, sagte Rampe einmal, nicht ohne ein ironisches Augenzwinkern, und irgendwie hatte er recht. Wem hätte sie ihre Schwerhörigkeit in die Schuhe schieben wollen? Ihren Eltern, dass sie sie in den Kindergarten schickten, wo sie sich die Mumps holte, anstatt sie überbesorgt, eifersüchtig zu Hause zu hüten? Den Ärzten, dass die Antibiotika, die sie verschrieben, nicht gleich anschlugen? Dem Gott, an den sie längst nicht mehr glaubt, dass die Infektion auch die Ohren befiel, so heftig, dass die Eltern eine Zeit lang befürchteten, sie würde ganz taub?

Nein, es gibt niemanden, dem sie Vorwürfe machen kann. Das Leben ist, wie es ist. Und zu diesem Leben gehört eben, dass sie selbst mit Hörgeräten links kaum und rechts höchstens einigermaßen hört. Dafür hat sie gute Augen und starke Hände und eine feine Nase. Sie kann zweiunddreißig verschiedene

Holzarten ohne Mühe unterscheiden, sie kennt ihre Farbe und Maserung, weiß, ob der Glanz ihrer Zellwände eher matt oder silbrig ist, kennt ihren Geruch, das Gefühl, wenn man mit den Händen über sie streicht, nach dem Sägen, beim Schmirgeln, welchen Widerstand sie dem Schmirgelpapier entgegensetzen, ob sie sich eher warm anfühlen oder kühl, rau oder samtig. Sie kann mit geschlossenen Augen einen Wald an seinem Geruch erkennen: Ob Nadel-, Laub- oder Mischwald ist einfach, aber ist es eher ein Kiefern- oder ein Fichtenwald? Dominieren Buchen, Eichen oder Kastanien? Jeder Wald riecht anders, und als Jugendliche wunderte sie sich, dass andere es nicht rochen. Dafür wunderte sie sich auch, wenn andere auf Geräusche reagierten, die sie nicht hörte, wenn sie auf einen Vogel hinwiesen, der in der Ferne gesungen hatte, unhörbar für sie selbst. So war das eben. Wie die Welt war, hing von jedem selbst ab, und jeder lebte in seiner eigenen Welt.

Uli, sagte Rampe, es ist hoffnungslos mit dir. Wie kacke muss die Welt denn sein, dass du sie kacke nennst?

Aber so sieht sie es nicht. Sicher, vieles ist nicht gut in dieser Welt, vieles sogar beängstigend schlecht. Aber kacke? Nein. Solange es Bäume gibt und Vögel und ab und an das Lächeln eines anderen Menschen – nein, so lange kann von kacke keine Rede sein.

Und am Ende ist Rampe doch mitgekommen. Auch wenn er wahrscheinlich immer noch über den Ringelpietz den Kopf schüttelt – am Ende wird er zu denjenigen zählen, die gekommen sind, die zumindest versucht haben, die Welt zu ändern, und nicht zu den vielen, die alles hinnehmen und sich dann beschweren, dass die Welt nicht ist, wie sie es für richtig halten. Und Rampe muss zugeben: Wenn das hier Ringelpietz ist, dann ein verdammt großer.

In diesem Moment entdeckt Ulrike Marlene, beinahe hätte sie sie übersehen. Sie schlängelt sich auf einem Trampelpfad durch die Sträucher von der Straße her auf den Platz, vor sich zwei Kinder, gefolgt von einem älteren Mann. Sie wollen offenbar näher zur Bühne, zumindest ist das die Richtung, die sie eingeschlagen haben, und nun hebt Marlene die Hand, zeigt zur Bühne und sagt etwas zu den Kindern.

Ulrike muss sich beeilen, wenn sie zu ihr will. Nur allzu leicht kann sie Marlene in der Menschenmenge wieder aus den Augen verlieren. Sie prägt sich die Richtung ein, springt vom Verteilerkasten und macht sich auf den Weg durch die Menge.

RAMPE Bildet Rampe es sich ein, oder wird der Verkehr dichter? Er steht schon seit Minuten an dieser blöden Kreuzung und wartet auf eine Lücke, um sich einzufädeln. Er kennt die Strecke, er fährt sie gern mal am Wochenende, das Eybtal runter, die Fils entlang, über die Höhenstraßen zurück, und normalerweise ist hier nicht viel los, außer im Berufsverkehr. Aber heute: ein Auto nach dem anderen, und vor allem: Reisebusse. Er hätte sie zählen sollen; ein halbes Dutzend waren es mindestens schon.

Endlich eine Lücke. Rampe lässt die Kupplung kommen und fädelt sich ein. Die Autoschlange vor ihm bewegt sich nur langsam, er fährt Schlangenlinien und mit kaum mehr als Standgas, aber irgendwann nützt auch das nichts mehr, alles kommt zum Stillstand, auch er. Er setzt den Fuß auf und schiebt das Visier hoch, und nun sieht er, warum es nicht weitergeht: Ein Reisebus steht quer auf der Straße, vor ihm ein Polizist, der ihn um eine viel zu enge Kurve in eine Seitenstraße winkt, wo bereits fünf andere Busse parken. *Müller Erlebnisreisen* steht in großer geschwungener Schrift auf der Seite des Busses, an der Windschutzscheibe prangt ein Plakat mit dem Aufruf zur Menschenkette. Vor einem der bereits parkenden Busse macht sich eine Gruppe bereit zum Aufbruch, Rucksäcke werden geschultert, Transparente aufgespannt, und alles wirkt ein wenig wie ein großer Schulausflug, aufgeregt, wuselig und heiter.

Rampe dreht ungeduldig am Gasgriff. Er hätte doch die Nebenstrecke nehmen sollen. Und überhaupt, warum meinte er bloß, sich das anschauen zu müssen? Diese Wir-sind-alle-sofriedlich-Dinger sind definitiv nichts für ihn. Er hat ja nichts dagegen, auf die Straße zu gehen. Aber nur Herumlatschen, Händefassen, Luftballons schwenken, Liedchen singen – was zum Geier soll das bringen? Glauben diese Friedenslämmchen, diese Lilalatzhosenträger und Dauerbetroffenheitsgesichtmacher wirklich, sie könnten damit irgendetwas bewirken? Das Establishment lacht sich doch ins Fäustchen – sollen sich die selbst ernannten Weltretter ruhig mit sich selbst beschäftigen, umso besser, umso ungestörter kann es seine eigenen Pläne verfolgen. Wer von diesen Latschdemonstranten glaubt, mit seiner geballten Harmlosigkeit der ach so bösen Welt einen Spiegel vorhalten zu können, ist am Ende nur Bewahrer des Systems, ein Blitzableiter für kritisches Denken. Aufscheuchen muss man die Herrschenden, denkt Rampe, das System in seinem reibungslosen Funktionieren behindern!

Da ist ihm auch die Kommune zu harmlos, die sich in ihrer eigenen kleinen grünen Idylle verkriecht und glaubt, wenn nur jeder sein Brot selbst backen würde, käme die industrielle Nahrungsmittelwirtschaft oder gleich der ganze Kapitalismus ins Wanken. Träumer. Spinner. Ja, da haben die Dumpfbacken von der CDU schon recht. Träumer und Spinner.

In solchen Momenten sehnt er sich echt zurück nach dem Startbahn-Widerstand. Das hatte noch Biss. Da ging es wirklich darum, die Maschinerie aufzuhalten, ganz konkret, die Maschinen, die den Wald roden, die Schneisen schlagen, den Asphalt ausbringen sollten. Nicht bunte Luftballons gegen eine Irrsinnszahl tödlicher Raketen. Nie wird er vergessen, wie sie im Dreck saßen, stundenlang, im Schneidersitz und fest untergehakt, und wie die Bullen auf sie einknüppelten, sie auseinanderrissen. Wie sie gehetzt wurden, wie die Hasen rannten sie zwischen den Bäumen des Mörfelder Waldes, weg von den brennenden Wasserstrahlen, weg von den Knüppeln, die überall waren, über ihnen, hinter ihnen, unbarmherzig, so ähnlich muss es sich angefühlt haben in den Schlachten früherer Zeiten, als man noch Mann gegen Mann kämpfte. Nie wird er vergessen, wie Susi neben ihm strauchelte, wie sie fiel, und wie die Wand der schwarzen Ritter einfach weitermarschierte, nicht darauf achtend, was vor ihren Füßen war, sie wären auch über Susi hinübermarschiert, ohne mit der Wimper zu zucken, aber Caramba hatte schon ihren Arm geschnappt, und er, Rampe, schnappte den anderen, und so hievten sie Susi wieder auf ihre Füße, im Laufschritt, und kurz darauf gelangten sie irgendwie, er hat keine Ahnung mehr, wie, aus dem Kessel heraus, begriffen es erst gar nicht, rannten weiter, bis sie irgendwann bemerkten, dass sie in Sicherheit waren, stehen blieben und Atem schöpften.

Die Staats-Gewalt, so ist sie. Brutal und ohne Rücksicht. Ein richtiger Hass war da zu spüren, aber sie hassten ja auch, von ganzem Herzen, wie soll man einen solchen Staat nicht hassen, ein solches System, das die Interessen einiger weniger Profiteure, das große Geld, ungerührt über die Bedürfnisse der Menschen, der eigentlichen Staatsbürger, setzt. Macht vor Recht statt Recht vor Macht, so sieht doch die Welt aus. Aber das System wird mit ihnen rechnen müssen. Sie werden nicht aufgeben, sie werden immer wieder kommen, so wie sie auch im Frankfurter Wald immer wieder kamen, kaum an die Seite gezerrt, gingen sie wieder hin zu der Sperre aus menschlichen Leibern, bauten Barrikaden, spielten mit den Bullen Räuber und Gendarm.

Sie hätten wissen müssen, dass das System sich wehrt bis aufs Blut. Dass die Mächtigen vor nichts zurückschrecken, wie schon immer. Vielleicht gab es Einzelne, die es voraussahen, aber die meisten von ihnen fühlten sich leichtsinnig sicher in ihrem Hüttendorf; sie schoben zwar Wache, weil sie jederzeit mit der Räumung rechneten, aber rechneten doch nur halbherzig damit. Es ist gefährlich, in einer Gruppe zu sein, man wiegt sich leicht in falscher Sicherheit, man hat so viel der eigenen Meinung um sich herum, dass man vergisst, wie sehr einen die Welt außenherum ablehnt und bekämpft, und allzu leicht vergisst man darüber selbst das Kämpfen.

Das ist das Problem, das die Luftballonträger haben, denkt Rampe, und sie ahnen es nicht einmal. Wie enttäuscht werden sie sein, wenn die Raketen trotzdem kommen, obwohl sie so viele Wochenenden für den Frieden marschiert sind, gesungen, geschwiegen, gestritten haben, auf Demos, an Infoständen, bei Sit-ins. Sie sitzen in ihrer eigenen kleinen bunten Seifenblase, sie merken nicht, dass die Mächtigen von ihnen nicht einmal Notiz nehmen. Sie haben sich gut eingerichtet in ihren bunten, fröhlichen Friedenshappenings, und er will nicht wissen, wie viele von den Leuten, die heute auf die Schwäbische Alb strömen, auf die Frage nach dem Grund vor allem sagen würden: weil es sich gut anfühlt. Als ob ein gutes Gefühl irgendetwas ändern könnte. Und wie gefrustet und unglücklich werden sie sein, wenn die Blase platzt, weil plötzlich eine Pershing in sie hineinsticht.

Endlich hat der Bus die Kurve geschafft, der Polizist gibt den Verkehr wieder frei. An der nächsten Kreuzung biegt Rampe ab, fährt im Zickzack durch den Ort, bis er eine Straße findet, die ihn hinausführt aus dem Tal. Nichts wie weg. Es war eine Schnapsidee, hierher zu kommen. Aber er hatte es Ulrike versprochen, und Ulrike ist ein echter Kumpel, da kann man nichts sagen, und einen Kumpel lässt man nicht hängen. Doch bei ihr bleiben, zwischen diesen Spinnern herumstehen und ihnen beim Singen und Händchenhalten zuschauen – nein, da fährt er lieber noch ein bisschen. Ohnehin ist perfektes Motorradwetter, ein bisschen kalt, aber wenn es so sonnig bleibt, wird es ein herrlicher Tag.

Rampe legt sich in die nächste Kurve und gibt Gas.

* * *

Friedensbewegung muß ansteckend sein, innerhalb unseres Landes und über seine Grenzen hinaus. Sie wird dies, wenn sie Frieden ausstrahlt, auch in ihren Methoden. Nichts ist wichtiger als der Frieden.

Aus dem »Friedens-Manifest '82«
von 28 prominenten Intellektuellen, 2. Februar 1982

* * *

IRMELA Seitdem die Frau mit den beiden Kindern fort ist, bimmelt und bammelt das Windspiel in einem fort, sobald einer von der Toilette kommt, steht schon der Nächste da, der hineinwill. Vielleicht sollte sie zwischendurch einmal sauber machen, denkt Irmi, aber sie findet keine Gelegenheit. Meist sind es Familien mit Kindern, die kommen. Eine Gruppe Jugendlicher wartet draußen im Vorgarten, während zwei von ihnen auf die Toilette gehen. Eine junge Frau fragt, ob sie ihr Baby auf der Wiese wickeln darf, und Irmi winkt sie in die Küche an den Küchentisch, auf dem schon ihre Mutter ihre Kinder gewickelt hat, wenn woanders kein Platz war. Ein junger Mann im Rollstuhl wird von einer Freundin vors Haus geschoben, die Freundin prüft den Weg, bevor sich der junge Mann an Krücken aus dem Rollstuhl hievt und die drei Stufen zu Irmis Haustür hinaufsteigt. Er braucht sehr lange, und wieder denkt Irmi, sie hätte doch einmal schauen sollen, ob sie sauber machen muss, nicht auszudenken, dass dieser junge Mann vielleicht eine schmutzige Brille vorfindet …!

Unterdessen hat sich eine kleine Schlange gebildet; zwei Frauen – es sind überwiegend Frauen, die kommen – stehen geduldig an der Haustür und warten. Nun trifft noch eine weitere Gruppe junger Leute ein, vollständig schwarz gekleidet, viel Leder und Nieten und Metallketten sind zu sehen.

Zum ersten Mal an diesem Morgen wird es Irmi ein wenig mulmig. Autonome! Hoffentlich machen sie keinen Krawall.

Aber natürlich machen sie keinen Krawall. Drei von ihnen lösen sich aus der Gruppe und stellen sich in die Schlange, während der Rest auf dem Bürgersteig vor dem Haus stehen bleibt.

Ganz schön was los bei dir, sagt Julian, der an der Schlange vorbei im Flur auftaucht.

Irmi nickt.

Kann man wohl sagen. Schickt dich dein Vater?

Mein Vater?, sagt Julian. Nö, wieso? Ich brauche Kaffee. Im Gemeindehaus kommen sie gerade nicht hinterher mit kochen, da dachte ich, ich könnte dich mal fragen.

Kaffee? Wie viel brauchst du?

Julian weist durch die offene Tür auf den Leiterwagen, den er vor der Treppe abgestellt hat, in dem ein riesiger Thermosbehälter steht, so einer, wie man ihn von Gemeindefesten kennt, fast schon ein kleines Fass.

Na ja, so zehn Liter.

Zehn Liter?, sagt Irmi. Du bist mir einer. Das dauert ein bisschen.

Egal.

Dann bring deine Kanne mal rein.

Julian geht an seinen Leiterwagen und versucht, den Thermosbehälter herauszuhieven, doch er bleibt am Rahmen des Leiterwagens hängen und reißt beinahe den ganzen Wagen um.

Brauchst du Hilfe?

Hinter Julian steht einer der Autonomen und grinst ihn an.

Julian lässt fast die Kanne fallen.

Äh – ja, gerne.

Der Autonome packt den Behälter an den Henkeln und hebt ihn aus dem Wagen.

Ich trag ihn dir, sagt er, das ist einfacher. Wohin?

Hier entlang, sagt Julian, und geht voran durch die schmale Haustür und den Flur in die Küche.

Stellt das Ding mal hier ab, sagt Irmi und weist auf den Boden zwischen Küchentür und Spüle. Die Kaffeemaschine hat sie schon angestellt.

Wie ist es denn draußen auf der B 10?, fragt sie.

Sie haben gerade erst mit den Kundgebungen angefangen, sagt der Autonome, auf der B 10 ist noch nicht viel.

Das Dorf ist voll!, ruft Julian. Oma, du müsstest den Rathausplatz mal sehen. Du kommst kaum durch. Es ist der Wahnsinn.

Genug Leute also?

Der Autonome zuckt mit den Schultern.

Schwer zu sagen. Auf so einem Platz sehen Menschen schnell nach vielen aus.

Unterdessen muss der junge Behinderte von der Toilette gekommen sein und die Schlange sich abgebaut haben, denn plötzlich stehen die beiden schwarz gekleideten Frauen ebenfalls in der Küche.

Hier bist du!, sagt die eine zu dem Autonomen.

Seid ihr auch endlich fertig?, erwidert er.

An uns lag es nicht.

Na dann.

Der Autonome reicht Irmi die Hand und schüttelt sie ausgiebig. Schönen Dank für das Klo für die Damen, sagt er. Und wenn der junge Mann – er zwinkert Julian zu – noch einmal Hilfe braucht, soll er sich melden. Wir sind bestimmt nicht weit.

Abgemacht, sagt Julian großspurig und reicht ihm ebenfalls die Hand. Wir sehen uns.

WERNER Marlene Boenisch hat zielstrebig eine Bank am Rand des Platzes angesteuert, nicht allzu weit von der Bühne entfernt, die – rätselhafterweise, denkt Werner – noch von niemandem belegt ist.

Hier könnt ihr euch draufstellen, sagt sie zu den Kindern, während sie mit Schwung ihren Rucksack abstellt. Und Sie, sagt sie zu Werner, wenn Sie sich setzen möchten …

Danke, sagt Werner, nicht nötig.

Wie umsichtig sie ist, denkt er, wie eine große Schwester. Haben Sie Geschwister?, fragt er spontan und ärgert sich im selben Moment über sich selbst. So eine persönliche Frage, was soll das?, schilt er sich.

Doch Marlene lächelt, ihr Blick füllt sich mit Liebe, einer Liebe, die nicht ihm, Werner, gilt, sondern in die Ferne geht, und mit einem Anflug von Traurigkeit, den er sich nicht erklären kann.

Ja, sagt sie, zwei große Brüder und eine jüngere Schwester. Wobei meine Brüder deutlich älter sind, acht und zehn Jahre.

Aber meine Schwester und ich, wir stehen uns sehr nahe. Wieso fragen Sie?

Ach, sagt Werner, bemüht, sich seine Verlegenheit nicht anmerken zu lassen. Mir fiel nur Ihre Umsichtigkeit auf.

Marlene errötet, antwortet jedoch nichts.

Sie muss nur noch ein bisschen sicherer werden, denkt Werner nicht zum ersten Mal, und sie wird eine gute Lehrerin werden. Umsicht und Liebe zum Menschen, das sind, findet er, die wichtigsten Voraussetzungen in diesem Beruf.

Und ein dickes Fell. Vor allem da hat Marlene Boenisch noch zu tun. Nicht gegenüber den Schülern, nein, die sind nicht das Problem, auch wenn es ihr bisher so vorkommt. Das größere Problem ist das System, dieses System Schule, dessen Ziel letztendlich ist, Untertanen zu schaffen und nicht lebendige, selbstständig denkende Menschen.

Kurz nach Ostern kam Rektor Haselbeck zu ihm. Er müsse mit ihm sprechen, über seine Referendarin, Marlene Boenisch. Wie denn seine Einschätzung von ihr sei.

Sie ist gewissenhaft und zuverlässig, sie macht einen guten Unterricht, und die Schüler respektieren sie, sagte Werner. Manchmal ist sie ein wenig unsicher, aber die Unsicherheit wirkt sich selten auf ihren Unterricht aus. Die Disziplin ist im Allgemeinen gut.

Ob ihr hinreichend bewusst sei, dass sie als Pädagogin eine Vorbildfunktion habe.

Ganz bestimmt.

Er, Helmut Haselbeck, sei sich da nicht so sicher. Sie sei in der Stadt gesehen worden, beim Schweigen für den Frieden. Indoktrination habe in der Schule nichts zu suchen.

Ich verstehe nicht, sagte Werner. Sie ist in der Stadt gesehen worden, sagen Sie? Was hat das mit Indoktrination an der Schule zu tun?

Nun, sie sei schließlich Pädagogin, wie gesagt, mit einer besonderen Verantwortung als Vorbild für die ihr anvertrauten Schüler.

Er, Werner, habe nicht den Eindruck, dass sie dieser Verantwortung nicht nachkäme, im Gegenteil. Er hatte selten eine Referendarin, die gerade in dieser Hinsicht so streng mit sich war.

Aber in der Stadt könne sie von Schülern gesehen werden, das sei ihr doch wohl bewusst.

Das nehme ich an, sagte Werner. Und?

Er hatte natürlich längst verstanden, worauf Haselbeck hinauswollte, aber er würde es ihm nicht leicht machen, er sollte schon rundheraus aussprechen müssen, was er wollte.

Er, Werner, solle mit ihr darüber reden.

Worüber soll ich mit ihr reden? Dass sie auch in ihrer Freizeit zeigt, dass sie ein Mensch ist, der sich um seine Umwelt und seine Mitmenschen sorgt? Dass sie bereit ist, dafür einzustehen? Wie ich schon sagte, ich habe selten eine so verantwortungsbewusste Referendarin erlebt wie Marlene Boenisch.

Herr Semrau, da irren Sie, sagte Haselbeck. Es ist verantwortungslos von ihr, sich im Umfeld solcher Leute zu zeigen.

Was für Leute?

Na, diese … Linken. Sie sind doch ein erfahrener Lehrer und wissen, welche anziehende Wirkung solche Unruhestifter auf unsere Jugendlichen haben. Und mit welchen Folgen!

Ja, mit welchen Folgen?, sagte Werner. Dass sie anfangen, sich Gedanken zu machen? Dass sie zu mündigen Bürgern werden?

Herr Semrau!

Ich verstehe Ihr Anliegen nicht, sagte Werner. Marlene Boenisch hat in ihrer Freizeit für den Frieden demonstriert. Das ist ihr gutes Recht. Es hat nichts mit der Schule zu tun, und wenn es etwas mit ihrer Eignung als Pädagogin zu tun hat, dann nur insofern, als es einmal mehr zeigt, wie reflektiert und verantwortungsbewusst sie ist. Und worüber soll ich jetzt, meinen Sie, mit ihr reden?

Haselbecks Kiefer bewegte sich hin und her.

Dass das nicht geht. Dass sie an ihre Vorbildfunktion denken muss. Und die beinhaltet, dass sie sich an die Gesetze hält.

Meinungs- und Versammlungsfreiheit stehen im Grundgesetz, erwiderte Werner. Artikel fünf und acht.

Ja, darauf berufen sich alle. Und dann nutzen sie es aus. Erst malen sie Transparente, dann werfen sie Steine.

Wenn Marlene Boenisch tatsächlich Steine wirft, dann rede ich mit ihr, sagte Werner. Wobei das dann eher ein Fall für die Polizei wäre und nicht für die Schule.

Herr Semrau, das ist eine Dienstanweisung! Haselbeck gab sich keine Mühe mehr, seine Stimme zu dämpfen. Sie sprechen mit Frau Boenisch und sorgen dafür, dass das nicht mehr vorkommt.

Werner sagte nichts, schaute ihm nur ungerührt in die Augen, bis Haselbeck sich umdrehte, sagte, Sie haben verstanden, und ging.

Er redete mit Marlene. Aber es war nicht das Gespräch, das sich Haselbeck vorgestellt hatte. Werner sagte nur zu ihr: Falls Rektor Haselbeck Ihnen wegen irgendetwas Druck macht, was Sie in Ihrer Freizeit tun, kommen Sie ruhig zu mir. Auch für Lehrer gibt es ein Recht auf Privatleben, das wissen Sie, ja?

Ja, natürlich, sagte sie, in einem verwunderten Ton, der darauf schließen ließ, dass sie nicht im Geringsten verstand, was hinter seiner Bemerkung stand. Aber das machte nichts. Sie würde sich daran erinnern, wenn sie es brauchte.

In solchen Situationen weiß er seinen Beamtenstatus zu schätzen. Der schützt ihn gegen den Druck, den Rektor Haselbeck macht, und gibt ihm den nötigen Freiraum, seinen Beruf dem eigenen Verständnis gemäß auszuüben. Wobei sicher zusätzlich hilft, dass er nicht mehr viel zu verlieren hat. Er ist ein erfahrener und angesehener Lehrer, und in weniger als zwei Jahren wird er pensioniert. Marlene Boenisch hingegen hat ihr Berufsleben noch vor sich, und mindestens fünf Jahre wird es dauern, bis sie selbst Beamtin wird und diese Sicherheit bekommt, die ihr die nötige geistige Unabhängigkeit gibt – oder zumindest geben kann, man muss sie schon auch annehmen und zu nutzen wissen. Doch auch das sieht er als Teil seiner

Aufgabe als Mentor: ihr den Weg dorthin zu zeigen, ihr das Rüstzeug zu geben, nach eigenem Wissen und Gewissen Lehrerin zu sein und nicht nur Teil einer Maschinerie.

Marlene hat unterdessen den kleinen Jungen auf die Bank gehoben, und dort steht er nun, schaut verträumt in die Menge und lutscht unverdrossen am Daumen. Seine Schwester hüpft neben der Bank auf und ab, wahrscheinlich ist ihr langweilig, vielleicht auch einfach nur kalt.

Werner schaut auf die Uhr. Zwanzig nach zehn durch. Sollte die Kundgebung nicht um viertel nach anfangen? Offensichtlich nimmt man es in diesen Kreisen mit Uhrzeiten nicht so genau. Immerhin macht sich niemand mehr auf der Bühne zu schaffen, und das einsame Mikrofon in der Mitte scheint geradezu auf die Redner zu warten. Lange kann es nicht mehr dauern.

Halb elf

OLIVER Auf der Bühne erscheint ein Mann mit einem mächtigen Rauschebart. Er nimmt das Mikrofon vom Ständer und pustet hinein. Oliver verzieht das Gesicht, es scheppert in den Ohren.

Eins, zwei, eins, zwei, sagt der Mann, könnt ihr mich hören?

Jaaa!, hört man einzelne Stimmen rufen.

Könnt ihr mich hören?, fragt der Mann noch einmal.

Ein lautes, vielstimmiges Jaaa! kommt zur Antwort.

Guten Morgen, Filstal!, ruft der Mann nun. Guten Morgen, Schwäbische Alb! Guten Morgen, ihr Hessen, Badener, Schwarzwälder, Hohenloher, Schwaben, Franken, Guten Morgen ihr alle, die ihr hier seid!

Großes Gejohle auf dem Platz, und Oliver sieht, wie auch Franzi mitjohlt.

Wir sind hier zusammengekommen, um zu protestieren gegen die geplante atomare Aufrüstung der Bundesrepublik, ruft der Mann. In der gesamten Bundesrepublik gehen heute die Menschen auf die Straße, in Hamburg, in Bonn, in West-Berlin und hier, in Süddeutschland, um zu sagen: Nein zum NATO-Doppelbeschluss! Nein zur Stationierung von Atomwaffen auf deutschem Boden! Nein zum Wettrüsten!

Wieder Jubel und noch mehr Beifall. Knolle und Katta springen grölend in die Luft, wie bei einem Fußballspiel, wenn ein Tor gefallen ist. Bassman hingegen verzieht keine Miene und steht wie unbeteiligt. Will er cool wirken, fragt sich Oliver, oder ist er nur zu lethargisch? Zugegeben, seine Sache ist dieses Gegröle auch nicht, ein bisschen Beifall klatschen, das schon, aber gleich ausrasten muss man nicht, egal wie recht einer hat, der da oben steht.

Wir gehen auf die Straße, um zu zeigen, dass wir diese Politik nicht gewählt haben, ruft der Mann auf der Bühne. Und um zu zeigen, wie viele wir sind. Die Bundesregierung kann und darf diese Massenbewegung nicht länger ignorieren!

Klatschen. An einer Bank am Rand des Platzes, nicht allzu weit von der Bühne entfernt, entdeckt Oliver Marlene Boenisch mit dem alten Semrau. Auf der Bank stehen zwei Kinder, ein Mädchen im Grundschulalter und ein kleiner Junge, den sie an der Hand hält. Sind das ihre Kinder? Wohl kaum, sie ist ja heute Morgen allein gekommen – und auch noch ein bisschen jung für Kinder. Ihm fällt auf, dass er gar nichts über ihr Privatleben weiß außer der Sache mit dem Schweigen für den Frieden. Klar, die meisten Pauker erzählen nicht viel Privates, aber irgendwie weiß man meist doch einiges. Nicht bei ihr. Komisch.

In diesen Minuten, sagt der Rauschebart, beginnen in vierundzwanzig Orten zwischen Stuttgart und Ulm die Auftaktkundgebungen zur Menschenkette. Wir haben noch keine Teilnehmerzahlen, überall sind noch Busse und Züge unterwegs. Aber wenn es überall so aussieht wie hier, werden wir viele sein, sehr viele. Was gilt die Wette, wir schaffen die Kette!

Ohrenbetäubender Jubel, und der Applaus will kein Ende nehmen.

Und nun, sagt der Mann auf der Bühne in den Lärm hinein, begrüße ich den ersten Redner, Bernd-Ludwig Gabler von *IPPNW – Ärzte für die Verhütung des Atomkrieges*.

Oh nein, stöhnt Knolle, bitte nicht, keine Reden!

Was hast du denn erwartet, sagt Oliver, wir sind auf einer Kundgebung.

Ja, ich weiß. Aber muss das sein? Immer eine Rede nach der anderen, und jeder versucht, die Welt zu erklären?

Klar, muss das, sagt Bassman.

Oliver schaut ihn erstaunt an. Bassman redet! Es ist der erste Satz, den er heute sagt, ach was, nicht heute, wahrscheinlich sogar diese Woche.

Wenn da fünf Organisationen zusammen eine Demo organisieren, sagt Bassman, dann will auch jede auf der Kundgebung reden dürfen. Weil schließlich jede am besten weiß, warum sie die Demo machen, und jede ihre eigenen Forderungen am wichtigsten findet. Natürlich einigt man sich vorher auf gemeinsame Forderungen, sonst könnte man das Ganze ja nicht zusammen machen, aber eigentlich genügt das allen nicht. Zumal die Reden am Ende das sind, was in der Presse landet.

Woher willst du das wissen?, fragt Oliver skeptisch.

Mein Alter ist bei der Gewerkschaft, sagt Bassman. Der schlägt sich öfter mit so etwas rum. Meistens ist er derjenige, der findet, die gemeinsamen Forderungen seien zu wachsweich und so, und regt sich auf, wenn er nicht genügend Redezeit bekommt. Genügend in seinem Sinne, natürlich.

Damit scheint sich Bassmans Redevorrat erschöpft zu haben, er schaltet wieder seinen gelangweilten Blick ein und kaut auf seinem Kaugummi herum.

Oliver starrt ihn misstrauisch an. Wieso kann der Kerl plötzlich mehr als zwei Sätze am Stück reden? Weil Franzi neben ihm steht? Aber sie hat ihm gar nicht zugehört – vielleicht weiß sie all das schon, vielleicht hat er ihr früher schon mal das Gleiche erzählt. Oliver versucht, in ihrem Gesicht zu lesen, doch ihre Aufmerksamkeit ist ganz auf den Redner auf der Bühne gerichtet.

Der bestätigt unterdessen Knolles Befürchtungen. Er leiert in einem gleichförmig klagenden Tonfall die Folgen eines Atomkriegs herunter, als läse er ein Telefonbuch vor.

Ein totaler Atomkrieg würde das Ende unserer gegenwärtigen Zivilisation bedeuten, sagt er gerade, als sagte er: Morgen wird es regnen. Wenn heute Militärstrategien entworfen werden, die einen begrenzbaren oder sogar gewinnbaren Atomkrieg behaupten, sagt er, dann ist das menschenverachtend, aber auch schlichtweg unrealistisch. Menschenverachtend, weil es die ungeheuren Zahlen unschuldiger Opfer vernachlässigt, die in die Millionen gehen werden; auch das Konzept eines begrenzten

Atomkriegs bedroht ganze Völker mit dem Tod. Unrealistisch, weil alles, was es zu gewinnen gäbe, verwüstete und verseuchte Landschaften wären, auf Jahre verstrahlt und unbewohnbar.

Was für ein Zynismus, denkt Oliver. Nicht der des Redners, nein, dem fehlt selbst für Zynismus der nötige Pepp. Sondern der Militärstrategen. Er hat mal einen Artikel im *SPIEGEL* gelesen, letztes Jahr irgendwann, in dem ging es darum, wie sich die Amis einen Atomkrieg vorstellen. Gut, dass sie an einen Sieg über die Sowjetunion glauben, das war zu erwarten gewesen. Aber wie der aussehen soll, das hatte ihn richtig erschreckt. Vom Tod des Sowjetstaats war die Rede, und wie entscheidend es sei, dass der Preis für diesen Sieg begrenzt sei, sodass sich die USA, anders als die Sowjets, erholen würden. Dieser Preis sei, nach Ansicht dieser Strategen, das Leben von zwanzig Millionen Amerikanern, das weiß er noch, weil ihn die Zahl so erschreckt hat. Zwanzig Millionen! Und da waren die vielen toten Russen und Europäer gar nicht eingerechnet, die interessierten diesen Militärstrategen nicht. Zwanzig Millionen, das wären so viel wie ein Drittel aller Westdeutschen, mehr als alle Einwohner der DDR, und fast so viele Tote wie durch die Pest im Mittelalter. Wobei vielleicht die eigentliche Ungeheuerlichkeit gar nicht mal ist, denkt Oliver, dass solche Dinge ausgesprochen, sondern dass sie gedacht werden, dass sich da einer mit wissenschaftlichem Eifer und Akribie hinsetzt und Szenarien entwirft, Berechnungen anstellt, und sich schließlich zufrieden in seinem Schreibtischsessel zurücklehnt und sagt: Mit zwanzig Millionen Toten müssten wir hinkommen, das ist nicht einmal ein halbes Prozent der Weltbevölkerung, unter zehn Prozent der Bevölkerung der USA, das ist halb so wild. Und dann geht er in die nächste Sitzung und zeigt mit seinem dicken Finger auf seine Berechnung, sehen Sie hier, meine Herren, wenn wir erst Osteuropa bombardieren und dann Moskau, dann haben wir soundso viele Tote; wenn wir gleich auf Moskau gehen, erwischen wir direkt die Russen, aber wir müssten befürchten, dass sie genügend Zeit haben zu reagieren, dass sie Amerika angreifen, dann gibt es Tote nicht nur dort, sondern auch bei uns, das gilt es zu verhindern; und sehen Sie hier, meine perfekte Strategie, wir schießen unsere Atomraketen schnell und gezielt auf die strategischen Zentren der Erde, wir enthaupten das sowjetische Huhn, und ja, kann sein, fünf Millionen Tote bei uns, vielleicht auch zwanzig, je nachdem, wie es läuft, ob sie gleich aufgeben oder nicht, aber das verkraften wir, und bedenken Sie, wie viele Menschen danach von der freien westlichen Welt ohne Sowjetunion profitieren werden.

Oliver könnte kotzen über diese Menschenverachtung. Wie kann es sein, dass solche Leute die Welt regieren? Über das Schicksal von Millionen entscheiden, die ihnen, auf gut Deutsch gesagt, am Arsch vorbeigehen?

Ist doch klar, sagte Jörg, mit dem er über den Artikel redete, als sie in der Mittagspause zusammen im Redaktionsraum abhingen. Sie sind skrupellos. Die mit Skrupeln, die sich aufhalten mit moralischen Überlegungen, mit Mitgefühl, werden von denen ohne Skrupel eiskalt überholt. So läuft das in unserer Gesellschaft. Der Stärkere, der gewinnt, ist typischerweise der Skrupellosere.

Dann wäre die Welt ja nicht verbesserbar, sagte Oliver. Denn es würde immer Skrupellose geben, und warum sollten die sich ändern.

Wir müssen sie zwingen, sagte Jörg. Wir müssen sie strukturell daran hindern, sich durchzusetzen.

Aber wie? Oliver hält nichts von Zwang. Auch nichts davon, seine Feinde zu zwingen. Wenn er selbst für sich seinen freien Willen in Anspruch nimmt, dann muss er ihn auch anderen zugestehen.

Olli, du bist naiv, sagte Jörg. Und dann hielt er eine seiner politischen Reden, von denen Oliver schon nach zwanzig Sekunden der Kopf schwirrte. Von der Herrschaft des Volkes war darin die Rede, von Dialektik, von der Abschaffung der Macht, und Oliver wusste nicht, was er noch entgegnen sollte, weil er den Eindruck hatte, das waren alles keine Antworten auf seine

Frage, aber wie hätte er noch einmal fragen sollen, ohne sich nur zu wiederholen und von Jörg das Gleiche noch einmal zu hören.

Trotzdem, sie fehlen ihm, diese Diskussionen mit Jörg. Aber Jörg ist jetzt in Berlin und studiert. Oder was er so studieren nennt. Wahrscheinlich hängt er viel mit Leuten rum, mit denen er noch besser diskutieren kann als mit ihm, kifft, geht auf Partys und auf Demos. Was man eben so macht als Student in Berlin.

Manchmal ist Oliver neidisch. Manchmal denkt er, er würde auch gerne nach Berlin gehen, nach dem Abi. Doch er bezweifelt, dass Mr. Big ihm das finanzieren würde. Schon gar nicht, wenn er spitzbekäme, dass es Berlin nicht nur wegen Berlin sein sollte, sondern auch, weil man da nicht zum Bund muss. Deshalb ist ja auch Jörg da. Totalverweigerer nennt er sich, weil er weder beim Bund noch Zivi war, dabei hat er gar nicht verweigert, er hat sich einfach nur entzogen, gerade rechtzeitig, bevor der Musterungsbefehl kam, Schwein gehabt.

Mr. Big hingegen geht davon aus, dass sein Sohn brav erst Soldat wird, dann eine solide Ausbildung macht, bei der Bank oder als Steuerberater oder so etwas, Hauptsache zukunftssicher und etwas mit Geld.

Nur dass sein Sohn kein bisschen davon ausgeht. Das Problem ist, dass er noch herausfinden muss, wie er es dem Vater verklickern soll.

Auf jeden Fall ist die Ansicht, da ist Oliver mit Jörg und auch dem Redner auf der Bühne einer Meinung, begrenzte Atomkriege seien machbar und androhbar, gefährlicher Selbstbetrug, nicht unähnlich dem Wahn Hitlers, durch einen Blitzkrieg ohne allzu große Verluste zum Sieg zu kommen. Nur dass die Folgen noch viel katastrophaler wären. Die der Redner auf der Bühne gerade in allen Einzelheiten aufzählt, in drastischen Worten, deren Wirkung jedoch durch seinen gleichmäßig jammernden Tonfall weitgehend zunichte gemacht wird. Es fällt Oliver schwer, ihm zuzuhören, so sehr ödet ihn diese leiernde Klage an.

Niemand darf gegenüber der nuklearen Gefahr gleichgültig sein, sagt der Redner, und dann bricht er ab. Oliver stutzt und schaut zur Bühne. Während ringsum Leute anfangen zu klatschen, faltet der Redner sein Manuskript zusammen, nickt noch einmal zum Publikum und verlässt die Bühne.

Ach so, denkt Oliver, das war der Schlusssatz. Herrje. Er spürt, wie ihm die Kälte die Beine hochkriecht, und tritt ein paar Mal von einem Fuß auf den anderen. Hoffentlich sind die nächsten Reden besser.

* * *

Tatsache ist, daß, wenn wir unsere sämtlichen Atomwaffen einsetzen würden und die Russen ihre sämtlichen Atomwaffen einsetzen würden, ungefähr 10 Prozent der Menschheit getötet werden würde. Nun, das wäre eine Katastrophe, die das menschliche Verständnis überschreitet. [...] Aber wenn man sie beschreibt und analysiert, ist festzustellen: sie ist nicht das Ende der Menschheit.

Zbigniew Brzezinski, Sicherheitsberater von US-Präsident Jimmy Carter, in der *Washington Post*, 19. September 1977

* * *

Ein Atomkrieg ist die letzte Katastrophe für Mensch und Natur. Wir sehen es als unsere notwendige ärztliche Aufgabe an, die Bevölkerung darauf hinzuweisen, daß der einzig wirksame Schutz die Verhinderung des Atomkrieges ist. [...]

Es gibt keine wirksame Hilfe gegen die Vielzahl von Krankheiten und Verletzungen, insbesondere keine gegen die Strahlenkrankheit. Alle »Vorkehrungen« für einen Atomkrieg, Gesetzesvorlagen und Zivilschutz können daran nichts ändern; dies weckt nur ungerechtfertigte Hoffnungen und erhöht die Bereitschaft der politisch Verantwortlichen zum tödlichen Risiko.

Abschlusserklärung des Kongresses »Die Überlebenden werden die Toten beneiden – Mediziner gegen den Atomkrieg« in Hamburg, 19./20. September 1981

* * *

MARLENE Da kommt eure Mama!

Frido und Yolanda recken die Hälse und schauen, wohin Marlenes Finger deutet.

Ich seh nix, jammert Frido.

Das ist wahr. Er steht zwar auf der einzigen Bank weit und breit, dennoch kann er höchstens die Schulterblätter der vor ihm Stehenden sehen. Yolanda ist gerade eben groß genug, dass sie, wenn sie den Hals lang macht und sich auf die Zehenspitzen stellt, die Bühne erspäht.

Schau. Marlene packt Frido um die Taille und hebt ihn so hoch sie kann. Siehst du sie?

Ja!, ruft Frido und winkt begeistert. Mama, Mama!

Marlene spürt, wie Frido anfängt zu rutschen, und stellt ihn wieder ab.

Tut mir leid, du bist schon zu groß und zu schwer für mich. Ich kann dich nicht länger heben.

Sie erwartet, dass Frido jammert, doch er nickt nur und setzt sich mit halb schmollendem, halb resigniertem Gesichtsausdruck auf die Bank, steckt den Daumen in den Mund und den Finger ins Haar.

Du kannst sie ja immerhin hören, sagt Marlene tröstend.

Frido reagiert nicht, nur sein Finger fuhrwerkt eifrig in den Haarsträhnen herum.

Sie will mein Lied singen, sagt Yolanda zu Marlene.

Dein Lied?

Ja, sie hat ein Lied gemacht zu einem Gedicht, das ich geschrieben habe. Man sieht Yolanda an, dass sie vor Stolz schier platzt.

Auf der Bühne hat Renate ihre Gitarre gestimmt, nun zieht sie das Mikrofon ein Stück näher zu sich hin.

Als Erstes, sagt Renate, möchte ich euch einen Traum vorstellen. Den Traum eines Kindes, den Traum von einer besseren Welt. Ich finde, von diesem Kind und seinem Traum können wir alle viel lernen.

Mein Lied!, sagt Yolanda aufgeregt. Da, mein Lied!

Renate beginnt: Es war ein Falke …

In diesem Moment legt sich eine Hand von hinten auf Marlenes Schulter. Hallo, Schwesterherz, sagt eine vertraute Stimme in ihr Ohr.

Marlene dreht sich um. Ulrike! Sie fällt ihr um den Hals.

Was machst du denn hier?

Ulrike grinst. Bis eben: dich suchen. Und jetzt das Gleiche wie du, würde ich sagen.

Wie bist du hergekommen?

Ulrike schaut Marlene konzentriert an und antwortet nicht; sie trägt keine Hörgeräte, bemerkt Marlene.

Wo sind deine Hörgeräte?, fragt sie, fast ohne Ton, aber überdeutlich die Lippen bewegend, während sie sich mit den Fingern hinter den Ohren entlangstreicht.

Ulrike versteht und zeigt erst auf ihre Hosentasche, dann auf die Lautsprecher neben der Bühne. Nicht gut, sagt sie und deutet auf ihre Ohren.

Marlene versteht. Das war schon immer ein Problem für Ulrike: Wenn es laut wurde, halfen ihr die Hörgeräte überhaupt nicht, im Gegenteil. Kaum zu glauben, dass eine, die kaum hört, ein empfindliches Gehör haben konnte, aber genau so war es.

Wie bist du hergekommen?, fragt sie noch einmal, wieder überdeutlich artikulierend.

Ein Kumpel hat mich auf dem Motorrad mitgenommen.

Einer aus der Kommune?

Genau.

Und wo ist er jetzt?

Weitergefahren. Er wollte ein bisschen die B 10 entlang, sich umgucken.

Das ist bestimmt spannend, denkt Marlene. Zuschauen, wie sich die Strecke füllt. Und mit dem Motorrad hat er Chancen, nicht im Stau zu stehen oder selbst unnötigen Stau zu produzieren.

Du hast gar nicht zugehört!, sagt Yolanda anklagend.

Erst da wird Marlene bewusst, dass Renate die Gitarre abgenommen hat und sich anschickt, die Bühne zu verlassen.

Nein, sagt Marlene. Entschuldige. Ich war abgelenkt. Schau, das hier ist meine Schwester, und ich habe sie lange nicht gesehen und mich so gefreut, als sie auftauchte, dass ich dein Lied vergessen habe. Es tut mir leid.

Yolanda antwortet nicht, aber es ist klar, dass Marlene in ihrer Gunst gerade gewaltig abgesunken ist.

ULRIKE Marlene sieht müde aus, denkt Ulrike. Und es ist nicht einfach die Müdigkeit des frühen Aufstehens, die in ihrem Gesicht liegt, sondern eine tiefe Müdigkeit. Eine Müdigkeit, die aus der Traurigkeit kommt. Was ist los mit ihr? Aber sie kann sie schlecht fragen, nicht hier, zwischen all diesen Leuten, ganz zu schweigen davon, dass sie Mühe hätte, ihre Antworten zu verstehen. Und solange die Kundgebung läuft, hat es keinen Sinn, die Hörgeräte einzusetzen. Immer wieder schlagen klirrend Schallwellen auf ihr Ohr, wenn der Redner auf der Bühne, der die meiste Zeit mit gesenktem Kopf von seinem Manuskript abliest, plötzlich den Kopf hebt, sodass sein Mund ganz nah am Mikrofon ist und zwei, drei Worte laut herausplatzen, bevor er wieder den Kopf senkt und wahrscheinlich für kaum jemanden besser zu verstehen ist als für Ulrike.

Marlene hat ihre Hand gefasst, und Ulrike sieht, dass auch sie viele Fragen auf den Lippen hat, aber Marlene fragt nichts, sondern begnügt sich damit, ihre Hand zu drücken und den Kopf an ihre Schulter zu legen. Ulrike legt den Arm um sie. Große kleine Schwester. Komisch, wie sie das Gefühl hat, dass sich etwas umkehrt; all die Jahre war sie die Kleine und Marlene die Große, die sie beschützte und für sie kämpfte, ganz gleich, ob Ulrike darum gebeten hatte oder nicht. Jetzt braucht sie Marlenes Schutz nicht mehr und niemanden, der für sie kämpft, sie hat ihre eigene Stärke gefunden, mit der sie ihren Weg allein gehen kann.

Hat Marlene das vielleicht gespürt, an diesem Weihnachtsnachmittag, als sie das erste und einzige Mal nach dem Leben in der Kommune fragte? Dass Ulrike eine neue Basis für ihr Leben gefunden, sich aus der Familie gelöst hat? Dass Marlene das, was sie gewohnt war zu tun, nicht mehr tun muss für sie?

Dabei ist Marlene ihr weiterhin wichtig. Und es ist es ihr wichtig, dass Marlene sie versteht, eines Tages zumindest. Vielleicht ist es einfach zu früh dafür. Marlene ist so verhaftet in der Familie, versucht immer noch, die kleine heile Welt ihrer Kindheit irgendwie wiederzubekommen, sich ein vergleichbares Biotop der Fürsorge und Geborgenheit zu errichten, wie ihre Eltern es errichtet hatten. Die Studentengemeinde und ihre Clique waren so ein Biotop, und auch ihre Beziehung mit Boris.

Kommt daher Marlenes Traurigkeit? Weil sie aus diesem Biotop vertrieben wurde mit dem Beginn ihres Referendariats, mit ihrer Versetzung an den Rand des Schwarzwalds, weit weg von ihren alten Freunden? Weil ihr neues, eigenes Biotop bedroht ist, das glückliche Familienleben mit Boris, das sie sich erträumt? Fängt sie an zu begreifen, dass auch ein Biotop Teil dieser Welt ist, einer Welt, die alles andere als heil ist?

Vielleicht, denkt Ulrike, hat sie später noch Gelegenheit, mit ihr zu reden. Der Tag ist lang, und in der Kette wird es nicht so laut sein. Außerdem will sie wissen, wer diese Menschen sind, mit denen Marlene hier ist, die beiden blonden Kinder und der ältere Herr mit dem strengen Gesicht und den freundlichen Augen.

WERNER Das also ist ihre Schwester, denkt Werner. Er hat keine Sekunde Zweifel daran, dass sie es ist. Die Zärtlichkeit, die in Marlenes Gesicht und ihren Bewegungen liegt, sobald sie sich ihr zuwendet, ist die gleiche wie die, die er vorhin an ihr gesehen hat, als sie von ihr sprach. Auch die Ähnlichkeit ist kaum zu übersehen: die gleichen graublauen Augen, der Schwung der Nase, die sanfte Kerbe im Kinn.

Und die junge Frau hört nicht gut, offensichtlich. Die beiden unterhalten sich mehr mit den Händen als mit Worten. Kein Wunder, dass Marlene so umsichtig ist – ältere Schwester eines behinderten Kindes zu sein, das prägt.

Ein junger Mann drängt sich an ihnen vorbei und verteilt Flugblätter. Als Werner eines entgegengestreckt bekommt, nimmt er es automatisch. Kurz darauf bereut er es, was soll er unnützes Papier mit sich herumschleppen, aber er kann es schlecht zurückgeben, außerdem ist der junge Mann schon in der Menge verschwunden.

Werner wirft einen Blick auf das Flugblatt. Über einem mit Schreibmaschine getippten Text steht in dicken handgemalten Druckbuchstaben: *VON DEUTSCHEM BODEN DARF NIE WIEDER KRIEG AUSGEHEN!!!*

Ein Satz wie ein Schlagbaum, wie eine Straßensperre, eine Barrikade aus Versalien und Ausrufezeichen. Sie ist ihm zuwider, diese verbale Aufrüstung. Als ob eine Aussage richtiger dadurch würde, wenn sie nur laut ist.

Falscher wird sie allerdings auch nicht.

Dennoch ist es ihm zuwider, oder gerade deswegen, er findet, eine wahre Aussage sollte es nicht nötig haben, aufzutrumpfen wie ein billiger Werbeslogan.

Werner liest weiter. Wenn er dieses Flugblatt schon in der Hand hält, will er auch wissen, was es zu sagen hat.

Zweimal in diesem Jahrhundert hat Deutschland bereits seine Nachbarn das Fürchten gelehrt. Verantwortlich für zwei Weltkriege, hat Deutschland nun eine besondere Verpflichtung zum Frieden.

Es wird nicht besser. Auch diese Worte füllen Werner mit Unbehagen, mit Widerstreben. Warum nur? Eigentlich haben sie doch recht, die da in dem Flugblatt sprechen, eine lokale Friedensinitiative, wie er am Fuße des Blattes liest.

Wir als Deutsche dürfen nicht zulassen, dass sich die Geschichte wiederholt!

Ein merkwürdiger Schauer durchfährt Werner bei diesem Satz, ein Anflug von Übelkeit, und ihm wird klar, was ihn stört.

Wir als Deutsche. Etwas Besonderes sind wir ja schon, wir Deutschen, dank unserer Vergangenheit, obwohl oder gerade weil diese alles andere als glorreich ist.

Wann werden sie es endlich lassen können? Diese Selbsterhebung, diese Besserwisserei, dieses Gefühl, zu Höherem berufen zu sein? Wir als Deutsche müssen dem Rest der Welt zeigen, wie Frieden geht. Ein Volk, ein Auftrag. Fehlt nur der Führer.

Werner mag nicht weiterlesen. Er knüllt das Flugblatt zusammen und steckt es in seine Manteltasche.

* * *

> Ich verstehe, daß die jungen Leute eine besondere Verantwortung der Deutschen für den Frieden erkennen. Aber ich möchte ihnen auch sagen, daß sie sich bitte nicht einreden sollen, die Deutschen wüßten besser als alle anderen, was dem Frieden in der Welt frommt.
>
> Es gibt die Versuchung, die ich zu spüren glaube, die Wiederauferstehung alter falscher Vorstellungen, als ob am deutschen Wesen, diesmal am deutschen Friedenswillen die Welt genesen solle.
>
> Bundeskanzler Helmut Schmidt
> im Deutschen Bundestag, 18. September 1981

* * *

> Ich habe auf deutschem Boden Schlimmeres erlebt, als mich mit jungen Leuten auseinandersetzen zu müssen, die auf ihre Weise für Frieden eintreten.
>
> Willy Brandt, Vorsitzender der SPD,
> im Deutschen Bundestag, 9. Oktober 1981

* * *

OLIVER Oliver hat beobachtet, wie Werner das Flugblatt zerknüllt. So ganz, denkt er, passt der alte Semrau nicht hierher. Nicht dass er ihm eine fortschrittliche Meinung nicht zutrauen würde, aber so ein überkorrekter, förmlicher Typ wie er geht normalerweise nicht auf eine Friedensdemo.

Wer weiß, was in ihm vorgeht. Was hat dein Vater eigentlich im Krieg erlebt?, fragte Oliver Franzi einmal. Doch Franzi zuckte nur mit den Schultern. Dass er an der Front gekämpft hatte, sah man dem Alten ja an, und dass er in Russland gewesen war, wusste jeder, obwohl nicht weiter darüber gesprochen wurde. Warum eigentlich nicht?, fragt sich Oliver.

Franzi war der Meinung, dass da irgendetwas nicht mit rechten Dingen zuging. Russland war die Hölle, das weiß man doch, sagte sie, und jeder, der in Russland war, war an dem großen Morden beteiligt, in irgendeiner Form. Dass da einer nichts gewusst haben will, das kann mir keiner erzählen, das ist noch unglaubwürdiger als bei denen, die hier nichts gewusst haben wollen.

Erzählt er gar nichts?, fragte Oliver.

Nichts, sagte Franzi, kein bisschen.

Hast du ihn mal gefragt?

Wozu? Um irgendwelche Ausflüchte zu hören? Das kann ich mir sparen.

Oliver drängte nicht weiter. Aber ein bisschen komisch findet er es schon. Nicht einmal zu fragen. Will Franzi vielleicht manches gar nicht so genau wissen? Was, wenn ihr Vater tatsächlich an irgendwelchen Schweinereien beteiligt war?

Aber wenn der alte Semrau wirklich so etwas erlebt hat, gäbe es viele Gründe zu schweigen. Nicht nur, um Dinge zu vertuschen. Genauso gut könnte es sein, dass es für ihn selbst so furchtbar war, dass er nicht mehr daran denken will. Oder keine Worte findet, es zu beschreiben.

Das hält Oliver ohnehin für das Wahrscheinlichste. Nach allem, was er über Russland weiß, muss man gar keinen Dreck am Stecken haben, um Dinge erlebt zu haben, über die man nicht reden kann. Wie schlimm muss es dann erst sein, wenn einen das Fehlen eines Armes täglich daran erinnert, dass man dort gewesen ist. Und es einem alle ansehen können, dass etwas zerstört wurde.

Aber vielleicht stellt er sich das auch nur so vor, und in Wirklichkeit ist alles ganz anders. In seiner Familie gibt es keine ehemaligen Soldaten – seine Eltern waren noch Kinder im Krieg, der Opa Feuerwehrmann, der wurde zu Hause gebraucht. Was mit dem anderen Großvater war, weiß er gar nicht; der ist schon lange tot, und Mr. Big ist niemand, den man nach seiner Kindheit und seinen Eltern fragt.

Oliver hätte jedenfalls hundert Mal lieber den alten Semrau zum Vater als Mr. Big. Auch wenn er schon ziemlich alt ist; er war fast vierzig, als Jörg auf die Welt kam, und jetzt geht er hart auf die sechzig zu. Aber er ist ein fairer Typ, das weiß jeder, der ihn mal als Lehrer hatte. Klar, es ist immer noch anders, wenn man so jemanden zum Vater hat, aber Oliver findet, Franzi und Jörg wissen gar nicht, wie gut sie es haben mit ihrem Alten. Im Vergleich zu ihm allemal.

Oliver wirft einen schnellen Blick zu Franzi, doch sie bemerkt ihn nicht. Immerhin beachtet sie auch Bassman nicht, der ein paar Meter entfernt steht und schon wieder raucht, sondern schaut versonnen zur Bühne, obwohl da gerade nicht viel zu sehen ist außer einem Typpi, der die Mikrofone umräumt.

Er würde sie gerne ansprechen, mit ihr über seine Beobachtung und seine Gedanken reden, aber was soll er sagen? Schau mal, dein Vater hat gerade ein Flugblatt zerknüllt? Sie würde wohl kaum antworten, ach wirklich, wie interessant. Höchstens darin wieder eine Bestätigung sehen, dass er ein Nazi ist, wenn ihn ein simples Flugblatt so ärgert.

Wenn der alte Semrau mal Nazi war, dann ist er es heute mit Sicherheit nicht mehr, davon ist Oliver überzeugt. Zumal er sonst nicht hier wäre. Um ein Flugblatt zu zerknüllen, muss man noch lange kein Nazi sein. Wer weiß, was für ein Stuss darauf stand. Viele Flugblätter sind voll mit krudem Zeug, von irgendwelchen Freizeitrevolutionären, die die Gelegenheit nutzen, ihre sehr spezielle Sicht der Welt endlich einmal richtig unters Volk zu bringen. Oliver nimmt deshalb gar keine Flugblätter an, egal von wem – er hat keine Lust, eines in der Jackentasche zu vergessen, und dann fällt es im falschen Moment raus, und Mr. Big bekommt es in die Finger. Mr. Big würde ihm dann bestimmt unterstellen, er mache gemeinsame Sache mit allen Verrückten, die es so gibt, nur weil sie auf der gleichen Demo waren. Und so eine Diskussion mit Mr. Big kann nur schiefgehen.

Viertel vor elf

WILFRIED Aus dem Zugfenster ist bereits der Albanstieg zu sehen, in wenigen Minuten werden sie da sein. Absolut pünktlich, alle Achtung, denkt Wilfried. Um ihn herum stehen die Ersten auf, schultern ihre Rucksäcke und Taschen und drängen sich in den Gängen, doch er bleibt noch sitzen. Er wird diese Hektik vor dem Aussteigen nie verstehen. Wenn es nicht darum geht, einen knappen Anschlusszug zu erwischen, kommt es auf eine Minute früher oder später wirklich nicht an. Man steht nur länger im Gang herum. Der Zug wird schon nicht weiterfahren, bevor man ausgestiegen ist.

Vom Ende des Wagens her drängt sich einer durch den Gang, den eine Armbinde als Ordner ausweist. Bitte alle bereit machen zum Aussteigen!, ruft er, wir haben nur drei Minuten Aufenthalt, dann muss die Strecke für den nächsten Zug freigegeben werden!

Drei Minuten nur? Wilfried runzelt die Stirn.

Na ja, sagt der Ordner, auf der Strecke sind heute fast fünfzig Sonderzüge unterwegs, in einem Zeitfenster von knapp zwei Stunden. Viel Spielraum ist da nicht.

Fünfzig Sonderzüge?, wiederholt Wilfried beeindruckt.

Achtundvierzig, sagt der Ordner, wenn du es ganz genau wissen willst.

In diesem Moment quietschen ohrenbetäubend die Bremsen, der Zug verlangsamt und kommt mit einem Ruck zum Stehen. Der Ordner beachtet Wilfried nicht weiter, sondern drängt eilig mit den anderen zur Tür.

Wilfried nimmt in Ruhe seine Sachen, aber beeilt sich nun doch, zügig auszusteigen.

Als er auf die Wagentreppe tritt, steht da schon der Bahnsteigaufseher mit der Pfeife zwischen den Lippen und schaut ungeduldig den Bahnsteig auf und ab. Kaum ist Wilfried ausgestiegen, hört er hinter sich die Zugtür zuknallen, der Aufseher winkt mit der Kelle und pfeift.

Bitte räumen Sie zügig den Bahnsteig, tönt es aus dem Lautsprecher auf dem Bahnsteig, immer und immer wieder: Bitte räumen Sie zügig den Bahnsteig, der nächste Zug kommt in wenigen Minuten.

Doch das ist gar nicht so einfach. An der Treppe zur Unterführung stauen sich die Menschen, und das nicht, weil irgendjemand am denkbar ungünstigsten Platz steht, um seinen Rucksack neu zu packen oder einem Kind die Nase zu putzen, sondern einfach, weil es viel zu viele Menschen sind für die kleine Unterführung.

Bitte benutzen Sie auch die andere Treppe, ruft ein Ordner, und Wilfried folgt bereitwillig seinem Winken, und in der Tat, an der Treppe auf der anderen Seite des Bahnsteigs ist kein Gedränge. Dafür hat er dann am Fuße der Treppe Mühe, in den dichten Menschenstrom hineinzufinden, der sich durch die Unterführung und die nächste Treppe hinauf zum Ausgang schiebt. Hier teilen Ordner die Menschenmenge in mehrere Stränge auf, ein Teil wird durch das Bahnhofsgebäude hindurchgeleitet, ein Teil an den Seiten vorbei.

Als Wilfried als einer der Letzten um die Ecke des Gebäudes geht, stößt sein Schuh an etwas Hartes, Kratziges. Er blickt zu Boden und bemerkt einen schartigen Metallstumpf, es sieht aus, als sei da einmal ein Rohr gewesen, das direkt über dem Boden abgefräst wurde.

Weitergehen, bitte, sagt ein Ordner, aber hinter Wilfried ist der Bahnsteig leer, und der Ordner hat es lässig gesagt, mehr aus Gewohnheit als mit echtem Nachdruck. Wilfried schaut noch einmal auf das Metallstück im Boden, und ein paar Meter entfernt entdeckt er einen zweiten Metallkreis im Asphalt, und ein paar Meter weiter noch einen.

Der Ordner hat seine Blicke bemerkt. Kein freiwilliger Demo-Helfer, sondern ein Mitarbeiter der Bundesbahn, stellt Wilfried fest, die Aufnäher auf seiner Jacke verraten es.

Sie sehen richtig, sagt der Bahnbeamte, da war vor ein paar Tagen noch eine Absperrung. Wir haben einigen Aufwand betrieben, um der Massen Herr zu werden.

Ich habe schon gehört, sagt Wilfried, was heute los ist, achtundvierzig Sonderzüge, alle Achtung.

Achtundvierzig hier im Süden, sagt der Bahnbeamte. Und zu den Demos in Bonn und Hamburg fast noch einmal so viele.

Deshalb auch die alten Wagen, sagt Wilfried, mehr eine Bestätigung als eine Frage.

Ja, sagt der Bahnbeamte, heute muss fahren, was noch fahren kann. Fast hundert Sonderzüge an einem Tag, das ist Rekord, so viele hatten wir noch nie. Und ich sage Ihnen, das ist alles nicht so einfach. Sie müssen bedenken: Wenn Sie all diese Züge hintereinanderhängen würden, wäre die Strecke schon voll, und das ohne einen einzigen Sicherheitsabstand. Und dann die Bahnhöfe – wenn da ein-, zweitausend Leute aussteigen sollen, und das innerhalb weniger Minuten, denn der nächste Zug wartet schon – dafür sind die kleinen Bahnhöfe hier auf der Alb gar nicht ausgelegt. An normalen Tagen haben Sie hier eine Handvoll Leute, vielleicht mal zwanzig oder dreißig zu Stoßzeiten, aber das ist es dann schon. Das ist die größte Herausforderung, die Bahnsteige schnell leer zu bekommen, dass Platz ist für die nächsten. Dafür kann man auch mal ein paar Gitter abflexen und später wieder aufbauen. Wenn die nicht weg wären – der Bahner zeigt auf die Metallstümpfe –, hätten wir keine Chance, die Menschen vom Bahnsteig zu bekommen, bevor der nächste Zug eintrifft.

Was das kosten muss!, sagt Wilfried. Dass sich die Bahn da so ins Zeug legt …

Nicht ganz uneigennützig, würde ich sagen, erwidert der Bahnbeamte. Es ist schließlich auch ein Wahnsinnsgeschäft.

Eines, sagt Wilfried, für das Sie und viele Ihrer Kollegen vermutlich heute Überstunden machen.

Ach ja, schon, sagt der Bahnbeamte, und nun grinst er plötzlich. Wissen Sie, das ist vollkommen in Ordnung, für mich zumindest. So etwas wie heute hat man nicht alle Tage – davon werden wir noch unseren Enkeln erzählen. Aber wenn ich Sie jetzt bitten dürfte, weiterzugehen – der nächste Zug kommt gleich.

Selbstverständlich, sagt Wilfried, wünscht dem Bahnbeamten einen schönen Tag und geht hinaus auf den Bahnhofsvorplatz.

INES Eine ganze Zeit lang hat Ines Stuttgart unten im Tal liegen sehen. Doch nun, vom Autobahnparkplatz aus, auf dem sie Halt gemacht haben, versperrt ein Wald die Sicht auf die Stadt.

Etwa eine Stunde noch, sagt Boris, über die Landkarte gebeugt. Noch eine halbe Stunde auf der Autobahn, dann bei Wendlingen runter und auf die B 10 – sein Zeigefinger fährt die Route auf der Karte ab.

Auf die B 10?, fragt Ines. Die ist doch gesperrt.

Quatsch. Erst ab halb eins. Vorher können wir dort fahren.

Das bezweifle ich. Und wenn, dann bestimmt nicht schnell. Ich würde bis hier – Ines zeigt auf die Stelle, die sie meint – auf der Autobahn bleiben und dann durch dieses Tal nach Geislingen fahren.

Die Strecke kenne ich, sagt Boris, das ist ein furchtbares Gejuckel. Auf der B 10 sind wir garantiert schneller.

Aber … Ines dreht sich nach Heike um, in der Hoffnung, sie werde sie unterstützen, doch Heike ist schon wieder eingestiegen und kramt in ihrem Rucksack, als ginge sie alles andere nichts an. Ines beschließt, nichts mehr zu sagen. Es bringt ohnehin nichts. Dieser Boris ist ein Rechthaber, und wenn er glaubt, auf der B 10 am besten aufgehoben zu sein, dann wird ihn nichts in der Welt von etwas anderem überzeugen. Da macht es auch keinen Unterschied, was Heike meint. Zumal zu befürchten ist, dass Heike sich auf Boris' Seite schlägt, schon um bei ihm zu punkten.

Dabei hatte sie sich so auf Heike gefreut, als sie zurückkam. Ganz selbstverständlich war sie davon ausgegangen, dass nach ihrer Rückkehr in ihre kleine WG alles so wäre wie vorher. Sie hatte sich auf durchquatschte Nächte gefreut, auf spontane Kochorgien, auf Sonntagsschlafanzugfrühstücke auf dem Gemeinschaftssofa. Sie hatte gedacht, Heike alles erzählen zu können. Von dem Kontrast zwischen der tropischen Üppigkeit und der Armut. Von der Aufbruchstimmung, die auf Todesgefahr stieß. Von den langen Tagen zwischen den Kaffeesträuchern. Von den Mahlzeiten, bei denen die Gespräche so reich waren, dass sie das kärgliche Essen vergessen ließen. Von Pedro, vielleicht. Und vielleicht von den drei Toten, vielleicht sogar das.

Doch Heike war fort, als sie wiederkam. Fort in einer anderen Welt. Oder war sie, Ines, es, die sich fortbewegt hatte? Vielleicht war es unbedarft zu glauben, man könne einfach zurückkehren. Man kam ja nicht als diejenige zurück, als die man gegangen war, sondern es war etwas passiert in der Zwischenzeit, diese Reise hatte etwas mit ihr gemacht, und nichts war seither wie zuvor, auch sie selbst nicht.

Aber dass Heike diesem Harald ihr Zimmer gab, während sie weg war, das war ein echter Vertrauensbruch. Wie befremdlich, dass Heike nicht auf die Idee gekommen war, dass es Ines stören könnte. Oder nein, noch schlimmer, natürlich war sie davon ausgegangen, dass es sie stören könnte, denn sonst hätte sie ihr gleich alles erzählt und nicht erst, als Ines in ihrem Zimmer ein Buch fand, das ihr nicht gehörte, und einen Aschenbecher auf der Außenfensterbank.

Fast aggressiv hatte Heike reagiert, als Ines sie darauf ansprach. Ja, sie habe Harald aufgenommen in der Zwischenzeit, Ines hätte doch bestimmt nichts dagegen gehabt, aber sie sei ja nicht da gewesen, um gefragt zu werden, und Harald, nun, er habe da, wo er vorher war, nicht bleiben können, er habe es echt schwer, was er alles auf sich nehme mit seinem politischen

Engagement, sei schon bewundernswert, wie er sich einsetze, was er riskiere, mehr als sie alle, sogar im Gefängnis sei er schon gewesen wegen der Teilnahme an Sitzblockaden, aber nun sei er offiziell vorbestraft, und man wisse ja, was Arbeitgeber und Vermieter von Vorbestraften hielten, da machten sie keinen Unterschied, ob einer aus Gewissensgründen mit einem ungerechten System in Konflikt geraten sei oder einfach nur kriminell …

Ines war stinksauer gewesen über diesen Einbruch in ihre Privatsphäre, aber sie wollte nicht kleinlich sein und schluckte ihre Wut hinunter. Dieser Harald war eine Art Heiliger für Heike, das war offenkundig, und es kam nicht gut an, wenn man sich über einen Heiligen beschwerte. Und sie wollte Heike nicht vor den Kopf stoßen, wollte sie nicht verlieren, noch nicht.

Heute wäre sie wahrscheinlich nicht mehr so zurückhaltend. Aber heute Sachen von vor vier Wochen aufzuwärmen, geht auch nicht.

Doch sie vermisste Heike, die alte Heike, mit der sie hätte reden können.

Neulich hatte sie es versucht. Und es war gnadenlos schiefgegangen.

Sie saßen in der Küche und aßen zu Abend, Heike aß nur ein bisschen Apfelmus und Gemüsebrühe. Ines fragte, ob sie krank sei, und Heike antwortete, nein, sie bereite nur ihren Körper darauf vor, dass sie ab dem Wochenende nichts mehr essen würde.

Nichts mehr essen?

Ja, für die Dauer der Aktionswoche trete sie in den Hungerstreik.

Wieso das?

Heike sah sie an, als sei sie schwer von Begriff.

Um ein Zeichen zu setzen natürlich.

Ein Zeichen? Was ist daran ein Zeichen?

Heike schaute immer mitleidiger.

Wir stören die Normalität. Wir zeigen, wie menschen- und lebensverachtend das alles ist. Darüber kann man nicht hinwegsehen. Wir geben der Todeslogik dieser Welt ein Gesicht. Die Politiker reden in abstrakten Phrasen über das, was sie vorhaben; wir machen sichtbar, dass dabei echte Menschenleben auf dem Spiel stehen. Du weißt doch, wenn die Zeitungen über Millionen von Hungertoten in Afrika schreiben, schauen alle weg; aber wenn sie ein einziges hungerndes Kind zeigen, schauen alle hin. Wir sind sozusagen dieses hungernde Kind.

Nun, die hungernden Kinder in den Zeitungen waren üblicherweise deutlich niedlicher als Heike. Ines bezweifelte, dass von den Menschen, die sonst lieber weg- statt hinschauten, irgendjemand Heike würde retten wollen; zu sehr entsprach sie mit ihren wirren Haaren und ausgeleierten, ausgeblichenen Klamotten dem Bild einer, die viele als Chaotin bezeichnen würden.

Aber das sagte Ines nicht, sondern: Was du machst, ist letztendlich passiv. Du sitzt hier und hungerst und wartest darauf, dass es die Leute mitbekommen und etwas tun. Wenn du etwas bewirken willst, musst du rausgehen in die Welt, zu den Leuten hin.

Das war ein Fehler. Damit nahm sie, ohne dass es ihr zu dem Zeitpunkt bewusst war, den Machtkampf mit Heike auf, den moralischen Machtkampf, ob Fasten besser war als Nicaragua oder umgekehrt.

Als ob es etwas bewirkt, wenn man sich am anderen Ende der Welt herumtreibt, sagte Heike spitz.

Ich habe mich nicht herumgetrieben, sagte Ines. Der zweite Fehler. Sie begann, sich zu rechtfertigen. Immerhin begriff sie das in dem Moment, in dem sie den Satz gesagt hatte, und versuchte schnell umzuschwenken: Letztlich hängt das doch alles zusammen. Die imperialistische Politik der USA in Nicaragua ist genau das gleiche Problem wie das, was wir hier mit den Amis haben. Sie versuchen, uns alle zu Geiseln zu machen, um die Welt nach ihren Vorstellungen zu modellieren. Hier haben sie dafür die Raketen, in Nicaragua die Contras.

Genau, sagte Heike, es ist überall das Gleiche. Und es gibt in Deutschland genug zu tun. Ich meine, wer lieber woanders hingeht, um sich einzusetzen, anstatt es hier zu tun, flieht vor irgendetwas. Klar, es ist viel romantischer, am anderen Ende der Welt Kaffee zu pflücken, als hier gegen die satte, selbstzufriedene Ignoranz der Leute anzukämpfen.

Du hast ja gar keine Ahnung, fauchte Ines. Nun war sie richtig sauer. Du hast keine Ahnung, was es heißt, zu hungern, wirklich zu hungern, unentrinnbar, nicht so ein Wohlstandshungern, das man jederzeit beenden kann. Was es heißt, nicht zu wissen, ob man einander noch einmal wiedersieht, wenn einer abreist, weil er in den Norden muss, wo die Contras morden, wen sie erwischen können. Oder wenn der Mensch, mit dem man morgens noch zusammen beim Frühstück saß, als Leiche vom Feld zurückkommt, weil die Contras in der Gegend waren, und ihn haben sie erwischt. Es ist so leicht, Bescheid zu wissen, wenn man satt am Abendbrottisch sitzt und alles weit weg ist!

Siehst du, sagte Heike süßlich, und deshalb werde ich fasten. Ich sage doch: Wir müssen die Normalität stören. Raus aus der Behaglichkeit.

Ines sagte nichts mehr, aber innerlich kochte sie. Was für eine falsche, selbstgerechte Ziege Heike doch geworden war.

Braucht ihr noch lange?, ruft die jetzt aus dem Auto heraus, es klingt klagend. Wie eigentlich alles, was sie sagt, zurzeit klagend klingt, denkt Ines, und spürt neuen Unmut in sich aufsteigen.

Bei Boris hingegen von Verstimmung keine Spur. Nein, nein, sagt er milde, wir sind schon fertig. Er nimmt die Karte von der Motorhaube, faltet sie sorgfältig zusammen und verstaut sie im Seitenfach der Fahrertür. Und du?, fragt er Ines. Bist du bereit, können wir weiterfahren?

Ines hat bereits die Beifahrertür geöffnet, um wieder einzusteigen, und nickt. Wenn er schon darauf besteht, auf der B 10 zu fahren, dann sollten sie zusehen, dass sie schleunigst dorthin gelangen.

* * *

Friedenspolitik ist gegen alle Formen der Aggression, des Militarismus nach innen und außen, des Wettrüstens und Rüstungswahns gerichtet und orientiert auf friedliches und solidarisches Zusammenleben der Menschen.

Friedenspolitik ist gerichtet auf gesellschaftliche Verhältnisse, die im Innern der Länder Selbstbestimmung und Freiheit gegenüber jetzt herrschenden Gewaltverhältnissen bedeuten.

Bundesprogramm der GRÜNEN,
März 1980

* * *

Wenn die Androhung des Einsatzes von Nuklearwaffen nach menschlichem Ermessen und nach den Erfahrungen der letzten 40 Jahre das einzige Mittel ist, um den Ausbruch eines Krieges und die Anwendung von Nuklearwaffen gegen uns zu verhindern, dann kann dies weder logisch noch moralisch falsch sein.

Manfred Wörner, Bundestagsabgeordneter
der CDU, im Deutschen Bundestag, 15.Juni 1983

* * *

IRMELA In der letzten halben Stunde ist Irmis Kaffeemaschine dreimal durchgelaufen, zwei Kannen hat sie parallel dazu von Hand aufgebrüht. Trotzdem ist Julians Kaffeebehälter gerade mal halb voll, als er wieder loszieht. Besser als nichts, sagt er, und lieber jetzt wenigstens die paar Liter als noch länger warten.

Unterdessen hat das Windspiel unentwegt gebimmelt, ständig gehen Leute ein und aus. Irmi hat sich so daran gewöhnt, dass sie es gar nicht mehr wahrnimmt. Muss sie auch nicht; wenn sie es für nötig hielte, Wache zu stehen an ihrer Haustür, hätte sie sie nicht zu öffnen brauchen.

Irmi spült die Kaffeekannen aus und stellt sie kopfüber auf die Spüle zum Abtropfen. Mit dem feuchten Spüllappen wischt sie die Kaffeemaschine ab und vergewissert sich, dass sie nicht irgendwo einen Tropfen übersehen hat. Und nun, denkt sie, während sie sich die Hände an der Schürze abtrocknet, will sie endlich in den Garten gehen, die letzten roten Rüben aus der Erde holen, es ist höchste Zeit, den ersten Frost hat es schon gegeben.

Sie hat gerade den Gartenpullover und die Gartenschuhe angezogen und will zur Hintertür hinaus in den Garten gehen, da ruft es von der Haustür her: Hallo?!

Die Toilette ist rechts!, ruft Irmi in Richtung Flur.

Entschuldigung ..., ruft es wieder.

Etwas unwillig kehrt Irmi um und geht zurück in den Flur.

Die Toilette ist ..., fängt sie wieder an, doch sie bricht ab, als sie die beiden Männer sieht, sie haben ein tragbares Aufnahmegerät dabei und ein Mikrofon, wie man sie im Fernsehen manchmal sieht, riesig groß mit einem noch riesigeren Schaumstoffüberzug.

Guten Tag, sagt der Mann mit dem Mikrofon, wir sind vom Südwestfunk und haben gesehen, dass Sie Ihr WC für die Demonstranten zur Verfügung stellen. Dürfen wir Ihnen ein paar Fragen stellen?

Irmis Hände fahren zu ihren Haaren. Um Gottes willen, ausgerechnet in diesem Aufzug! Hätten die beiden nicht zehn Minuten früher kommen können, nicht jetzt, wo sie in den alten Gartenklamotten steckt?

Aber keine Fotos, sagt sie, keine Fernsehaufnahmen.

Nein, keine Sorge, sagt der Mann mit dem Mikrofon, wir sind vom Radio. Uns würde interessieren: Was hat Sie bewogen, Ihr WC zur Verfügung zu stellen? Wildfremden Menschen das Haus zu öffnen ist ja nicht selbstverständlich.

Es ist eine Frage der Gastfreundschaft, sagt Irmi, so ähnlich wie sie es vorhin schon zu Karl gesagt hat. Auch Demonstranten sind Menschen, mit menschlichen Bedürfnissen. Wenn alle ihre Türen verschließen, was sollen sie tun? In die Büsche gehen? Und dann heißt es wieder, die Demonstranten können sich nicht benehmen. Dabei ist man selbst schuld an diesem

Benehmen. Nein, sie heißt die Leute lieber willkommen, bietet ihre Hilfe an – ob der andere diese Hilfe dann annimmt, ist eine andere Frage, aber bisher ist ihr Eindruck, sie ist willkommen, und selten hat sie so anständige und höfliche und ordentliche Menschen erlebt wie diese Demonstranten.

Wie die Stimmung im Dorf sei, will der Reporter wissen, wie die Einstellung der Einheimischen zu den Demonstranten.

Da gibt es solche und solche. Es gibt diejenigen, die dagegen sind, die ihre Fensterläden und Hoftore absperren aus Angst vor den Chaoten. So Leute wie der Karl, denkt Irmi, aber das sagt sie nicht. Es gibt aber auch viele andere. Der Pfarrer zum Beispiel, der hat vieles auf die Beine gestellt, mit seiner Frau. Der Gymnastikclub und der Frauenkreis der Kirchengemeinde haben Kuchen gebacken und den Getränkedienst organisiert, nach dem sollten sie draußen mal schauen, sagt Irmi nicht ohne Stolz, die Konfirmanden mit den Leiterwagen, die an der Kette entlanglaufen und Kaffee und Tee und Kuchen und Apfelmost anbieten, gratis, nur Spenden nehmen sie. Sie selbst ist auf die Sache mit der Toilette auch nur gekommen, weil der junge Scheible, der vor drei Jahren den Hof von seinem Vater übernommen hat, zu allen hinging und dafür warb, ob es seine eigene Idee war oder ob er sie irgendwoher hatte, weiß Irmi nicht, das ist auch egal, entscheidend ist, dass der Mattes, also der junge Scheible, sich richtig ins Zeug gelegt hat, tagelang ist er von Haus zu Haus gegangen, bis er mit allen gesprochen hatte. Aber die Toilette zur Verfügung zu stellen, dazu waren die wenigsten bereit, Sie wissen schon, die Toilette ist ein intimer Raum; in ihrem Haus hat sie den Vorteil, dass das WC direkt neben der Haustür liegt und das Bad getrennt davon ist, im Obergeschoss, bei vielen ist das anders, und dann Fremde quer durch die Wohnung zu lassen, damit sie ins Familienbad gehen können, nein, das versteht sie schon, wenn man das nicht möchte. Aber der Scheible Mattes hat mit seiner Werbetour noch so manches andere bewirkt! Ob sie die Strohballen gesehen haben, vorn, an der B10? Die hat der Ludwig vom Meierhof abgelegt, als Sitzgelegenheit, und weiter draußen noch ein paar. Die Kühe fressen es auch noch, wenn da mal einer drauf gesessen hat, hat er gesagt, und wir haben ohnehin mehr als genug. Und der eine oder andere kann oder mag vielleicht nicht so lange stehen.

Gut, die Bruddler sind die Mehrheit, das schon. Und die, die lieber gar nix sagen. Das muss man verstehen. Bei den Älteren sind genügend dabei, die sich schon einmal die Finger verbrannt haben, als sie dem Adolf hinterhergelaufen sind, kein Wunder, dass die vorsichtig sind, lieber die Tür zumachen und sich nur um ihren eigenen Kram kümmern. Ob das gut ist oder nicht, darüber kann man geteilter Meinung sein, verständlich ist es auf jeden Fall.

Werden Sie sich denn nachher einreihen in die Menschenkette?, fragt der Reporter.

Schon das zweite Mal heute diese Frage, und sie wirft Irmi aus ihrem Redefluss. Ich … nein, stottert sie, und fragt sich gleichzeitig ärgerlich, warum sie so stottert. Nein, das ist nichts für eine alte Frau wie mich, sagt sie, mit der ganzen Resolutheit einer alten, lebenserfahrenen Bauersfrau.

Es wirkt. Vielen Dank, sagt der Reporter, das war sehr interessant. Dürfen wir, wenn wir Sie zitieren, Ihren Namen nennen? Wie heißen Sie, wenn ich fragen darf?

Irmela Bender, sagt Irmi. Gern geschehen. Aber jetzt entschuldigen Sie mich, ich habe im Garten zu tun, die roten Rüben müssen aus der Erde.

MARLENE Renate ist wieder auf die Bühne gekommen.

Ich möchte euch nun, sagt sie, ein Gedicht vorlesen. Ich denke, ihr kennt es alle, und wir alle sind auch deshalb hier, weil wir wissen, wie wahr und wie notwendig dieses Gedicht heute noch ist.

Du. Mann an der Maschine und Mann in der Werkstatt. Wenn sie dir morgen befehlen …

Es wird still auf dem Platz. Nur das Brummen eines Rasenmähers, der in irgendeinem nicht sichtbaren Garten seine Runden dreht, ist noch zu hören.

... du sollst keine Wasserrohre und keine Kochtöpfe mehr machen – sondern Stahlhelme und Maschinengewehre, dann gibt es nur eins ...

Sag nein!, ruft ein junger Mann neben Marlene, eine Millisekunde vor Renate.

... Du. Mädchen hinterm Ladentisch und Mädchen im Büro. Wenn sie dir morgen befehlen, du sollst Granaten füllen und Zielfernrohre für Scharfschützengewehre montieren, dann gibt es nur eins ...

Sag NEIN! Nun sind es schon viele Stimmen, die mitrufen.

... Du. Besitzer der Fabrik. Wenn sie dir morgen befehlen, du sollst statt Puder und Kakao Schießpulver verkaufen, dann gibt es nur eins ...

Sag NEIN! Nun rufen sie es alle, eine hundertfach verstärkte Stimme, auch Marlene ruft mit.

... Du. Forscher im Laboratorium ...

Sag NEIN!

Du. Dichter in Deiner Stube ... Du. Arzt am Krankenbett ... Du. Pfarrer auf der Kanzel ...

Sag NEIN! Sag NEIN! Sag NEIN!

Mit jedem Ruf werden sie lauter, Marlene fühlt sich, als wollte ihre Stimme aus ihr herausbrechen, eine Kraft erfüllt sie, wie sie es kaum für möglich gehalten hätte. Hier stehen sie, zu Tausenden, und in all den anderen Dörfern entlang der B10 stehen sie auch, und gemeinsam sagen, rufen sie: *NEIN!* Wie stark ist dieses Nein, wie kraftvoll, gemeinsam sind wir stark!

... Du. Mutter in der Normandie und Mutter in der Ukraine, du, Mutter in Frisko und London, du, am Hoangho und am Mississippi, du, Mutter in Neapel und Hamburg und Kairo und Oslo – Mütter in allen Erdteilen, Mütter in der Welt ... Zum ersten Mal stockt Renates Stimme, Marlene wirft einen schnellen Blick auf Frido und Yolanda, nach denen sie ja schauen soll, aber alles ist gut,

Yolanda steht auf der Bank und schaut voll Stolz auf ihre Mutter oder immer noch über »ihr« Lied umher, während Frido neben ihr sitzt, immer noch daumenlutschend.

… wenn sie morgen befehlen, ihr sollt Kinder gebären, Krankenschwestern für Kriegslazarette und neue Soldaten für neue Schlachten, Mütter in der Welt, dann gibt es nur eins …

Sagt NEIN!

… Mütter, sagt NEIN!, fährt Renate fort, und nun kommt der zweite Teil des Gedichts, den Marlene vergessen hatte, die Vision eines von Menschenhand gemachten Weltuntergangs, einer vom Krieg zerstörten Welt, nicht mehr lebenswert, nicht mehr lebensfähig. Ist es die Menschenmenge um sie herum, die genauso den Atem anhält wie Marlene selbst, ist es der überdeutliche Kontrast zu der Hochstimmung des gemeinsamen *NEIN*, der sie die Trostlosigkeit dieser Vision geradezu spüren lässt? Gänsehautschauer jagen ihr über die Arme und den Rücken. Sie versinkt in diesem düsteren Bild, der Platz, von dem inzwischen immer weitere Teile von der Sonne beleuchtet sind, scheint zu versinken, zu verblassen, bis Renate bei den letzten Zeilen des Gedichts angekommen ist:

… all dieses wird eintreffen, morgen, morgen vielleicht, vielleicht heute nacht schon, vielleicht heute nacht, wenn – wenn – wenn ihr nicht NEIN sagt.

Marlene seufzt erleichtert, sie fühlt sich, wie aus einem schweren Traum erwacht, als Renate wieder zur Gitarre greift und einen Akkord streicht. Nun bemerkt sie die Sonne, reckt ihr das Gesicht entgegen und spürt, wie die Strahlen sie wärmen. Was für ein schöner Tag.

OLIVER *Sag NEIN!*, ruft auch Oliver und stößt die Faust in die Luft. Das ist anders als vorhin Knolles albernes Herumspringen, hier geht es um Inhalte, und die kann er voll unterschreiben. Nein sagen zum Krieg, Nein sagen zum Soldatsein, Nein sagen zum Mitläufertum. Es fühlt sich gut und richtig an, es aus vollem Hals hinauszuschreien. Kraftvoll fühlt es sich an, die Faust in die Luft, und wie durch einen Zauber wächst mit jedem Stoß die Kraft in ihm weiter an. Es ist mit einem Mal so einfach. *Nein, nein, nein!*

Warum nur, fragt sich Oliver, wie kann es sein, dass er sich plötzlich so stark fühlt und sonst so schwach und unsicher? Nur weil er nicht allein ist? Weil so viele andere um ihn herum das Gleiche denken, das Gleiche brüllen wie er? Weil sogar Franzi die Faust in den Himmel stößt und ruft: *Sag NEIN!*, während Bassman immer noch viel zu cool tut, um irgendeine Regung zu zeigen, außer an seiner Fluppe zu nuckeln? Gut möglich. Wenn man zu vielen ist, ist es einfach, seine Meinung zu sagen, ja, hinauszuschreien. Aber als Einzelner aufzustehen und zu sagen: So ist es, womöglich noch jemandem ins Gesicht, der ganz anderer Meinung ist als man selbst – das ist so wahnsinnig schwierig, selbst wenn man absolut überzeugt ist, dass man das Richtige denkt, das Richtige tut.

Oder ist es nur für ihn so schwierig? Weil er zu schwach und zu feige ist? Warum nur kann er sich nicht von dem Mut und der Kraft, die er hier spürt, eine Portion mitnehmen für die nächste Begegnung mit Mr. Big, um ihm endlich sagen zu können: Hör zu, ich gehe nicht zum Bund, ich werde verweigern, der Antrag ist schon gestellt?

Was im Übrigen nicht ganz stimmt. Der Antrag liegt zwar fertig in der Schublade, ganz unten, unter den alten Matheheften, wo niemand schauen wird. Aber ihn abzuschicken – dazu fehlt Oliver bisher der Mut. Er sagt sich die ganze Zeit, er will erst mit Mr. Big reden. Wenn er dann Mr. Big gegenübersteht, denkt er wieder, es ist vielleicht besser, erst den Antrag abzuschicken, Fakten zu schaffen, bevor er mit der Sprache rausrückt. So geht das seit Wochen, und jeden Tag wartet er ängstlicher auf die Post, ob sein Musterungsbescheid wohl kommt. Lange kann es nicht mehr dauern, er ist achtzehn geworden im August, und oft, hört man, kommt der Bescheid sogar schon zu Siebzehnjährigen.

Manchmal denkt er sogar, er solle vielleicht einfach gar nichts sagen. Erst einmal das Verfahren abwarten. Wer weiß, vielleicht wird er abgelehnt – das kommt oft genug vor. Schließlich macht er Karate, das kann er nicht leugnen, er fährt ja auch zu Wettkämpfen. Würden sie ihm da abnehmen, dass er friedfertig ist? Wenn daran seine Verweigerung scheitert, das wäre Mist, ganz großer Mist, und Oliver hat keine Ahnung, was er dann tun soll. Aber Karate aufgeben, das ist keine Option. Zumal er sicher ist, dass Karate ihn gerettet hat. Davor bewahrt hat, so ein brutales Arschloch zu werden wie Mr. Big, so verrückt das klingt.

Dabei war er anfangs, damals mit zwölf, vor allem hingegangen, um Mr. Big zu beeindrucken, um einmal etwas zu tun, was seine Zustimmung finden würde. Die ersten paar Male wagte er im Training kaum, sich zu bewegen, stand zaghaft, beinahe verloren auf der Matte und wusste überhaupt nicht, was er tun sollte. Doch dann, eines Abends, als Matthias, der junge Trainer, versuchte, ihn aus der Reserve zu locken, brach alles aus ihm heraus. Er wird nie vergessen, wie die Hitze in seinem Körper aufstieg, bis unter die Schädeldecke, wie sie das Denken ausschaltete, wie nur noch Wut in ihm war, heiße, rot glühende, alles verzehrende Wut, als er sich auf Matthias stürzte und wild um sich schlug.

Stopp, sagte Matthias und hielt ihn fest. Eine Bewegung, und Oliver war ausgebremst, er konnte zappeln und um sich schlagen, wie er wollte, er hatte keine Chance, an Matthias auch nur heranzukommen.

Weißt du, was das Wichtigste ist, das wir beim Karate lernen können?, sagte Matthias. Dass Wut uns nicht weiterbringt. Karate funktioniert nur, wenn wir gelassen bleiben. Und er hatte Oliver keine Zeit gegeben, beschämt zu sein, sondern machte mit ihm ein paar Übungen, und als er sah, Oliver hatte begriffen, ließ er ihn allein weiterüben.

Er wird Matthias ewig dankbar sein für diese zehn Minuten, die er ihm schenkte, ihm, ganz allein ihm, dem linkischen, unsicheren Zwölfjährigen. So fand er einen Weg, seine Wut produktiv zu nutzen. Sich von der Wut nicht das Hirn vernebeln zu lassen. Denn das hat er verstanden: Wütend ist, wer sich ohnmächtig fühlt. Wer zuschlägt in seiner Wut, versucht, die Ohnmacht zu durchbrechen. Aber wer in blinder Wut zuschlägt, hat nur im Moment des Zuschlagens das Gefühl von Macht, es hält nicht an, und deshalb muss er immer wieder zuschlagen. Die Ohnmacht durchbrechen kann nur derjenige, der lernt, die Wut zu kontrollieren, die Ohnmacht auszuhalten, den Kopf kühl klar zu behalten und in Ruhe, mit wachem Blick, abzuwarten, bis der Moment kommt, in dem man etwas erreichen kann.

Deshalb hofft Oliver, irgendwann auch seine Feigheit zu überwinden, so wie er die Wut überwunden hat. Er muss weiterüben, geduldig, beharrlich, dann wird ihm irgendwann auch im richtigen Leben gelingen, was er im Karate inzwischen ziemlich gut kann: geduldig abzuwarten, um genau den richtigen Moment zu erwischen, in dem man mit wenig Aufwand, mit einem kurzen, schnellen Griff, den anderen zu Fall bringen kann. Was nur funktioniert, wenn man vorher alle Bewegungen, alle Verteidigungsmöglichkeiten gründlich trainiert hat, immer wieder, bis sie so automatisch ablaufen wie das Gehen oder das Zähneputzen. Nur wenn man keinen einzigen Gedanken mehr an die Bewegungen verschwenden muss, hat man im Wettkampf den Kopf wirklich frei, sich ganz auf die Beobachtung des anderen zu konzentrieren, seine Aktionen blitzschnell wahrzunehmen und zu verstehen, was kommt, und ebenso blitzschnell zu reagieren, ganz automatisch. Oliver liebt dieses Gefühl, wenn sein Kopf und sein Körper unabhängig voneinander zu agieren scheinen und doch perfekt aufeinander abgestimmt sind. Wenn sich alles Denken in einer einzigen Bewegung kristallisiert und in ihr aufgehoben wird. Wenn sich plötzlich diese winzigen Momente auftun, in denen sich der Kampf entscheidet. So ein Moment wie der, als er die Hand hob und Mr. Bigs zweiten Schlag abwehrte.

Oliver lässt die immer noch erhobene Faust sinken. Warum ist ihm das bisher nicht aufgefallen? Irgendetwas Entscheidendes ist da passiert. Nicht, als Mr. B. zuschlug, sondern als Oliver abblockte. In dieser Sekunde geschah etwas, das den Kampf für immer verändert hat.

Nur: was? Dass Mr. Big ein Arschloch ist, wusste er schon immer, auch bevor er zuschlug. Und mit ihm über die Verweigerung zu sprechen ist so unvorstellbar wie eh und je.

Im Wettkampf weiß Oliver nach solchen Momenten immer, wie es weitergeht. Ob er auf die Siegerspur gekommen ist, oder ob er kaum noch eine Chance hat. Hier weiß er es nicht. Er weiß nur, aber das mit absoluter Sicherheit, dass es so ein Moment war.

Vielleicht sollte er sich das Gespräch mit Mr. Big, das er so scheut, vorstellen wie einen Karatewettkampf. Sich hinstellen wie auf der Matte, stabil und elastisch zugleich, dem Gegner fest in die Augen sehen, und dann den ersten Schlag setzen: Hör zu, ich werde nie zum Bund gehen, ich finde es widerlich und gefährlich und überhaupt ganz falsch und überflüssig. Den kurzen Moment der Überraschung ausnutzen und direkt den nächsten Schlag platzieren: Ich werde nach Stuttgart gehen und im Obdachlosenheim arbeiten, ich habe schon Kontakt mit den Leuten dort, nur meine Verweigerung muss noch offiziell durchkommen, dann kann ich mich bewerben.

Spätestens dann käme der Gegenschlag. Sein Sohn ein Feigling, ein Drückeberger! Oliver sieht Mr. Bigs Gesicht vor sich, weiß vor Wut und Verachtung, die Augen schmal, die Kiefermuskeln angespannt. Er würde die Worte mehr zischen als aussprechen, ihm geradezu vor die Füße spucken. Er stelle sich das wohl heldenhaft und romantisch vor, mit diesen Obdachlosen, aber eine Gesellschaft habe nun mal ihren Ausschuss, Versager seien das, ja, so wie er, solle er ruhig da hingehen, aber er brauche dann später nicht wiederzukommen, wenn er gemerkt habe, wie es da sei, er brauche nicht zu hoffen, dass seine Eltern ihn herausholen aus dem Mist.

Wieder merkt Oliver, wie ihm schon bei der Vorstellung der Schweiß ausbricht und die Knie weich werden. Wie soll er sich in so einem Zustand konzentrieren können? Was im Karate funktionieren mag, die lange geübten Bewegungen automatisch zum richtigen Zeitpunkt zu machen, selbst wenn ihn der Stress packt – im Gespräch wird er scheitern, das weiß er. Ganz gleich, wie lange er sich die Argumente zurechtlegt, das Gespräch vorher vorstellt – sobald Mr. Big seinen verächtlichen Unterton in der Stimme hat, versagen ihm die Worte, weiß er nach zwei Sätzen nicht mehr weiter. Reden ist einfach nicht sein Ding und streiten noch viel weniger. Schreibend disputieren, das hingegen ist kein Problem. Witzigerweise hilft beim Schreiben genau das Gegenteil von Karate: Er hat Zeit. Und er weiß, wenn er schreibt, dass er nicht dabei ist, wenn der Leser liest. So kann er schreiben, was er denkt, und fühlt sich unbeobachtet und frei dabei. Kritik hält er aus, Leserbriefe, sogar Drohbriefe würden ihn nicht schrecken. Hauptsache, per Post, und er kann sie lesen, wenn keiner zuschaut. Und dann in Ruhe die Antwort schreiben.

Vielleicht sollte er Mr. Big schreiben. Aber das würde das Gespräch nur hinauszögern, denn Mr. Big würde garantiert nicht schriftlich antworten. Oliver würde ihm damit nur Gelegenheit geben, seine Argumente zu sammeln; damit hätte er seinen kleinen Vorsprung, den Überraschungseffekt, auch noch verspielt.

Nein, es hilft alles nichts. Er muss es irgendwann schaffen, zumindest für eine halbe Stunde genügend Mut und Festigkeit zusammenzubringen, um sich der Konfrontation zu stellen. Und vielleicht helfen ihm Momente wie dieser hier, an dem er sich so stark und so eins fühlt mit all den Menschen hier auf dem Platz, die wie er *Sag NEIN!* brüllten. Vielleicht, hofft Oliver, kann er ein bisschen davon mitnehmen, von diesem Gefühl, zumindest eine Zeit lang nicht allein zu sein, einmal kurz zu spüren, wie es ist, wenn man sich stark fühlt. Vielleicht ist er dann eines Tages auch stark genug für Mr. Big.

* * *

Wir Republikaner sind der Meinung, daß die Vereinigten Staaten mit der Sowjetunion nur aus einer Position unbestreitbarer Prinzipientreue und unbestreitbarer Stärke verhandeln können.

Wahlprogramm der Republikanischen Partei der USA
für die Präsidentschaftswahlen, 15. Juli 1980

* * *

Niemand kann erwarten, daß die Sowjetunion die NATO-Bedingungen annimmt, die darauf gerichtet sind, Verhandlungen von der Position der Stärke aus zu führen. Der gegenwärtige Standpunkt der NATO-Länder macht Verhandlungen zu diesem Problem unmöglich.

Leonid Breschnew, Generalsekretär der KPdSU,
in einem Interview mit der *Prawda*, 14. Januar 1980

* * *

Elf Uhr

WERNER Das Flugblatt vorhin, und nun die schreiende Menschenmenge – es macht Werner beklommen, er hat das Gefühl, ausbrechen, sich schützen zu müssen. Auch wenn die Stimmung fröhlich ist, heiter. Aber dieses gemeinsame *Sag NEIN!*, dieses Johlen, der ganze Platz ein einziger großer, hochfliegender Schrei – da überläuft ihn ein Schauer. Jegliche Form von Massenhysterie, und sei es eine noch so friedliche, erschreckt ihn bis ins Mark, immer hört er dann vor seinem inneren Ohr Joseph Goebbels, das frenetische *Wollt ihr den totalen Krieg?* und das noch frenetischere *Jaaa!* der Menge.

Es war Unsinn, hierherzukommen. Was hatte er denn gedacht, wie es zugeht auf so einer Veranstaltung? Wie auf einem Wanderausflug, man läuft gemeinsam durch die Gegend, unterhält sich nett, und irgendwann geht man wieder? Natürlich nicht. Natürlich wusste er, dass es Reden und Flugblätter geben würde, Transparente und Sprechchöre. Aber er hatte sich nicht klargemacht, dass er mittendrin sein würde. Dass er dazugehören würde.

Er möchte nicht dazugehören. Er möchte raus hier, raus aus der Menge.

Für einen Moment hat Werner das Gefühl zu ersticken. Er fährt sich mit der Hand unter den Schal und lockert ihn. Sofort kriecht die kalte Herbstluft in den Mantelkragen und sorgt dafür, dass sich seine Nackenhaare aufstellen. Unwillig zieht er den Schal höher, stopft ihn rundum unter den Mantel, aber nicht mehr ganz so fest. Prompt meldet sich auch seine Blase wieder, schärfer, drängender als zuvor.

Er fängt einen Blick von Marlene auf, sie schaut besorgt.

Geht es Ihnen nicht gut?, fragt sie.

Er muss sie nicht behelligen mit seinen Gedanken, es sind seine, nicht ihre, und was kann sie dafür, dass das hier nicht seine Welt ist. Soll sie ruhig weiter mit der Menge johlen, in ihr aufgehen, sie ist jung und sie hat gute Absichten. Er wird zusehen, dass er das Haus der Dame mit der Toilette findet – es wird wirklich Zeit.

Danke, es geht schon, erwidert er. Ich gehe mir nur mal ein bisschen die Beine vertreten. Warten Sie nicht auf mich; spätestens in der Kette sehen wir uns wieder.

WILFRIED Inzwischen steht die Sonne hoch genug, dass sie über die Hausdächer schaut, und der Bahnhofsvorplatz liegt in der Sonne. Ein kleines bisschen wärmt sie sogar, findet Wilfried, als er in die Sonnenstrahlen blinzelt. Seine Gruppe, oder zumindest ein guter Teil davon, hat sich am Rand des Platzes versammelt, um Frau Heger herum, die ein großes Schild mit dem Logo der Kirchengemeinde und einer Friedenstaube schwenkt.

Wirklich eine gute Idee, dieses Schild, denkt Wilfried, und so hat er es ihr vorhin auch gesagt.

Frau Heger lächelte. Den Tipp, sagte sie, habe ich von meiner Tochter. Die sagte, ihr müsst den Leuten einen Anlaufpunkt geben. Und dafür sorgen, dass man euch findet.

Kluge Tochter, sagte Wilfried.

Ja, sagte Frau Heger, und man sah ihr den Stolz an.

Wilfried erinnert sich nur flüchtig an die Tochter; er hat sie nur wenige Male gesehen, sie war schon konfirmiert, als er die Gemeinde übernahm. Ein sehr ernsthaftes Mädchen, oder besser: eine junge Frau, ruhig, aber temperamentvoll, so widersprüchlich das klingt, voll innerer Energie, der sie vermutlich nur selten erlaubte, nach außen zu dringen. War sie nicht kürzlich eine Zeit lang in Nicaragua? Oder wollte dorthin? Er muss Frau Heger nachher mal fragen.

Können wir los?, fragt neben ihm Klaus Burkhard, der Vorsitzende des Ältestenrats.

Ich glaube nicht, sagt Wilfried und schaut sich um. Tatsächlich, gerade treten aus dem Bahnhofsgebäude drei ältere Damen aus dem Frauenkreis und bleiben stehen, zwei von ihnen sind ganz in ein Gespräch vertieft und scheinen nichts um sich herum wahrzunehmen, nur die dritte schaut sich suchend um.

Hier!, ruft Klaus Burkhardt, winkt und bedeutet ihnen mit heftigen Bewegungen zu kommen.

Die dritte hat ihn gesehen und winkt zurück, dann wendet sie sich ihren Begleiterinnen zu, doch sie hat es nicht leicht, zu ihnen durchzudringen. Die eine nickt flüchtig, als die dritte sie anspricht und zur Gruppe zeigt, sie geht ein, zwei Schritte, während die andere ihren Rucksack zurechtrückt und weiterredet, dann bleibt sie wieder stehen, um etwas zu entgegnen, die andere steht immer noch, während die dritte schon ein paar Schritte vorangegangen ist und sich ungeduldig zu den zweien umdreht.

Menschen, denkt Wilfried, wie schwer sie sich doch damit tun, den Blick zu heben und weiter zu schauen als bis zu ihrer eigenen Nasenspitze, im Kleinen wie im Großen. Man kann es beklagen, man kann sich darüber aufregen, aber es zu ändern ist schwierig. Wahrscheinlich sollte man gar nicht zu sehr versuchen, es zu ändern, sondern es als Teil des Menschseins akzeptieren. Die Bibel ist voll von Geschichten über die Schwächen und Unzulänglichkeiten des Menschen, und doch ist der Mensch Ebenbild Gottes. Anstatt zu viel Energie zu verschwenden in dem Versuch, ihn zu ändern, ist es besser, die Dinge zu ändern. Oder zumindest sie in seinen Blick zu rücken, damit er sie wahrnehmen kann, auch wenn er gerade voll und ganz mit seinem eigenen kleinen Leben beschäftigt ist.

Das ist der erste, vielleicht sogar der wichtigste Schritt, um die Welt zu verändern. Die Menschen lassen sich nicht vorschreiben, was sie tun und denken sollen. Aber man kann dafür sorgen, dass sie nicht wegschauen können. Dass sie die Dinge sehen müssen, sich Gedanken machen und sich darüber klar werden müssen, wie sie dazu stehen.

Allerdings müssen sie dafür stark genug sein. Schon hinzuschauen, den Blick nicht abzuwenden braucht Stärke, manchmal auch Mut. Nicht alle schaffen das.

Das, denkt er, ist sein Auftrag, seine Aufgabe in der Welt: den Menschen Kraft zu geben. Oder besser gesagt: Sie zu ihrer eigenen Kraft zurückzuführen. Jeder Mensch ist stark, unglaublich stark. Aber viele verschleißen ihre Kraft in der Jagd nach Zielen, die gar nicht ihre eigenen sind, in einem aufreibenden, hektischen Alltag, der Zeit zur Besinnung vermissen lässt. Und verlieren irgendwann ganz den Kontakt zu dem, was sie einst stark gemacht hat.

Also: Erst die Menschen stark machen. Dann sie das Sehen lehren.

Roland dagegen findet, dass man das Hinschauen nicht aufschieben darf. In der Tat kämpft Roland vor allem darum, Dinge in den Blick zu rücken. Mit schier unerschöpflicher Energie stürzt er sich in den Aufbau der Rosa Hilfe, scheut sich nicht, in der Öffentlichkeit aufzutreten mit den Wörtern *schwul* und *AIDS* auf den Lippen, ohne sich darum zu scheren, was die Leute über ihn reden, was sie munkeln und ihm unterstellen. Das ist Rolands Kampf für eine bessere Welt, und der fängt für ihn zuallererst damit an, sich nicht zu verstecken, wie er sagt. Er, denkt Wilfried, stellt sich selbst so hin, dass ihn die Leute sehen müssen, ihn und alles, wofür er steht. Einer, der ihre Normalität durch seine pure Existenz und Lebensweise infrage stellt, für immer ein Fremder in der Welt der Normalen, Roland hat das lange vor Wilfried gewusst, und daraus speist sich seine Energie, seine Kraft, um die Wilfried ihn manchmal ein wenig beneidet.

Aber jeder hat seinen eigenen Auftrag in der Welt, jeder muss seinen eigenen Weg finden. Wie viele Auseinandersetzungen führten er und Roland in den ersten Jahren ihrer Beziehung darum, wie zu handeln richtig war. Roland warf Wilfried vor, er verstecke sich, im Grunde genommen sei er ein Heuchler und trage damit zu den Faulstellen der Gesellschaft bei.

Richtig gestritten hatten sie, bis irgendwann Wilfried sagte: Ich bin nicht wie du, ich muss nicht nur in meiner Stellung einen Ausgleich finden und darf niemand vor den Kopf stoßen, sondern es entspricht mir auch nicht, ich kann das nicht, ich kann dafür anderes; wenn du das nicht akzeptieren kannst, dann wird es vielleicht besser nichts mit uns. Es zerriss ihm schier das Herz, das zu sagen; die Vorstellung, Roland, dieses Geschenk des Lebens, das er nie zu bekommen gehofft hatte, wieder zu verlieren, brachte ihn schier um.

Doch Roland akzeptierte es, und tatsächlich kam nie wieder auch nur der leiseste Vorwurf über seine Lippen. Im Gegenzug schweigt Wilfried über die Sorgen, die er sich macht. Manchmal, so denkt er, müsste man Roland vor sich selbst schützen. Aber Roland lässt sich nicht schützen, will sich nicht schützen lassen; er fühlt sich erst richtig lebendig und frei, wenn er ohne Vorbehalte und Abwägen und Taktik mitten hineingeht ins Leben, dorthin, wo die Konflikte schwelen. Eines Tages wird es ihn auffressen, zerreißen, fürchtet Wilfried, aber selbst das würde ihn wahrscheinlich nicht abhalten, sondern er würde sagen: Immerhin habe ich gelebt. Letztlich ist es genau das, was er so liebt an Roland. Vielleicht gerade weil er es nicht vollständig versteht, es ihm in der Seele fremd ist, weil es ihn beunruhigt, ängstigt, schmerzt.

Die drei Damen haben endlich die Gruppe erreicht, und gleichzeitig tauchen auch von irgendwoher die Jugendlichen auf, rennend und kichernd und aufgekratzt.

Wir können!, ruft Frau Heger und schwenkt das Schild. Los geht's!

Wo geht es denn lang?, fragt Klaus Burkhard.

Einfach geradeaus die Bahnhofsstraße hinunter, sagt Wilfried, dann kommen wir zum Rathausplatz. Und von dort aus, denkt er, sind es nur noch zweihundert Meter bis zu dem Haus, in dem ich aufgewachsen bin, bis zu meinem Bruder und meiner Mutter. Doch das behält er für sich.

MARLENE Wer ist dieser Mann?, fragt Ulrike, als Werner zwischen den Menschen verschwunden ist.

Mein Mentor, antwortet Marlene, aber sieht gleich, dass Ulrike das Wort nicht identifizieren kann. Ein Kollege, fügt sie hinzu, aus der Schule. Das versteht Ulrike und nickt.

Und die Kinder?, fragt sie.

Von ihr. Marlene deutet auf die Bühne, wo Renate gerade ihre Gitarre stimmt für das nächste Lied.

Eine Freundin?

Vielleicht.

Marlene wünscht sich plötzlich, nicht hier zu sein, sondern irgendwo, wo es ruhig ist, wie auf dem alten Bett unter dem Dachfenster, sie möchte mit Ulrike reden, möchte wissen, wie es ihr geht, möchte erzählen, was sie bewegt. Vielleicht, so scheint es ihr in diesem Moment, würde ihr Leben weniger zerfließen, könnte sie dieses merkwürdige Auseinanderfallen stoppen, wenn sie mit Ulrike reden könnte, so wie sie zu Weihnachten geredet hatten.

Aber es geht nicht, nicht jetzt, nicht hier.

Sehnsucht flackert in Marlene auf, und sie sieht, dass Ulrike es sieht. Wie vertraut ist ihr dieser Blick, dieser typische Ulrike-Blick, ruhig und unaufgeregt, mit dem sie geradewegs auf den Grund der Seele zu schauen scheint.

Marlenes Beherrschung wankt erneut. Ihre Augen werden feucht, und hastig hockt sie sich nieder und kramt in ihrem Rucksack nach einem Taschentuch. Was soll das, schilt sie sich, warum heult sie denn. Sie findet die Packung mit den Papiertaschentüchern, zieht eines heraus, schnäuzt sich und wischt sich schnell und unauffällig, wie sie hofft, über die Augen.

Als sie wieder aufsteht und das Taschentuch in die Hosentasche steckt, fällt ihr Blick auf die Bank. Yolanda steht auf ihr, den Blick gebannt auf die Bühne gerichtet, wo Renate wieder zur Gitarre greift: *Sag mir, wo die Blumen sind …*, singt sie.

Doch der Platz neben Yolanda ist leer.

Wo ist Frido?, fragt Marlene.

Yolanda schaut um sich. Keine Ahnung.

Marlene spürt Panik in sich aufsteigen. Wenn Frido weg ist! In dieser Menschenmasse haben sie keine Chance, ihn zu finden!

Frido!, ruft sie. Frido! Oh Gott, wir müssen ihn suchen!

Wen?, fragt Ulrike.

Frido. Den kleinen Sohn von der Frau auf der Bühne. Sie hatte mich gebeten, auf die Kinder aufzupassen. Und jetzt ist er weg!

Ulrike hat nicht alles verstanden, aber begriffen. Das Kind.

Ganz ruhig, sagt sie. Panik hilft nicht. Zuletzt war er auf der Bank, richtig? Dann bleibst du hier. Vielleicht kommt er gleich wieder. Ich gehe suchen.

Nein, ich muss ihn suchen, sagt Marlene. Ich kann jetzt nicht nichts tun.

Ich bin größer als du, sagt Ulrike, ich kann in diesem Gedränge besser sehen.

Weißt du denn, wie er aussieht?

Ich habe ihn gesehen, ich erkenne ihn wieder.

Also gut, sagt Marlene, nur halb überzeugt.

Ich gehe auch suchen, sagt Yolanda eifrig.

Das gibt den Ausschlag. Nein, sagt Marlene energisch, du bleibst bei mir. Es reicht, wenn einer verloren geht. Ulrike sucht, und wir beide warten hier.

Sie macht sich Vorwürfe. Wie konnte sie nur so unaufmerksam sein. Warum hat sie nicht schon längst die anderen vom Schweigen für den Frieden gesucht, dann wären die Kinder nicht allein unter ihrer Aufsicht gewesen. Und jetzt ist Frido weg, inmitten von Tausenden von Menschen. Wie sollen sie ihn nur wiederfinden?

Hast du irgendetwas mitbekommen?, fragt sie Yolanda.

Nein, sagt Yolanda, und es klingt weniger patzig als verunsichert.

Mist, denkt Marlene, ihr geht es auch nicht besser als mir gerade. Sie ist die große Schwester, sicherlich hat auch sie jetzt das Gefühl, nicht genügend aufgepasst zu haben. Sie würde

Yolanda gerne in den Arm nehmen, aber dem Mädchen ist anzusehen, dass sie das nicht dulden würde, schon gar nicht von Marlene, die erst das wichtigste Lied von allen verpasst und nun auch noch den kleinen Bruder verloren hat.

Frido!, ruft Marlene und schaut umher, in der Hoffnung, dass Frido in der Nähe und nur zwischen den Menschen nicht zu sehen ist. Frido!

Sucht ihr jemanden?, fragt ein junger Mann, der in ihrer Nähe steht.

Ja, einen kleinen Jungen. Marlene drängt erneut Tränen zurück. Fünf Jahre alt, roter Pullover, lila Anorak, blonde Haare. Handschuhe, die an einer Schnur durch den Anorak gezogen sind und an den Ärmeln baumeln. Keine Mütze, die Mütze, merkt Marlene jetzt, liegt unter der Bank.

Okay, sagt der junge Mann, wenn ich ihn sehe … und er verschwindet in der Menge.

Marlene glaubt kaum, dass er Frido sehen wird, aber etwas anderes als hoffen und warten kann sie jetzt nicht tun.

* * *

> In den ersten Jahren nach dem Zweiten Weltkrieg hatten wir ein Monopol auf Atomwaffen. […] Wenn es einen nuklearen Schlagabtausch gegeben hätte, hätte die Sowjetunion ungefähr 100 Millionen Todesopfer gehabt und die Vereinigten Staaten 10 Millionen. […] Es steht außer Frage, daß seit Vietnam unsere nukleare Stellung vom Stillstand an die Grenzen der Unterlegenheit abgerutscht ist. Einige sorgfältige Studien vertreten die Sichtweise, daß das Verhältnis der strategischen Kräfte demnächst umgekehrt wird, wenn wir nicht sofort Maßnahmen ergreifen – daß also wir bei einem nuklearen Schlagabtausch 100 Millionen Todesopfer riskieren würden und die Sowjetunion 10 Millionen. Selbst wenn das Verhältnis nur bei 100 zu 20 oder 30 läge, ist es nicht schwer vorzustellen, was passiert, wenn wir zulassen, daß diese Situation eintritt.

US-Sicherheitsberater Eugene V. Rostow
im *Commentary Magazine*, Februar 1979

* * *

WERNER Der Schall der Kundgebung begleitet Werner, als er die Straße hinuntergeht, Lärmfetzen werden von den Fassaden der Häuser reflektiert. Wie unwirklich, denkt er, einerseits dieser Lärm und andererseits diese Menschenleere hier, kaum dass man ein paar Meter entfernt ist vom Ort des Geschehens. Allmählich wird er ruhiger, der Anflug von Übelkeit hat sich gelegt, und er atmet wieder frei.

Er hätte nicht kommen sollen. Was hat ihn nur getrieben? Zu glauben, er müsse auf Franziska aufpassen? Was für eine Schnapsidee – wie gut man auf eine Siebzehnjährige aufpassen kann, die nicht auf sich aufpassen lassen will, zeigt ihre Schwangerschaft zur Genüge. Dass er nicht untätig sein will im Angesicht des heraufziehenden Übels? Ist das hier wirklich das, was er tun kann und will? Sicherlich richtet die Hysterie der Massen dort auf dem Kundgebungsplatz weniger Schaden an als die, an die sie ihn erinnert; aber es bleibt eine Hysterie der Massen. Ein Trugbild von Stärke, von Selbstüberhöhung, das man sich selbst schafft, indem man sich mit Gleichgesinnten umgibt und den Rest der Welt ausblendet. Den man durch das Geschrei auch ganz real akustisch in die Ferne rücken lässt, keine anderslautende Stimme könnte sich da Gehör verschaffen.

Er misstraut der Hysterie der Massen, und er misstraut denen, die sie zu wecken verstehen. Selbst wenn sie Gutes im Schilde führen.

Und dann dieses Flugblatt. Kerle wie der, der es ihm in die Hand drückte. Der einen Blick hatte wie Jörg, als er ihm einmal ins Gesicht sagte, was er dachte: Nazi. Erzähl mir nichts. Du warst doch auch dabei. Wenn er es sich recht überlegt, hatte er schon da genug von dem Flugblatt, nicht erst, als er zu lesen anfing.

Denn genau so funktioniert das. Abgrenzungsschritt Nummer eins: Ich hefte dir das Etikett »Nazi« an; und gleichzeitig etikettiere ich mich damit als anders, als Nicht-Nazi, als etwas Besseres. Schritt zwei: Mir genügt ein oberflächlicher Augenschein für mein Urteil, es reicht, dass irgendwelche äußeren

Umstände es plausibel machen; tiefer liegende Zusammenhänge und Beweggründe interessieren mich nicht. Schritt drei: Dass du eine andere Wahrheit hast, dass es in der Tat ganz anders sein könnte, interessiert mich nicht; ich will bei meiner Sicht der Dinge bleiben und deine gar nicht hören.

So schnell ist man mittendrin in einer Spirale aus sich selbst verstärkenden Weltsichten.

Wie viele Leute hier halten ihn wohl für einen Nazi? Oder zumindest für einen Mitläufer, der nun, auf seine alten Tage, versucht, sein schlechtes Gewissen zu beruhigen?

Aber haben sie nicht in diesem letzten Punkt vielleicht sogar recht?

In der Manteltasche schließen sich Werners Finger fest um die Papierkugel, zu der er das Flugblatt zusammengepresst hat. Er schaut sich um, ob er einen Mülleimer findet, vergeblich. Auf dem Kundgebungsplatz hätte es sicherlich einen gegeben.

Vielleicht war er damals ein Mitläufer, ja. Ein Mitläufer, wie es alle Menschen ein Stück weit sind. Der Mensch ist ein soziales Wesen, er orientiert sich an anderen, und selbst diejenigen, die sich hartnäckig gegen die Weltläufte stemmen, haben ein Umfeld, in dem man denkt wie sie. Die allerwenigsten sind fähig, sich wirklich ein eigenes Bild zu machen und das gegen alle anderen zu vertreten; und von denen ist ein Gutteil nicht visionär, sondern verschroben. Die jungen Leute heute haben es besser als er damals, sie haben die Wahl, wo sie mitlaufen wollen, ohne dass es ihre Zukunftschancen wesentlich beeinflusst. Ein Mitläufer war er also durchaus – aber ein schlechtes Gewissen hat er nicht. Auch nicht, dass er sich nach dem Krieg von Politik erst einmal fernhielt. Ja, es gab andere, es gab die unermüdlichen kritischen Köpfe, die sich gegen die Wiederbewaffnung engagierten, Ostermärsche organisierten, Wahlkämpfe betrieben. Doch die meisten waren, genau wie er, voll und ganz damit beschäftigt, ihr eigenes kleines Leben wieder in die Spur zu bekommen, und das ist, findet Werner, nicht verwerflich, sondern ganz normal und vernünftig. Es bedeutete ihm viel, im Leben Fuß zu fassen, auf eigenen Beinen zu stehen; es war für ihn nicht selbstverständlich, dass es ihm gelingen würde. So stark hatte ihn die faschistische Ideologie schon geprägt, dass er gegen das Gefühl von Nutzlosigkeit ankämpfen musste, sich beweisen musste, dass er in der Lage war, ein Leben als volles Mitglied der Gesellschaft zu führen, das in die Gesellschaft einzahlte und nicht schmarotzerhaft von ihr lebte, auch nicht als der Invalide, der er war. Natürlich wusste er, dass er kein Einzelfall war und dass ihn keine Schuld traf, dass ihm niemand von denen, die diese Zeit miterlebt hatten, eine Schuld geben würde, doch mehr noch als der Wunsch, es solle nie wieder einen Krieg geben, beseelte ihn der, sich als lebenstüchtig zu erweisen. Er hätte sogar Kochen und Bügeln gelernt, wenn er gekonnt hätte, mag sein, dass er diesen Wunsch nur hatte, weil er es eben nicht konnte – Millionen Männer wurden von ihren Frauen bekocht und bebügelt, und niemand dachte sich etwas dabei. Aber weil er lange Zeit zweifelte, ob er überhaupt eine Frau finden würde, weil er Mittagstisch aß und seine Wäsche zum Waschen und Bügeln in die Wäscherei brachte und das Geld kostete, war nach Kriegsende sein wichtigstes Ziel, eine gute Stelle zu finden, die ihm genügend finanzielle Sicherheiten bot und die er dauerhaft ausfüllen konnte, auch mit nur einem Arm. Und so wurde er Lehrer. Lehrer wurden gesucht, und er galt als unbelastet, seine Unerfahrenheit war sein Vorteil: Er war nicht schon unter den Nazis Lehrer gewesen.

In der Zwischenzeit nahm der Aufstieg der Bundesrepublik ihren Lauf. Er verfolgte aufmerksam, was passierte, er war ein gewissenhafter Zeitungsleser und ein ebenso gewissenhafter Wähler. Das war seine Pflicht als Staatsbürger einer jungen Demokratie, aber mehr auch nicht, mehr konnte er nicht tun. Zu einer Demokratie gehört schließlich auch, Vertrauen zu haben in diejenigen, die man gewählt hat. Wenn ein paar Hundert mehrere Millionen vertreten müssen, kann nicht jedes Einzelinteresse gleiche Berücksichtigung finden, so ist das eben in einer Mehrheitsdemokratie, damit muss man leben. So dachte er, und so denkt er immer noch. Auch, dass die Gewählten nicht unbedingt die Interessen ihrer Wähler vertreten, sondern ihre eigenen, findet er nicht problematisch, solange genügend verschiedene Interessen in den Parlamenten vertreten sind und aufeinanderprallen.

Wieder tasten Werners Finger nach der Papierkugel in seiner Manteltasche. Energisch schiebt er sie tief in den untersten Zipfel der Tasche und nimmt die Hand heraus.

Und dann sieht er das Schild, fast wäre er achtlos daran vorbeigelaufen, so in seine Gedanken versunken. An dem Gartentörchen des kleinen Hauses, vor dem er gerade steht, baumelt ein Stück Pappe, mit buntem Filzstift in einer sorgfältigen Schülerschrift eher bemalt als beschrieben: *WC geöffnet – kommen Sie herein.*

Werner möchte seufzen vor Erleichterung. Ein normales WC in einem normalen, ordentlichen Haushalt. Zumindest sieht das Häuschen von außen ordentlich aus, im Vordergarten ist der Rasen gemäht, die Stauden in den Beeten sind schon für den Herbst heruntergeschnitten und die Beete gemulcht. Jetzt, wo die Erlösung so greifbar nahe ist, spürt er seine Blase wieder. Ein Schauer durchläuft ihn, während er die Treppenstufen zur Haustür hinaufsteigt. Doch er wird noch ein wenig durchhalten müssen, er braucht seine Zeit.

IRMELA Als Irmi mit den roten Rüben aus dem Garten zurückkehrt, ist es still im Haus. Eine Lücke in der zwischenzeitlich nicht enden wollenden Schlange – das ist die Gelegenheit. Irmi holt aus dem Wandschrank unter der Treppe den Putzlappen und das Sagrotan und inspiziert die Toilette.

Viel zu inspizieren gibt es nicht. Die Toilette ist so sauber wie vor zwei Stunden, einzig die nackten Pappkerne von vier aufgebrauchten Rollen Toilettenpapier, die auf dem Waschbeckenrand stehen, verraten, wie viele Menschen sie zwischenzeitlich benutzt haben. Ordentliche Demonstranten sind das, wirklich. Eigentlich sollte sie den Karl holen, dass der sich das ansieht.

Aber es würde nichts nützen; wer die Augen nicht öffnen will, wird auch nichts sehen.

Irmi wischt dennoch einmal mit dem sagrotangetränkten Lappen über die Brille, die Oberseite und die Unterseite und auch noch den Toilettenrand, dann holt sie drei frische Rollen Toilettenpapier aus dem Schrank unter dem Waschbecken und stellt sie auf den Spülkasten.

Als sie aus der Toilette herauskommt, steht ein Mann im Flur. Irmi weicht erschrocken zurück. Komisch, all die vielen Leute haben ihr nichts ausgemacht, doch dieser eine Mann erschreckt sie.

Dabei gibt es keinen Grund zu erschrecken. Ein echter Herr ist er, das sieht sie auf den ersten Blick. Nicht mehr jung, fast schon ihr Alter, nun ja, nicht ganz, rund zehn Jahre jünger wird er wohl sein.

Entschuldigung, fängt er an, ist hier …

Jawohl, sagt sie und erspart ihm, nach der richtigen Formulierung zu suchen. Über so etwas spricht man nicht, haben sie gelernt als Kinder, und es sitzt tief, sie kennt das. Weshalb wohl hat Julian das Schild schreiben müssen, sie hätte einfach nicht gewusst, wie. Julian lachte, aber Oma, das ist doch nicht so schwierig, schreib einfach, wie es ist – hier gibt es eine Toilette –, aber sie fand es schwierig, er machte sich keine Vorstellung davon, wie schwierig es war.

Der Mann lächelt dankbar und geht an Irmi vorbei in die Toilette. Erst da sieht sie den leeren Ärmel. Ein Heimkehrer. Das ist ihr erster Gedanke. Und ein scharfer Neid durchzuckt sie. Er ist heimgekehrt, und ihr Hermann nicht.

Erstaunlich, denkt sie dann, wie viel sie heute an den Krieg denkt, und mit welcher Heftigkeit. Vierzig Jahre ist das alles bald her, es ist vorbei, vorbei, lange vorbei. Und ausgerechnet heute, wo es so viel um den Frieden geht, kommt alles zu ihr zurück.

Vielleicht, weil, wer vom Frieden redet, notwendig auch an den Krieg denkt. An den Krieg, den er vermeiden möchte. Den er fürchtet.

Der Unterschied zwischen ihr und all den jungen Leuten da draußen ist: Sie weiß, welchen Krieg sie fürchtet. Die Angst derer da draußen ist gleichermaßen ahnungslos wie schrecklich; eine monströse Angst ist es, aber gegen ein Monster kann man ankämpfen. Ihre Angst ist anders, sie ist einerseits real, andererseits leicht und dunstig, wie feiner Nebel. Im Alltag ist sie kaum zu bemerken, aber alle paar Monate zieht sie unversehens kalt in jede Ritze ihres Körpers und verursacht ihr Albträume.

Und seine Angst wird ähnlich sein.

Irmi stellt die Putzsachen zurück in den Schrank und geht vor die Haustür. Die Straße ist fast leer, bis auf ein eng umschlungenes Pärchen, dass sich innig küsst – direkt vor Karls Einfahrt. Als die beiden sich voneinander lösen, sieht Irmi: zwei Frauen. Na, wenn das der Karl gesehen hat, wird ihm noch einmal der Kopf schwellen, bis man fürchten muss, dass er platzt. Fast so schlimm wie Steinewerfer, aus seiner Sicht, wenn nicht noch schlimmer. Irmi schüttelt einmal mehr den Kopf in Gedanken an ihren Erstgeborenen. Warum nur fühlt er sich so bedroht, sobald er mit Menschen konfrontiert ist, die Dinge anders machen als er? Was nur hat sie falsch gemacht mit ihm?

Die Kundgebung vor dem Rathaus ist bis hierher zu hören, eine weibliche Stimme, die Worte versteht sie allerdings nicht, dann Gitarrenklänge. Gefährlich oder gewalttätig klingt das alles nicht. Vielleicht hätte sie doch einmal hingehen und schauen sollen, wenn sie schon einmal so eine Kundgebung quasi vor der Haustür hat. Aber dann müsste sie das Haus doch verschließen. Und spätestens wenn die Kundgebung vorbei ist und die Menschen zur B10 strömen, wird ihre Toilette wieder gefragt sein. Nein, sie bleibt hier, hier ist ihr Platz. Sie kann sich ja später von Julian alles erzählen lassen.

Viertel nach elf

ULRIKE Ulrike wühlt sich einmal quer durch die Menschenmenge hindurch zurück zum Verteilerkasten. Auf ihm sitzt ein Kind, vier oder fünf Jahre alt – ob das Frido ist? Nein, entscheidet Ulrike, sicher nicht, allein kommt ein Kind nicht auf den Verteilerkasten hinauf, und tatsächlich steht vor dem Verteilerkasten ein Paar, der Mann gibt dem Kind einen Keks – die Eltern.

'tschuldigung, sagt Ulrike zu dem Kind, darf ich mal kurz neben dich?

Das Kind schaut sie groß an, ohne zu antworten, doch es wirkt nicht allzu verschreckt, deshalb schwingt sie sich hinauf und schaut sich um.

Kaum zu glauben, wie sich der Anblick verändert hat, seitdem sie hinuntersprang, um Marlene einzuholen. Inzwischen ist der Platz so voll mit Menschen, dass man kaum noch eine Lücke sieht. Nicht auf den Treppenstufen, die zum Rathaus hinaufführen, nicht auf den Rasenstücken, die den Platz säumen, nicht einmal dort, wo die Straße anfängt. Überall sind Menschen, sie passen gar nicht alle auf den Platz, sondern breiten sich in die angrenzenden Straßen aus wie eine riesige Amöbe.

Wie viele mögen es sein? Fünftausend? Zehntausend? Dabei werden noch längst nicht alle da sein, nicht alle kommen schon zur Auftaktkundgebung, viele werden erst jetzt anreisen oder noch etwas später, sich direkt in die Kette stellen, denn auch so wird der Tag lang genug.

Aber es hat keinen Sinn, von hier aus in die Menge zu starren; so wird sie Frido nicht finden. Besser schaut sie, wo etwas los ist, was Kinder anzieht. Nicht allzu weit entfernt von ihr zum Beispiel machen sich gerade zwei Stelzenläufer bereit. Die Stelzenläufer selbst sieht Ulrike gar nicht, nur die meterhohen Kostüme, in denen sie stecken. Breschnew steht schon, während Reagan noch versucht, mithilfe von drei Freunden auf seine überlangen Beine zu kommen. Beide haben sie ein dümmliches Grinsen auf den Pappmascheegesichtern und eine Rakete unter dem Arm. *Nuke the world* steht auf Reagans Rakete, *Na Destroje* auf der von Breschnew. Sehr witzig, haha. Aber eindrucksvoll sind sie schon, jetzt steht Reagan auch, drei Meter groß sind sie sicherlich, überragen locker die Menschenmenge, durch die sie langsam zu staksen beginnen. Passt auf, dass ihr euch nicht in den Fahnen verheddert, denkt Ulrike unwillkürlich. Aber natürlich passen sie auf, und so leicht verheddert man sich nicht in Fahnen. Selbst wenn es viele sind. Friedenstaubenfahnen. DFG-VK. Verschiedene Gewerkschaften. Die sozialistische Jugendorganisation Die Falken. Aktion Sühnezeichen. Pax Christi. Wer nicht alles hier ist und eine Fahne mitgebracht hat!

Und Transparente. Während die Fahnen farbenfroh und professionell aussehen, sind die Transparente eher von der Sorte selbst gebastelt. Oft nur ein Stück Pappe, manchmal alte Bettlaken oder Kopfkissenbezüge, mit großen, ungelenken Buchstaben beschriftet, jedes eine persönliche Botschaft. *Mütter für den Frieden. Amis go home. Wer das Schwert ergreift, der soll durchs Schwert umkommen. Es ist fünf vor zwölf! Sonne statt Reagan. No Nukes.* Zwischen all den Schildern und Transparenten und Fahnen fallen die Sonnenschirme der Stände vor dem Rathaus kaum noch auf.

Die Stände! Ulrike schlägt sich mit der Hand an die Stirn. Natürlich, der Waffelstand! Der Duft frisch gebackener Waffeln zieht über den ganzen Platz, selbst hier kann sie ihn noch riechen. Dort muss sie Frido suchen. Und an der Bühne sollte sie auch schauen – vielleicht ist Frido einfach seine Mama suchen gegangen.

Ulrike springt vom Verteilerkasten und bahnt sich erneut einen Weg durch die Menschenmenge. Auf der Bühne tritt unterdessen ein Mann ans Mikrofon, Ulrike erkennt einen bekannten Schriftsteller, natürlich versteht sie nichts von dem, was er sagt, aber sie kann es sich denken. Irgendeine persönliche Betroffenheitsgeschichte oder ein Aha-Erlebnis für den Frieden oder beides.

An der Bühne ist Frido nicht. Auch nicht neben der Bühne oder hinter der Bühne. Die Gitarristin steht da, die Gitarre noch in der Hand, und spricht mit einem Menschen, ob Organisator, Journalist oder spontaner Fan, lässt sich nicht sagen. Wenn Frido hier wäre, hätte er seine Mama jedenfalls gefunden.

Also weiter zu den Waffeln. Der Duft macht Appetit, dabei hat Ulrike gut gefrühstückt und ist es gewohnt, erst spät wieder etwas zu essen. Auch andere werden offensichtlich von dem Duft angezogen; das ohnehin schon dichte Gedränge wird noch dichter, je näher Ulrike dem Stand kommt.

Und dann sieht sie das Kind. Es steht ein Stück entfernt vom Waffelstand, ist völlig vertieft darin, zu schauen, so vertieft, wie nur Kinder es sein können. Seine ganze Haltung zeigt, wie gerne es hinginge, sich aber die letzten Meter nicht recht traut. Begierig schaut es zu – nein, nicht wie die Frauen das Waffeleisen füllen und zudrücken und nach zwei Minuten wieder öffnen und eine dampfende frische Waffel auf eine Serviette legen, Puderzucker darüber streuen, die Waffel über den Tisch reichen. Der kleine Junge, dessen offen stehender violetter Anorak sich grässlich mit dem Rot des Pullovers darunter beißt, schaut dem jungen Mann zu, der am Stand der DFG-VK Luftballons füllt, eine tiefe Sehnsucht in den Augen, auch einen zu besitzen.

Ulrike geht zu ihm hinüber. Der Junge bemerkt sie nicht, bis sie direkt neben ihm steht.

Bist du Frido?, fragt sie, während sie neben ihm in die Hocke geht.

Er nickt, eingeschüchtert.

Ich bin Ulrike, sagt sie, die Schwester von Marlene. Du weißt, wer Marlene ist?

Das Kind nickt, stumm, mit weit aufgerissenen Augen.

Sie sucht dich, sagt Ulrike. Sie macht sich Sorgen, weil sie nicht weiß, wo du bist. Deine Mama ist fertig mit ihrem Auftritt auf der Bühne und wird dich auch gleich suchen. Warum bist du denn weggelaufen?

Nicht, dass sie es nicht schon ahnen würde. Seine Antwort versteht sie nicht, sieht nur, wie sein Mund sich bewegt, sein dünnes, schüchternes Kinderstimmchen schafft den Weg in ihre tauben Ohren nicht. Doch sein Finger spricht eine eindeutige Sprache, ein kleiner, speckiger Kinderfinger, der auf den jungen Mann an der Gasflasche zeigt.

Komm, sagt Ulrike, steht auf und streckt ihm die Hand hin, wir holen dir einen Luftballon.

Er legt seine Patschhand in ihre, und sie wundert sich, wie leicht es sein kann, das Vertrauen eines Kindes zu bekommen, und wie warm sich dieses Vertrauen anfühlt. Für einen Luftballon ist er bereit, an ihrer Hand zu gehen, wohin auch immer sie ihn führt.

Könnten wir einen Luftballon haben für den jungen Mann?, fragt Ulrike den Ballonfüller. Oder besser noch zwei, für seine Schwester auch einen?

Stück fünfzig Pfennig, sagt der Ballonfüller, der zum Glück eine kräftige klare Stimme hat. Die Farbe gibt es entsprechend der Streckenzuweisung, die orangen gehen nach Westen, die blauen nach Osten. Wohin müsst ihr denn?

Keine Ahnung, sagt Ulrike.

Hat es euch im Bus keiner gesagt?

Ich bin privat gekommen, sagt Ulrike. Frido, seid ihr mit dem Bus da?

Nein, mit dem Auto, kräht er, plötzlich wieder selbstbewusst.

Dann müsst ihr nach Osten, entscheidet der Ballonfüller und nimmt einen orangen Luftballon.

Ich will aber blau!, protestiert Frido.

Na gut, sagt der Ballonfüller, einen orangen, einen blauen, okay?

Dann kriegt Yolanda den orangen, sagt Frido bestimmt.

Und ganz konzentriert darauf, dass ihm die Luftballonschnüre nicht aus der Hand entwischen, lässt er sich willig von Ulrike zurück zur Bank führen, auf der Yolanda und Marlene sitzen und warten.

***

> Die Bundesrepublik Deutschland ist keine Nuklearmacht und strebt diesen Status nicht an. Sie hat bereits 1954 im WEU-Vertrag und durch die Ratifizierung des Vertrages über die Nichtverbreitung von Kernwaffen (1968) auf Herstellung und Erwerb von sowie auf Verfügungsgewalt über Nuklearwaffen verzichtet.
>
> Die Bereitstellung von Trägermitteln für Nuklearwaffen bei Bundeswehreinheiten steht hiermit im Einklang.
>
> Die Einbettung dieser Einheiten in die integrierte Kommandostruktur der NATO bewirkt, daß zu keinem Zeitpunkt eine nationale deutsche Verfügungsgewalt über diese Waffen gegeben ist.
>
> Antwort der Bundesregierung
> auf eine Große Anfrage der GRÜNEN
> zu Atomwaffen in der BRD, 14. Oktober 1983

***

INES Na toll, sie stehen im Stau. Wie Ines vermutet hatte. Aber Boris meinte es ja besser zu wissen. Sie würde jede Wette eingehen, dass es auf der Strecke, die sie vorgeschlagen hatte, schneller vorangeht – lieber ein furchtbares Gejuckel, wie Boris es genannt hatte, als dieses Stop-and-go. Dabei sind sie noch nicht einmal auf der B10, noch 150 Meter, sagt der Wegweiser, der ein Stück vor ihnen zu sehen ist, schon seit Minuten, zumindest kommt es Ines so vor. Wenn die wenigstens alle zur Menschenkette wollten! Aber vor ihnen fährt, oder besser gesagt steht, ein silbergrauer Opel Kadett, auf dessen Heckklappe *Ein Herz für Kinder* der *BILD*-Zeitung klebt, der bestimmt nicht. Und der schwarze BMW davor auch nicht.

Ines ist sicher, Boris ahnt, was sie denkt, denn er schaut betont gleichmütig geradeaus auf die Autoschlange vor ihnen und sagt kein Wort. Auch Heike ist ruhig, vielleicht schläft sie, zumindest tat sie das vorhin. Ines verzichtet darauf, sich umzudrehen und nachzuschauen – sie wüsste ohnehin nicht, was sie sagen sollte, und wahrscheinlich ist es gerade besser, die Klappe zu halten.

So wie sie wahrscheinlich auch in der Diskussion mit Heike neulich über das Fasten und über Nicaragua besser die Klappe gehalten hätte. Aber da glaubte sie noch, dass man mit Heike reden könne. Und wie sehr sehnt sie sich danach, mit jemandem über Nicaragua zu reden, wirklich zu reden! Aber wann und wo immer sie erzählt, sie sei in Nicaragua gewesen, stößt sie auf gemischte Reaktionen. Natürlich auf Neugier, manchmal auf Bewunderung; meistens jedoch auf Skepsis. Von den Gutbürgerlichen kommt die Skepsis, was sie denn da wollte, im dreckigen, chaotischen Mittelamerika, wo man sich wahlweise von verrückten Revolutionären, skrupellosen Drogenhändlern oder überforderten Militärs, die doch eigentlich nur für Ordnung sorgen wollen, erschießen lassen kann. Von den Linken die Skepsis, dass man nur die Exotik und das Abenteuer suche und dass man sich lieber hier in Deutschland engagieren solle, auch wenn es glanzloser ist, zu tun gibt es auch hier mehr als genug, mit den Atomwaffen vor der Haustür, der hohen Arbeitslosigkeit, dem immer zügelloser werdenden Kapitalismus, der zunehmenden Ungleichheit, der Umweltzerstörung und was nicht alles mehr.

Es ist so deutsch, so furchtbar deutsch. Diese griesgrämige Weltuntergangsstimmung, die alles begleitet. Der Perfektionismus – man muss schon das genau Richtige machen, sonst ist alles nichts wert. Anstatt dass man einfach mal ausprobiert, was geht und was hilft. Einfach anfängt, die bessere Welt zu leben, irgendwie, irgendwo, und schaut, was dabei herauskommt. Sich mit Mut und einer gewissen Unbekümmertheit auf den Weg macht, dem eigenen Kompass folgt und schaut, was einem unterwegs begegnet, anstatt erst einmal jahre-, jahrzehntelang eine Straße zum Ziel zu planen und sich über den Verlauf dieser Straße so zu zerstreiten, dass man dem Ziel keinen Zentimeter näher kommt.

Vielleicht war sie deshalb nach Nicaragua gefahren. Weil sie miterleben wollte, wie die Nicas ihr Schicksal selbst in die Hand nahmen, kraftvoll, unbeirrt von den Einschüchterungsversuchen der Mächtigen. Weil sie den Mut der Sandinisten bewunderte. Weil die deutsche Griesgrämigkeit und der ständige Rechtfertigungszwang sie ankotzten. Weil sie in Kontakt mit der Unbekümmertheit und Kraft kommen wollte, die in der revolutionären Vision steckte, und mit dem Leben. Denn in einem Punkt versteht sie Heike durchaus: Wer mit dem Tod in Berührung kommt, begreift das Leben besser. Komisch, nicht wahr? Aber so ist es doch. Nie kam ihr das Leben greifbarer, unmittelbarer vor als an dem Tag, an dem die Leichen der drei von den Contras Getöteten von der Plantage im Norden geborgen wurden und im Dorf eintrafen. Sie hatte Angst gehabt, die Leichen zu sehen, aber es war dann gar nicht so schlimm, sie waren zugedeckt, nur ihre Gesichter waren zu sehen, und nur einer von ihnen hatte eine deutliche Schusswunde am Hals, überraschend klein war sie, rund und scharf abgegrenzt, sie hatte an einen Kirschstein denken müssen, seltsamerweise. Stumm standen die Männer um die Bahren herum, die Frauen heulten, sie flennten nicht, wie hier eine Frau flennt, wenn sie etwas erreichen will, nein, ein beinahe archaisches Wehklagen war es. Und sie saß dazwischen und spürte, wie das Leben sich um sie legte, dick und rot und warm.

Doch darüber kann sie nicht reden. Sie weiß nicht, warum, aber es ist das Erlebnis, das sie nie jemandem erzählen wird. Es ist zu tief in ihr drin, es ist für Worte nicht erreichbar. Und Typen wie Heike oder Boris würden es ohnehin nicht verstehen.

Die Autoschlange bewegt sich, es geht ein paar Meter vorwärts, dann stehen sie wieder. Wenn Boris wenigstens den Motor ausmachen würde. Wenn alle hier den Motor ausmachen würden. Aber es ist Herbst, die Heizungen sollen weiterlaufen, und so steht hier nicht nur eine Blechschlange, sondern um sie herum wabert zusätzlich eine Qualmschlange. Trotzdem, sie wird nichts sagen, es würde nur die ohnehin schon schlechte Stimmung zum Explodieren bringen, das kann sie selbst gerade auch nicht gebrauchen.

Warum es sich hier so staut, versteht sie nicht. Links ist ein Stück B10 zu sehen, und dort fahren die Autos zwar langsam, doch mit viel Abstand, Stau ist dort nicht. Warum dann hier?

Wieder geht es ein Stück vorwärts, die Kreuzung kommt in Sicht, und nun sieht Ines, warum es so zögerlich vorangeht. Ein Polizist steht an der Kreuzung und regelt den Verkehr, einzeln winkt er die Autos durch. Der Fahrer des schwarzen BMW kurbelt das Fenster herunter und spricht kurz mit dem Polizisten, dann fährt er geradeaus in den Ort hinein. Der *Ein-Herz-für-Kinder*-Opel biegt links ab. Und nun sind endlich auch sie dran, Boris setzt den Blinker, gibt dem Polizisten ein kurzes Grußzeichen mit der Hand und biegt ab.

Ein paar Hundert Meter weit fahren sie entspannt, dann geht es schon wieder kaum schneller voran als vorher. Und zwar nicht, weil so viele Autos unterwegs wären, sondern so viele Menschen. Die Kundgebung hier im Ort scheint zu Ende zu sein, Hunderte, nein, Tausende sind entlang der B10 unterwegs. Zwar laufen sie brav auf dem Seitenstreifen, so gut es eben geht, in einer langen Reihe, viele haben sich schon an den Händen gefasst, doch auch so kann der schmale Seitenstreifen die Menschen kaum fassen. Immer wieder stockt es, weichen Menschen auf die Straße aus, etwa wenn eine Mutter vor ihrem weinenden Kind hockt, um es zu trösten, und alle anderen an ihr vorbeimüssen, da kann auch der Ordner mit der weißen Armbinde, der versucht, die Straße frei zu halten, nicht viel ausrichten.

Sie haben den Ort erreicht und passieren im Schritttempo eine große Kreuzung – offensichtlich die Stelle, an der man vom Kundgebungsplatz auf die B10 kommt. Die Straße, die von rechts einmündet, ist voller Menschen, davor haben Ordner eine Art Schleuse gebildet, wie eine Einlasskontrolle, sie winken die Menschen einzeln durch und sorgen dafür, dass sie sich zu einer langen Kette ordnen, die sich langsam die Straße hinauf in Richtung Ortseingang bewegt. Viele blaue Luftballons sind zu sehen, nur blaue, bestimmt Friedenstaubenballons, denkt Ines zunächst, aber Friedenstauben sind nicht darauf, sie sind einfach nur blau, komisch.

An der nächsten Kreuzung bietet sich ein ähnliches Bild, nur dass sich die Menschenschlange in die andere Richtung, zum entgegengesetzten Ortsausgang bewegt – und die Luftballons orange sind.

Ach so, denkt Ines, die Farbe hat etwas zu bedeuten, wahrscheinlich soll sie helfen, bei der Aufteilung den Überblick zu behalten, die Orangen hierhin, die Blauen dorthin. Schon typisch deutsch, das Ganze: diese Organisation, diese akribische Planung bis ins letzte Detail, Ortszuweisungen und Schleusen und Luftballons, damit bloß nichts schiefgeht.

Beeindruckend, einerseits. Andererseits auch ganz schön bürokratisch. Eine Revolution sähe anders aus. Wilder, spontaner, freier. Kann man sich eine Revolution vorstellen, bei der zuvor minutiös geplant wird, wer wann wo zu sein hat? Okay, die erfolgreichen Revolutionen hatten ein Stück weit genau das getan, zumindest die Guerilla, natürlich hatte in Nicaragua auch Planung zum Sieg geführt. Planung ist eine Grundlage für den Erfolg, ein effizienter Kader, eine gut organisierte Elitetruppe, das schon, doch den eigentlichen Schwung und Durchbruch bringen die Massen. Eine Revolution braucht das Offene, das Unvorhersehbare, die Naturgewalt des Massenaufstands. Nicaragua sähe heute nicht so aus, wie es aussieht, wenn nicht die Massen auf die Straße gegangen wären, wenn sich nicht die kleinen Bauern in Scharen den Compañeros angeschlossen hätten.

Vielleicht ist es kein Zufall, dass noch nie eine deutsche Revolution Erfolg hatte – Naturgewalt und Bürokratie, das passt einfach nicht zusammen. Wer sagte doch gleich, wenn die Deutschen einen Bahnhof stürmen wollten, kauften sie zuvor noch eine Bahnsteigkarte?

Endlich haben sie den Ort hinter sich gelassen, aber immer noch geht es nur langsam voran. Offiziell ist hier heute Tempo 50, das sagen die zuhauf aufgestellten Schilder, aber an Tempo 50 ist nicht zu denken. Die Menschenschlange bewegt sich kaum noch, dicht gedrängt stehen die Leute, teilweise in Schlangenlinien, die bis auf die Fahrbahn reichen.

Lass uns einen Parkplatz suchen, sagt Ines nun doch, es hat keinen Sinn, noch weiterzufahren.

Du bist witzig, sagt Boris, wo willst du denn hier parken? Außerdem sollen wir Heidelberger nach Geislingen, das weißt du doch.

Bei dem Tempo brauchen wir noch Stunden bis Geislingen, sagt Ines. Lieber stehen wir hier in der Menschenkette, als im Auto zu sitzen.

Wir haben noch über anderthalb Stunden Zeit.

Höchstens eineinviertel, sagt Ines. Kettenschluss ist um zwanzig vor eins.

Um fünf vor eins.

Offiziell, laut Polizei. Inoffiziell um zwanzig vor eins.

In diesem Moment sieht Ines ein Plakat an einem Straßenschild: *P PKW*, mit einem Pfeil nach rechts.

Schau mal, sagt sie, und weist auf das Schild.

Okay, sagt Boris, es klingt eher genervt als überzeugt, aber das ist Ines egal. Hauptsache, raus aus dem Auto.

Die Straße, in die sie abbiegen, ist rechts und links dicht zugeparkt mit Autos. RW, FDS, MTK, CW liest Ines auf den Kennzeichen. FDS kennt sie, Freudenstadt, aber wofür stehen die anderen? Von wo sind all diese Leute gekommen? Auf mindestens jedem zweiten Auto prangt eine Friedenstaube, meistens die klassische weiße auf blauem Grund, manchmal die Picasso-Taube, dazu lila Frauenpowerfäuste, *Atomkraft nein danke*, Greenpeace und der unvermeidliche ADAC. Die Straße führt zum Tennisverein, sagt ein Schild, wahrscheinlich ist dort auch der Parkplatz.

Doch bevor sie dort ankommen, stoppt sie ein Feuerwehrmann.

Vorne ist schon alles voll, sagt er, als Boris das Fenster herunterkurbelt. Ihr könnt hier den Feldweg entlangfahren – er weist nach links –, da ist noch Platz.

Tatsächlich, schon nach wenigen Metern endet die Schlange der am Wegesrand geparkten Autos, und sie können sich an der Spitze dazustellen.

Endlich, denkt Ines, als sie die Autotür öffnet und aussteigt. Endlich draußen.

WILFRIED Wie fremd einem ein Ort doch werden kann, selbst wenn er früher vollkommen vertraut und selbstverständlich war, denkt Wilfried, einfach dadurch, dass die Zeit vergeht und ihre Spuren hinterlässt, im Ort wie in einem selbst. Wobei hier, am Rathausplatz, die Spuren besonders deutlich sind. Als er ein Kind war, war nur eine große stoppelige Wiesenfläche neben der kleinen Brücke über die Fils. Wenn man damals die Fils entlangging, passierte man erst ein paar prächtige Häuser, die Anfang des Jahrhunderts durch die Industrialisierung reich gewordene Bürger gebaut hatten, dann ging nach wenigen Hundert Metern die Straße unvermittelt in einen staubigen Schotterweg über, an dem drei Höfe lagen, der letzte und kleinste ihrer. Wilfried erinnert sich noch, wie erst der alte Eisele seinen Hof aufgab, kurz darauf auch der Haug verpachtete, und wie dann eines Tages Baumaschinen anrückten und die Straße teerten, und plötzlich sprossen Häuser aus dem Boden, der Ort wuchs bis zu ihrem Hof und darüber hinaus. Für den kleinen Wilfried war das großartig, Familien zogen zu, plötzlich waren da jede Menge Kinder in seinem Alter, sie bildeten kleine Banden und streiften nachmittagelang zwischen Baugruben und Feldern herum. Doch der Zauber seiner Kindheit ging dem Ort irgendwann verloren, oder, denkt Wilfried, vielleicht ist es nicht der Zauber, der verloren gegangen ist, sondern sein Kinderblick, der diesen Zauber gesehen, vielleicht überhaupt erst erzeugt hat.

Obwohl die Straße relativ breit ist für einen so kleinen Ort, kommen sie an der Filsbrücke erst einmal nicht weiter. Überall drängen sich Menschen, und weiter vorn, vor dem Rathaus, ist es noch voller, ein dichtes Meer aus Fahnen und Transparenten versperrt den Blick auf die Bühne, die nur zu verorten ist, weil von dort der verzerrte Klang einer Stimme aus einem Lautsprecher herüberschallt.

Lassen Sie uns noch weiter vorgehen, sagt Frau Heger, man versteht gar nichts.

Wilfried schaut sich um. Soweit er erkennen kann, ist die Gemeindegruppe bisher zusammengeblieben. Selbst die Jugendlichen sieht er, etwas abseits stehen sie zwar und lachen sich gerade über irgendetwas kaputt, aber sie sind da.

Je weiter wir hineingehen, desto eher werden wir uns im Gedränge verlieren, sagt Wilfried.

Hm, sagt Frau Heger. Man sieht ihr an, dass der Einwand sie zwar überzeugt, aber ihr nicht recht ist, dass sie gern näher heranginge an die Bühne.

Wissen Sie was, sagt Wilfried, Sie können mir das Schild geben. Ich warte hier, und wir versammeln uns am Ende der Kundgebung wieder hier.

Gute Idee, antwortet Frau Heger, dann ruft sie, so laut sie kann, in die Gruppe hinein: Treffpunkt in einer halben Stunde wieder hier!, und deutet auf Wilfried.

Wilfried lehnt das Schild an einen Mülleimer, der an einem Laternenpfahl angebracht ist, und stellt seinen Rucksack ab, während die anderen sich zerstreuen. Er lässt den Blick noch einmal über die Fassaden der Häuser schweifen, dann über die Menschen um ihn herum. Ob wohl von seinen alten Spielkameraden jemand hier ist? Schwer vorzustellen. Die meisten interessierten sich, als sie älter wurden, für nicht viel mehr als ihr persönliches Fortkommen und ihren eigenen kleinen realen oder gewünschten Wohlstand. Höchstens Bettina würde er es zutrauen, die zusammen mit ihm aufs Gymnasium wechselte und mit der er morgens im Zug oft Hausaufgaben austauschte. Aber die war, soweit er wusste, zum Studieren nach Köln gegangen und dort geblieben. Und die anderen – die würden wahrscheinlich genauso wenig zu dieser Menschenkette gehen wie sein großer Bruder.

Erstaunlich, welche Bandbreite an Menschen eine einzige Familie hervorbringen kann. Seine Mutter mit ihrem unfassbar großen Herzen, das sie entschieden davor bewahrte, im Alter engstirnig und missmutig zu werden. Bestimmt wird sie es sich nicht nehmen lassen, heute Mittag einen kleinen Spaziergang durchs Dorf zu machen und sich anzuschauen, wie das denn so ist mit der Menschenkette und diesen Demonstranten. Was Karl wiederum nie tun würde. Der würde höchstens vom Balkon herunter, aus sicherer Entfernung, auf alles schimpfen, eher noch hinter verschlossenen Türen. Und seine ganze Menschenfeindlichkeit und seinen unergründlichen ewigen Zorn an Evi auslassen. Die Arme. Andererseits: Sie hat ihn sich ausgesucht, sie hat selbst entschieden, ihren Sekretariatsjob an den Nagel zu hängen, um Kinder aufzuziehen und auf dem Hof mitzuarbeiten und sich vollkommen von ihm abhängig zu machen. Vermutlich hat sie vieles nicht geahnt, dass es bei einem Kind bleiben würde zum Beispiel, und womöglich hat sie gehofft, Karls schlechte Seiten, sein Jähzorn und seine Unnachgiebigkeit, würden sich im Lauf der Jahre abmildern. Was für ein Irrtum, warum sollten sich ausgerechnet schlechte Eigenschaften verlieren, vor allem wenn sie daher kommen, dass man sich mit Problemen nicht auseinandersetzen, sich den eigenen Schattenseiten nicht stellen will. Aber ein weit verbreiteter Irrtum, gerade bei Frauen, scheint ihm.

Er fragt sich oft, warum Karl so geworden ist. Denn Karl war früher anders, zumindest in seiner Erinnerung. Als Kinder spielten sie miteinander, und Wilfried bewunderte seinen großen Bruder, der ihm so unglaublich klug und stark vorkam, der mit den anderen starken Jungs im Dorf herumzog, zu denen er nie gehören würde; er, Wilfried, war immer der Kleine, Süße, der, wenn er Glück hatte, nicht weiter störte, aber auch von den Großen nicht für voll genommen wurde. Und bei den Kleinen wollte ihm nie gelingen, was sein großer Bruder offenbar mühelos schaffte: den Ton anzugeben, die Meute zu führen. Erst als Erwachsener hat er verstanden, warum nicht: Er war schon damals zu sehr darauf bedacht, eine gute Beziehung zum Gegenüber herzustellen – immer schon harmoniesüchtig, würde Roland sagen. Und das war Karl wahrlich nicht; wahrscheinlich beruhte seine Position in der Dorfjugend vor allem darauf, dass er schneller als andere groß und kräftig wurde und ihnen körperlich überlegen war. Aber wo Karl früher nur ruppig war, ist er heute unbeherrscht. Und engstirnig dazu. Und vor allem: nicht mehr bereit, sich andere Meinungen als seine eigene auch nur anzuhören.

Ob das von ihrem Vater kommt?, fragt sich Wilfried. Oder vom Fehlen des Vaters – hätte Karl ihn als Vorbild gebraucht? Wenn man der Mutter glauben will, war der Vater die Sanftmut in Person. Ob das stimmt? Vielleicht verklärt sie ihn in der Rückschau, vielleicht erlebte sie ihn tatsächlich nur sanftmütig, aber wie lange waren sie zusammen, bevor er fiel? Wie viel Zeit hatten sie miteinander verbracht, wie viele Konflikte bewältigen müssen? Mag sein, dass der Vater tatsächlich sanftmütig war, mag aber auch sein, dass es der Mutter, wenn er am Leben geblieben wäre, ähnlich ergangen wäre wie Evi. Wer weiß das schon.

Jedenfalls hat Wilfried mit Karl seit Jahren nicht mehr als das Allernötigste gesprochen. Jedes Jahr zu Weihnachten schickt Karl eine Karte, wahrscheinlich sorgt Evi dafür, und Wilfried revanchiert sich drei Wochen später zu Karls Geburtstag, das genügt. Denn mit Leuten wie Karl braucht er keinen Umgang. Zumindest nicht privat; beruflich kann er es nicht vermeiden, und ein Stück weit ist es ja auch seine Aufgabe, immer wieder zu versuchen, mit solchen Leuten ins Gespräch zu kommen.

Selbst wenn es fruchtlos ist – und es ist oft fruchtlos. Schon verrückt: Menschen wie Karl werden von Hass und Misstrauen geradezu zerfressen, und sie begreifen nicht, dass sie selbst es sind, die diesen Hass und dieses Misstrauen produzieren, weil sie aufgehört haben, den anderen wahrzunehmen, ihm zuzuhören, auf ihn einzugehen. Sie verlieren den Kontakt zu den Menschen, zur Schöpfung, zum Geist Gottes, und je mehr sie ihn verlieren, desto mehr schotten sie sich ab, und je mehr sie sich abschotten, desto mehr verlieren sie den Kontakt.

Und doch lohnt es sich, dranzubleiben, sagt sich Wilfried; für die wenigen Fälle, in denen es gelingt, die Mauer, die jemand um seine Seele errichtet hat, noch einmal einen Spalt zu öffnen, lohnt es sich. Dennoch hat er irgendwann entschieden, Karl nicht mehr als seine Aufgabe anzusehen. Es ist etwas anderes, ob man einem fremden Menschen den Zugang zum Leben wieder zu vermitteln versucht oder jemandem aus der eigenen Familie. Es ist zu schwierig, es ist mit zu vielen Verletzungen verbunden, und meist bringt es nichts außer weiteren Unmut – er lässt es lieber sein.

Mit seiner Mutter ist es anders, mit ihr telefoniert er alle zwei Wochen, und zweimal im Jahr, am Wochenende nach ihrem Geburtstag und am ersten November, einem der wenigen Feiertage, an denen er nicht in Arbeit erstickt, besucht er sie. Er weiß, sie würde sich mehr wünschen, aber sie beklagt sich nie. Auch die Bemerkungen, wann er denn wohl mal eine nette Frau mitbringt und Kinder bekommt, haben irgendwann nachgelassen. Wahrscheinlich erzählt sie den Nachbarinnen, wie schade es sei, dass so jemand wie er keine Frau finde, so ein Pech, die Frauen heute wollten ja gar nicht mehr heiraten, oder so etwas in der Art. Er hält es für ausgeschlossen, dass sie die Wahrheit auch nur ahnt.

Irgendwann musst du raus mit der Sprache, sagt Roland. Besonders gern sagt er es, wenn Wilfried mal wieder eine seiner Migräneattacken hat und anderthalb Tage kaum geradeaus gucken kann und ihm speiübel ist vor Schmerz. Aber Wilfried glaubt nicht an einen Zusammenhang, Roland neigt zum Küchenpsychologisieren, findet er.

Dennoch sollte er vielleicht nachher kurz bei seiner Mutter vorbeischauen. Wenn er die Streckenaufteilung richtig verstanden hat, ist »sein« Streckenabschnitt nicht weit von hier, nur ein Stück aus dem Ort hinaus. Sobald sie ihn gefunden und sich aufgestellt haben, ist sicher noch genügend Zeit, zurückzugehen und ihr kurz Hallo zu sagen.

WERNER Als Werner von der Toilette kommt, steht die alte Frau an der Haustür und schaut hinaus. Dabei ist nichts zu sehen, die Straße ist leer, nur vom Rathausplatz her ist Musik zu hören. Offenkundig ist die Kundgebung noch nicht zu Ende.

Ich danke Ihnen, sagt Werner.

Nichts zu danken, sagt sie. Man tut, was man kann.

Was in diesem Fall eine Menge ist, sagt er. Ich hätte sonst nicht gewusst, was ich tun soll.

Sie schaut ihm direkt ins Gesicht, ihre freundlichen blassblauen Altweiberaugen mustern ihn.

Sie machen so etwas zum ersten Mal?

Sie etwa nicht?, denkt er überrascht. Wie eine Protestveteranin sieht sie eigentlich nicht aus. Eine Frau in ihrem Alter …

Ja, antwortet er nur.

Hm, sagt sie, und ihm ist nicht klar, was sie damit meint. Er will sich schon verabschieden, da sagt sie: Es ist gut, dass Sie dabei sind. Dass nicht nur die Jungen demonstrieren.

Finden Sie?

Ja, sagt sie energisch. Ich meine, wir, unsere Generation, wir wissen doch viel besser als die jungen Leute, was Krieg bedeutet.

Ihm scheint, sie schaut dabei auf seine linke Schulter, auf den leeren Ärmel seines Jacketts, und das ist ihm unangenehm. Wenn Kinder ihn anstarren und fragen, so wie der kleine Junge vorhin, das stört ihn nicht. Kinder haben keine Hintergedanken, sie versuchen, die Welt zu verstehen, und dazu müssen sie schauen und fragen, und er gibt ihnen gern eine aufrichtige Antwort. Aber bei Erwachsenen weiß man nie, was sie denken und nicht aussprechen.

Andererseits sieht diese Frau nicht aus, als habe sie Gedanken, die ihm nicht recht wären. Ihr Blick ist warm, aber nicht mitleidig. Vielleicht hat sie gerade weniger seinen fehlenden Arm vor Augen als das, was sie selbst im Krieg erlebt hat. Oder ihr Mann. Sicherlich war auch er an der Front, ein einfacher Mann vom Dorf hatte selten eine Alternative. Wer weiß, wie der zurückkam aus dem Krieg. Vielleicht auch verkrüppelt. Vielleicht körperlich unversehrt, aber psychisch beschädigt. Vielleicht kam er erst nach Jahren aus der Kriegsgefangenschaft nach Hause. Vielleicht auch gar nicht. Sie ist Witwe, das hat er gleich gesehen, die zwei Ringe an ihrem rechten Ringfinger, doch sie kann es genauso gut erst seit wenigen Jahren sein wie seit vierzig.

Immerhin war es kein Atomkrieg, sagt er. Zumindest nicht hier in Europa.

Das stimmt, sagt sie. Zum Glück. Kaum auszudenken, wie es mit der Atombombe geworden wäre.

Dann stünden wir beide wahrscheinlich nicht hier.

Wahrscheinlich.

Sie stehen einen Moment schweigend nebeneinander und schauen hinaus auf die leere Straße.

Mein Sohn hält mich für einen Nazi, hört er sich sagen. Warum sage ich das, denkt er verwundert, warum dieser Frau? Aber während er noch denkt, hat er schon weitergeredet: Mein Sohn denkt, wer dabei war, ist auch schuldig, als hätten wir uns das ausgesucht. Die letzten Worte klingen bitter, stellt Werner fest.

Selbst wenn Sie es gewesen wären, sagt sie mit unvermittelter Heftigkeit. Es ist doch gut, wenn der Mensch dazulernt! Und noch besser, wenn er es eingestehen kann. Es wäre doch schlimm, wenn wir alle unser Leben lang nur so klug blieben, wie wir es mit zwanzig waren! Aber so sind sie, die jungen Leut, fügt sie in milderem Tonfall hinzu. Die denken, sie hätten die Welt verstanden, und können sich nicht vorstellen, was noch alles kommt. Was wahrscheinlich auch ganz gut so ist.

Wie recht sie hat, denkt Werner. Gerade auf Jörg passt das nur zu gut. Vielleicht sollte er sich Jörgs Radikalismus und Feindseligkeiten weniger zu Herzen nehmen – gut möglich, dass sie sich irgendwann auswachsen. Die Frage ist nur, wie viele Dummheiten er bis dahin begeht, die nicht mehr rückgängig zu machen sind. Seine kleine Schwester sorgt schon für genug Scherereien.

Aber was redet er hier mit einer Fremden über Jörg. Als ob seine persönlichen Sorgen sie interessieren oder etwas angehen würden.

Sie gehen nachher auch zur Kette?, fragt er, um das Gespräch wieder von sich abzulenken. Überrascht sieht er, wie sehr seine Frage sie irritiert. Sie zuckt zurück, zögert mit der Antwort.

Ich weiß nicht, sagt sie schließlich. Ich werde doch hier – sie deutet auf die Toilettentür – gebraucht. Das ist wichtiger, als wenn eine alte Frau mehr oder weniger in der Menschenkette steht.

Da haben Sie wohl recht, sagt Werner.

Wissen Sie was, sagt sie und lächelt verschmitzt. Wenn nachher genau eine Person fehlt, damit die Kette sich schließt, dann kommen Sie vorbei und holen mich.

Das werde ich tun, sagt Werner und lächelt zurück.

Dann viel Erfolg, sagt sie. Und Ihnen alles Gute.

Ihr letzter Satz enthält wieder etwas, das er nicht deuten kann. Doch er entscheidet, dass er gar nicht wissen will, was es sein könnte, dankt nochmals und geht hinaus auf die Straße.

* * *

Der wirksamste Schritt gegen die grassierende Unsicherheit in der Welt wäre natürlich die Fähigkeit der Großmächte, sich auf Abrüstung und dann gewiß auch auf mehr zu einigen. […] Weltweiter Gewaltverzicht und Abrüstung haben erst eine Chance, wenn West und Ost im eigenen und im wechselseitigen Interesse dazu kommen, den Wahnsinn aus den internationalen Beziehungen auszuschalten; denn darum geht es: den Wahnsinn auszuschalten, nicht irgendwelche kleinen Rüstungsmaßnahmen.

Willy Brandt, Vorsitzender der SPD,
im Deutschen Bundestag, 24. Juni 1982

* * *

Der Friede im nuklearen Zeitalter ist aber nur so sicher wie die Gefahr des Untergangs für den, der ihn bricht. Deshalb wäre der einseitige Verzicht auf Abschreckung ein unkalkulierbares Risiko. Für solche Wagnisse ist der Friede in Freiheit ein zu kostbares Gut. Wir müssen also vorerst weiter mit nuklearen Waffen leben und damit in der ungeheuren Spannung zwischen ihrer Vernichtungskraft und ihrer friedenssichernden Wirkung.

Erklärung der Bundesregierung
zum NATO-Doppelbeschluss, vorgetragen
von Bundeskanzler Helmut Kohl, CDU,
im Deutschen Bundestag, 21. November 1983

* * *

Halb zwölf

OLIVER Die Kundgebung ist zu Ende, und wie aus dem Nichts sind neben der Bühne ein halbes Dutzend Polizisten aufgetaucht, im Pulk stehen sie da, breitbeinig, die Daumen in die Gürtel eingehängt, eine Haltung zwischen Entspanntheit und Alarmbereitschaft. Ein Schnauzbärtiger nimmt kurz seine Uniformmütze ab und wischt sich über die Stirn. Für einen Moment durchzuckt Oliver heißer Schrecken. Ist das etwa Mr. Big? Im gleichen Moment, als das Adrenalin sein Hirn erreicht, weiß er auch schon: Nein, er ist es nicht, Mr. Big hat heute frei, und wahrscheinlich schraubt er gerade in der Garage an seinem Motorrad herum. Aber er könnte es sein, zu Großveranstaltungen werden schon mal Polizisten aus dem ganzen Land zusammengezogen, und letztlich ist es nur ein glücklicher Zufall, dass Oliver ihm hier und heute garantiert nicht über den Weg läuft.

Aber der Typ da vorne sieht Mr. Big wirklich verdammt ähnlich. Die kräftige, etwas gedrungene Statur, die dank der Schutzkleidung, die er unter der Uniform trägt, noch kräftiger und gedrungener aussieht. Der scharfe, unablässig umherschweifende Blick. Der dicke Schnauzer. Ein geradezu prototypischer Bulle, genau wie Mr. Big.

Der Schnauzbärtige wirft Oliver einen kurzen Blick zu, dann wendet er sich ab. Schulterzuckend, würde Oliver sagen, aber wahrscheinlicher ist, dass er Oliver gar nicht wahrgenommen hat. Er sieht nur die Menge, und ob sie eine Gefahrenlage darstellt, wie sie es in ihrem Jargon ausdrücken; Einzelpersonen haben in dieser Sichtweise keinen Platz, sind sogar hinderlich. Eine Gefahrenlage kann man einkreisen, bekämpfen, zur Not niederknüppeln. Sobald man den einzelnen Menschen gesehen, wahrgenommen hat, ist das schon schwieriger.

Was würde er tun, wenn plötzlich tatsächlich Mr. Big vor ihm stünde? Oliver weiß es nicht. Gut möglich, dass er wie angewurzelt stehen bleiben, rot anlaufen, am liebsten im Boden versinken würde. Oder nein, das nicht. Er würde versuchen, sich schnell zu verdrücken, bevor sich Mr. Big sicher sein könnte, dass er es war, sein Sohn. Oder nein, auch das nicht. Zu unrealistisch. Als ob ihn das davor bewahren könnte, dass Mr. Big später, zu Hause, nachfragen würde. Dann könnte er zwar versuchen zu lügen, aber das wäre selbst ihm zu feige, und gelingen würde es ihm wahrscheinlich ohnehin nicht.

Also, was dann?

Er hätte keine Wahl. Er müsste stehen bleiben. Müsste Mr. Big in die Augen sehen. Müsste seinen Blick aushalten. Oliver spürt, wie sein Körper sich innerlich strafft. Wie im Karate. Wie im Wettkampf, wenn man einander gegenüber auf der Matte steht, den Körper gespannt, kampfbereit, den Gegner musternd, so wie dieser einen selbst mustert, und wenn die Glocke ertönt, geht es los.

Aber hier würde keine Glocke ertönen. Es würde keinen Kampf geben. Denn natürlich würde Mr. Big mit nichts zu erkennen geben, dass er ihn gesehen hätte, geschweige denn, aus seiner professionellen Rolle fallen. Er könnte nichts tun, außer zuzusehen, wie sein Sohn vorbeimarschiert, in Gesellschaft von Leuten, die zu Kriegsdienstverweigerung und zivilem Ungehorsam aufrufen. Und müsste den ganzen Tag seinen Bullenjob weitermachen, als wäre nichts gewesen. Schließlich ist Mr. Big auf nichts so stolz wie auf seine Beherrschtheit.

Vielleicht war es das, was die Situation im Sommer so anders gemacht hat. Dass der Schlag so impulsiv kam, dass Mr. Bigs Zorn plötzlich wild und unbeherrscht war, nicht kalt und berechnend wie sonst. Das war die erste Niederlage: der Verlust der Beherrschung. Die zweite folgte kurz darauf, als Oliver seinen Schlag abwehrte. Was zwar nichts weiter als ein Reflex war, aber in dieser Situation besonders gut funktionierte. Denn die unbeherrschten Gegner sind die leichteren, sie verlieren den Fokus, und dann braucht es nicht viel, dass sie straucheln.

Zwei Niederlagen gegen seinen Sohn innerhalb weniger Sekunden. War das der Punkt? Dass Oliver sich, ungewollt, Mr. Big überlegen gezeigt hatte? Ist die Angst, die er noch spürt, nur die Scheu davor, die familiären Machverhältnisse endgültig infrage zu stellen? Mr. Big ein für alle Mal zu zeigen, dass er ihm die Stirn bieten kann?

Ach, schön wär's. Genau das kann er ja immer noch nicht: Mr. Big die Stirn bieten. Er schafft es doch nicht einmal, den Kampf mit ihm auch nur aufzunehmen. Nur im Reflex hat er es gekonnt, in der Notwehr. Selbst wenn es ihm bei einer zufälligen Begegnung gelänge, Mr. Bigs Blick standzuhalten – wenn er am Abend nach Hause käme, würde ihn ein Zornesausbruch erwarten, der noch größer wäre als jeder andere zuvor. Und dann würde er wahrscheinlich wieder dastehen wie das Kaninchen vor der Schlange.

Der Blick des Schnauzbärtigen streift Oliver erneut, und Oliver meint, eine Irritation darin zu sehen, Misstrauen, vielleicht sogar einen Hauch von Ärger. Hat er ihn zu sehr angestarrt? Oliver schaut sich schnell um, wo die anderen sind. Natürlich sieht er ausgerechnet Bassman als Erstes, schon weil der deutlich aus der Menge herausragt. Aber nicht Franzi geht neben ihm, sondern Katta, ihr wippender Pferdeschwanz ist deutlich zu erkennen. Franzi sieht Oliver nicht, wahrscheinlich verschwindet sie in der Menge mit ihren gerade mal eins sechzig.

Oliver verkneift sich, noch einmal zu dem schnauzbärtigen Polizisten herüberzusehen, und schaut zu, dass er zu den anderen kommt.

ULRIKE Frido läuft vor Ulrike an Yolandas Hand und reckt stolz seine freie Hand in die Höhe, an die Renate die Luftballons mit einer Schlaufe um das Handgelenk gebunden hat, damit sie nicht davonfliegen. Yolanda hat mit großmütiger Miene auf ihren Luftballon verzichtet und Frido beide überlassen, aber Ulrike hat den Verdacht, dass weniger Großmut im Spiel war als eher mangelnde Lust, einen Luftballon zu halten – und dass Yolanda jede Gelegenheit willkommen ist, sich unendlich viel größer und reifer zu fühlen als der kleine Bruder. Sie lässt auch kaum eine Minute vergehen, in der sie Frido nicht ermahnt; was sie genau sagt, hört Ulrike nicht, aber ihr Blick und die Art, wie sie an Fridos Hand zieht, sprechen Bände. Sicherlich sagt sie, er solle nicht so nah an der Straße laufen, er solle nicht so viel nach oben schauen beim Laufen, sondern lieber nach vorne … Was sagt das über ein Kind aus, fragt sich Ulrike, oder eher noch über seine Familie, wenn Fürsorge für ein kleines Geschwister gleichbedeutend ist mit ständigen Ermahnungen? Muss das so sein?

Bei ihnen war es früher nicht wesentlich anders. Marlene passte viel auf sie auf, als sie Kinder waren, aufgefordert und unaufgefordert, und auch Marlene gab sich Mühe, der Mutter in Sachen Ermahnungen in nichts nachzustehen. Doch das funktionierte meist nur ein paar Minuten lang; allzu schnell war sie ganz ins gemeinsame Spiel vertieft und vergaß ihre mütterliche Rolle. Obwohl sie fünf Jahre älter war und aus Ulrikes Spielen eigentlich schon herausgewachsen. Aber wohl noch nicht alt genug, dass die Rolle der Ersatzmutter ihr schon besser gepasst hätte als die des Kindes.

Je sie älter wurden, desto weniger gestand Ulrike Marlene die Rolle der Aufpasserin zu. Erstaunlich, schon mit zehn fing sie an, zu rebellieren, deutlich vor der Pubertät. Gegen die Übervorsichtigkeit der Mutter wehrte sich noch lange Zeit erfolglos; bei Marlene gelang es ihr schnell. Doch ganz gleich, wie trotzig sie sich zeigte, ganz gleich, wie viel Wert sie darauf legte, anders zu sein als Marlene, nicht so weichherzig, nicht so zaghaft, nicht so mädchenhaft – sie liebte und bewunderte ihre Schwester all die Jahre aus vollem Herzen.

Und jetzt?

Sie wüsste gerne, wer diese Marlene ist, die da neben ihr geht. Äußerlich ist sie wie die alte Marlene von früher, aber irgendetwas fehlt. Das, was sonst die Verbindung zwischen ihnen entstehen ließ, sobald sie sich sahen, ohne Worte, nicht einmal Blicke brauchte es, die andere musste nur in der Nähe sein, im Abstand von einer Armlänge oder weniger. Doch wenn Ulrike jetzt versucht, diese Verbindung zu Marlene aufzunehmen, findet sie nichts. Marlene fühlt sich glatt und kühl an, nicht blank poliert, eher wie tiefgekühlt, als wäre ein Teil von ihr erstarrt.

Wo ist eigentlich Boris?, fragt Ulrike, die Frage kommt aus ihr heraus, ohne dass sie darüber nachgedacht hätte, und sie denkt in diesem Moment auch nicht daran, dass sie ihre Hörgeräte immer noch in der Hosentasche trägt und nicht in den Ohren.

Aber Marlene denkt daran, natürlich. Sie antwortet nicht gleich, erst einmal wendet sie ihr Gesicht Ulrike zu, dass ihr Mund gut zu sehen ist. Ulrike sieht, dass ihre Augen feucht sind, und spürt, wie sich ein Hauch der alten Verbundenheit in ihr regt.

Boris …, sagt Marlene und zögert.

Warte, sagt Ulrike, 'tschuldigung. Hastig kramt sie die Hörgeräte aus der Hosentasche und fummelt sie in ihre Ohren. Jetzt.

Doch in diesen wenigen Sekunden hat sich Marlenes Blick verändert, ihre Augen sind wieder trocken, sie ist kühl und weit weg.

Boris wollte mit Freunden aus Heidelberg fahren, sagt sie, ihr Gesicht ist unbewegt dabei, etwas zu unbewegt. Und die Heidelberger sind in Geislingen eingeteilt. Wahrscheinlich ist er jetzt dort.

Und warum bist du nicht dabei?, will Ulrike fragen, aber sie bringt es nicht über sich. Mit einem Mal ist ihr klar, dass genau das der Punkt ist, weshalb Marlene so unerreichbar ist. Irgendetwas stimmt nicht mit Boris und ihr. Stimmt ganz fundamental nicht. Aber sie würde es sicherlich nicht eingestehen, nicht hier und jetzt; vielleicht gesteht sie es sich noch nicht einmal selbst ein.

In diesem Moment hört Ulrike Musik. Eine Melodie, erstaunlich klar und deutlich. Komisch, vor sich sieht sie gar keine Musiker, und weit weg können sie nicht sein, sonst würde sie sie nicht hören. Ulrike schaut sich um, aber auch hinter ihnen ist niemand zu sehen. Marlene hat die Musik offensichtlich auch gehört, sie reckt den Kopf und schaut, dankbar über die Ablenkung.

Was sollen wir trinken, sieben Tage lang … Wie ein Reigen tanzen die Töne um Ulrike herum, in sie hinein, in ihr herum. Nur die Melodie ist zu hören, aber der Text ist so bekannt, dass er ganz von selbst in ihr mitklingt.

Da, sagt Marlene, und zeigt nach links: An einer Einmündung stehen auf einem Mäuerchen ein Dudelsackspieler und ein Trommler. Jetzt, wo Ulrike die Trommelschlägel auf das Fell prallen sieht, hört sie auch die trockenen prasselnden Schläge, sie hatte sie bisher als störendes Hintergrundgeräusch ausgeblendet. *Lebenslaute statt Totenstille* steht auf dem Schild, das der Trommler an seine Trommel gebunden hat, und der Dudelsackspieler hat eines der bunt bedruckten Bänder, die bei Bedarf helfen sollen, die Menschenkette zu strecken, um die Pfeifen seines Dudelsacks geschlungen. Um die beiden hat sich eine kleine Gruppe gebildet, einige klatschen den Takt mit, einer hat angefangen zu tanzen und versucht, andere zum Mitmachen zu animieren.

Es wird genug für alle sein! Kommt, lasst uns trinken, keiner trinkt allein …

Marlenes Lippen bewegen sich, wahrscheinlich singt sie mit, leise natürlich, dass Marlene aus vollem Hals singt, ist schwer vorstellbar. Aber sie lächelt wieder.

Ulrike beschließt, dass ihr das für den Moment genug ist. Sie hat verstanden, dass Marlene Sorgen hat, über die sie noch nicht reden will oder kann. Wahrscheinlich ist sie deshalb so wenig zugänglich, jetzt und hier, aber auch in den letzten Monaten schon. Wer weiß, was da los ist. Doch aus irgendeinem Grund ist Ulrike jetzt zuversichtlich, dass sie es erfahren wird.

MARLENE Wenn die Musik nicht gewesen wäre … Marlene weiß nicht recht, was dann, doch sie fühlt sich, als wäre sie gerade eben noch einmal gerettet worden. Als hätte sie kurz vor dem Ertrinken noch einmal Luft schnappen können.

Denn der Schmerz, den sie den ganzen Tag versucht hat, tief in sich zu vergraben, ist wieder da, und er droht sie zu überfluten. Der Schmerz, dass Boris Pläne macht, in denen sie nicht vorkommt. Dank der Musik schafft sie es, ihn noch einmal einzudämmen, so weit, dass sie nicht in einen Strudel gerät, der ihr den Atem nimmt und sie in die Tiefe zieht. Aber er lässt sich nicht mehr vollständig zurückdrängen, sie spürt, wie er in dunklen Wellen in ihr auf und nieder wogt und nur darauf lauert, wieder über die Ufer zu treten.

Sie spürt Ulrikes forschenden Blick und muss erneut an das Gespräch zu Weihnachten denken. Die Vertrautheit, die sich augenblicklich einstellte, obwohl sie sich so lange nicht gesehen hatten, obwohl sich in ihren Leben so viel verändert hatte. Weihnachten '82 – gerade einmal zehn Monate her und doch eine kleine Ewigkeit. Damals war ihr Leben noch in Ordnung, zumindest schien es ihr so, auch wenn sie damit haderte, weg zu sein aus Heidelberg, mit der ungewohnten Rolle als Lehrerin kämpfte, mit den unendlich vielen und ihre ganze Person umfassenden Anforderungen, denen sie sich ausgesetzt sah. Sie glaubte noch, es sei nur eine Phase, die sie durchstehen müsse, und irgendwann würde alles werden wie vorher oder noch besser, sie würde zurückkehren in das vertraute Lebensumfeld, mit Boris zusammenziehen, leben. Damals war auch Boris noch der Boris, den sie kannte, lieb und zärtlich zu ihr, lustig mit anderen, der Mittelpunkt ihres gemeinsamen Freundeskreises.

Irgendwann war er plötzlich weg. Körperlich noch da, äußerlich wie immer, aber ein Teil von ihm ist für sie unerreichbar geworden. Seitdem zerbricht sie sich den Kopf, was genau es ist, was ihn so unerreichbar macht, und was passiert ist, dass es so kam.

Oder scheint er ihr nur unerreichbar, weil sie sich entfernt hat? Denn auch Ulrike ist ihr fremd geworden, wenn auch nicht so fremd wie Boris; Marlene spürt, dass die Vertrautheit zwischen ihnen nicht wirklich weg ist, nur überlagert, zugeschüttet von dem, was das Leben gerade mit ihnen und was sie mit dem Leben machen. Gut möglich, dass sie nur einen Nachmittag wie damals zu Weihnachten brauchen, eine Gelegenheit, in Ruhe zusammenzukommen und zu reden, nur sie beide, um sich wiederzufinden.

Mit Boris gelingt ihr das nicht. Bisweilen hat Marlene sogar den Eindruck, je mehr sie sich bemüht, ihn wiederzufinden, desto mehr entgleitet er ihr. Oder sie ihm. Oder beides. Sie bewegen sich in unterschiedliche Richtungen, und jedes Mal, wenn sie die Hand ausstreckt, bekommt sie ihn nicht zu fassen, sondern versetzt ihm stattdessen einen Schubs, der sie nur noch schneller auseinandertreiben lässt.

Einmal mehr wünscht sie sich, sie hätten geheiratet. Wenn sie geheiratet hätten, wäre alles anders. Dann hätte sie in Heidelberg bleiben können. Dann hätten sie sich nicht entfremdet. Dann wäre jetzt nicht sie hier in diesem Dorf im Filstal und Boris in einem anderen. Dann stünden sie nebeneinander, Hand in Hand, statt Kilometer voneinander entfernt, zwar verbunden durch eine lange Kette von Menschen, doch füreinander unerreichbar. Wenn sie geheiratet hätten, wäre alles anders. Es wäre hilfreich gewesen, praktisch, aber vor allem auch schön.

Aber sie hatten nicht geheiratet. Sie hatten nicht einmal darüber gesprochen.

Einmal schnitt sie das Thema an, aber Boris reagierte so abweisend, richtiggehend unwirsch, dass sie es rasch wieder fallen ließ. Vielleicht war sie zu ungeduldig, angesichts der anstehenden Bewerbung fürs Referendariat; er war schließlich vom Studienende noch rund zwei Jahre entfernt, auch wenn er älter war als sie, aber er hatte Zivildienst gemacht vor dem Studium, und er ging das Studium ganz anders an als sie, er ließ sich treiben, voller Wissbegierde, aber auch ein wenig ziellos, schien ihr; obwohl er im Hauptstudium weit fortgeschritten war, gelang es ihm nicht, sich auf eine Fachrichtung festzulegen, ein Thema für eine Examensarbeit zu suchen, das Ende in den Blick zu nehmen. Er ist eben so, er braucht die Zeit, dachte Marlene, denkt sie auch jetzt, und ich muss sie ihm lassen. Aber während sie ihm Zeit ließ und abwartete, entglitt er ihr immer mehr.

Wieder spürt Marlene eine Welle von Kummer in sich aufsteigen, Wasser in ihre Augen drücken. Ärgerlich blinzelt sie, um die Tränen zu vertreiben. Sie will nicht heulen, sie will sich nicht den Tag verderben lassen. Und sie will nicht vor Ulrike heulen, ohne mit ihr reden zu können, und reden können sie einstweilen nicht.

Am liebsten würde sie sich zurückziehen aus allem. Einen Moment lang für sich sein, um die Gedanken zu beruhigen und sich danach wieder besser auf das Hier und Jetzt einlassen zu können. Ein Schweigekreis wäre jetzt gut. Oder eine Andacht.

Da fällt ihr ein: Sind sie nicht auf dem Hinweg an der Kirche vorbeigekommen? Sie hat nicht groß darauf geachtet, denn sie war ganz mit den Kindern beschäftigt und mit Werner Semrau und dem Gespräch über seinen fehlenden Arm. Aber sie erinnert sich flüchtig, dass die Tür offen stand – und hing da nicht auch ein Plakat, auf dem irgendetwas mit Friedensandacht stand?

Eine Kirche jedenfalls ist jetzt genau das Richtige.

Marlene bleibt stehen, und sofort tut Ulrike es ihr gleich und schaut sie an.

Ich möchte kurz in die Kirche gehen, sagt Marlene. Wir haben noch genug Zeit. Ich möchte … ein bisschen Andacht halten.

Ulrike hat immer noch, oder schon wieder, diesen forschenden Blick, doch sie nickt nur und fragt: Soll ich mitkommen?

Plötzlich ist sie da, die alte Vertrautheit, für den Bruchteil einer Sekunde blitzt sie auf. Marlene muss lächeln.

Du, in die Kirche?

Ulrike schaut weiterhin ernst und konzentriert.

Na ja, ich könnte draußen auf dich warten.

Marlenes Lächeln vertieft sich. Spontan greift sie nach Ulrikes Hand und drückt sie, und Ulrike erwidert den Druck, und nun lächelt sie auch.

Gerne, sagt Marlene. Ich sage nur kurz Renate Bescheid.

* * *

Wir im Parlament, wir in der Bundesregierung dürfen uns von Angst nicht überwältigen lassen. Wir sind dem Volk verantwortlich dafür, daß wir auch im Zustand der Ängstigung vernünftig handeln. […] Wenn einer einfach seiner Angst nachgibt, handelt er deswegen nicht schon moralisch. Wenn einer allerdings seiner Angst nachgibt, obgleich er öffentliche Verantwortung trägt, dann läuft er große Gefahr, unmoralisch zu handeln.

Bundeskanzler Helmut Schmidt, SPD,
im Deutschen Bundestag, 3. Dezember 1981

* * *

Wir sitzen auf einem Pulverfaß. Jeder Narr, jeder Verbrecher kann zünden. Was tun wir? Wir haben Angst, aber wir schaufeln immer noch mehr Pulver in dieses Faß. Wir haben Angst und wollen mit noch mehr Rüstung unsere Angst vertreiben. Aber Angst kann man nicht wegrüsten. Wir reden von Sicherheit und schaufeln immer noch mehr Pulver in das Faß. Aber Sicherheit kann man nicht errüsten. Wir reden von Sicherheit und meinen unsere Sicherheit. Wir reden von Abrüstung und meinen die Abrüstung der anderen. Aber die Sicherheit ist immer auch die Sicherheit des anderen und die Abrüstung auch immer unsere eigene.

Franz Kardinal König, Erzbischof von Wien,
in der *Frankfurter Allgemeinen Zeitung*, 3. März 1982

* * *

IRMELA Kaum ist der Einarmige weg, kommt, wie Irmi schon vermutet hat, der nächste große Ansturm. Offenbar wollen alle noch einmal auf die Toilette, bevor sie sich in die Kette stellen, und natürlich alle gleichzeitig. Innerhalb weniger Minuten bildet sich eine Schlange vor Irmis Haustür, die bis zum Gartentor reicht.

Für einen Moment ist Irmi unschlüssig, was sie tun soll, wohin sie gehen soll in ihrem eigenen Haus. In der Küche hat sie nichts mehr zu tun; gekocht hat sie extra gestern schon, sie muss sich die Kartoffelsuppe nur warm machen, und das geht schnell. Im Flur stehen und den Leuten zuschauen, wie sie auf die Toilette gehen? Das findet sie ungehörig, zudringlich, zumal sie nicht einmal zwischenzeitlich putzen oder nach dem Rechten sehen könnte, daran ist nicht zu denken bei dem Andrang. Ins Wohnzimmer gehen? Sie gehört nicht zu den Leuten, die tagsüber schon den Fernseher anmachen, und außerdem käme es ihr komisch vor, in der Stube zu sitzen und fernzusehen oder Kreuzworträtsel zu lösen, wenn draußen so viel los ist.

Am besten, entscheidet Irmi, geht sie vor die Haustür. Da ist sie ansprechbar, wenn es nötig sein sollte, aber hat auch etwas von dem schönen Wetter. Und sie kann zuschauen, was draußen passiert. Sie nimmt sich den Küchenhocker und setzt sich neben die Haustürtreppe, dort, wo die Sonne den Weg zwischen den Nachbarhäusern hindurch auf ihre Hauswand findet und das bisschen Wärme, das sie noch abgibt, nicht gleich verfliegt.

Ein ungewohnter Anblick bietet sich ihr da. Eine lange Schlange von Menschen geht die Straße entlang, quasi im Gänsemarsch, die meisten haben sich an den Händen gefasst und bilden einen langen, vielfüßigen Tatzelwurm. Können sie es gar nicht erwarten mit der Kette? Viele schaffen es sogar, irgendwie noch Fahnen und Transparente zu tragen, so viele, dass Irmi mit dem Lesen gar nicht hinterherkäme, selbst wenn sie es versuchte. Aber sie versucht es erst gar nicht, sondern betrachtet lieber die Menschen; Menschen haben sie schon immer mehr interessiert als Parolen. Autonome sind nicht zu sehen, die meisten, die da vorbeimarschieren, sind ganz normale Leute, abgesehen davon vielleicht, dass die Länge der Bärte und Haare etwas über dem Durchschnitt liegt. Und auch die Menge der selbst gestrickten Pullover. Dass ausgerechnet in der heutigen Zeit ein so altes Handwerk wieder in Mode kommt, fasziniert Irmi. Auch wenn ihr die meisten Sachen recht primitiv zu sein scheinen. Wenn sie da an die fein gemusterten zarten Schals denkt, die ihre Mutter früher gefertigt hat! Oder die Patentjacken – fast so warm wie ein Wintermantel waren die, dabei war die Wolle von ganz normaler Stärke und nicht dick wie Schiffstaue. Heute dagegen muss es grob sein und bunt, und möglichst salopp, die meisten Sachen haben die Passform eines Mehlsacks. Aber dafür kann das Stricken nichts, das ist eben der Geschmack der Zeit.

So ein Norwegermuster zu stricken würde Irmi jedenfalls auch einmal reizen, kunstvoll sind sie ja, und Julian würde es sicherlich mögen. Doch sie strickt nicht mehr, seit einigen Jahren schon, das machen ihre Gelenke nicht mehr mit. Was bedauerlich ist, aber nicht zu ändern, und was man nicht ändern kann, akzeptiert man besser. Aber schade ist es schon. Gerade jetzt wäre es schön, nicht nur herumzusitzen, sondern dabei zu stricken.

Die Schlange ist aufgerückt, sie reicht nur noch die Haustürtreppe hinunter. An ihrem Ende, direkt neben Irmi, stehen eine Frau mit einem leuchtend rot gefärbten Krauskopf und einem übergroßen lila Halstuch und ein großer, hagerer Mann mit dichten schwarzen Haaren und deutlich angegrautem Vollbart. Ein Paar sind sie nicht, schätzt Irmi, eher Freunde, vielleicht sogar nur Bekannte, sie wirken nicht allzu vertraut miteinander, und ihre Bewegungen harmonieren nicht.

Ein schönes Plätzchen haben Sie da, sagt die Frau zu Irmi.

Irmi nickt und lächelt. Recht hat die Frau, aber was soll sie sagen? Außerdem ist sie ihr nicht sympathisch. Natürlich soll man die Menschen nicht nach ihrem Äußeren beurteilen, aber Irmi mag Künstlichkeit nicht, gleich welcher Art. Auch wenn diese Frau nicht geschminkt und mit allerlei Putz aufgedonnert ist – ihre überkrause Dauerwelle und die leuchtende Haarfarbe sind künstlich genug. Warum können die Menschen nicht einfach so sein, wie ihr Schöpfer sie gemacht hat! Stattdessen übertünchen sie ihre natürliche Schönheit, als würde die nicht ausreichen. Dabei sind doch die meisten Menschen schön, wenn sie sich trauen, sich zu zeigen, wie sie sind. Vorausgesetzt, sie sind auch innerlich schön. Dass jemand wie ihr Karl so hässlich wirkt, liegt nicht an seinem Gesicht, das ist stattlich und hübsch, sondern daran, dass dieses Gesicht ständig vom Zorn verzerrt ist.

Die Frau wendet sich wieder ihrem Begleiter zu.

Du wolltest gerade noch etwas sagen?

Er zaust mit den Fingern seinen Bart und schaut gedankenverloren über seine Begleiterin hinweg.

Ja, sagt er, ich wollte sagen, wie sehr mich die Heiterkeit hier fasziniert. Obwohl es so ernst ist, ist die vorherrschende Stimmung Heiterkeit. Das finde ich erstaunlich. Verstehst du, eigentlich ist die Lage dramatisch. Die Katastrophe ist zum Greifen nahe, und wir alle sind hier, weil wir Angst haben. Aber von der Angst ist nichts zu spüren, stattdessen ist hier so viel Freude und eine irrsinnige Lust am Leben.

Todesangst und Lebenslust schließen sich ja nicht aus, sagt die Frau, im Gegenteil.

Natürlich, sagt der Hagere, aber meist ist es doch so, dass die Angst stärker ist. Oder dass die Heiterkeit etwas Überdrehtes hat, so ein Trotz, es dem Tod noch einmal richtig zeigen zu wollen, bevor er kommt. Aber hier ist alles so entspannt. Es ist fast wie bei einem großen Wandertag. Noch besser als ein Wandertag, denn man hat ein Ziel, nicht nur einen Ankunftsort. Verstehst du, was ich meine?

Voll und ganz, sagt die Frau.

Irmi schaut wieder zur Straße. Ja, auch sie sieht, was er meint. Die Luftballons, die Lieder, die Blumen. Sie sieht Sonnenblumen – so spät im Jahr noch Sonnenblumen, denkt sie, wo kommen die nur her? – an Mützen und Rucksäcke geheftet. Ein junger Mann trägt eine Gitarre auf dem Rücken, gerade ist sie stumm, aber mit Sicherheit ist sie heute schon benutzt worden und wird auch wieder benutzt. Und jetzt kommen auch Leute die Straße entlang, die singen. Ein fröhliches Singen ist es, kein Schlachtengesang. Ein Kanon, sie kennt ihn sogar. *Hejo, spann den Wagen an …* Aber nein, sie singen einen anderen Text. Irmi strengt die Ohren an, aber sie hört nicht mehr gut genug, um ihn zu erkennen. Oder die Leute singen zu undeutlich.

Entschuldigung, sagt sie zu der Rothaarigen, was singen die Leute da?

Der Hagere ist schneller. *Wehrt euch, leistet Widerstand,* singt er, mit einer volltönenden Stimme, die Irmi diesem hageren Körper gar nicht zugetraut hätte.

Die Frau fällt ein: *… gegen diese Aufrüstung im Land. Schließt euch fest zusammen …*

Sie singen im Kanon mit den Leuten auf der Straße, und die winken vergnügt herüber, als sie es hören.

Ja, denkt Irmi, heiter ist es und fröhlich. Das sollte sich der Karl ruhig einmal ansehen. Aber das wird er nicht tun. Und selbst wenn er es täte, würde er nicht sehen, was sie sieht.

Wo steckt eigentlich der Julian inzwischen? Den Kaffee ist er sicher längst losgeworden. Vielleicht hat er im Gemeindehaus auffüllen können. Oder er hat die Lust verloren und treibt sich woanders herum. Strolcht durch den Ort oder die B 10 entlang und schaut sich an, was da los ist.

Mit einem Mal bekommt Irmi Lust, es ihm gleichzutun. Da sind so viele Menschen im Dorf wie noch nie, und sie sitzt hier vor ihrem Häuschen und bekommt kaum etwas davon mit.

Doch irgendwann wird es auch hier ruhiger werden. Dann, beschließt Irmi, wird sie hinausgehen und sich das Ganze ein wenig aus der Nähe anschauen.

INES Etwas zu essen wäre jetzt gut, sagt Boris.

Ines wirft einen schnellen Blick zu Heike, aber die fummelt an ihrer Jacke herum und hat nichts gehört.

Au ja, sagt sie. Lass uns in den Ort gehen und schauen, wo die Kundgebung war. Bestimmt gibt es da Essensstände, von türkischen Vereinen und so.

Ihr läuft schon bei dem Gedanken daran das Wasser im Mund zusammen. Diese würzigen türkischen Pasteten mit Schafskäse, wie hieß das Zeug doch gleich? Börek, richtig. Oder einmal hatte sie auf einem Straßenfest eine Art Knödel gegessen, aus Grieß, mit Hackfleischfüllung, dazu Joghurtsoße – ein Traum! Essen ist eine Art der Völkerverständigung, denkt Ines, Liebe geht nun mal durch den Magen und Freundschaft auch.

Eine Bratwurst wäre mir lieber, sagt Boris. Oder ein Fleischkäsebrötchen.

Ein Fladenbrot mit Grillspieß ist so anders auch nicht, sagt Ines. Höchstens besser.

Boris rümpft die Nase. Nee, nicht mein Ding.

Komischer Typ, denkt Ines, sie hat es ja vorhin schon gedacht. Was hätte der wohl in Nicaragua gemacht? Lieber gehungert, anstatt etwas zu essen, was nicht deutsch ist? Ach was, der wäre gar nicht nach Nicaragua gefahren, nie im Leben. Wahrscheinlich würde er sich selbst in Österreich über das komische ausländische Essen beschweren. Okay, sie ist schon wieder ungerecht. Oder vielleicht auch nicht? Wer weiß das schon. Wer weiß schon, was aus ihnen einmal wird. Vielleicht wird Boris, in zehn Jahren oder so, wenn er mit dem Studium fertig und Beamter geworden ist, die Dritte-Welt-Arbeit entdecken und darüber Zugang zu fernen Welten finden. Und vielleicht wird sie selbst, wenn sie Kinder bekommen hat, eine fade, beschränkte Hausfrau sein, die ihre liebe Not damit hat, den Alltag zu organisieren, weil der Mann voll und ganz mit seiner Karriere beschäftigt ist, und die froh ist, wenn die Kinder mal etwas anderes essen als Nudeln oder Pommes.

Nein, das nicht, ganz bestimmt nicht, nicht mit ihr. So einen Mann wird sie nicht haben, eher gar keinen. Und Kinder auch nicht. Paten- und Adoptivkinder aus den vielen notleidenden

Regionen der Welt, das schon eher, gern auch viele, mal sehen. Aber warum sollte sie in diesem reichen Land, das vor lauter Übersättigung so engstirnig geworden ist, dass es lieber auf seinen eigenen Untergang zusteuert als das Ruder auch nur ein Stückchen zu bewegen, warum sollte sie in diesem Land Kinder bekommen? Früher nannte man solche Kinder Kanonenfutter, heute wären sie nicht einmal das, selbst Bombenfutter klingt noch zu nett.

Am liebsten wäre es ihr ohnehin, einfach wegzugehen von hier. Zurück nach Nicaragua vielleicht. Oder als Entwicklungshelferin mal hierhin, mal dorthin, wo immer sie gebraucht wird. Leider studiert sie dafür, das hat sie in Nicaragua begriffen, nicht das Richtige. Sie hätte Medizin studieren sollen oder Ingenieurwesen, das sind Kenntnisse, die gebraucht werden. Nicht ihr Spanisch und ihr guter Wille, davon haben die Nicas selbst genug. Dummerweise kann sie kein Blut sehen, schon wenn sie ihre Tage hat, wird ihr beim Blick in die Binde ein wenig mulmig. Und Ingenieurwissenschaften – all dieses Technische, das langweilt sie zu Tode. Leblose, kalte Materie. Damit fünf, sechs Jahre ihres Lebens zuzubringen käme ihr vor wie eine riesige Zeitverschwendung.

Nun, sie wird schon einen Weg finden, ihren Weg, auch ohne Medizin und Technik.

He, wo wollt ihr hin?, ruft Heike von hinten, es klingt schon wieder jammerig.

In den Ort, sagt Ines. Schauen, ob es irgendwo etwas zu essen gibt.

Heike runzelt die Stirn. Wir sollten uns lieber einen Platz in der Kette suchen, sagt sie.

Wir haben doch noch Zeit.

Aber schau mal, wie weit es bis zum Ort ist! Mit anklagender Miene zeigt Heike die Straße hinunter, wo, etwas entfernt, rote Hausdächer zu sehen sind, überragt von einer überraschend hohen trutzigen Kirche.

Das ist höchstens ein Kilometer, sagt Ines. Allerhöchstens.

Seid ihr denn sicher, dass ihr da etwas bekommt?

Natürlich nicht, sagt Ines und macht sich keine Mühe, ihre Genervtheit zu verbergen. Aber Nachschauen kostet nichts.

Heike verzieht das Gesicht, sie strahlt pure Missbilligung aus. Mir ist das zu anstrengend, klagt sie.

Na klar, denkt Ines, sie hat seit Tagen nichts gegessen. Und jetzt ist sie schwach auf den Beinen und zwingt damit indirekt andere, ebenfalls nichts zu essen. Wie egozentrisch sie doch ist!

Es ist nicht so wichtig, sagt Boris. Es war nur so eine Idee.

Das glaubt Ines nun wiederum nicht, aber vielleicht hat ihn die Aussicht auf türkisches Essen verschreckt. Nun, sie hat ohnehin Käsebrote dabei, ihr ist es egal.

Wie ihr meint, sagt sie. Dann lasst uns mal schauen, wo wir uns dazustellen.

Viertel vor zwölf

RAMPE Hölle noch einmal, denkt Rampe, das ist der Wahnsinn. Das hätte er den Peaceniks gar nicht zugetraut.

Er steht auf einer Anhöhe und schaut hinunter ins Tal, wo sich zwischen den Feldern die B 10 windet. Verschnarchte ländliche Öde, so weit das Auge reicht, abgeerntete Felder, kleine Waldstücke, Obstwiesen – und dazwischen, völlig unvermittelt, diese Masse von Menschen, die sich die B 10 entlang bewegen wie Ameisen auf einer Ameisenstraße, wuselig und unermüdlich. Allerdings ist die Ameisenstraße etwas ramponiert: Links von Rampe sind die Menschen offenbar schneller unterwegs gewesen als rechts, eine Lücke ist entstanden, aber die rechts tun einstweilen nichts, sie wieder zu schließen, im Gegenteil, sie bleiben stehen, sodass sich hinter ihnen die Menschen stauen, weil sie nicht weiterkommen.

Das ist womöglich die größte Schwierigkeit bei dieser Menschenkette, denkt Rampe, abgesehen von der Mobilisierung natürlich. Wenn es irgendwo so voll ist, dass die Leute nur schlecht vorankommen, denken sie, es sind überall schon so viele und gehen einfach nicht weiter. Und dann stehen um die Orte herum die Massen, und irgendwo auf der Strecke fehlen sie. Wie im Bus, wo die Leute einsteigen und direkt stehen bleiben, anstatt nach hinten durchzulaufen. Als ob sie es nicht schon zigmal gesagt bekommen hätten und es nicht besser wissen könnten. Beknackt. Wie oft hatte er sich darüber schon aufgeregt, aber vergeblich. So sind die Leute. Und Autonome sind in solchen Sachen auch nicht besser als andere.

Doch jetzt tut sich unten etwas. Offensichtlich haben die links bemerkt, dass etwas schiefgegangen ist, und sind stehen geblieben. Unterdessen kommt Bewegung in den Stau rechts, ein Zipfel hat sich gebildet, strebt denen links entgegen, dahinter sortiert sich der Menschenklumpen zur Kette, nur leider nicht schnell genug für diejenigen, die von hinten nachdrängen, die Kette wellt sich, legt sich in Schlaufen, immer enger, immer länger, beult sich schließlich an einer Stelle weit aus auf das Feld neben der Straße.

Eine tolle Show ist das Ganze schon, muss Rampe zugeben, auch wenn es vollkommen nutzlos ist. Zumal kaum jemand zuschaut außer denen, die dabei sind. Denn die paar Autos, die auf der B 10 noch unterwegs sind, zählen kaum. Und der Blick von hier oben entgeht ihnen auch.

Hinter Rampe ertönt ein lautes Knattern, und ein Hubschrauber fliegt dicht über ihn hinweg. Scheiß Bullen, denkt Rampe und schaut grimmig nach oben. Doch der Hubschrauber ist in unschuldigem Rot und Blau lackiert, die hintere Kabinentür steht offen, und dahinter blitzt die Linse einer riesigen Kamera auf.

Okay, keine Bullen, Fernsehen. Natürlich, die Millionen Zuschauer der Abendnachrichten, um die geht es, nicht um die paar Augenzeugen hier oben auf der Schwäbischen Alb. Das Medienpublikum muss man erreichen mit den Bildern – und wenn die da unten auf der B 10 sich nicht allzu doof anstellen, dürften die Bilder ziemlich gut werden.

Rampe jedenfalls könnte noch stundenlang hier stehen und schauen. Aber wahrscheinlich sollte er lieber zusehen, dass er sich auf den Rückweg macht zu Ulrike. Unter normalen Umständen wäre er zwar spätestens in einer halben Stunde bei ihr, aber er muss auf jeden Fall ein Stück das Filstal lang, das lässt sich nicht vermeiden, und wenn es dort so aussieht wie hier, wird er nicht allzu schnell vorankommen.

Ein paar Minuten später steht Rampe an einer Einmündung vor der Menschenkette – oder nein, es ist nicht eine Kette, es sind zwei. Die B 10 selbst ist einigermaßen frei, aber was nützt das, wenn zwei Reihen Menschen den Weg auf sie versperren?

Rampe dreht ungeduldig am Gashahn, dann muss er grinsen. Hey, die blockieren ja doch! Und weit und breit kein Bulle in Sicht!

Nun haben ihn die Menschen in der Kette bemerkt. Bereitwillig lassen zwei in der ersten Kette ihre Hände los und winken Rampe herbei. Kommen Sie!, rufen sie. Kommen Sie ruhig!

Rampe fährt vorsichtig näher, doch die zweite Kette ist nach wie vor geschlossen.

Kommen Sie, ruft einer wieder, fahren Sie, wir lassen Sie durch. Er dreht sich ein wenig zur Seite und macht eine einladende Bewegung hin zu dem Zwischenraum zwischen den beiden Ketten.

Rampe runzelt die Stirn, was unter seinem Helm natürlich niemand sehen kann. Wollen die ihn verarschen? Trotzdem folgt er der Einladung des Typen und tuckert langsam vorwärts, bis er die Lücke in der vorderen Kette passiert hat.

Flugs fassen sich die beiden von eben wieder an den Händen. Eine Falle? Nein, nun machen sie in der zweiten Kette eine Lücke auf und winken ihn hindurch. Keine Falle, eine Schleuse! So kann die Bullerei nicht meckern, aber die Kette steht. Also doch keine Blockade. Im Gegenteil, geschlossene Kette ohne Blockade. Die Weicheier-Version. Aber in diesem Fall soll es ihm recht sein. Rampe hebt dankend die Hand zum Gruß und schwenkt auf die B 10.

Je näher er an den nächsten Ort kommt, desto schlechter kommt er voran, irgendwann tuckert er nur noch im Schritttempo, so viele Leute sind auf der Straße. Am Straßenrand stehen sie dicht an dicht, Schulter an Schulter, da ist kein Platz mehr frei, dabei stehen noch längst nicht alle in der Kette, viele laufen noch daran entlang, suchen einen Platz oder irgendwelche Bekannten, oder vielleicht haben sie einfach noch keine Lust, sich hineinzustellen, wer weiß. An die Vorgabe der Bullen, die B 10 für die Fahrt frei zu lassen, hält sich kaum noch jemand – schlicht und einfach, weil es nicht möglich ist. Überall Leute, Leute, Leute. Könnte sein, denkt Rampe, dass es gar nicht so einfach wird, Ulrike wiederzufinden. Und er ist gespannt, ob sie es geschafft hat, ihre Schwester zu aufzustöbern. Wenn nicht, dürfte es jetzt auch zu spät sein.

***

> Die gegenseitige Abschreckung sichert den Frieden, indem sie die Vernichtung dessen anzudrohen vermag, was sie schützen soll, nämlich Leben überhaupt. Wirksam ist die Abschreckung nur, wenn sie fähig ist, diese Drohung wahr zu machen. Aber ausführen kann sie die Drohung nur um den Preis der Selbstvernichtung.
>
> Wirklich verarbeitet und akzeptiert haben die meisten Menschen dieses paradoxe Denksystem als solches nicht. Aber sie haben sich an die Erfahrung gewöhnt, daß die gegenseitige Abschreckung bisher tatsächlich funktioniert. Es ist sehr leicht, die Paradoxie zu verdammen. Ungleich schwerer ist es, ein anderes wirkungsvolles Mittel zur Sicherung des Friedens zu schaffen, es sei denn einen Frieden der gesicherten Unterwerfung.
>
> Richard von Weizsäcker, CDU, regierender Bürgermeister von Berlin, im Deutschen Bundestag, 9. September 1982

***

WILFRIED Es dauert lange, bis sie überhaupt die Bio erreichen. Nur langsam geht es an der Filsbrücke voran, wo Ordner dafür sorgen, dass aus der ungeordneten Menschenmenge eine Kette wird, sich die Menschen einreihen und nur einzeln, einer nach dem anderen, Hand in Hand in einer Art seitlichem Gänsemarsch weitergehen. Immer wieder werden ganze Gruppen von Leuten zurückgeschickt zur anderen Seite des Rathausplatzes, damit sie in die Richtung gehen, der sie zugeteilt sind, das sorgt für weiteres Gedränge. Dabei ist es, findet Wilfried, eigentlich nicht schwierig, die für einen selbst richtige Seite zu finden; überall stehen Schilder, die Ausgänge des Platzes sind mit bunten Luftballons markiert, und zum Abschluss der Kundgebung haben sie von der Bühne herunter noch einmal ganz genau erklärt, wer wohin gehen soll. Aber bei so vielen Menschen gibt es eben immer welche, die etwas nicht mitbekommen – und auf Kundgebungen wird so viel geredet, dass man schnell mal nicht mehr richtig zuhört und dann das Entscheidende verpasst.

Endlich haben sie es geschafft, und erstaunlicherweise ist die Gemeindegruppe, soweit Wilfried sehen kann, immer noch vollständig beieinander. Frau Heger läuft unverdrossen vorneweg, irgendwie schafft sie es, die Hand ihres Vordermanns zu halten und gleichzeitig das Schild.

Wobei laufen der falsche Ausdruck ist. Schlendern wäre zutreffender. In kleinen langsamen Schritten zuckeln sie am Straßenrand die B 10 entlang, in einem Tempo, bei dem sogar seine Mutter problemlos mithalten könnte, denkt Wilfried, obwohl man ihr beim Gehen die Jahre am ehesten anmerkt.

Hinter Wilfried entsteht Unruhe. Die Jugendlichen haben sich untergehakt und hüpfen gemeinsam auf der Stelle: *Hopp, hopp, hopp, Atomraketen stopp!*, rufen sie, erst langsam, dann immer schneller, auch das Hüpfen wird schneller, bis sich der gleichmäßige Rhythmus auflöst in ein vielstimmiges Kuddelmuddel, dann lösen sich die Jugendlichen aus der Kette und rennen mit einer Art Kriegsgeheul los, vor der Kette entlang, bis sie lachend und nach Atem ringend auf einer Verkehrsinsel stehen bleiben.

Diese Energie!, sagt Frau Kühnle, die neben Wilfried geht, kopfschüttelnd, aber lächelnd.

Man möchte fast ein wenig neidisch werden, nicht wahr?, sagt Wilfried und denkt: Wie viel langweiliger wäre es hier ohne diese Jugendlichen, die nicht müde werden, herumzuhüpfen und Slogans zu skandieren. Was für eine Vorstellung, wenn dieser Demonstrationszug ein schweigender wäre, aus lauter gesetzten, vom Leben müde gewordenen Über-Vierzigjährigen, die höchstens zwei-, dreimal einen Slogan mitrufen, und auch das nur ab und zu, denn es ist ihnen nicht nur zu anstrengend, sondern auch ein wenig peinlich, in der Öffentlichkeit so herumzuschreien.

Die Älteren immerhin singen. Hinter ihm hat eine Gruppe einen Kanon angestimmt: *Nach dieser Erde wäre da keine, die eines Menschen Wohnung wär …* Doch nach nur zwei Durchgängen geht ihnen der Schwung aus, bricht der Gesang in sich zusammen, nur zwei einzelne Stimmen versuchen es tapfer noch einige Zeilen länger, bevor sie auch aufgeben.

Am Straßenrand müht sich ein Polizist, die linke Fahrspur frei zu halten. Bitte halten Sie sich rechts!, ruft er den Demonstranten zu.

Irgendjemand skandiert: *Samstags frei für die Polizei!*, doch der Polizist beachtet ihn nicht weiter. Bitte rechts halten!, ruft er wieder. Lassen Sie die linke Spur frei für den Verkehr!

In diesem Moment kommt ein Pkw eine Einfahrt herauf, hupt ungeduldig die Menschen an, die vor ihr in der Kette stehen, und lässt den Motor aufheulen.

Wie viel Aggression doch in der Welt ist, denkt Wilfried, warum nur? Warum empfindet dieser Autofahrer es als solche Zumutung, auch nur einen Moment warten zu müssen? Zumal er, da ist Wilfried sicher, längst nicht die gleiche Aggression zeigen würde, wenn auf der B 10 Verkehr wäre und er deshalb nicht gleich aus seiner Einfahrt herauskäme. So ist das in diesem Land, Autoverkehr ist eine Naturgewalt, Menschen, die etwas anders machen als man selbst, die anders denken, sind eine Zumutung.

Er vermutet, dahinter steckt Angst, zu kurz zu kommen. Unter die Räder zu geraten. Privilegien aufgeben zu müssen oder gar nicht erst zu bekommen. Wie ein Krebsgeschwür ist diese Angst, und sie wird durch die ständigen Meldungen über steigende Arbeitslosenzahlen, über Krisen in der Wirtschaft, auf den Werften und in der Stahlindustrie nicht besser, ganz im Gegenteil. Bis sich irgendwann jeder als Verlierer fühlt, als Verlierer gegenüber den anderen. Es tut nicht gut, denkt Wilfried. Es tut uns nicht gut, dem Einzelnen nicht, aber auch nicht der Gesellschaft. Wenn sich jeder mit jedem vergleicht, wenn jeder dem anderen sein bescheidenes Privileg neidet, den einen oder anderen kleinen Vorsprung, das bisschen Glück, das er gehabt hat, oder auch tatsächlich ein wenig mehr Können, mehr Einfluss, mehr Beziehungen – wenn jeder jeden beneidet, geht eine Gesellschaft kaputt. Eine Gesellschaft lebt von Solidarität, vom Miteinander, von gegenseitiger Hilfe und dem ständigen Ausgleich zwischen Reichen und Armen, Starken und Schwachen.

Ganz abgesehen davon, dass es den Mächtigen nützt, wenn die unten sich in ihren kleinen Missgünstigkeiten zerfleischen. Wenn jeder dem Nachbarn den winzigen Vorteil neidet, ist er zu beschäftigt, um noch auf die wirklich Privilegierten zu achten, die ungerührt Reichtümer zusammenraffen für den eigenen Vorteil, auf Kosten der Kleinen, die sich unterdessen noch gegenseitig das Leben schwer machen.

So wie dieser Autofahrer, der erneut hupt und den Motor aufheulen lässt und bedrohlich ein weiteres Stück auf die Demonstranten zufährt.

Moment, sagt der Polizist und geht auf die Einfahrt zu. Er wird bereitwillig durchgelassen, und während der Autofahrer hörbar den Gang einlegt, bedeutet der Polizist ihm, das Fenster herunterzulassen.

Ich muss Sie doch sehr bitten, sagt er, etwas mehr Rücksicht zu üben. Sie sehen doch, wie viele Leute hier unterwegs sind.

Aus dem Inneren des Autos dringt eine zornige Stimme, Wilfried hört *gutes Recht* und *Straße*.

Die Teilnahme am Straßenverkehr erfordert ständige Vorsicht und gegenseitige Rücksicht, sagt der Polizist, wer am Verkehr teilnimmt, hat sich so zu verhalten, dass kein anderer geschädigt oder gefährdet wird. Paragraf eins der Straßenverkehrsordnung. Ich darf Sie bitten, sich daran unter allen Umständen zu halten. Andernfalls kann eine Verwarnung ausgesprochen und ein Bußgeld verhängt werden. Und jetzt, wendet er sich an die Demonstranten, lassen Sie bitte den Herrn durch.

Doch am Straßenrand ist längst eine Lücke entstanden, um den Autofahrer durchzulassen. Der kurbelt seine Scheibe wieder hoch und fährt tatsächlich langsam und vorsichtig auf die

Straße. Durch die Windschutzscheibe kann Wilfried sein rundes gerötetes Gesicht sehen. Er sieht Karl ähnlich, denkt er, aber womöglich weniger aufgrund der Physiognomie als dank des rechthaberischen Jähzorns, der sich in seinen Zügen spiegelt.

Die Kette stockt, sekunden-, ja, minutenlang geht es nicht einen Zentimeter vorwärts.

Geht doch mal weiter!, ruft jemand von hinten.

Wie denn?, murrt Frau Heger und stellt ihr Schild vor sich ab.

Weiter, weiter, weiter!, skandieren die Jugendlichen, die immer noch neben der Kette herlaufen, und wollen sich schier schlapp lachen dabei, als sei es ein guter Witz.

Kommt, wir überholen!, ruft eine von ihnen in das Gelächter hinein.

Die Jugendlichen fassen sich an den Händen, Paula vorneweg, Julchen geht als Letzte. Als sie an Wilfried vorbeikommt, greift sie nach seiner Hand, und ehe er weiß, wie ihm geschieht, hat ihm schon Frau Heger den Stiel ihres Schildes in die Hand gedrückt, hält selbst ein Stück weiter oben fest, mit der anderen Hand fasst sie Frau Lehmann, und so marschiert die ganze Gemeindegruppe in einer langen Polonaise vor der Kette entlang.

Marschieren wir gegen den Osten?, singt Julchen aus vollem Halse, und die Jugendlichen rufen: *Nein!*

Marschieren wir gegen den Westen?

Nein! Und dann singen alle Jugendlichen zusammen: *Wir marschieren für die Welt, die von Waffen nichts mehr hält, denn das ist für uns am besten!*

Stopp!, ruft Julchen plötzlich, und alle bleiben stehen.

Was ist?, fragt Paula.

Da kommt Gegenverkehr, sagt Julchen.

Schaut mal, sagt Frau Heger. Ein blauer Luftballon.

Julchen schaut sie fragend an.

Wir sind die mit den orangen Luftballons, sagt Frau Heger. Das heißt, die kommen aus dem Nachbarort. Kein Wunder, dass es nicht weitergeht.

Umso besser, sagt Julchen resolut, dann können wir hierbleiben.

Und schon streckt ihr von der anderen Seite ein junger Mann, der einen blauen Luftballon an seinen Rucksack gebunden hat, auffordernd die Hand hin. Komm, sagt er, wir machen eine Doppelkette.

Das ist die Gelegenheit, denkt Wilfried. Er tritt einen Schritt zurück und führt Julchens Hand an den Stiel von Frau Hegers Schild.

Sie kommen sicher einen Moment ohne mich aus, oder?, sagt er. Ich muss kurz etwas erledigen, in einer Viertelstunde bin ich wieder da.

MARLENE Als Marlene die Kirche betritt und Ruhe und Kühle sie umfangen, weiß sie, das ist es, was sie suchte, was sie jetzt braucht: sich zurückziehen, zur Ruhe kommen, stille werden. Großdemonstrationen oder Aktionen wie diese Menschenkette sind immer mitreißend, aufregend, beflügelnd; das Gefühl, nicht allein zu sein, gibt Kraft und Zuversicht – aber im Grunde liegen ihr Friedensandachten und Aktionen wie das Schweigen für den Frieden mehr. In großen Menschenmengen läuft sie zu sehr Gefahr, sich selbst zu verlieren.

Die Kirche ist eine kleine einschiffige Dorfkirche, offensichtlich sehr alt, mit spitzen Fensterbögen, dicken weiß gekalkten Wänden und einer einfachen hölzernen Kassettendecke. Alles ist schlicht und schmucklos gehalten, bis auf den Chorbogen, der umgeben ist von einem prachtvollen Fresko. Eine Darstellung des Jüngsten Gerichts, vermutet Marlene, in der Mitte über dem Chorbogen ist Christus zu sehen, umgeben von Heiligen, zu seinen Füßen drängen sich Menschen, Märtyrer und Jungfrauen wahrscheinlich. Violette Paramente hängen an Kanzel und Altar, obwohl im Kirchenjahr gerade Grün an der Reihe wäre, aber Violett ist die Farbe der Buße, wahrscheinlich hat der hiesige Pfarrer sie bewusst für diese Woche aufgehängt.

Auf dem Altar brennen Kerzen, von rechts fällt Sonnenlicht durch die hellgrau verglasten Fenster. In den Bankreihen stehen und sitzen bestimmt zwanzig, dreißig Leute, in kleinen Gruppen oder auch allein.

Marlene stellt sich in die vorletzte Bank, faltet die Hände und schließt die Augen. Einen Moment lang steht sie nur da und lässt den Raum auf sich wirken, versucht, die Stimmung des Ortes zu erspüren und aufzunehmen. Die gedämpften Stimmen, das Scharren von Füßen, das Rumpeln der schweren Holztür, als jemand hinausgeht. Die herbe Kühle der alten Steinmauern. Der Geruch der Jahrhunderte, der sich an den Mauern abgelagert hat in einer Mischung aus Putz, Moder und Kerzenrauch. Ein, zwei Minuten lang steht Marlene so, bis sie merkt, wie sie zur Ruhe kommt und ihr inneres Zwiegespräch beginnen kann.

Danke, Herr, dass wir hier sein können. Danke, dass wir so viele sind, das hätte ich nicht gedacht. Es ist so gut zu wissen, dass wir nicht allein sind, und dass du uns nicht alleinlässt. Bitte, schenke unserer Welt Frieden. Schenke den Politikern die Einsicht, wie gefährlich das Spiel ist, das sie treiben, und welche Herrlichkeit – deine Schöpfung! – sie zu zerstören drohen.

Marlene hält einen Moment inne und horcht in sich hinein, spürt ihren Atem und ihren Herzschlag und den festen Boden unter ihren Füßen. Danke, fährt sie dann mit ihrem stillen Gebet fort, für die Menschen, die mit mir unterwegs sind, so viele, mit denen ich nicht gerechnet hatte – Herr Semrau und seine Tochter, meine Schwester, die vielen Schüler. In ihren Gedanken bittet Marlene um Hilfe für Oliver, der darum kämpft, seinen eigenen Weg zu gehen, und noch gar nicht merkt, welche Kraft in ihm schlummert. Sie bittet für Ulrike und ihre Kommune, dass sie auf dem richtigen Weg sind, dass sich ihre Hoffnungen erfüllen und nicht in Enttäuschung und Zorn enden. Sie bittet für die Friedensgruppe, dass sie noch mehr werden und noch stärker, auch wenn in vier Wochen die Stationierung vom Bundestag bestätigt werden sollte und die Atomraketen tatsächlich kommen. Sie bittet für Renate und Yolanda und Frido, die zwar mit Berthold eine Familie bilden, aber so allein sind miteinander. Sie bittet für Boris, der sie nicht mehr versteht und den sie nicht mehr versteht. Nur für sich bittet sie nicht, auf den Gedanken kommt sie nicht.

Boris. Marlenes Gedanken wandern zurück in die Zeit, als sie sich in Boris verliebte. Damals, vor bald sechs Jahren, es scheint ihr unendlich lange her, in einem anderen Leben. Als sie ihn bei einem Gesprächsabend in der Evangelischen Studentengemeinde kennenlernte, hatte sie sofort das Gefühl, einen Seelenverwandten getroffen zu haben. Er sprach aus, was sie dachte, er lachte über die gleichen Sachen wie sie, und wenn sie Bedenken spürte, sah sie, wie auch er kaum merklich die Stirn runzelte. Mit ihm konnte sie über alles reden, er verstand sie, so schien es ihr, manchmal sogar besser als sie sich selbst. Wie oft gelang es ihm, das komplizierte Wirrwarr ihrer Gedanken in Sekunden aufzulösen; anstatt der vielen Einzelteile, mit denen sie sich abmühte, sah er das große Ganze, und ein Satz genügte, ihr zu zeigen, wie einfach die Sache war. Dazu kam, dass sie sich für ähnliche Dinge interessierten, die gleichen Bücher gut fanden, die gleiche Musik. Durch ihn lernte sie Klaus Hoffmann und Ludwig Hirsch kennen, sie wiederum schenkte ihm Gedichte von Neruda und die Psalmen von Ernesto Cardenal. Sie waren ein Herz und eine Seele, sie waren ein Denken und Fühlen, und als es mit der Freundin, die er damals hatte, schließlich vorbei war, war klar, sie gehörten zusammen, eigentlich schon immer und für alle Zukunft. Dieses Gefühl, eine Einheit zu bilden, eine unverbrüchliche Schicksalsgemeinschaft, war die Grundlage ihrer Beziehung. Bis – ja, bis wann eigentlich?

Es heißt immer, denkt Marlene, dass eine Beziehung zerbricht. Doch bei ihnen ist nichts zerbrochen. Es nutzte sich nur im Laufe der Jahre ab, wurde ganz langsam immer weniger, immer dünner, und nun, scheinbar plötzlich, trägt es nicht mehr. Warum nur? Wie konnte es so weit kommen?

Klar ist: Boris hat eine Krise, schon länger. Warum sonst sollte er so hartnäckig das Ende des Studiums vor sich herschieben, sich vor der Suche nach einem Examensarbeitsthema drücken, ja, so kam es ihr vor, nicht wie Unschlüssigkeit oder Überforderung, sondern wie ein Sich-Wegducken, eine Flucht.

Hab Geduld, sagte eine gemeinsame Freundin einmal zu ihr, das legt sich wieder, er braucht einfach Zeit. Aber während sie sich in Geduld übte und ihm Zeit gab, entfernte er sich immer weiter von ihr.

Oder war sie es, die sich entfernte? Marlene fröstelt, und es liegt nicht an der Kühle in der Kirche. Begann nicht die Distanz zwischen ihnen ziemlich genau zu der Zeit, als sie ins Referendariat ging? Als ihr die gemeinsame Welt des Studiums rasant fremd wurde, neue Dinge ihr Denken und Fühlen beanspruchten – ganz banale, alltägliche, wie die Fremdbestimmtheit ihres Arbeitsalltags und das ungeheure Arbeitspensum, das sie zu absolvieren hatte, aber auch grundsätzliche Fragen, die in ihrem alten Leben nie eine Rolle gespielt, sich einfach nicht gestellt hatten.

Zum Beispiel die Frage nach dem Gehorsam. Sie ist zu Gehorsam erzogen worden, ein braves Mädchen sollte sie sein – und sie war und ist es auch, die meiste Zeit durchaus aus Überzeugung. Für ein gutes Zusammenleben vieler unterschiedlicher Menschen ist es unerlässlich, findet Marlene, dass es Regeln gibt und man sich an sie hält; wenn jeder nur macht, was er will, ist das Ergebnis ein endloser Kampf aller gegen alle. Aber was soll sie tun, wenn ihre Auffassung, was eine gute Lehrerin ausmacht, mit den Regularien des Schulbetriebs kollidiert? Es war für sie eine Frage der Fürsorge, Oliver Vogel Informationen zur Kriegsdienstverweigerung zuzustecken – ein paar Bemerkungen von ihm im Unterricht hatten ihr verraten, dass ihn das Thema umtrieb, und es war klar, dass er zu Hause keine Unterstützung bekommen würde. Doch Fakt bleibt: Es war verboten. Lehrer dürfen sich in der Schule nicht politisch betätigen, unberechtigten Einfluss auf ihre Schüler nehmen – und was sie tat, war letztlich genau das. Und sosehr ihr das Politikverbot grundsätzlich einleuchtet, so sehr fühlte sich in diesem Fall grundfalsch an, es einzuhalten.

Für Boris ist die Sache klar. Wenn etwas verboten ist, ist es verboten, Punkt. So wie für ihn nicht zur Debatte steht, dass er heute nach Geislingen fährt und sie nicht. So sind eben die Regeln, und an die hat man sich zu halten, sonst bricht nur Chaos aus. Marlene kommt seine Sichtweise zu einfach vor, ja, spießig, dabei hätte sie es noch vor zwei Jahren genauso gesehen – wenn auch möglicherweise nur, weil sie nicht in Konflikt damit geriet, weil sie noch keinen Preis zahlte für das Befolgen der Regeln. Das ist, denkt Marlene, der Unterschied zwischen ihr vor zwei Jahren und Boris heute: Er zahlt einen Preis, nämlich den, sie nicht zu sehen – und er zahlt ihn bereitwillig.

Trauer schwillt in Marlene an. Während sie den Fluss des Lebens hinabtreibt, bleibt er stehen, wo er ist, wo er schon immer stand, und was sie so lange als Verlässlichkeit geschätzt hat, wird immer mehr zu einem Fallstrick für ihre Beziehung. Sie hat nur die Wahl, darauf zu warten, dass sie sich wieder aufeinander zubewegen, wenn er das Studium ebenfalls hinter sich lässt, oder wenn es ihr gelingt, an eine andere Schule zu kommen, zurück nach Heidelberg oder wenigstens in die Nähe.

Tief in ihr sagt eine kleine Stimme: Vergiss es. Du hast keine Wahl. Ihr seid beide schon zu weit weg.

In den vorderen Bankreihen fängt eine Gruppe leise an zu singen. *Dona nobis pacem*, erst einstimmig, dann fällt eine zweite Stimme in den Kanon ein, dann eine dritte. Der Gesang webt sich in Marlenes Gedanken, hüllt sie ein, bringt sie zum Erliegen. Marlene kramt ein Taschentuch aus ihrem Rucksack, wischt sich über die feuchten Augen und putzt sich leise die Nase. Dann schließt sie erneut die Augen, steht minutenlang einfach da und lauscht dem Singen. Schließlich beendet sie mit einem leise geflüsterten *Amen* ihr Gebet und geht hinaus, wo der Sonnenschein sie blendet und Ulrike auf sie wartet.

OLIVER Das ist so abgefahren!, ruft Knolle. Bombastisch, der Hammer! Und wir sind dabei!

Sie haben nicht an einer der Schleusen angestanden, um sich in die Kette einreihen zu lassen, sondern sich durch die Rabatten vom Kundgebungsplatz geschlichen, an den Schleusen vorbei, und laufen nun die Straße entlang. Schließlich hätte niemand etwas davon, wenn sie ewig lange in einem Teilstück der Kette stehen, das nicht vom Fleck kommt, da ist Oliver sich mit den anderen einig. Viel intelligenter ist, wenn diejenigen, die flott zu Fuß sind, vorgehen und sich an der Spitze einreihen. Und genau das würden sie tun. Wie sollte sonst jemals die Verbindung zum nächsten Ort zustande kommen.

Wisst ihr, fragt Franzi, was Solidarität, Demokratie und Liebe gemeinsam haben?

Dass wir sie brauchen?, rät Knolle.

Leider nein, sagt Franzi. Es gibt genügend Menschen, die ohne Demokratie leben können. Das ist traurig, aber eine Tatsache. Nein, etwas anderes.

Knolle zuckt mit den Schultern.

Man muss sie selber machen, sagt Franzi, und ihre Augen blitzen schelmisch. Erst das bringt es richtig. Wenn du es noch nie selbst gemacht hast, kannst du nicht mitreden, hast du keine Ahnung, worum es wirklich geht. Mal abgesehen davon, dass es nur so funktioniert: durch Selbermachen und Mitmachen.

Oliver wird ganz heiß. Wenn Franzi von Liebemachen redet, kann er nicht anders, dann kribbelt es ihm im Bauch und in den Kniekehlen. Hoffentlich ist er nicht rot geworden.

Stellt euch vor, sagt er schnell, um nicht nur die anderen, sondern auch sich selbst abzulenken, ein Raumschiff vom Mars käme heute auf die Erde und würde hier landen. Was würden die Aliens wohl von uns denken?

Wahrscheinlich: Lauter Verrückte, sagt Sven trocken.

Das glaube ich nicht, sagt Franzi. Sie wissen ja nichts über uns. Sie würden erst einmal denken, aha, das sind also die Erdlinge. Interessant.

Sie würden feststellen, dass es verschiedene Sorten gibt, sagt Oliver und kommt allmählich wieder auf Normaltemperatur. Die meisten sind eher zottelig, mit langen Haaren und dicken Wollpullovern. Aber dann gibt es noch ganz unzottelige, in Dunkelgrün gekleidet und mit grimmigem Gesichtsausdruck.

Die Zotteligen, sagt Franzi eifrig, mögen farbenfrohe Accessoires, sie halten bunte Tücher an Stangen und Luftballons in der Hand. Wohingegen die Dunkelgrünen die Hände frei haben, dafür tragen sie komisches Zeugs am Gürtel, das irgendwie kriegerisch aussieht.

Und die Aliens fragen sich: Was hat das zu bedeuten?, sagt Oliver. Warum diese unterschiedlichen Erdlinge, und warum sind sie alle hier? Sind es verschiedene Stämme und aus verschiedenen Teilen des Landes angereist, um heute über Handelsbeziehungen zu verhandeln und ihre Töchter zu verheiraten?

Oder, spinnt Franzi weiter und schaut gespielt nachdenklich, haben sie Krieg geführt und feiern den kürzlich geschlossenen Frieden?

Ach was, klinkt sich Katta ein. Ganz anders. Das ist ein religiöser Kult! Ist doch offensichtlich, Prozessionen, Gesänge, die Monstranzen und Baldachine, die sie durch die Gegend tragen … Katta zeigt auf das große Transparent vor ihnen, auf dem steht: *Nein ohne jedes Ja zu ABC-Waffen*.

Bist du katholisch?, fragt Sven.

Ja, sagt Katta und wird aus irgendeinem Grund rot.

Dann wären die Grünen die Priester?, fragt Oliver, nicht ganz überzeugt.

Eher eine Art Ministranten oder Tempeldiener, sagt Franzi. Die Priester sind die, die auf der Bühne stehen und zum Volk sprechen.

Na, schön wär's, sagt Oliver. Die Bullen als unsere Ministranten.

Weiß nicht, sagt Knolle. Mir ist lieber, es ist keine Religion.

Da hast du recht, sagt Oliver.

Eure Aliens können einem ohnehin echt leidtun, sagt Sven.

Die müssen doch zu dem Schluss kommen, dass diese Erdlinge völlig friedlich und harmlos sind. Und dann sind sie wahrscheinlich die ersten, die die Atomraketen um die Ohren geballert bekommen.

Bevor das passiert, sagt Knolle, lass uns mal irgendwo hinstellen. Oder wie weit wollt ihr noch laufen?

Na, bis vorne, sagt Oliver.

Wo soll das sein, vorne?, fragt Knolle. Wir sind schon fast beim nächsten Ort!

Er zeigt die Straße entlang, wo tatsächlich hinter der nächsten Biegung der Straße wieder Häuser zu sehen sind.

Ja und?, fragt Sven. Wir können sogar ganz bis dorthin laufen und wieder zurück, wir haben noch massig Zeit. Sonst stehen wir nur eine halbe Stunde länger in der Gegend herum. Was haben wir davon?

Na ja, sagt Knolle, äh … einen Platz halt.

Bassman hat die ganze Zeit nichts gesagt, sondern trottet neben ihnen her, als gingen sie ihn nichts an, und zieht schon wieder an einer Fluppe. Jetzt nimmt er sie aus dem Mund, hält sie lässig zwischen Daumen und Zeigefinger und sagt nur: Macht schon Sinn.

Sven schaut ihn an, mit ironisch hochgezogener Augenbraue. Das kann keiner so gut wie Sven, nur eine Augenbraue hochziehen, und die Skepsis, die darin liegt, verunsichert mehr, als wenn er etwas sagen würde.

Aber Bassman bleibt ungerührt. Überlegt doch mal, sagt er, die müssen wissen, dass die Kette steht. Und am besten nicht erst zwei Minuten vorher.

Wer die?, sagt Oliver. Es nervt ihn, dass Bassman schon wieder den Vollchecker raushängt.

Na, die Organisatoren, wer sonst?

Also, dass die Kette steht, dürfte keine Frage sein, sagt Oliver.

Trotzdem, sagt Bassman. Selbst wenn es doppelt so viele Leute sind wie nötig, wenn die Hälfte sich erst kurz vor knapp einreihen will, gibt es Chaos.

Also gut, sagt Franzi energisch. Dann wollen wir mal.

Sie greift nach Olivers Hand, und da sagt er lieber nichts mehr, sondern lässt sich bereitwillig von ihr zum Straßenrand ziehen. Umso mehr, als Franzis andere Hand von Katta gefasst wird und Bassman nur Svens Hand bleibt.

Vor ihnen lassen zwei Frauen ihre Hände los und rücken ein wenig auseinander, um Platz für sie zu machen. Oliver nimmt die Hand der einen Frau, Bassman die der anderen, aber dazwischen ist längst nicht genug Platz für alle sechs, und so stehen sie in einer Schlaufe auf der Straße.

He, so geht das nicht, ruft Sven. Etwas mehr Ordnung, bitte, etwas mehr Disziplin!

Scherzkeks, sagt Knolle, wie denn?

Vielleicht sollten wir noch weiter vorgehen, sagt Oliver.

Hilft nicht, sagt die Frau neben ihm. Da stehen sie auch schon in Schlangenlinien.

Dann können wir auch hierbleiben, entscheidet Franzi.

Eigentlich gar nicht so schlecht, denkt Oliver. Er hat Franzi an der Hand, sie können Bassman nicht sehen, denn der steht in der Schlaufe mit dem Rücken zu ihnen, und die Sonne scheint ihnen ins Gesicht. So hält er es gerne auch länger als eine halbe Stunde aus.

Wenn er nur nicht schon wieder an Mr. Big denken müsste. Und daran, dass er es ihm irgendwann sagen muss mit der Verweigerung.

Dabei kann es doch so schwer nicht sein. Nicht schwerer als Karate.

Er dürfte es nicht beim Abendessen machen, das ist klar, nicht im Sitzen. Stehen müsste er, wie im Wettkampf, die Füße fest auf dem Boden, federnd in den Knien, Auge in Auge mit dem Gegner, dessen Bewegung vorausahnen, schon im Ansatz spüren, und dann den Schlag platzieren, ohne Vorwarnung, ohne Aufregung, ganz ruhig und gezielt. So müsste er es machen. Einfach sich hinstellen, Mr. Big in die Augen sehen und dann lässig, scheinbar mühelos sagen: Übrigens, ich werde verweigern.

Mal ganz ehrlich, was könnte denn passieren? Dass Mr. Big ihn zusammenschlägt? Davor hat er keine Angst. Soll er es doch versuchen. Wahrscheinlich würde es ihm gar nicht gelingen. Und selbst wenn – blaue Flecken, Schmerzen, selbst gebrochene Knochen schrecken Oliver nicht.

Was ist es dann?

Oliver geht in Gedanken noch einmal den Moment im Sommer durch. Wie ihn der erste Schlag traf, dass er taumelte. Wie er den Blick hob und automatisch, ein Reflex aus dem Karate, den Arm hochriss und den zweiten Schlag abblockte. Wie er in diesem Moment in Mr. Bigs Augen sah, eine Sekunde nur, aber sie reichte, um alles zu sehen. Die Fassungslosigkeit. Und eine tiefe, eine abgrundtiefe Scham.

Ein Gänsehautschauer läuft Oliver den Rücken hinunter. Ja, das war der Punkt. Das war es, was diesen Moment so unerträglich machte. Nicht, dass Mr. Big die Beherrschung verlor. Nicht, dass er, Oliver, wagte, Mr. Bigs Schlag zu parieren. Sondern dass er ihm in die Seele geschaut hat. Dass er gesehen hat, wie mickrig sie ist, wie klein und hilflos hinter all der Großspurigkeit und Aggressivität. Wenn er sich bisher Mr. Big gegenüber vor allem für seine Feigheit schämte, dafür, dass er nicht den Mut hat, ihm offen entgegenzutreten, so empfindet er jetzt doppelte Scham.

Warum denn eigentlich?

Vielleicht liegt es daran, dass immer noch Franzis Hand in seiner liegt, leicht und warm – mit einem Mal wird Oliver ganz flau, aber gleichzeitig sehr leicht zumute.

Ihm kann doch nichts passieren. Mr. Big hatte die Maske fallen gelassen, oder vielmehr war sie ihm heruntergerutscht, und er, Oliver, hat es gesehen, und Mr. Big weiß, dass er es gesehen hat. Er ist sicher, dass Mr. Big ihn dafür hasst. Aber hasst Mr. Big nicht vor allem sich selbst? Und warum sollte er, Oliver, es ihm gleichtun? Warum sollte er ihm einen Teil dieses Hasses abnehmen und sich selbst hassen? Warum lässt er die Scham nicht einfach dort, wo sie hingehört, nämlich bei Mr. Big?

Was grinst du denn so?, fragt Franzi.

Grinse ich?, fragt Oliver zurück, doch in dem Moment merkt er es auch. Ja, er grinst. Denn so viel steht fest: Mr. Big kann ihn mal.

* * *

Wir lassen sie nicht mehr alleine machen, nach ihrem alten bequemen Demokratieverständnis: Alle vier Jahre wählen die Bürger, wer regieren und wer opponieren soll, und dann legen wir uns schlafen [...] Jetzt kommt eine neue, eine echte Weise von Demokratie: Wir kümmern uns selbst um unsere Sicherheit, wir informieren uns selbst, wir urteilen selbst, und wir mischen uns ein. [...] Demokratie heißt nicht: Vertrauen zur Obrigkeit, sondern: Mißtrauische Kontrolle der Politiker durch die Bürger, heute erst recht.

Hellmut Gollwitzer, Theologe und Schriftsteller,
auf der Auftaktkundgebung zur Friedendemonstration
in Bonn, 10. Oktober 1981

* * *

Es wäre doch gelacht, wenn eine notwendige Nachrüstung bei uns vor lauter Demokratie nicht möglich wäre.

Klaus Rose, Bundestagsabgeordneter der CSU,
Oktober 1983

* * *

Zwölf Uhr

ULRIKE Vor der Kirche stehen Biertische und Bänke, die zum Ausruhen einladen, doch Ulrike zieht es vor, sich am Rand des Kirchplatzes auf ein Mäuerchen zu setzen, das eine Blumenrabatte einfasst. Ein paar Astern halten sich tapfer, kleine violette Sonnen zwischen den braunen, vertrockneten Stengeln der Sommerblumen. Die Mauer ist kalt unter ihrem Hintern, aber das macht Ulrike nicht viel aus, sie ist durch die viele Arbeit im Freien ziemlich abgehärtet. Solange die Herbstsonne ihr so schön auf die Nase scheint, ist ihr nicht kalt.

Neben ihr steht ein Schaukasten, in dem noch das Plakat des diesjährigen Kirchentags hängt, *Umkehr zum Leben*, und eine Liste mit Terminen der Gemeindegruppen. Der Seniorenkreis trifft sich dienstags, der Frauengesprächskreis mittwochs (*Interessentinnen bitte melden bei Frau Beate Scheible*), freitags ist Friedensandacht. Wie fremd ihr inzwischen diese Welt ist, denkt Ulrike. Dabei ist es die Welt, in der sie aufgewachsen ist, und sie kann nicht behaupten, dass es ein rigides und abschreckendes Christentum war, das sie zu Hause erlebte. Nein, da war viel vom Gott der Liebe die Rede, einem tröstenden, menschenfreundlichen, lebensbejahenden Gott. Und in ihrem Kern ist die christliche Botschaft ja gar nicht so weit weg von sozialistischen und kommunistischen Ideen, dem Traum einer Gesellschaft ohne Unterdrückung und Ausbeutung; nicht ohne Grund trifft man immer wieder sozialistische Christen und christliche Sozialisten und sogar kommunistische Pfarrer. Und doch geht ihr alles Christliche inzwischen zutiefst gegen den Strich. Vor allem die Duldsamkeit und Selbstaufopferungsbereitschaft, die einem darin so oft begegnet. Für Ulrike ist jede

Art von Selbstaufopferung moralische Giftmischerei, eine Art Erpressung durch Androhung ewigen schlechten Gewissens. Auch Rampes persönliche Heroen sind nicht frei davon, findet sie, diese hundertprozentigen Vollzeitaktivisten, die Tag und Nacht im Einsatz sind, in Baumhäusern leben und eine Verhaftung und Verurteilung geradezu herbeizusehnen scheinen. Das riecht nach Märtyrertum, und gleichzeitig schwingen Machtfantasien mit: dass man selbst der David sein könnte, der dem Goliath der großen Politik Einhalt gebietet. Was für ein Größenwahn.

Natürlich kann man eine bessere Welt nicht herbeibeten oder herbeilächeln, da ist Ulrike sich mit Rampe einig, man muss für sie kämpfen. Aber für Ulrike bedeutet Kämpfen etwas anderes als für Rampe. Für ihn ist Kampf Aggression, für sie Beharrlichkeit. In diesem Punkt ist sie womöglich doch noch ganz schön christlich: dass sie an die Kraft des Senfkorns glaubt. An die des Sauerteigs. An die Graswurzelrevolution. Doch die Kraft muss sich nach außen richten, in die Welt, und nicht ausschließlich auf sich selbst. Ich kann zwar nur die eigene Lebensweise verändern, nicht die der anderen; doch die Art, wie ich lebe, beeinflusst die Außenwelt, und das ist mein Ziel. Deshalb kommt, wer es ernst meint, nicht ohne Kampf aus, denn wer anders lebt, eckt an in der Welt.

Die allerersten Christen wussten das. Heute ist davon nicht mehr viel übrig. Wenn die Christlichen sagen, man könne nicht die Welt verändern, sondern nur sich selbst, dann meinen sie damit allzu oft, man solle die Welt in Ruhe lassen. Anstatt mit der Welt führen sie dann einen Kampf gegen sich selbst.

Auch Marlene tut das. Marlene glaubt, sie könne alle Probleme der Welt lösen, wenn sie nur fair und nett genug ist und ihren inneren Frieden findet mit ihnen. Dafür lässt sie sich viel zu viel gefallen, schluckt Aggressionen anderer, als könne sie sie damit aus der Welt schaffen, und bekommt ein schlechtes Gewissen, wenn es ihr nicht gelingt. Und so verschwendet sie ihre Kräfte für etwas, was keine Lösung ist und nie sein wird.

Ulrike mustert gedankenverloren die Kirche. Ein wenig trutzig sieht sie aus in ihrer Schlichtheit, der einzige Schmuck sind die mit gelbem Sandstein gefassten gotischen Fensterbögen und ein in Stein gehauenes Wappen über dem Portal. Selbst ohne Protz und Prunk ist es eine Architektur, die darauf angelegt ist, einzuschüchtern. Warum machen Menschen das mit?, fragt sich Ulrike. Warum machen sie sich selbst bereitwillig klein, unterwerfen sich Regeln und Ideen, die andere entworfen haben, vor Tausenden von Jahren? Warum sucht Marlene hier Trost, anstatt sich auf ihre eigene Stärke zu besinnen?

In diesem Moment hört Ulrike dicht neben sich ein lautes Knattern, wieder so ein Geräusch, das unangenehm in ihren Ohren scheppert. Sie legt die Hände auf die Ohren und dreht sich um – und sieht in Rampes Gesicht. Er sitzt auf seinem Motorrad auf der anderen Seite der Blumenrabatte, hat das Visier hochgeschoben und hebt die Hand zum Gruß. Sorry, sieht sie seine Lippen sagen, als er die Hände auf ihren Ohren bemerkt, und das Knattern verstummt.

Ulrike nimmt die Hände von den Ohren und springt auf.

Hi!

Rampe steigt ab. Servus, sagt er. Was machst du denn hier? Warst du etwa beten?

Quatsch, sagt Ulrike. Aber meine Schwester. Die ist in der Kirche.

Ah, sagt Rampe, du hast sie also gefunden. Sehr gut.

Da kommt sie, sagt Ulrike und zeigt zur Kirchentür, in der gerade Marlene auftaucht.

Sie hätte es sich denken können, denkt Ulrike, als Marlene näher kommt. Dieser Blick, mit dem sie Rampe ansieht, die feine senkrechte Linie, die auf ihrer Stirn erscheint, als ihre Augenbrauen sich fast unmerklich zusammenziehen. Natürlich erfüllt jemand wie Rampe Marlene mit Misstrauen.

Wer ist denn das?, fragt Marlene auch direkt, als sie bei ihnen angekommen ist, immerhin schafft sie vorher noch ein an beide gerichtetes Hallo.

Das ist Rampe, sagt Ulrike. Der Kumpel aus der Kommune, von dem ich dir erzählt habe. Mit dem ich hergekommen bin.

Ach so, sagt Marlene, ja, schön, dich kennenzulernen.

Ehrlich klingt es nicht, findet Ulrike, zumal sich Marlenes Miene noch kein bisschen entspannt. Aber gut, Ehrlichkeit ist nicht in jeder Situation das Beste.

Wieso Rampe?, fragt Marlene. Das ist sicher nicht dein richtiger Name?

Nein, sagt Rampe, aber mit meinem richtigen Namen würdest du auch nicht herumlaufen wollen. Aloisius Rampacher, das ist doch zum Fürchten, oder?

Marlene lacht auf.

Echt, sagt Ulrike, Aloisius? Das wusste ich auch noch nicht.

Muss man auch nicht wissen, sagt Rampe. Es reicht, dass meine Eltern den Namen kennen. Schlimm genug.

Marlene lacht wieder, und dabei wandern ihre Augenbrauen zurück in die normale Position, und die Linie auf ihrer Stirn verschwindet.

Ich habe Glück gehabt, dass ich ein Mädchen wurde, sagt sie. Wenn ich ein Junge geworden wäre, hätte mich mein Vater Immanuel nennen wollen. Meine Mutter war zwar dagegen, aber sie hatte sich schon bei den beiden Söhnen durchgesetzt, da war Vater an der Reihe.

Immanuel ist schlimm, sagt Rampe.

Aber Marlene nicht, sagt Ulrike.

Nein, definitiv nicht, sagt Marlene.

Ulrike hingegen ist so na ja, sagt Ulrike. Tut nicht weh, ist aber auch nicht doll.

Wir können dich ja Böhnchen nennen, sagt Rampe grinsend.

Wage es!, sagt Ulrike, und Marlene lacht wieder. Sie lacht, denkt Ulrike, und ihr wird warm ums Herz. Obwohl Marlene Vorbehalte gegenüber Rampe hat, hindert es sie nicht daran, sich auf ihn einzulassen, mit ihm zu reden und zu lachen. Das ist ihre Schwester, wie sie leibt und lebt, das ist ihr aufrichtiger, warmer Kern. Wie konnte sie das nur vergessen?

WERNER Vor dem Friedhof, ein paar Meter zurückgesetzt von der Straße, hat Werner eine Bank gefunden, und dort sitzt er jetzt und schaut zu, wie die Kette kommt. Lange Zeit liegt die B10 leer da, dann taucht am Ortsausgang ein großer hellblauer Ballon auf, dahinter viele kleinere hellblaue Ballons: die Spitze der Kette. Vorneweg und neben ihr her laufen die Fotografen, eifrig bemüht, den besten Winkel, den besten Ausschnitt zu erwischen. Langsam rückt die Kette am Straßenrand näher, schiebt sich an Werner vorbei, und schließlich reicht sie weiter, als er schauen kann. Irgendwann bewegt sie sich kaum noch, wird stattdessen immer dichter, offenbar drängen aus dem Ort mehr Leute nach, als der Straßensaum fassen will.

Die ganze Zeit geht Werner nicht aus dem Kopf, was die alte Frau gesagt hat: Gut, dass Sie dabei sind. Wir wissen doch viel besser als die Jungen, was Krieg bedeutet.

Komisch, er wäre von selbst gar nicht auf die Idee gekommen, es so zu sehen. Dass er nicht nur als Staatsbürger hier ist, sondern auch als Zeitzeuge. Hat er sich zu sehr von Jörgs Sichtweise beeinflussen lassen, der in ihm vor allem den Nazi sieht, der er gar nicht war?

Aber weiß er denn wirklich, was Krieg bedeutet? Er weiß, was er erlebt hat, das war zum Glück nicht viel, und selbst dieses Wenige war merkwürdig unwirklich. Was Krieg bedeutet, und vor allem, was dieser entsetzliche Zweite Weltkrieg bedeutete, begriff er so richtig erst im Nachhinein. Zu wenig vergleichbar war er mit dem normalen Leben und auch mit dem, was die Menschheit bis dahin unter Krieg verstanden hatte. Und sowenig die Schrecken des Zweiten Weltkriegs mit denen des Ersten vergleichbar waren, so wenig werden es auch, vermutet er, die des nächsten Weltkriegs mit denen der bisherigen sein.

Auf der anderen Seite des Tals pflügt ein Traktor ein Feld, beharrlich zieht er Furche um Furche, sein Brummen legt sich wie ein Orgelpunkt unter das Gewirr aus Rufen, Gesang und Motorengeräuschen auf der Straße. Es ist fast surreal, denkt Werner, dieses Stück ländlicher Alltag und davor die bunte

Schar der Demonstranten. Vor der Kette läuft eine kleine Gruppe die Straße entlang, Werner erkennt den Strubbelkopf seiner Tochter. Sie bemerkt ihn nicht, und er verzichtet darauf, auf sich aufmerksam zu machen. Sollen die jungen Leute ruhig unter sich bleiben.

Wie wird wohl sein Enkelkind einmal über die heutige Zeit urteilen?, fragt sich Werner. Das hängt vermutlich davon ab, wie die Welt aussieht, wenn es groß ist. Wenn es denn groß wird. Schrecklich die Vorstellung, ein Kind, das jetzt geboren wird, könne nicht groß werden. Werner glaubt nicht allzu sehr an die Schreckensszenarien, die den Dritten Weltkrieg und die atomare Katastrophe eher für eine Frage des Wann als des Ob halten. Andererseits hat lange Zeit auch niemand glauben wollen, dass der Zweite Weltkrieg kommen würde, und er kam. Ja, es hat Hellsichtige gegeben, mutige Menschen, die schon früh davor gewarnt haben, doch sie wurden wenig ernst genommen. Vielleicht, weil der Mensch sich lieber in Sicherheit als in Unsicherheit wähnt.

Wird man über unsere Zeit einst etwas Ähnliches sagen? Dass man es habe kommen sehen können, aber nicht wollen? Wie blind und verbohrt diejenigen gewesen seien, die die Schrift an der Wand nicht sehen wollten, auf die Warnungen nicht hören wollten, die im Gegenteil den Warnern Hysterie vorwarfen und Aktionismus? Werner hofft, dass es nicht so sein wird, sondern dass man einst auf die heutige Zeit zurückschauen wird mit lächelnder Verständnislosigkeit, vielleicht einem Hauch Nostalgie, auf eine Zeit, die der dann heutigen unendlich fern liegt, weil ihre Probleme nicht mehr existieren.

Das zumindest würde er sich wünschen.

Die Jugendlichen gehen vorbei, ohne Werner zu bemerken. Franziska läuft dicht neben Oliver Vogel, fast berührt ihre Schulter seinen Arm, sie unterhalten sich lebhaft und amüsieren sich über irgendetwas.

Wenn Franziska nicht weiß, wer der Vater ihres Kindes ist, denkt Werner plötzlich, soll sie es einfach von einem behaupten.

Sich den besten aussuchen. Gut, man könnte sagen, das wäre dem jungen Mann gegenüber nicht fair, aber wenn es möglich ist, dass er der Vater ist, ist es auch nicht allzu unfair. Auf jeden Fall fairer dem Kind gegenüber. Und Franziska. Sie beide verdienen einen liebevollen Kindsvater.

Aber genug der Grübeleien, befindet Werner. Außerdem ist es auf Dauer zu kalt, um auf einer Bank zu sitzen, auch wenn die Herbstsonne scheint, so gut sie kann. Am besten schaut er zu, dass er Marlene Boenisch wiederfindet.

IRMELA Irmi hat alle Zimmertüren abgeschlossen, den Schnapper der Haustür jedoch hat sie hochgeschoben, die Tür soll offen bleiben. In den Flur stellt sie den Küchenhocker, damit er den Weg ins Haus versperrt und einen Besucher geradewegs zur Toilette leitet. Das muss genügen, findet sie. Natürlich ist das alles für jemanden, der einbrechen will, kein Hindernis, aber das ist ihre alte Haustür auch nicht. Viel zu holen gibt es bei ihr ohnehin nicht.

An der Garderobe zögert sie kurz: den guten Sonntagsmantel oder den einfachen warmen? Sie entscheidet sich für den Sonntagsmantel. Und den Hut. So eine Menschenkette ist schließlich nicht alle Tage, da will sie ordentlich aussehen. Als sie zum Gehstock greift, kommt ihr das alte Kinderlied in den Sinn: *Stock und Hut steht ihm gut …* Sie muss lächeln, obwohl sie das Lied nie gemocht hat – Kinder, findet Irmi, darf man nicht mit Tränen an sich binden, wenn sie hinauswollen in die Welt, was für eine selbstsüchtige Mutterliebe wäre das! Aber wohlgemut, das ist sie wohl. Sie stampft einmal kurz mit dem Gehstock auf und zwinkert sich im Spiegel zu, wirft noch einen Blick auf das Bild von ihrem Hermann, fast möchte sie ihm zum Abschied zuwinken, dann geht sie aus dem Haus.

Auf der Straße ist es deutlich leerer geworden, und die wenigen, die auf ihr noch unterwegs sind, gehen nicht Hand in Hand, sie haben etwas Unstetes, wie verirrte Spaziergänger oder wie Gäste einer Feier, die sich gerade auflöst. Und ruhig ist es, so ruhig wie sonst nur sonntags. Deutlich hört Irmi, wie der Stock im Rhythmus ihrer Schritte auf den Asphalt stößt: Tapp, tapp, tapp. Sogar die Tische und Bänke vor dem Gemeindehaus, die zum Verweilen einladen, sind leer bis auf ein paar Tassen, zerknüllte Servietten und Krümel. Für einen Moment fragt sich Irmi, ob sie womöglich schon zu spät ist. Aber nein, warum sollten hier noch Leute sein, sicherlich sind sie inzwischen alle an der B 10.

Hallo, Oma!

Unter dem Vordach des Gemeindehauses steht Julian und winkt ihr zu. Neben ihm sind zwei Tische quer gestellt zu einer Art Theke, ein großer Thermosbehälter steht darauf, so einer wie der, den sie vorhin gefüllt hat, und eine Kiste voll mit schmutzigen Kaffeetassen.

Julian! Immer noch fleißig?

Kann man wohl sagen, sagt Julian. Bis vor zehn Minuten hat hier echt der Bär gesteppt. Das mit dem Leiterwagen haben wir irgendwann aufgegeben, wir kamen einfach nicht mehr weit, der Kaffee war immer so schnell alle. Da haben wir beschlossen, wenn wir ohnehin ständig nachkochen müssen, können wir direkt hierbleiben. Aber jetzt ist es gut.

Er greift nach der Kiste mit den schmutzigen Tassen.

Gehst du zur Kette?, fragt er.

Ich wollte sie mir zumindest mal ansehen, sagt Irmi.

Spitze, sagt Julian. Wir räumen hier noch ein bisschen auf, dann kommen wir auch.

Ist gut, sagt Irmi. Denkst du dran, nachher den Leiterwagen wiederzubringen, ja?

Klar doch, sagt Julian. Bis später!

Er stemmt die Kiste hoch und geht zurück ins Gemeindehaus. Irmi schaut ihm voller Stolz hinterher. So ein Prachtkerl! Hilfsbereit, verantwortungsbewusst, umsichtig. Woher er das nur hat? Von seinem Vater wohl kaum. Aber immerhin steckt ja zu einem Viertel ihr Hermann in seinem Blut, und es heißt doch immer, dass manche Eigenschaften noch nach Generationen wieder durchschlagen können.

Beschwingt geht Irmi weiter, ihr Gehstock tappt im Takt der Melodie, die immer noch in ihrem Kopf herumgeht: *Stock und Hut steht ihm gut, ist gar wohlgemut …* Trotz des dünnen Mantels ist ihr kein bisschen kalt, so ein Hut, denkt sie, macht eine Menge aus, wenn die Wärme nicht so durch den Kopf davonfliegen kann. Etwas, was die jungen Leute nicht glauben wollen, Hüte sind für sie unfassbar altmodisch und überflüssig, und dann ziehen sie sich Pullover an, die kaum anders aussehen als das Schaf, aus dem sie gemacht sind, oder Jacken wie Bettdecken, um nicht zu frieren. Dabei würde ein Hut oder eine Mütze ausreichen.

Irmi geht an der Metzgerei vorbei, die – wie so vieles heute – geschlossen hat, sogar der Rollladen vor dem großen Schaufenster ist heruntergelassen, das ist er sonst nie. Auch Hofmanns Blumenladen ist geschlossen und das Gitter vor dem Eingang hochgezogen, doch davor steht ein großer Korb mit einem Schild daran: *Liebe Friedensfreunde, bitte bedienen Sie sich!* Irmi blickt in den Korb – leer, bis auf einen kleinen Zweig mit einem Blatt daran. Apfel. Bei Hofmanns stehen fünf große Apfelbäume im Garten, die jedes Jahr mehr als reichlich Ernte geben. Davon kann man gut etwas abgeben, und hier hat es dankbare Abnehmer gegeben.

Vom Ende der Straße, wo die Hauptstraße hinter den Häusern gerade eben noch nicht zu sehen ist, hört Irmi Gesang, doch nur kurze Zeit später wird der vom Knattern eines Hubschraubers verschluckt, der oben am Himmel seine Kreise zieht. Als sie näher kommt, sieht sie zunächst vor allem das Polizeiauto, das auf der Einmündung zur Hauptstraße steht, mit eingeschaltetem Blaulicht, doch das Auto ist leer, zwei Polizisten stehen entspannt daneben und unterhalten sich.

Irmi tappt an den Polizisten vorbei bis zur Straße und schaut. Was für ein Anblick! An der Bürgersteigkante stehen die Demonstranten dicht an dicht, fast Schulter an Schulter, die meisten haben sich an den Händen gefasst. Die Kette reicht, soweit

Irmi erkennen kann, bis tief in den Ort hinein, in die andere Richtung hinaus zum Friedhof und wahrscheinlich darüber hinaus, aber das sieht sie nicht, weil die Straße zu viele Biegungen macht und Häuser den Blick verstellen.

Sie beschließt, zum Friedhof zu gehen, von dort aus kann man weit schauen, fast bis zum Nachbarort, da hat sie eine gute Aussicht auf diese Menschenkette. Auf dem Friedhof kann sie dann ihrem Hermann und den Eltern einen kurzen Besuch abstatten und von dort den gewohnten Weg durch den Ort zurück nach Hause gehen.

Während Irmi die Straße entlanggeht, schaut sie eifrig, ob sie Bekannte aus dem Ort sieht, aber es sind kaum Einheimische unterwegs, scheint ihr, der Großteil sind Fremde. Immerhin, da stehen die jungen Leute in der Kette, die vor ein paar Monaten ins Haus schräg gegenüber gezogen sind, im Kinderwagen ihr kleiner Sohn, und nicken ihr freundlich grüßend zu, doch sie sind die einzigen bekannten Gesichter, die Irmi entdeckt. Wie soll es auch anders sein bei so vielen Menschen, die hier stehen – selbst wenn sämtliche viertausend Einwohner des Dorfes auf die Straße gingen, wären es wahrscheinlich noch weniger als die Angereisten.

Es ist hübsch hier an der Kette, findet Irmi. Die Stimmung ist heiter und entspannt, und es gibt so viel zu schauen und zu bestaunen! Die beiden jungen Männer zum Beispiel, die ihr entgegenkommen, der eine hat eine Trommel vor den Bauch geschnallt, der andere einen Dudelsack schlaff über der Schulter hängen wie ein müdes Kind. Einen Dudelsack! Sie wüsste nicht, wann hier im Dorf schon jemals ein Dudelsack erklungen wäre. Oder der Jongleur, der auf einem Verteilerkasten steht und mit fünf bunten Bällen jongliert und tatsächlich minutenlang keinen einzigen fallen lässt. Oder die vielen Kinder, in allen Größen und Altersstufen, Irmi liebt es, Kindern zuzuschauen. Ein kleiner Fratz, den sein Vater in einer Art Rucksack auf dem Rücken trägt, ist eingeschlafen, sein Kopf liegt auf der Schulter des Vaters, die dicken Säuglingsbäckchen hängen ein wenig herab und erinnern Irmi an ein Bärchen oder einen jungen Bernhardiner. Neben ihnen hockt ein Mädchen im Grundschulalter auf dem Bürgersteig und schreibt etwas mit dicker Kreide auf den Bürgersteig. *Wir Kinder wollen F*, steht da, wahrscheinlich soll *Frieden* daraus werden. Ein Stück weiter vorn stolziert ein kleiner Junge, er hat an das linke Handgelenk zwei Luftballons gebunden, einen orangen und einen hellblauen, eifrig schlägt er mit den Armen, als wären es Flügel, und freut sich, wie die Ballons an ihren Schnüren auf und ab tanzen.

Ist das nicht der kleine Junge, der heute Morgen bei ihr auf der Toilette war?, fragt sich Irmi. Mit dessen Schwester sie über das Bild von Hermann sprach? Wie hieß die Kleine doch gleich? Irgendeine Blume … Veilchen … Viola?

Während sie noch grübelt, winkt ihr jemand aus der Kette zu. Tatsächlich, die Mutter der Kinder. Und das Mädchen. Irmi beeilt sich, zu ihnen zu kommen, auch wenn sie nicht mehr ganz schnell auf ihren zwei oder eher drei Beinen unterwegs ist, wenn man den Stock mitzählt. Dann erkennt sie auch, wer bei der Frau und den Kindern steht: der Einarmige!

Na so was, sagt Irmi, Sie gehören zusammen?

Die Frau schaut den Einarmigen an. Gewissermaßen, sagt sie. Auch wenn wir uns erst heute kennengelernt haben.

Sie sind also doch noch gekommen, sagt der Einarmige zu Irmi und sieht aus, als würde er sich freuen.

Ja, sagt Irmi nur.

Wollen Sie sich zu uns stellen?, fragt die Frau.

Für einen Moment zögert Irmi. Eigentlich wollte sie nur schauen. Aber – es gibt Gelegenheiten, die sich nur einmal im Leben bieten. Und hat sie nicht selbst vorhin zu dem Einarmigen gesagt, es ist gut, wenn nicht nur die Jungen kommen? Nun ist sie hier, was soll sie da nur am Rand stehen, das wäre Unsinn.

Also gut, sagt Irmi. Dann wird sie also heute, in ihrem zweiundsiebzigsten Lebensjahr, nicht nur das erste Mal in ihrem Leben eine Menschenkette sehen, sondern auch darin stehen.

* * *

Es liegt an uns, etwas zu tun. Wir müssen gemeinsam handeln, um das gesamte Territorium Europas, von Polen bis Portugal, von Atomwaffen, Luft- und U-Boot-Stützpunkten sowie von allen Einrichtungen zu befreien, die an der Erforschung oder Herstellung von Atomwaffen beteiligt sind. Wir fordern die beiden Supermächte auf, alle Atomwaffen vom europäischen Territorium abzuziehen.

Aufruf der Bertrand Russell Peace Foundation
»Für ein atomwaffenfreies Europa«, 28. April 1980

* * *

Bisher gilt der Satz: Die Angst, die ich meinem Gegner mache, sichert meinen Frieden. Dagegen wächst die Erkenntnis: Die Angst, die ich dem Gegner nehme, gewährleistet meine eigene Sicherheit.

Aufruf zur zweiten bundesweiten Friedenswoche
vom 15. bis 21. November 1981, Frühjahr 1981

* * *

Viertel nach zwölf

INES Ines hat ihren Rucksack auf den Boden gestellt und sich daraufgesetzt. Noch zwanzig Minuten bis zum Kettenschluss, und dann noch einmal zwanzig Minuten bis zum Ende – sie hat keine Lust, so lange zu stehen. Und auf ihrem Rucksack sitzt es sich ganz gut, da bleibt der Hintern warm.

Auch Heike hat sich hingesetzt, obwohl ihr offenkundig kalt ist, sie hat die Beine angezogen und die Arme um die Knie geschlungen. Lange stehen ist wahrscheinlich nichts mehr für sie. Es wird Zeit, dass sie wieder anfängt, ordentlich zu essen, denkt Ines, sie sieht bedenklich blass und spitz aus, hoffentlich tut sie es morgen. Sonst muss sich Ines etwas einfallen lassen, wie sie Heike von ihrem Trip runterbekommt. Heike spinnt zwar, aber eine Freundin, selbst wenn sie eine ehemalige Freundin ist, ungebremst in ihr Verderben rennen zu lassen, das geht einfach nicht.

Immerhin, diskutieren kann Heike noch. Mit Boris, der vor ihr steht, und von einem Artikel erzählt, nein, doziert, den er neulich gelesen hat. Es geht um Kilotonnen Sprengkraft und TNT-Äquivalente, um taktische und strategische Waffen, und wie und warum man Atom-U-Boote in die Nuklearpotenziale einberechnen muss oder nicht. Heike bringt MRBMs und SRBMs ins Spiel, redet von Launch-under-Warning und Launch-on-Attack, und was nicht noch alles. Ines hört gar nicht richtig zu, technische Details interessieren sie nicht, und sie findet es höchst bizarr, wie die beiden da vom Atomkrieg reden wie andere vom Fußball, wie sie mit Namen und Fachbegriffen um sich werfen, mit Thesen und Gegenthesen, und natürlich wissen sie schon jetzt alles besser als alle Experten und Politiker der Welt.

Sie ist es so leid. Diese ewigen Diskussionen voller Besserwissereien und Haarspaltereien von schönster deutscher Gründlichkeit. Was hat sie sich schon mit anderen die Köpfe heißgeredet, ob man die Nachrüstung der Amerikaner anprangern darf, ohne gleichzeitig die sowjetischen Atomraketen zu verurteilen, ob man nur gegen Atomraketen sein darf oder gleich die ganze Armee abschaffen muss und ob und wie man die Abschreckungslogik verlassen kann, ob einer mit dem Abrüsten anfangen kann, ohne vom andern in Grund und Boden geschossen zu werden. Und dieses Kopfzerbrechen, ob und wie man den Alltag mit den Idealen in Einklang bringen kann: Darf man weiterhin bei Thyssen oder Bosch arbeiten, oder beteiligt man sich damit schon zu sehr an der Hochrüstung der Welt, wenn der Arbeitgeber über Teilhaberschaften, Finanzierungen, Verflechtungen seine Finger in der Rüstungsindustrie hat? Darf Heikes Neffe zu Fasching als Cowboy gehen und, darauf besteht der Kleine mit einer Dickköpfigkeit, wie nur Kinder sie haben, eine Pistole bekommen – eine Spielzeugpistole natürlich, aber trainieren wir nicht alles, was wir später ernsthaft tun, anfangs spielerisch? Wo anfangen mit dem Kampf gegen das Unrecht, gegen die Kriegsgefahr, die drohende Vernichtung? Hilft Buttons tragen mehr als beten? Ist der Streit mit den Nachbarn notwendige Aufklärungsarbeit oder unnötiger Krieg im Kleinen?

All diese Entweder-oders und die kleinen Machtkämpfe, die damit einhergehen. Wer ist der beste Durchblicker, der beste Weltretter von allen? Nur darum geht es, der Beste zu sein, anstatt dass alle einfach ihren kleinen Teil machen, und in Summe kommt dabei irgendetwas Gutes heraus.

Das Dumme ist nur, dass man so vieles nicht allein machen kann. Und um etwas zusammen machen zu können, muss so viel zusammenpassen, nicht nur die Überzeugungen und Ansichten, das ist der kleinste und einfachste Teil. Die Nicaragua-Initiative zum Beispiel, bei der sie ein paarmal war, sprach sie inhaltlich durchaus an – mehr als um den Kaffeeverkauf ging es da um Information und um die politische Auseinandersetzung, entsprechend lebhaft war die Diskussion an den Gruppenabenden. Aber die Leute dort waren alle mindestens zehn, eher zwanzig Jahre älter als sie, viele Hausfrauen und Lehrer – zwar nette Leute, engagiert und reflektiert, aber auch ganz schön weit weg von dem, was sie beschäftigt und umtreibt. Und war es wirklich nötig, alles minutiös im Voraus zu planen? Für alles, wirklich alles, wurden da Listen angelegt und Zuständigkeiten und Aufgaben verteilt, für die geplante Infoveranstaltung genau besprochen, wer die Stühle stellen sollte, das Wasser für den Referenten besorgen und was nicht noch alles – fehlte nur noch, dass festgelegt würde, wer am Ende das Licht ausmacht. Konnte man nicht einfach sagen, alle fühlen sich verantwortlich und machen, was offensichtlich ansteht? Nein, das wäre zu riskant, dann könnte es ja passieren, dass einmal etwas nicht perfekt wird, dass man improvisieren muss. Deutsche Gründlichkeit und Bürokratie selbst hier, es ist zum Heulen, findet Ines. Sie war früher schon schnell genervt, wenn jemand etwas zu genau nahm; seit Nicaragua erträgt sie es kaum noch.

Ist das der Preis für das, was sie erlebt hat? Dass die Deutschen ihr noch mehr auf den Wecker fallen als früher, dass sie einfach nicht mehr zurechtkommt mit ihrer Mentalität?

Ines schaut zu Heike und Boris, die inzwischen bei der Frage angekommen sind, wie es in diesem Land wohl weitergeht. Kommt die Stationierung, kommt sie nicht? Wie wird der Bundestag entscheiden in einem Monat, wird er den zweiten Teil des Doppelbeschlusses bestätigen oder nicht?

Sie können das hier doch nicht ignorieren, sagt Heike heftig. Ihr Gesicht hat wieder Farbe bekommen, stellt Ines fest, das ist beruhigend.

Millionen von Menschen, die dagegen sind, sagt Heike zu Boris, und sie setzen sich einfach darüber hinweg? Unmöglich. Damit machen sie sich unglaubwürdig.

Unglaubwürdig bei denen, die protestieren, sagt Boris. Aber ich vermute fast, für unsere Politiker zählt mehr, dass sie sich bei ihren NATO-Partnern nicht blamieren.

Aber … setzt Heike an, dann stockt sie, ihr Gesicht wird unvermittelt klein und spitz. Weißt du, sagt sie, ich habe furchtbare Angst. Ich träume nachts von Atombombenabwürfen, und dann wache ich auf und frage mich, was das hier alles noch soll, wenn ohnehin bald alles vorbei ist, und ich kann nichts, aber auch gar nichts dagegen tun. Ich weiß, dass auch Fasten aller Wahrscheinlichkeit nicht viel ändern wird, aber es hilft mir, die Angst auszuhalten. Verstehst du das?

Boris nickt langsam, nachdenklich, sein Blick ist keine Millisekunde von ihr gewichen.

Mit einem Mal befällt Ines Sehnsucht, er möge auch sie so anschauen mit seinen sanften hellbraunen Hundeaugen. Eigentlich ist er kein schlechter Kerl, denkt sie, auch wenn er ein Softie ist und ein Spießer. Den ganzen Tag ist er freundlich geblieben, obwohl sie es ihm wirklich nicht leicht gemacht hat, und es war keine aufgesetzte, oberflächliche Freundlichkeit, das hätte sie gespürt, sondern offensichtlich ist er einfach so: nachsichtig, geduldig, freundlich.

Liegt es womöglich an ihr, dass ihr Deutschland so abweisend und unfreundlich vorkommt, seitdem sie zurück ist? Dass Heike mit ihr nicht mehr redet, wie sie gerade mit Boris redet, wirklich von sich und nicht nur in plakativen Parolen, in denen sie ihre Sicht der Welt vor sich herträgt wie einen Schutzschild? Macht sie selbst es vielleicht genauso? Kann sie wirklich sicher sein, dass ihre Genervtheit, ihre Aggression nur eine Reaktion auf das ist, was ihr begegnet – und nicht umgekehrt?

Ines spürt, wie sich ein beißendes Gefühl in ihr ausbreitet, ein Anflug von schlechtem Gewissen und eine Mischung aus Trauer und Trotz. Seitdem sie vor vier Wochen im Landeanflug aus dem kleinen Flugzeugfenster auf das kleinteilige Muster der deutschen Felder und Orte schaute, seitdem sie aus dem Flugzeug stieg in einen typisch deutschen Nieselregen, seitdem hat sie das Gefühl, nicht mehr dazuzugehören, auch: nicht mehr dazugehören zu wollen. Kein Wunder, wenn sie tatsächlich nicht dazugehört. Am Ende ist das der Preis, den sie für das Erlebte zahlt: nicht mehr heimisch zu werden. Nirgends. Dort nicht, hier nicht.

Ines steht jäh auf und schultert ihren Rucksack. Heike und Boris schauen sie überrascht an.

Was ist los?, fragt Heike.

Ich gehe eine Runde spazieren, sagt Ines.

Jetzt?!, fragt Heike.

Ja, sagt Ines fest.

Heike sagt nichts mehr, aber in ihren Augen liest Ines ein: Du spinnst. Und wahrscheinlich hat sie sogar recht.

Alles in Ordnung?, fragt Boris, und da hat sie ihn, seinen weichen Hundeblick.

Ja, wiederholt Ines. Macht euch keine Sorgen, zur Rückfahrt bin ich wieder da. Wir sehen uns am Auto.

Ohne sich noch einmal umzudrehen, geht sie die Straße hinunter und biegt auf den Feldweg ein, der über den Hügel zum Waldrand führt, weg von der Menschenkette.

WILFRIED Bei seiner Mutter steht das Gartentor offen, die Haustür ist nur angelehnt, aber es scheint niemand da zu sein.

Mutter?, ruft Wilfried, doch nichts regt sich.

Er schiebt den Hocker, der mitten im Flur steht, zur Seite und geht zur Küche. Die Küchentür ist zu, das ist ungewöhnlich. Er klopft an, nichts regt sich. Als er die Klinke hinunterdrückt, stellt er fest: Die Tür ist abgeschlossen. Das ist noch ungewöhnlicher.

Mutter?, ruft Wilfried noch einmal, aber weiterhin bleibt alles still. Vielleicht ist sie oben? Wilfried steigt die Treppe hinauf, doch auch dort antwortet niemand auf sein Rufen, und die Türen zum Schlafzimmer und zum Nähzimmer sind ebenfalls verschlossen. Von dem kleinen Treppenhausfenster aus wirft Wilfried einen Blick in den Garten, auch dort ist niemand zu sehen.

Sehr merkwürdig, das alles. Gut, er würde ihr zutrauen, dass sie im Dorf eine kleine neugierige Runde dreht. Aber warum steht dann die Haustür offen?

Wilfried geht wieder hinunter und untersucht die Haustür. Keine Anzeichen von Einbruch oder Gewalt.

Soll er zu Karl hinübergehen und ihn fragen, ob er etwas weiß oder bemerkt hat? Er hat überhaupt keine Lust, mit Karl zu sprechen, aber falls seiner Mutter etwas passiert ist, wäre es unverantwortlich, es nicht zu tun.

Wilfried geht hinaus, die Haustür lässt er angelehnt, um später wieder hineinzukommen. Als er durch den Vorgarten zur Straße geht, bemerkt er ein Stück Pappe, das sich in der Hecke verfangen hat. Er zieht es heraus: *WC geöffnet* steht darauf in dicken Buchstaben, mit Wachsmalstift gemalt. Am oberen Rand sind zwei Löcher in die Pappe gestanzt, doch sie sind ausgerissen. Nun sieht Wilfried auch die beiden Schleifen aus Geschenkband am Gartentor. Und tatsächlich, in einer der beiden hängt noch ein Fetzen Pappe.

Allmählich wird die Sache klarer. Seine Mutter hat ihr Haus geöffnet, damit die Demonstranten auf die Toilette gehen können. Dann aber ist es umso merkwürdiger, dass sie selbst nicht da ist.

Es ist wirklich das Beste, wenn er bei Karl klingelt und ihn fragt, was er weiß.

Doch bei Karl öffnet niemand.

Ein wenig ratlos schaut Wilfried auf das Schild, das er immer noch in der Hand hält. Was soll er tun? Erst einmal gar nichts, beschließt er. Seine Mutter ist eine kluge und eigenständige Frau, es gibt keine Anzeichen, dass ihr etwas passiert ist, dafür viele, dass sie sich etwas bei dem gedacht hat, was sie tat. Auch wenn er es nur teilweise versteht.

Wilfried geht zurück zum Haus und stellt das Schild in den Flur. Als er die Tür zuziehen will, bemerkt er, dass der Schnapper offen ist. Er ist schon drauf und dran, ihn festzustellen, da besinnt er sich eines Besseren. Wenn seine Mutter die Tür offen gelassen hat, ist sie womöglich ohne Schlüssel unterwegs. Dann wäre es keine gute Idee, sie auszusperren.

Wilfried lässt also den Schnapper offen, zieht aber die Tür zu. Die Sache mit der Toilette ist gut gemeint von seiner Mutter, aber auch im Gemeindehaus gibt es frei zugängliche Toiletten, also besteht keine Notwendigkeit, Leute in ein leeres Haus zu locken. Er wird nachher noch einmal vorbeischauen und nach dem Rechten sehen. Viel Zeit hat er zwar nicht, bis ihr Zug nach Stuttgart zur Abschlusskundgebung abfährt, doch dafür wird, dafür muss es reichen.

Dennoch ist ihm nicht ganz wohl zumute, als er zurück zur B 10 geht. Hoffentlich ist tatsächlich alles in Ordnung.

Die Situation auf der B 10 hat sich in den zwanzig Minuten, die er unterwegs war, merklich verändert. Die Kette bewegt sich nicht mehr, sondern steht. Allerdings ist es nicht mehr eine Kette, es sind zwei.

Oha, denkt Wilfried, das sieht gut aus. Er ist jetzt schon gespannt auf die Abendnachrichten. Hoffentlich sind sie rechtzeitig zurück. Sicherheitshalber hat er Roland gebeten, sie auf Video aufzunehmen. Denn Roland hat seit Kurzem einen VHS-Recorder, ein Heidengeld hat er dafür bezahlt, aber so ist Roland, immer für die neuesten technischen Spielereien zu haben. Außerdem ist Roland mit Freiburger Freunden im Auto zur Menschenkette gefahren und bestimmt deutlich früher wieder zu Hause als er.

Wie gern wäre er heute mit Roland hier, denkt Wilfried plötzlich, mit unerwarteter Heftigkeit. Wie schön wäre es, keine Rücksicht nehmen zu müssen auf die Gemeinde und auf seine Mutter und auf wessen Befindlichkeiten sonst noch, keine Angst haben zu müssen vor sozialen und beruflichen Folgen und einfach Hand in Hand hier die Kette entlangzulaufen, sich gemeinsam in die Kette zu stellen.

Vielleicht wird es eines Tages möglich sein. Einstweilen ist er schon froh, dass sie nicht mehr verhaftet werden können für das, was sie tun. Noch vor fünfzehn Jahren war das ganz anders.

Und jetzt, sagte Roland einmal bitter, versaut uns dieses Scheiß-AIDS alles. Wir waren so weit gekommen in den letzten Jahren. Was haben wir gekämpft, und wir waren gerade so weit, erste Erfolge zu sehen. Die vielen lokalen Gruppen, die Schwulenreferate an den Unis, die Arbeitskreise in den Kirchen und den fortschrittlicheren Parteien, der Christopher Street Day. Und jetzt kommt diese verfluchte Krankheit, von der niemand weiß, was sie genau ist und wo sie herkommt, eine Krankheit für Schwule und Junkies, wie es scheint – wir werden einen Backlash erleben, sagte Roland bekümmert und zornig, in wenigen Monaten wird alles zunichte gemacht, schwul wird wieder mit krank, mit gefährlich, mit gruselig assoziiert. Es ist zum Kotzen.

Ja, das ist es. Aber so ist vieles im Leben. Auch das Leben mit der Rüstung ist zum Kotzen. Und man kann nichts anderes tun, als immer wieder dagegen anzukämpfen, es ist mühsam, es ist langwierig, denn andere Waffen als Worte und friedlichen Widerstand haben sie nicht. Wahrscheinlich, denkt Wilfried, ist der Kampf nie zu Ende. Sondern die bessere Welt, die wir uns wünschen, muss an jedem Tag, in jedem Moment, neu erhofft, erstritten, erkämpft sein. Und womöglich ist alles, was wir erreichen können, dass sie nicht noch schlechter wird.

Und letztlich wird er ja doch zusammen mit Roland in dieser Kette stehen. Auch wenn er hier, in seinem Heimatdorf am Rand der Schwäbischen Alb steht und Roland vierzig Kilometer entfernt im Neckartal – durch die Kette sind sie miteinander verbunden. Das ist überhaupt das Schönste an dieser Menschenkette, denkt Wilfried, dass sie Menschen nicht trennt, sondern verbindet. Es gibt so vieles in unserer Welt, das die Menschen trennt, gegeneinander aufbringt, und wenn man demonstriert, blockiert, konfrontiert, setzt man nur allzu leicht die Trennung fort. Die Menschenkette aber verbindet.

Wie es wohl wäre, wenn man an einem Ende der Kette, in Vaihingen etwa, einen Händedruck losschicken würde? Wie lange würde es dauern, bis dieser, von einem zum Nächsten weitergegeben, bei den Wiley Barracks in Ulm ankäme? Hunderttausend Menschen, zwei Sekunden pro Händedruck, das wären zweihunderttausend Sekunden, über dreitausend Minuten, fünfzig Stunden also, mindestens. Mehr als zwei Tage würde es dauern, einen Händedruck von einem Ende der Kette bis zum anderen zu schicken. Und selbst wenn jeder Händedruck nur eine knappe Sekunde brauchen würde, wäre es noch ein voller Tag.

In der Zwischenzeit hat Wilfried den Ort hinter sich gelassen, weit kann seine Gruppe nicht mehr sein. Er hält nach Frau Hegers Schild Ausschau und fängt an, sich die Menschen, an denen er vorbeiläuft, genauer anzuschauen.

Doch einstweilen ist von seinen Schäfchen keines zu sehen, in der Kette reiht sich ein unbekanntes Gesicht an das andere. Bis auf – Wilfried traut seinen Augen nicht: Inmitten dieser ihm völlig fremden Menschen steht eine alte Frau, die er nur zu gut kennt.

Mutter!, ruft Wilfried. Hier bist du also!

Wo soll ich sonst sein?, sagt sie verschmitzt. Aber dass du hier bist, das ist eine Überraschung! Hättest ruhig mal deiner alten Mutter Bescheid sagen können!

Das stimmt, sagt Wilfried, ein wenig verlegen. Aber ich bin mit dem Sonderzug hier, mit meiner Gemeinde, weißt du, da habe ich zeitlich wenig Spielraum. Ich …

Schon gut, sagt sie. Schau zu, dass du in die Kette kommst, es ist schon fast halb eins. Sie droht ihm spielerisch mit dem Finger.

Willst du mit mir kommen?, fragt er.

Nein, ich bleibe hier, bei meinen Leuten, sagt sie und hebt die Hände ihrer beiden Nachbarn, einer Frau, die mit ihren langen schwarzen Haaren und der Adlernase fast aussieht wie eine indianische Squaw, und eines Rockers in Lederjacke. Wilfried muss innerlich grinsen. Das ist seiner Mutter zuzutrauen, dass sie sogar Rocker und Autonome ohne Vorbehalt an die Hand nimmt.

Alles klar, sagt er. Ich komme nachher noch einmal hier vorbei. Er beugt sich zu ihr hinunter – wie klein sie doch ist, und ihm scheint, sie wird von Jahr zu Jahr kleiner! – und drückt sie kurz.

Gut, sagt sie, dann bis später.

Halb eins

MARLENE Da stehen sie nun, Hand in Hand in der Kette, oder vielmehr in der Kette vor der Kette, in der Doppelkette. In der linken Hand hält Marlene Ulrikes feste, raue Arbeiterhand, ihre rechte Hand liegt auf Werners Schulter. Irgendwo in dieser Kette, denkt Marlene, steht auch Boris, nur ein paar Kilometer entfernt und doch unendlich weit weg. Über all diese Menschen sind wir verbunden, sind wir Teil des großen Ganzen. Aber wir stehen nicht mehr zusammen, im wahren wie im übertragenen Sinne des Wortes. Und während Marlene das denkt, erfüllt sie eine kühle Ruhe, eine fast gleißende Klarheit. Boris, denkt sie, es ist vorbei.

Mit einem Mal geht ein Ruck durch die Kette, ein Brausen rollt von rechts heran, ein Jubel, und der Ruf: Die Kette ist zu! Von der anderen Seite kommt Gesang, *We shall overcome, we walk hand in hand* … Während Marlene mitsingt, überzieht sie eine Gänsehaut, vom Kopf bis zu den Fußsohlen, zumindest fühlt es sich so an.

Der Gesang ebbt ab, es wird stiller entlang der Kette. Es ist ein Gefühl wie beim Schweigen für den Frieden, denkt Marlene. Dieses Gefühl von stiller Verbundenheit und gemeinsamer Kraft. Eine Art Meditation, ein vollständiges Ankommen im Hier und Jetzt.

Sie genießt diese Stunde am Freitagabend jedes Mal, selbst wenn sie Tobi, den sie für sich heimlich Fischflosse nennt, weil seine Hände immer feucht und schwitzig sind, neben sich stehen hat. Die Stunde wird ihr nie lang, eher im Gegenteil; oft schreckt sie auf, wenn die Kirchturmuhr sechs schlägt, und noch öfter hört sie es mit einem gewissen Bedauern. Sie genießt es, einfach nur dazustehen, nichts weiter tun zu müssen, außer zu zeigen, dass sie da ist, dass sie – im wahrsten Sinne des Wortes – einsteht für den Frieden. Das ist das Mindeste, was sie tun kann in dieser verrückten Welt, sich einfach hinstellen, in den Weg stellen, und das Herumeilen und -irren unterbrechen, für eine Stunde in der Woche. Nein, denkt Marlene, nicht nur das Mindeste, sondern etwas durchaus Entscheidendes. Zeigen, dass es nicht nur die herrschende Meinung gibt. Zeigen, dass einem die andere Meinung so wichtig ist, dass man sie nicht für sich behalten möchte. Ohne dabei missionarisch zu sein. Es gibt so viele, die so beseelt sind von dem Wunsch, andere zu überzeugen, dass sie sie schlichtweg totreden. Sie hingegen will die Leute nicht bedrängen mit ihrer Meinung, auch wenn es vielleicht nötig wäre, das Gespräch zu suchen, Umdenken zu erzeugen. Vielleicht ist es ihre christliche Erziehung, vielleicht auch ihre Schüchternheit, dass sie lieber als Vorbild wirken will, als Leute umzustimmen, dass sie anstatt zu reden lieber einfach dasteht und zeigt, dass es sie und ihre Meinung auch noch gibt in der Welt.

Ein Hubschrauber fliegt über sie hinweg, sehr tief, und noch einer, ihr Knattern dröhnt laut in Marlenes Ohren. Ulrike lässt kurz ihre Hand los, nestelt an ihren Ohren und steckt etwas in ihre Hosentasche. Die Hörgeräte, denkt Marlene, die braucht sie jetzt wirklich nicht. Sie drückt Ulrikes Hand leicht, als diese in ihre Hand zurückkehrt, und Ulrike lächelt ihr zu.

Das Knattern der Hubschrauber wird leiser, nur das Brummen eines Traktors hängt noch in der Luft, dann verstummt auch das. Für ein paar Augenblicke ist es ganz still, man hört nur ein paar Vögel zwitschern, die nichts ahnen von den tödlichen Waffen und sich nicht um das kümmern, was die Menschen treiben. Dann fängt eine Glocke an zu läuten, hell und klar breitet sich von dem dicken weißen Kirchturm her ihr Klang aus, über die Dächer und durch die Straßen, die Kette entlang und die sanften Hänge der Hügel hinauf. Eine zweite fällt ein, ein wenig tiefer, dann eine dritte. Es müssen alte Glocken sein, denkt Marlene, diesen vollen, runden Klang haben nur die alten oder ganz neue Glocken; viele Kirchen, deren Glocken im Krieg eingezogen und eingeschmolzen wurden, haben immer noch billige scheppernde Nachkriegsglocken. Nun setzt eine vierte, deutlich tiefere Glocke ein, und schließlich, sehr gemächlich, fast zögerlich die tiefste, deren Schlag direkt in die Magengrube fährt, selbst auf diese Entfernung noch. Marlene liebt den Klang des vollen Geläuts, und sie denkt oft, sie könnte nirgends leben, wo es kein Glockengeläut gibt, morgens zum Aufstehen und abends, wenn man heimkommen muss zum Abendessen. Wenn sie als Kinder hinausgingen zum Spielen, war das Abendläuten immer das Signal: Kommt heim, wenn ihr die Glocken hört, sagte die Mutter, wohl wissend, dass man die Glocken überall im Ort hören konnte und darüber hinaus. Deshalb ist Abendläuten für Marlene immer mit einer Mischung aus Behaglichkeit und Bedauern verbunden, mit Loslassenmüssen, weil etwas zu Ende geht, und Vorfreude auf Wärme und Essen daheim. Kein Instrument der Welt kann mit dem Klang von Glocken mithalten, findet sie, und wo immer es Glocken gibt, die gegen das Unrecht in der Welt anläuten und die einen heimrufen, kann sie zu Hause sein.

Marlene legt den Kopf zurück und sieht in den blauen klaren Herbsthimmel, links spürt sie Ulrikes Hand in ihrer, rechts Werner, dessen Schulter sich allmählich an ihren Griff gewöhnt hat und entspannt, verstohlen lächelt er ihr zu, und sie meint, es in seinen Augen glitzern zu sehen, und sie denkt: So müsste es immer sein.

Viertel vor eins

Da stehen sie nun.
Rainer. Karen. Hanne. Udo. Sylvia. Bernd. Martin. Elisabeth. Armin. Stefan. Judith. Frank. Sabine. Wilfried. Erika. Klaus. Maren. Gerald. Uwe. Bernhard. Barbara. Manfred. Marie. Kiki. Heidrun. Erich. Oskar. Martina. Stefan. Elfriede. Heidi. Uli. Ludwig. Erika. Johanna. Fritz. Kurt. Mariana. Andreas. Jutta. Wilhelm. Peter. Ingo. Günther. Lisa. Dorothee. Viktor. Franz. Christian. Annemarie. Gabor. Judit. Josef. Dieter. Alexandra. Henrike. Alfred. Johannes. Lilian. Petra. Thomas. Yolanda. Frido. Renate. Irmela. Alois. Ulrike. Marlene. Werner. Franziska. Oliver. Florian. Sven. Katharina. Volker. Olav. Margaritha. Hubert. Heidi. Paula. Katja. Stefan. Rudolf. Leo. Rosalie. Elif. Murat. Nazan. Cengiz. Arian. Volker. Sigrun. Angela. Jo. Peter. Ilona. Stefanie. Frank. Martina. Petra. Brian. Anneliese. Jörg. Till. Susanne. Norbert. Jochen. Edna. Jens. Michaela. Verena. Karin. Gabriele. Kurt. Wulf. Gabi. Leo. Susanne. Bruno. Nils. Dagmar. Leonie. Alban. Jochen. Eva. Joachim. Sabine. Peter. Silvia. Barbara. Wolfgang. Renate. Andrea. Mechthild. Holger. Susi. Elmar. Theo. Angie. Ilse. Hilmar. Raul. Andrew. Sonnhild. Ulli. Richard. Marianne. Ingeborg. Rüdiger. Stefan. Thomas. Ernst. Cäcilie. Annette. Ursula. Fridtjof. Jochen. Hans. Alwin. Detlef. Eva. Pascal. Jenny. Christa. Horst. Harry. Christel. Ilse. Claudia. Birgit. Thilo. Doris. Reinhart. Sigi. Brigitte. Sandra. Margit. Ulla. Heiner. Willy. Bernd-Ludwig. Dietmut. Tobias. Laurens. Greetje. Hans-Martin. Eberhard. Albert. Makiko. Suraya. Hans. Conny. Ulrich. Toni. Otmar. Ute. Karlheinz. Edith. Agnes. Birgit. Theo. Lutz. Egon. Norman. Leonore. Klaas. John. Betty. Cornelia. Konrad. Helga. Madeleine. Luigi.

Uschi. Lilo. Anneli. Jost. Christiane. Rudi. Arnold. Robert. Erhard. Inge. Janne. Volkmar. Joachim. Heinrich. Margarete. Hermann. Lilo. Harald. Frank. Christine. Margy. Heike. Boris. Carola. Volker. Sandro. Björn. Martina. Stefan. Paul. Gudrun. Peter. Monika. Hilmar. Wolfgang. Sophie. Cordula. Friedrich. Angelika. Claudia. Thomas. Uwe. Jürgen. Eva. Hildegard. Jan. Ulrich. Bernt. Elke. Ingrid. Ute. Uschi. Matthias. Alexander. Martin. Bärbel. Renate. Astrid. Lothar. Hilde. Roland. Axel. Roswitha. Carmen. Annegret. Sylke. Jörn. Richard. Irene. Kai. Marina. Kirsten. Thorsten. Vera. Margit. Hans-Jürgen. Fritz. Heidemarie. Antje. Harry. Wolf. Jochen. Veronika. Regine. Anita. Bodo. Gunnar. Ulf. Friedhelm. Gitta. Gertrud. Margot. Elvira. Henning. Armin. Michael. Petra. Dirk. Klausjürgen. Ute. Bettina. Anja. Ralph. Monika. Olav. Markus. Ilka. Beate. Hans. Rudi. Kerstin. Elke. Leonhard. Noni. Rainer. Hannelore. Claus. Herbert. Marlies. Waltraut. Norbert. Heinz. Siegfried. Rita. Walter. Margret. Peter. Nicole. Hans. Brigitte. Erhard. Caroline. Micha. Irene. Marion. Karsten. Sabrina …

… und noch tausendmal so viele.

Zwanzig Minuten lang Hand in Hand.

Zwanzig Minuten lang eine geschlossene Menschenkette zwischen Stuttgart und Ulm, 108 Kilometer lang, vom Tor des EUCOM, der Befehlszentrale der amerikanischen Truppen in Europa in Stuttgart-Vaihingen, bis zu den Wiley Barracks in Ulm, wo schon seit 1968 Pershing-Raketen lagern und auch die neue Pershing II stationiert werden soll.

Gleichzeitig mit den dreihundertfünfzigtausend in Süddeutschland protestieren eine Million Menschen auf Großdemonstrationen in Bonn, Hamburg und Berlin gegen die Nachrüstungspläne des NATO-Doppelbeschlusses.

Sie können sie nicht verhindern. Am 22. November 1983 stimmt der Bundestag der Aufstellung amerikanischer Atomwaffen mit 286 zu 225 Stimmen bei einer Enthaltung zu, und bereits am 10. Dezember werden die ersten Cruise Missiles im Hunsrück stationiert.

Doch der Protest gegen die Atomrüstung prägt die 1980er-Jahre. Und die Menschen, die ihn mitgetragen und miterlebt haben, für ihr ganzes Leben.

***

Wir haben Nein gesagt, wir sind aufgestanden, wir widersetzen uns, wir werden weitergehen.

Vier Jahre haben wir mit Demonstrationen, Blockaden und Unterschriftensammlungen, mit vielfältigen Aktionen Widerstand geleistet. Heute unterstützt die Mehrheit unseres Volkes unsere Forderung: Keine Stationierung von Pershing II und Cruise Missile!

Niemand von uns weiß, ob in einigen Wochen Wirklichkeit wird, was wir verhindern wollen. Das wird unseren Kampf nicht leichter, sondern schwieriger machen. Es wird ihn aber auch notwendiger machen. Wir brauchen und haben den Mut, die Kraft, die Phantasie und den langen Atem auch über den Dezember hinaus. [...]

Wir sind aufgestanden, wir werden weitergehen!
Wir wollen frei von Atomwaffen sein.
Bei uns, in Europa und in der ganzen Welt.

Schlusswort der »Volksversammlung für den Frieden« im Bonner Hofgarten zum Abschluss der Aktionswoche gegen den NATO-Doppelbeschluss, 22. Oktober 1983

***

Personen

Marlene Boenisch, Referendarin
Boris, Student, Marlenes (Ex-)Freund
Ulrike, Bewohnerin einer Landkommune, Marlenes Schwester
Rampe, Mit-Kommunarde von Ulrike

Werner Semrau, Olivers Lehrer und Marlenes Mentor
Franziska, genannt Franzi, Schülerin, seine Tochter
Jörg, Student, sein Sohn

Oliver Vogel, Schüler von Marlene und Werner
»Mr. Big«, Polizist, Olivers Vater

Ines Heger, Studentin
Heike, ihre Mitbewohnerin

Irmela Bender, genannt **»Irmi«,** Altbäuerin
Karl, ihr erstgeborener Sohn und Hoferbe
Wilfried, ihr jüngerer Sohn, Pfarrer
Julian, Sohn von Karl und Evi
Roland, Wilfrieds Lebensgefährte

Renate, Liedermacherin, Freundin von Marlene
Yolanda, ihre Tochter
Frido, ihr Sohn

Katta, Knolle und **Sven,** Mitredakteurin und -redakteure von Oliver bei der Schülerzeitung *Kaktus*
Bassman, Schüler, Bandkollege von Franziska

Quellen

Seite 8: Kanon »By the waters of Babylon« von Philip Hayes, deutscher Text: Gerd Kern; mündlich überliefert

Seite 9: Bulletin des Presse- und Informationsamts der Bundesregierung vom 18.12.1979, Nr. 154, S. 1409

Seite 11: John F. Kennedy: Rede vor der UN-Vollversammlung 1961. In: *John F. Kennedy Presidential Library and Museum: Archives / JFK Speeches*, https://www.jfklibrary.org/archives/other-resources/john-f-kennedy-speeches/united-nations-19610925

Seite 19: Zitiert nach: »Dokumente zum Zeitgeschehen«. In: *Blätter für deutsche und internationale Politik* Nr. 10/1983, S. 1399

Seite 29: Colin S. Gray: »Victory is Possible«. In: *Foreign Policy*, Summer 1980. Zitiert nach Alfred Mechtersheimer, Peter Barth (Hrsg.): *Den Atomkrieg führbar und gewinnbar machen? Dokumente zur Nachrüstung*, Band 2. Reinbek bei Hamburg, Rowohlt, 1983

Seite 30: Zitiert nach: Armin Kremer: *Naturwissenschaft und Rüstung: Rüstungspolitik und nukleare Waffentechnologie; Materialien zu einer Unterrichtsreihe.* Redaktionsgemeinschaft Soznat, 1984, S. 116

Seite 33: Kirchenleitung der Vereinigten Evangelisch-Lutherischen Kirche Deutschlands (Hrsg): *Gedanken und Maßstäbe zum Dienst von Homophilen in der Kirche. Eine Orientierungshilfe.* Berlin, 9. Januar 1980, S. 12

Seite 45: Wilhelm Bittorf: »Euroschima, mon futur«. In: *DER SPIEGEL* Nr. 6/1981 vom 8. Februar 1981

Seite 58: Leonid Breschnew: »›Versetzen Sie sich mal in unsere Lage …‹«. In: *DER SPIEGEL* Nr. 45/1981 vom 1. November 1981

Seite 58: Deutscher Bundestag, Plenarprotokoll 10/13 vom 15. Juni 1983

Seite 70: »Kampagne für Nachrüstung«. In: *DER SPIEGEL* Nr. 27/1983 vom 3. Juli 1983

Seite 74: »Warten auf den Advent«. In: *DER SPIEGEL* Nr. 43/1983 vom 24. Oktober 1983

Seite 86: Zitiert nach: »Dokumente zum Zeitgeschehen«. In: *Blätter für deutsche und internationale Politik* Nr. 07/1981, S. 893

Seite 86: Deutscher Bundestag, Plenarprotokoll 9/70 vom 3. Dezember 1981

Seite 98: Deutscher Bundestag, Plenarprotokoll 9/38 vom 26. Mai 1981

Seite 98: Erich Böhme: »›Wir leben im kollektiven Verfolgungswahn‹. Professor Horst Eberhard Richter über Ziele und Chancen der Friedensbewegung«. In: *DER SPIEGEL* Nr. 44/1981 vom 25. Oktober 1981

Seite 112: Jörg R. Mettke: »›Wir sind die Antipartei-Partei‹. Petra Kelly über die politische Strategie der Grünen«. In: *DER SPIEGEL* Nr. 24/1982 vom 13. Juni 1982

Seite 122: Deutscher Bundestag, Plenarprotokoll 10/19 vom 8. September 1983

Seite 123: Deutscher Bundestag, Plenarprotokoll 9/121 vom 13. Oktober 1982

Seite 135: Ronald Reagan: »Remarks on Central America and El Salvador at the Annual Meeting of the National Association of Manufacturers«. In: *The Reagan Presidential Library & Museum: Major Presidential Speeches – First Term:* 1981–1984 (Übers. C. Kowald), https://www.reaganlibrary.gov/archives/speech/remarks-central-america-and-el-salvador-annual-meeting-national-association

Seite 144: Zitiert nach: https://de.wikipedia.org/wiki/Ohne_R%C3%BCstung_Leben

Seite 149: Zitiert nach: »Dokumente zum Zeitgeschehen«. In: *Blätter für deutsche und internationale Politik* Nr. 03/1982, S. 382

Seite 163: Zitiert nach: Karl D. Bredthauer: »Sage niemand, er habe es nicht wissen können«. In: *Blätter für deutsche und internationale Politik* Nr. 03/1983, S. 404

Seite 163: Zitiert nach: »Dokumente zum Zeitgeschehen«. In: *Blätter für deutsche und internationale Politik* Nr. 10/1981, S. 1275 f.

Seite 169: Deutscher Bundestag, Plenarprotokoll 9/53 vom 18. September 1981

Seite 169: Deutscher Bundestag, Plenarprotokoll 9/57 vom 9. Oktober 1981

Seite 181: Zitiert nach: Alfred Mechtersheimer, Mir A. Ferdowi: *Nachrüsten?: Dokumente und Positionen zum NATO-Doppelbeschluss.* Reinbek bei Hamburg: Rowohlt, 1981, S. 196

Seite 181: Deutscher Bundestag, Plenarprotokoll 10/13 vom 15. Juni 1983

Seite 184–186: Wolfgang Borchert: »Dann gibt es nur eins!« aus: *Das Gesamtwerk.* Hamburg: Rowohlt, 1980, S. 318 ff.

Seite 192: »Republican Party Platform of 1980«. Zitiert nach: *The American Presidency Project: Documents* (Übers. C. Kowald), https://www.presidency.ucsb.edu/documents/republican-party-platform-1980

Seite 192: Zitiert nach: »Dokumente zum Zeitgeschehen«. In: *Blätter für deutsche und internationale Politik* Nr. 02/1980, S. 256

Seite 200: Eugene Rostow: »The Case against SALT II«. In: *Commentary Magazine* Nr. 2/1979 (Übers. C. Kowald)

Seite 211: Deutscher Bundestag, Drucksache 10/487

Seite 224/225: Deutscher Bundestag, Plenarprotokoll 9/108 vom 24. Juni 1982

Seite 225: Deutscher Bundestag, Plenarprotokoll 10/35 vom 21. November 1983

Seite 231: Lied der Bots, basierend auf dem bretonischen Volkslied *Son ar christr*, mündlich überliefert

Seite 235: Deutscher Bundestag, Plenarprotokoll 9/20 vom 3. Dezember 1981

Seite 235: Zitiert nach: »Dokumente zum Zeitgeschehen«. In: *Blätter für deutsche und internationale Politik* Nr. 04/1982, S. 508

Seite 246: Deutscher Bundestag, Plenarprotokoll 9/111 vom 9. September 1982

Seite 250: Hannes Stütz: *Ostermarsch-Lied*, http://hannes-stuetz.de/wp-content/uploads/2019/08/unsermarsch.pdf

Seite 261: Zitiert nach: Deile, Volkmar (Hrsg.): *Bonn* 10.10.1981*: Friedensdemonstration für Abrüstung und Entspannung in Europa: Reden, Fotos.* Göttingen: Lamuv, 1981, S. 71

Seite 261: »Zitate«. In: *DER SPIEGEL* Nr. 44/1983 vom 31. Oktober 1983

Seite 273: British Comittee of the Bertrand Russel Foundation: »For a Nuclear-Free Zone in all Europe. Appeal for European Nuclear Disarmament«. Zitiert nach: Bertrand Russell Foundation: *European Nuclear Disarmament* (Übers. C. Kowald), http://www.russfound.org/END/EuropeanNuclearDisarmament.html

Seite 273: Zitiert nach: »Dokumente zum Zeitgeschehen«. In: *Blätter für deutsche und internationale Politik* Nr. 07/1981, S. 890

Seite 289: Zitiert nach: »Dokumente zum Zeitgeschehen«. In: *Blätter für deutsche und internationale Politik* Nr. 11/1983, S. 1520

Verlag und Autorin danken allen Rechteinhabern für das Erteilen der Abdruckgenehmigung. Wir haben uns bemüht, sämtliche Lizenzen einzuholen, sollten wir trotz sorgfältiger Recherche nicht alle berechtigten Ansprüche berücksichtigt haben, bitten wir um Nachricht an den Verlag.

Hat Ihnen dieser Roman gefallen? Dann empfehlen Sie ihn bitte weiter. Mehr über den 8 grad verlag finden Sie auf **www.8gradverlag.de** und in unserem Newsletter.

Dr. Cäcilie Kowald, geboren 1973, ist Autorin von Chatbot-Dialogen, Kritzelpoetin, Musikerin, manchmal auch Aktivistin. Als Zehnjährige stand sie gemeinsam mit Tausenden Gleichgesinnten in der Menschenkette zwischen Ulm und Stuttgart. Cäcilie Kowald hat Mathematik und Slawistik studiert und in Germanistik promoviert. Sie lebt in Karlsruhe. *Menschenkette* ist ihr literarisches Debüt.

Schön, dass Sie ein Buch aus dem 8 grad verlag in Händen halten. Wir setzen auf nachhaltige Produktion. Unseren wertvollen Rohstoff Papier beziehen wir aus verantwortungsvoller Waldwirtschaft, dokumentiert mit dem nachstehenden FSC®-Logo.
https://fsc.org/en/fsc-public-certificate-search

FSC www.fsc.org
MIX
Papier aus verantwortungsvollen Quellen
FSC® C111446

1. Auflage 2022

Sonnhalde 73 | 79104 Freiburg

Umschlaggestaltung: Julie August
Umschlagmotiv: Menschenkette am 22.10.1983 in Neu-Ulm
© Karin Hill/picture-alliance/dpa
Layout und Satz: Julie August
Lektorat: Marion Voigt, Zirndorf

Gesetzt aus der Adobe Caslon und der Brown
Papier: Munken Print cream 90 g/m^2 1,5-fach
Einbandmaterial: Peyprint honan 130 G/M2
Herstellung: folio · print & more, Zirndorf
Druck und Bindung: Steinmeier GmbH & Co. KG, Deiningen
Printed in Germany

ISBN 978-3-910228-05-4